ASHES

DIE HÖLLE AUF ERDEN

ASHES

DIE ENDZEIT-SAGA VON WILLIAM W. JOHNSTONE

Band 3

DIE HÖLLE AUF ERDEN

von William W. Johnstone

Aus dem Amerikanischen von Kim Kerry

Zaubermond-Verlag
Schwelm

1. Auflage
Originaltitel: *Fire in the Ashes*

www.Zaubermond-Verlag.de / www.Festa-Verlag.de
Umschlaggestaltung: Günther Nawrath
Dieses Werk wurde vermittelt durch die Literarische Agentur
Thomas Schlück GmbH, 30827 Garbsen
Druck und Bindung: Wiener Verlag, A-2325 Himberg

ISBN 3-931407-71-3

Sie sollen zur Hölle gehen!

Antwort auf Santa Annas Kapitulationsforderung bei Alamo

PROLOG

Das Weiße Haus, Richmond, Virginia, März 1999

»Sind Sie sicher, dass Ben Raines tot ist?«, fragte Präsident Addison den Agenten.

»Ja, Sir, ohne Zweifel. Er wurde von M-16-Geschossen dreimal in die Brust getroffen, und dann ist er von einem Berg gestürzt. Der Mann ist tot – kein Mensch kann so etwas überleben.«

»Wo war das?«

»In Montana, Sir. Er ist tot.«

»Ich hab's schon gehört. Ben Raines wurde ermordet.« Der Präsident entließ den Agenten und drehte sich in seinem Sessel zum Fenster. Wieder allein im Oval Office, gingen Addison zahlreiche Gedanken durch den Kopf.

Ben Raines war definitiv tot. Endgültig. *Seltsam. Ich sollte irgendetwas empfinden ... irgendein Gefühl des Triumphs. Aber das ist nicht der Fall. Ich war ihm begegnet, ich mochte ihn sogar einigermaßen. Ich wünschte, wir hätten irgendeine Art von Übereinkunft treffen können, weil ich nicht glaube, dass er ein Volksfeind ist.*

Der Präsident seufzte schwer und erhob sich aus dem bequemen Ledersessel. Er ging zum Fenster und beobachtete, wie der Regen gegen die kugelsicheren Scheiben fiel. Eine Zeit lang stand er einfach da und durchlebte ein Dutzend unterschiedlicher Gefühle. Als jemand an der Tür seines Büros klopfte, drehte er sich um.

»Herein.«

Al Cody, der Direktor des FBI, kam herein und lächelte breit. »Ich kann es kaum glauben, dass der Hurensohn wirklich tot sein soll.«

Al Cody zählte nicht zu den Menschen, mit denen sich der Präsident am liebsten umgab. Der Mann hatte sich massiv für ein neues Gesetz stark gemacht, das Waffenbesitz untersagte.

Er hatte eine maßgebliche Rolle bei der Entwaffnung des amerikanischen Volks gespielt, und er hatte aus den Vereinigten Staaten praktisch einen Polizeistaat gemacht. Die Mehrheit der amerikanischen Bürger hasste Al Cody. Aber sie konnten ihn nicht einfach loswerden.

»Ja«, sagte Aston leise seufzend. »Ich glaube, Ben Raines ist tot.«

»Können wir den Kongress dazu bringen, diesen Tag zum Nationalfeiertag zu erklären?«

Aston Addison sah den Mann einfach nur an.

Al lief rot an, als er erkannte, dass er möglicherweise eine Bemerkung zu viel gemacht hatte. »Tut mir Leid, Sir. Aber meine Gefühle für Ben Raines reichen tiefer als Ihre. Seine Rebellen haben meinen Bruder beim Kampf um die Tri-Staaten getötet.«

»Auf beiden Seiten gibt es Recht und Unrecht, Mr. Cody. Unsere Leute haben zahlreiche Frauen vergewaltigt und die Rebellen gefoltert – oder haben Sie das schon vergessen?«

»Nein, Sir.«

»Gibt es sonst noch etwas, Mr. Cody?«

Ja, deine Vertreibung aus dem Weißen Haus, dachte der FBI-Chef wütend. Das wäre einfach wunderbar gewesen. »Nein, Sir«, sagte er dann.

»Dann wäre das alles, Mr. Cody. Vielen Dank, dass Sie vorbeigeschaut haben.«

Cody warf die Tür vorsätzlich mit Wucht zu, als er hinausging.

»Bastard!«, sagte der Präsident.

Er sah wieder aus dem Fenster hinaus in den verregneten Nachmittag. Tot. Das Wort hallte in seinem Kopf nach. Tot. Es konnte nicht sein. »Ich glaube das einfach nicht«, sagte er laut. Und dann fügte er aus einem Grund, den nicht mal er selbst begriff, einen Satz an. »Ich hoffe, es stimmt nicht.«

ERSTER TEIL

EINS

»Sie haben Glück, Ben«, sagte Dr. Lamar Chase. »Sie haben mehr Glück als jeder andere Mensch, den ich kenne.«

Aber einige der Rebellen begannen allmählich zu glauben, dass mehr als nur Glück im Spiel sei, was ihren Befehlshaber Ben Raines anging.

»Ein Schlüsselbeinbruch, die angebrochenen Rippen, und eine kleine Knochenabsplitterung an der linken Schulter. Jeder andere wäre tot. Und eigentlich müssten Sie auch tot sein.«

Jerre kniete neben Bens Bett nieder. »Na, alter Mann«, sagte sie grinsend. »Es wäre schön, wenn du aufhören könntest, mir immer solche Angst einzujagen.«

Ben berührte ihr Gesicht und strich mit den Fingern durch ihr blondes Haar. Sein Gesicht war vor Schock und Schmerz bleich. »Ich sag's doch immer wieder, Baby«, flüsterte er. »Ich gehe erst dann, wenn ich bereit bin.«

Sie küsste ihn auf die Wange.

»Und jetzt alle raus hier!«, befahlt Chase. »Der Mann braucht Ruhe, er ist schließlich nicht unsterblich.«

Die seltsamen Blicke, welche die Reaktion auf seine letzte Bemerkung waren, bemerkte der Arzt nicht.

Bens Rebellenkontingent hatte in der Nähe von Hell Creek Stellung bezogen, nicht weit entfernt von den südlichen Ausläufern der Fort Peck Recreation Area. Viele dieser Rebellen kannte Ben seit Jahren: Judith Sparkman, James Riverson, Ike McGowan, Bens Adoptivtochter Tina, Cecil Jefferys, Dr. Chase, der Anfang siebzig und immer noch so agil wie eine Bergziege war – und genauso streitsüchtig.

Das Zelt leerte sich und Ben schloss die Augen, während er gegen die in Wellen anstürmende Übelkeit ankämpfte, die sich mit an- und abschwellenden Schmerzen abwechselte. Die

Spritze, die Chase ihm gegeben hatte, begann zu wirken und ließ Ben in einen tiefen Schlaf fallen.

Im Traum rief er nach Freunden, die seit langem tot waren. Männer, die er in Südostasien gekannt hatte, Männer, mit denen er während seiner Zeit als Söldner in Afrika gekämpft hatte – jener Zeit in seinem Leben, als die Adrenalinausstöße während der Kämpfe von einem Leben als Zivilist nicht gelindert wurden. Schließlich hatte er es überwunden und war in ein normales Leben zurückgekehrt, um Schriftsteller zu werden.

Er rief nach Freunden, die nach dem Bombardement von 1988 an seiner Seite geblieben waren, die für einen Traum namens Tri-Staaten gekämpft hatten und dafür gestorben waren. Für ein Land innerhalb des Landes. Es war ein Traum gewesen, der drei Staaten zusammenschweißen sollte, ein Gebiet frei von Verbrechen und Arbeitslosigkeit, ein Land, in dem die Menschen ihre Häuser nicht abschließen mussten und in dem sie den Schlüssel auf dem Zündschloss ihres Wagens stecken lassen konnten, weil niemand sie berauben wollte.

Ben Raines und seine Rebellen hatten bewiesen, dass ihre Regierungsform funktionieren konnte, dass die Menschen nicht von der Bürokratie ihrer Regierung unterdrückt werden mussten. Dass Schulen funktionieren konnten, ohne dass der Oberste Gerichtshof oder andere Richter sich in die Bildung einmischten.

Die Tri-Staaten funktionierten. Sie hatten funktioniert, und sie würden es wieder tun.

Ben lag auf dem Feldbett und stöhnte.

»Ihr bringt mir den Leichnam von Ben Raines«, wies Al Cody eine Gruppe von Agenten an. »Mich interessiert nicht, ob ihr ein halbes Jahr oder länger braucht. Ich will nur, dass ihr mir seinen verwesten Leichnam herbringt.«

»Das ist ein wildes Land da draußen, Mr. Cody«, sagte einer der Männer.

»Das ist mir völlig klar.«

»Und es wimmelt immer noch von Rebellen«, meinte ein anderer Agent.

»Nehmt so viele Leute mit, wie ihr für nötig haltet, aber findet den verdammten Hurensohn und bringt ihn her. Ich will ihn öffentlich präsentieren. Die Leute müssen kapieren, dass in dieser Gesellschaft Recht und Ordnung herrschen. Ich lasse keine Anarchie zu.«

Die Agenten verließen das Büro und telefonierten mit ihren nächsten Verwandten, um sie wissen zu lassen, dass sie einen neuen Auftrag erhalten hatten.

Keiner von ihnen wusste, wann sie zurückkommen würden.

Sie stiegen bei Byrd Field in eine Maschine und flogen nach Westen. Die Agenten waren gut gelaunt. Verräter zu jagen war genau das Richtige für sie. Sie waren ihrem Land treu, während Ben Raines und seine Rebellen alles nur Deserteure und Anarchisten waren. So einfach war das. Es gab nur Recht und Unrecht, Weiß und Schwarz, aber kein Grau, das dazwischen lag.

Morgen um die gleiche Zeit würden alle diese Agenten bereits tot sein.

»Wir schlagen hier zu«, erklärte Colonel Hector Ramos den ihm zugeteilten Rebellen. Er zeigte auf eine Landkarte und lächelte grimmig, wie eine große Raubkatze, die dem Geruch von frischem Blut folgt. Ramos hatte 98 seine gesamte Familie durch Regierungstruppen verloren. Frau und Tochter hatte man vergewaltigt, gefoltert und dann aufgeschlitzt, um sie wie Tiere im Dreck krepieren zu lassen.

Ramos sah seine Leute an. »Unsere Informanten in Richmond berichten, dass die Agenten vor zwei Stunden abgeflogen sind. Eine ganze Maschine voll. Fünfzig Leute, alle schwer bewaffnet. Sie sollen General Raines' Leichnam finden und nach Richmond bringen ...«

Eine Hand schoss hoch.

»Ja, Captain Garrett?«, fragte Ramos.

»Wir sollten die Piloten leben lassen, Sir«, schlug der junge Mann vor.

»Ach ja?«

»Ja, Sir. Wir sollten sie die Agenten zurückfliegen lassen, alle schön auf ihren Plätzen angeschnallt – und alle tot.«

»Ich glaube, das wird General Raines gefallen, Captain«, sagte Ramos. »Danke. Eine wirklich gute Idee. Ich würde zu gern Codys Gesicht sehen, wenn seine Männer zurückkehren.«

So wie ihre Cousins, Onkel, Väter und Mütter vor ihnen hatten viele Bürger der Vereinigten Staaten ihre Pistolen und Gewehre verpackt und vergraben, anstatt sie auszuhändigen. Sie hatten sich zu Netzwerken aus Untergrundzellen zusammengeschlossen, und sie alle hatten nur ein Ziel: Ben Raines' Traum am Leben zu erhalten: Amerika wieder aufzubauen – doch nicht zu dem Amerika, wie es vor den Bomben existiert hatte, sondern zu etwas viel Besserem, das den Tri-Staaten sehr ähnlich war. Und so wie ihre Vorfahren waren auch sie bereit zu sterben, wenn dadurch dieser Traum von einer Regierung nicht unterging.

»Sofort mit ihrem Arsch zurück ins Bett!«, brüllte Chase Ben an. »Grundgütiger Jesus Christus!«

Ben unterdrückte den Schmerz und sagte: »Hector Ramos ist in der Leitung. Es ist eine wichtige Sache, wie die Vermittlung mir sagt. Ich unterhalte mich nur eine Minute lang, dann lege ich mich sofort wieder hin. Versprochen!«

»Starrköpfiger Hurensohn!«, legte Chase nach.

»Sie sollten so nicht mit dem General reden«, sagte ein junger Rebell ohne nachzudenken.

»Verdammt noch mal, ich rede mit ihm so, wie ich es will!«, fauchte Chase ihn an, während Ben den Kopfhörer aufsetzte.

»Schießen Sie los, Hector.«

»Wie geht's Ihnen, General?«

»Ich lebe, aber fragen Sie nicht nach dem Wie!«

Ramos informierte ihn über die Maschine mit den Agenten, und Ben musste lächeln, als Ramos ihm sagte, was sie vorhatten.

»Der Plan dieses Captains gefällt mir, Hec. Können Sie das in die Tat umsetzen?«

»Eine Leichtigkeit, General. Sie werden auf der neuen Luftwaffen-Basis bei Flagstaff landen. Meine Leute werden sie in

Empfang nehmen, sobald sie ausgestiegen sind, und dann werden die Leichen postwendend zurückgeschickt.«

»Was ist mit dem Personal auf der Basis?«

»Reine Notbesetzung. Meine Leute haben das schon vor zwei Stunden erledigt.«

Ben seufzte und vergaß einen Moment lang seine Schmerzen. »Also gut, Hec. Aber ist Ihren Leuten klar, dass es danach kein Zurück mehr gibt?«

»Ja, Sir, jedem einzelnen von ihnen.«

»Viel Glück, Hec.«

Ben nahm den Kopfhörer ab und reichte ihn dem Operator zurück. Der junge Mann sah ihn fragend an. »Aber jetzt ist es ein offener Krieg, General – oder?«

»Ja, mein Sohn, genauso ist es.«

Chase steckte den Kopf ins Zelt. »Würden Sie sich jetzt freundlicherweise wieder hinlegen?«, herrschte er Ben an.

»Ich weiß, was du denkst, Ben«, sagte Jerre zu ihm, als er wieder eine Weile im Bett lag.

Er blickte sie an. »Tatsächlich?«

»Du fragst dich, ob du das Richtige machst. Du denkst darüber nach, dass einige der Agenten noch Kinder waren, als die Bomben abgeworfen wurden. Sie können sich vermutlich nicht an die Zeit davor erinnern. Einige von ihnen stehen womöglich gar nicht zu dem, was Al Cody und Präsident Addison von ihnen verlangen, aber sie führen auch nur ihre Befehle aus.«

»Irgendwie schaffst du es, meine Gedanken zu lesen«, sagte er schläfrig.

»Warum auch nicht?« Sie lächelte. »Immerhin hast du mich gevögelt, als ich erst neunzehn war, du schmutziger alter Mann.«

»Du meinst also, dass ich richtig handle, Jerre?«

»Du weißt, dass du das machst, Ben.« Ihre Worte hallten noch lange nach, als der Schlaf ihn übermannte.

Er dachte daran zurück, wie sie sich vor zehn Jahren begegnet waren ... Es war nur ein paar Wochen, nachdem über die

Welt ein nuklearer und bakteriologischer Krieg hereingebrochen war. Er hatte sie nördlich von Charlottesville, Virginia, gesehen, wie sie langsam an der Straße entlangging. Als sie den Wagen bemerkt hatte, war sie vor Schreck in einen Graben gesprungen und hatte sich dabei den Knöchel verletzt. Ben hatte ihr helfen wollen – und plötzlich in den Lauf einer kleinen Automatikwaffe geblickt.

Mit etwas Mühe überzeugte er sie dann davon, dass er ihr nichts tun wollte, und sie ließ zu, dass er sich ihren Knöchel ansah; sie befolgte sogar seinen Rat, ihn ganz in der Nähe in einem Bach zu kühlen.

Sie hatte in Maryland das College besucht, als die Bomben hochgingen. Eine Woche lang war ihr schlecht gewesen, so sehr hatte sie das Erlebnis mitgenommen.

Den Nachmittag über unterhielten sie sich, und schließlich fasste sie Vertrauen zu ihm. In der Nacht kam sie zu ihm ins Bett. Sie roch nach Seife, nachdem sie kurz zuvor gebadet hatte.

Sie waren dann tagelang durch das Land gereist, und sie hatten sich immer besser verstanden. Doch sie hatte ihm sofort gesagt, dass sie ihn verlassen würde, wenn sie den richtigen Zeitpunkt für gekommen hielt. Jetzt fand er sie noch jung und süß, aber sie würde viel schneller alt sein, als ihm lieb sein konnte.

Er brachte ihr in der Zeit, die sie gemeinsam verbrachten, so viel wie möglich bei, damit sie hoffentlich auch allein überleben konnte.

»Aber«, hatte er ihr gesagt, »es könnte sein, dass du wesentlich besser schießt, wenn du nicht die Augen zukneifst.«

Südlich von Chapel Hill hatten sich ihre Wege getrennt. Den Abschiedsbrief, den sie ihm geschrieben hatte, besaß er noch immer.

Die Agenten liefen blindlings in den tödlichen Hinterhalt auf der Luftwaffen-Basis. Als sie von Bord gingen, dachten sie sich nichts dabei, dass die Air Force Police in Jeeps sitzend auf dem Rollfeld verteilt stand. Dass fast jeder der Männer eine M-16 in der Hand hielt und großkalibrige Maschinengewehre auf den

Jeeps montiert waren, war ebenfalls nicht ungewöhnlich. Die Agenten nahmen kaum Notiz davon.

Sie achteten auch nicht auf den Captain und Sergeant der Luftwaffe, die die Maschine betraten, als der letzte Agent herausgekommen war.

Als der Pilot den kalten Stahl einer 45er Pistole in seinem Genick fühlte, drehte er sich nicht um, sondern hörte nur aufmerksam zu, wie jemand mit tiefer Stimme erklärte, er habe jetzt die Wahl zwischen Leben und Sterben.

»Ganz ruhig bleiben, Captain«, sagte der Rebell. »Sie werden ohnehin nicht allzu lange am Boden bleiben müssen.«

Der Pilot bemühte sich, die Nerven zu behalten, während schweres Gewehrfeuer den späten Nachmittag zerriss. Die Schreie der Agenten schlugen ihm auf den Magen. Aus dem Augenwinkel heraus sah er, dass auch sein Co-Pilot mit einer Waffe bedroht wurde.

»Ihre Frau heißt Loraine«, sagte der Rebell. »Und die Ihres Co-Piloten heißt Betty. Im Moment sind sie in Sicherheit. Wenn Sie hier irgendeine Dummheit versuchen, werden Sie sie nie wieder sehen.«

Es war ein Bluff, da die Rebellen nicht die Absicht hatten, unschuldigen Menschen etwas zu Leide zu tun, aber das mussten die Piloten nicht wissen.

Außerhalb der Maschine wurde weiter geschossen.

»Sagen Sie uns nur, was wir machen sollen, Mister«, erwiderte der Pilot. »Wir sind Zivilpiloten, keine Soldaten.« Er sah einen der Agenten über das Rollfeld davonrennen. Ein Maschinengewehr dröhnte, und eine Reihe von blutigen Punkten entstand auf dem Rücken des Mannes, dann fiel er vornüber auf die Piste.

»Während wir die Leichen in die Maschine schaffen«, sagte der Rebell, »werden Sie auftanken und zum Klo gehen, wenn Sie wollen. Dann fliegen Sie zurück nach Richmond und wahren Funkstille, bis Sie die Landeinstruktionen erhalten. Haben Sie verstanden?«

»Ja, Sir.«

»Bei der Gelegenheit werden Sie dem Tower sagen, man soll

Direktor Cody holen. Er soll sich mit Ihnen auf dem Flughafen treffen. Sagen Sie ihm Folgendes: General Baines lebt und ist wohlauf. Er lässt ihn mit diesem kleinen Geschenk grüßen. Die Tri-Staaten werden auferstehen. Sagen Sie, dass ab sofort ein offener Krieg an allen Fronten herrscht. Ich hoffe, Gentlemen, dass wir uns nicht wieder sehen werden. Bleiben Sie hier sitzen, bis ich Ihnen Bescheid sage.«

»Jawohl, Sir.«

Nach einer scheinbaren Ewigkeit wurde die Mündung der Waffe vom Genick des Piloten genommen. Auch der Co-Pilot wurde nicht länger bedroht. Beide Männer sahen sich an und mussten einen Brechreiz unterdrücken, als die blutige Fracht in die Maschine gebracht und in den Sitzen festgeschnallt wurde.

»Sie können jetzt auftanken«, rief man ihnen zu.

Als die Tanks voll waren, sagte der Rebell: »Ich wünsche euch noch einen schönen und sicheren Flug, Jungs.«

Dann war er verschwunden.

»Al Cody wird durchdrehen«, sagte der Co-Pilot, als sie mit der Maschine in die Startposition rollten.

»Ach, scheiß doch auf Al Cody«, gab der Pilot schroff zurück. »Wenn ich wüsste, wie ich es anstelle, würde ich mich sofort den Rebellen anschließen.«

»Und warum hast du nicht sofort gefragt, als du eben die Gelegenheit dazu hattest?«

»War dir vielleicht nach einem Schwätzchen zumute, als du die Waffe im Genick hattest?«

»Natürlich nicht!«

»Dann flieg los und stell keine dummen Fragen.«

Das Luftwaffen-Personal wurde unverletzt freigelassen – nur vier Leute hatten sich zur Gegenwehr entschlossen und lagen nun der Länge nach in einem leeren Hangar unter einem großen weißen Laken.

»Wenn ihr Leute Köpfchen habt«, sagte der Anführer der Rebelleneinheit ihnen, »dann verlasst ihr diese Basis, sobald wir gegangen sind, und werft keinen Blick zurück. Entweder steht ihr hundertprozentig auf unserer oder auf der anderen

Seite. Wir halten es jetzt wie die Regierung, nur Schwarz oder Weiß, aber dazwischen kein Grau. Wenn die Regierung so kämpfen will, soll es uns auch recht sein.«

»Und wie können wir uns euch anschließen?«, fragte einer der Männer.

»Ihr geht einfach mit uns mit.«

»Wenn's weiter nichts ist.«

Neun der Männer schlossen sich den Rebellen an, als die sich zurückzogen.

Ben Raines' Bewegung war wieder ans Laufen gekommen und wurde mit jedem Moment stärker.

Fünf Stunden später stand Al Cody in Richmond in der Maschine und bebte vor Wut, während er sah, was von seinen Männern übrig geblieben war. Er verließ das Flugzeug und blieb in der Dunkelheit auf dem Rollfeld stehen. Er ballte die Fäuste und seine Stimme war vor Zorn wie erstickt: »Ich werde dich finden, Ben Raines, das schwöre ich dir. Ich werde dich finden und dich öffentlich aufknüpfen. Und es wird mir ein unglaubliches Vergnügen sein.«

Cody ging von der Maschine fort. Er war ein kleiner, grauhaariger Mann, der glaubte, dass die Regierung keine Fehler mache. Er war der Ansicht, dass die Regierung Recht hatte, wenn sie ein Gesetz erließ, auch wenn 99 Prozent der Bürger sich dagegen aussprachen. Das Gesetz war nun einmal das Gesetz, und die Bürger hatten sich dem unterzuordnen, wenn sie nicht zu Kriminellen abgestempelt werden wollten.

Cody blieb auf dem Rollfeld stehen und strich sich durchs Haar. Seine kalten, ausdruckslosen blauen Augen richteten sich auf einen Agenten, der an seinem Wagen wartete.

»Bringen Sie mir Ben Raines. Brechen Sie diesen Rebellen das Rückgrat. Mir ist egal, wie Sie es anstellen und wie viele Leute Sie brauchen – machen Sie's einfach!«

»Einige unserer Männer haben deswegen schon bittere Rache geschworen«, sagte der Agent und zeigte mit dem Daumen auf die Maschine. »Sie sind zu allem bereit, Sir. Sie wollen die Sympathisanten der Rebellen mit allen Mitteln aufstöbern und ihren Willen brechen.«

Cody kämpfte gegen seine Empfindungen an. Er war kein Freund von Folterungen, da es gegen seine christliche Erziehung ging. Aber die Zeiten hatten sich geändert. Diese Rebellen waren keine Spur besser als die Männer und Frauen der IRA ... Terroristen und Mörder.

»Fangen Sie damit an«, sagte Cody verbissen.

»Aber Senator Carson und der Präsident ...«

»Wir halten das so lange wie möglich bedeckt. Wenn Meldungen an die Öffentlichkeit gelangen, dementieren wir rundweg. Präsident Addison ist ein Schwächling, Senator Carson wird allmählich alt, also machen Sie sich keine Sorgen um die beiden. Wir müssen wohl Feuer mit Feuer bekämpfen. Nehmen Sie Kontakt mit Sam Hartline auf. Er soll sich morgen mit Ihnen treffen, und dann erklären Sie ihm alles. Sagen Sie ihm, er soll seine Jungs in Bereitschaft versetzen.«

»Jeb Fargo und seine Leute haben doch schon einmal versucht, Ben Raines aus dem Weg zu räumen«, machte der Agent seinen Boss aufmerksam. »Und jetzt sind sie alle tot.«

»Und Kenny Parr«, erinnerte sich Cody. Er seufzte. »Es sind Terroristen, Tommy. So müssen wir diese Rebellen betrachten, als Terroristen. Wir müssen ihren Willen brechen, Tommy. Tun Sie genau das.«

»Ja, Sir«, erwiderte Tommy Levant leise. »Aber es muss mir nicht gefallen.«

Das FBI der späten neunziger Jahre hatte nichts mit der alten Organisation zur Verbrechensbekämpfung zu tun. Es war jetzt mehr eine Anti-Guerilla-Einheit, da organisiertes Verbrechen seit den Bombardements von 1988 praktisch weltweit nicht mehr existent war.

Zwar befassten sich die Mitarbeiter des FBI immer noch mit Fällen von Mord und Vergewaltigung, sowie mit Verbrechen, die gegen die Regierung gerichtet waren, doch in erster Linie wurde ein Kampf gegen Ben Raines und seine Rebellen geführt.

Die Mitarbeiter des neuen FBI waren längst nicht so gut ausgebildet wie früher. Die Bomben hatten nicht nur das Antlitz der Vereinigten Staaten grundlegend verändert, sondern auch tief greifende Veränderungen im Leben der überlebenden Bürger bewirkt. Fabriken und Geschäfte waren wieder eröffnet worden, es wurde wieder produziert und angeboten, aber für viele Überlebende war es nach wie vor ein Kampf. Für manche Bürger war es mit immensen Schwierigkeiten verbunden, Brot und Fleisch und Kartoffeln auf den Mittagstisch zu bringen – nicht nur in den USA, sondern überall auf der Welt.

In den Augen vieler ließ die Regierung ihre Bürger im Stich. Ben Raines dagegen hatte aus dem Nichts und quasi über Nacht eine funktionierende Gesellschaft geschaffen, in der das Leben lebenswert war.

Die Bürger fragten sich, warum ihre Regierung das nicht auch fertig brachte. Aber die Regierung reagierte nicht auf diese Fragen, jedenfalls nicht zur Zufriedenheit der Fragensteller. Wenn die Regierung ehrlich hätte antworten sollen, dann hätte sie erklären müssen, dass sie schon seit Jahren nicht mehr arbeitsfähig war. Ein Senator hatte erklärt, Ben Raines' Regierungsform sei so simpel, dass sie schon wieder komplex war.

In den Tri-Staaten arbeiteten die Menschen aus vielerlei Gründen zusammen: um Energie zu sparen, um die Regierung zu stärken, um mehr Land für den Getreideanbau bereitzustellen, um den Menschen durch Gesundheitsfürsorge, Polizei, Feuerwehr und soziale Dienste mehr Schutz zu bieten. Zum ersten Mal in ihrem Leben kümmerte man sich um die alten Menschen und respektierte sie. Sie wurden nicht in Altenheime abgeschoben und vergessen. Die Bevölkerungskonzentration in den Tri-Staaten wurde sorgfältig geplant. Menschen aller Altersgruppen wurden gemeinsam in Häusern und Apartments untergebracht. Wer alt war, noch arbeiten konnte und das auch wollte, der wurde ermutigt, es auch zu tun. Die Alten konnten so lange arbeiten, bis sie müde waren, dann konnten sie nach Hause gehen. Niemand hielt nach, ob sie am Tag eine Stunde oder acht Stunden arbeiteten. Die Erwachsenen hielten sich nicht mit einem Verhalten wie im Kindergarten auf, da sie niemandem etwas beweisen mussten. Das Wissen der älteren Bürger war groß und wertvoll. Die Jüngeren konnten von den Alten viel lernen, wenn sie nur bereit waren, ihnen zuzuhören. In den Tri-Staaten hörten sie zu.

Damit dieses System funktionieren konnte, musste das Tempo gedrosselt werden. Der Druck musste verringert und das Ehrgefühl wiederhergestellt werden. Die Arbeitsmoral musste auf allen Ebenen erneuert werden. In den Tri-Staaten war das der Fall.

Dort gab es niemanden, für den ein Mittagessen aus drei Martini bestand. In den Tri-Staaten arbeiteten die Manager genauso hart, sonst wurden sie ausgewiesen. Auf Dauer.

Zum ersten Mal seit vielen Jahrzehnten gab es keine Sozialhilfe, keine Lebensmittelmarken, keine Arbeitslosigkeit. An deren Stelle rückten Jobs für alle. Und alle Erwachsenen arbeiteten. Wer glaubte, ein Job sei unter seiner Würde, oder zu faul war, der wurde zum nächsten Grenzposten gebracht und des Landes verwiesen. Wenn minderjährige Kinder im Spiel waren, wurden die ihren Eltern abgenommen und sofort von Familien in den Tri-Staaten adoptiert.

Zugegeben, es war eine harte Verfahrensweise. Und sie deckte sich auch in keiner Weise mit der Verfassung der Vereinigten Staaten.

Aber sie funktionierte!

ZWEI

»Al Cody wird das nicht einfach so hinnehmen«, sagte Ben zu einer Fraktion der Rebellen. Zwei Tage waren seit dem Angriff auf die FBI-Agenten vergangen. »Wir müssen handeln, und das rasch.«

Dr. Chase stand am Rand der Gruppe und warf Ben einen unerfreuten Blick zu. Er murmelte irgendetwas über Bens Herkunft und ging hinaus. »Der Mann sollte im Bett liegen und ruhig sein«, brummte Chase.

»Alle Einheiten sollen sich sofort in Bewegung setzen«, sagte Ben. »Sie kennen den Ablauf. Wir brechen *jetzt sofort* von hier auf! Räumt das Lager. Wir setzen uns zur Wyoming-Basis ab. Bewegt euch, Leute!«

Jerre berührte seinen Arm. »Ben, du bist nicht kräftig genug für diese Reise. Du ...«

»Ich muss, Jerre. Wir müssen von hier weg. Es kann sein, dass es genügt hat, um Cody aus der Reserve zu locken. Du weißt, was unsere Geheimdienstleute berichten.«

Ike McGowen fügte hinzu: »Folter, Vergewaltigung, physische Erniedrigung; das alles sind Begriffe aus dem letzten Report, den wir erhalten haben, Jerre.« Der Ex-Navy SEAL kaute nachdenklich auf einem Grashalm.

»Ich kann nicht glauben, dass Präsident Addison mit alledem einverstanden ist«, sagte sie. »Er ist ... verdammt, er steht doch eher links. Er hat sich in den frühen achtziger Jahren so sehr für die Menschenrechte in Südamerika eingesetzt. Sagt man jedenfalls«, meinte sie und errötete.

»Ach, Kind.« Ike grinste. Der SEAL, der mit der *Medal of Honor* ausgezeichnet worden war, kannte Ben seit zehn Jahren. Er war einer der Männer, die die Tri-Staaten mitgegründet hatten.

Ben grinste ihn an.

»Was ist denn so lustig, El Presidente?«, fragte Ike.

»Ich habe gerade an den ersten Tag gedacht, als wir uns begegnet sind.«

»Ist schon lange her, Partner.«

Ben war an der Küste von Florida unterwegs und hatte an seinem Autoradio gedreht, als Musik aus den Lautsprechern tönte, gefolgt von einer Stimme. Erschrocken fuhr Ben an den Straßenrand und lauschte.

»Ja, Sir, Leute, es ist ein heller, schöner Tag hier in der City mit den Titties«, sagte die Stimme. »Die Temperatur liegt bei 35 Grad, und Ihr hört SEAL mit Gefühl, und Ike McGowen, der aufpasst, dass die Platten sich drehen.«

Ben fuhr weiter und hielt nach einem Sendemast Ausschau, bis er ihn schließlich entdeckte. Es war der klapprigste Mast, den er je gesehen hatte. Er war behutsam an die Wand eines Hauses am Ozean gelehnt worden. Begleitet von dem Eskimohund Juno, den er adoptiert hatte, ging Ben zu dem Haus, wo sie von einem Trupp spärlich gekleideter Frauen empfangen wurden, die alle automatische Waffen trugen.

Ben erfuhr, dass Ikes Radiostation den viel sagenden Sendernamen *MÖSE* trug.

Ben quartierte sich bei Ike und dessen Freundinnen ein, aber nicht nur das, sondern er verheiratete auch noch Ike und Meagan Ann Green. Die Zeremonie war nicht legal, aber es war das Beste, was man zu der Zeit machen konnte.

Wie Ben herausfand, war Ike schon vor der Bombardements von '88 Teil der Rebellenbewegung gewesen. Er gehörte zu der Gruppe, die unter dem Kommando von Bens ehemaligem Vorgesetzten aus Vietnam stand: Bull Dean.

Ben hatte von der Rebellenbewegung gehört, als er '84 von einem ihrer Mitglieder angesprochen worden war. Er hatte den Mann weggeschickt.

Aber später, als er durch das verwüstete Land reiste, sah er Werbetafeln, auf denen zu lesen war: BEN RAINES – NEHMEN SIE KONTAKT MIT UNS AUF. 39,2. Als er schließlich auf der Frequenz 39,2 Kontakt mit der mysteriösen Gruppe aufnahm, teilte man ihm zu seinem Erstaunen mit, dass ihm die Führung aller Rebellen übertragen worden sei.

Ben lehnte das ab.

Dann hatte Ike zu ihm gesagt: »Zum Teufel, General, ich werde dich nicht drängen. Sieh dir das Land an, aber deine Pflicht wird dich nach einiger Zeit einholen.«

Nachdem die Gruppe in Florida sich aufgelöst hatte, ging jeder seinen eigenen Weg. Ben legte zahllose Meilen zurück, aber die Schilder waren einfach überall: BEN RAINES – NEHMEN SIE KONTAKT MIT UNS AUF. 39,2.

Schließlich wurde Ben klar, dass seine »Pflicht« ihn eingeholt hatte.

»Jedes Individuum, das die Rebellen, aktiv oder passiv, unterstützt«, erklärte der Nachrichtensprecher, »wird wegen Hochverrats angeklagt. Hochrangige Quellen im Justizministerium haben unsere Reporter wissen lassen, dieser Schritt sei notwendig, damit die Rebellen nicht länger mit Waffen und Ausrüstung versorgt werden. Ben Raines, der die Rebellen anführt, gilt als der vom FBI meistgesuchte Mann des Landes. Der ...«

Präsident Addison schaltete den Fernseher aus und drückte einen Knopf auf seinem Schreibtisch.

»Ja, Sir?«

»Sagen Sie dem Vizepräsidenten, dass ich ihn sehen möchte – sofort!«

»Wird gemacht, Sir.«

Vizepräsident Lowry war innerhalb von fünf Minuten im Oval Office. Weston Lowry konnte den Zorn in Addisons Augen sehen – der Mann gab sich keine Mühe, ihn zu verbergen. Und der Vizepräsident machte seinerseits keinen Versuch, seine Abneigung gegenüber dem Präsidenten zu verheimlichen.

»Wessen Idee war es, die Bürger des Verrats zu bezichtigen, die Raines' Sache unterstützen?«, wollte Addison wissen.

»Ich glaube, von Raines' Sache war nicht die Rede gewe...«

»Gottverdammt, Sie wissen, was ich meine!« Addison schlug mit der flachen Hand auf die Schreibtischplatte. »Was zum Teufel wollen Sie und Ihre Leute eigentlich? Einen Bürgerkrieg vom Zaun brechen? Wir versuchen noch immer, uns von dem Schlag von vor elf Jahren zu erholen.«

»Mr. President, wir haben den Kongress befragt. Alle bedeutenden Mitglieder ...«

»Mir hat aber davon niemand etwas gesagt.«

Lowry ignorierte den Einwurf. »... und sie glauben, dass dieses Land nur überleben kann, wenn Ben Raines und seine Rebellen vernichtet werden. Sie ...«

»Die Briten haben etwas Ähnliches jahrelang in Nordirland versucht. Es hat dort nicht geklappt, und das wird es hier auch nicht.«

»... glauben auch, dass diese Gefahr ernst genug ist, um den Begriff des Verrats ins Spiel zu bringen. Wenn es dazu kommen sollte, Mr. President, dann haben sie genug Stimmen, um jedes Veto zu Fall zu bringen.«

Addison war so wütend, dass er zitterte und sein Gesicht rot anlief. »Lowry, ich werde eine Pressekonferenz einberufen und mich öffentlich und mit allem Nachdruck von diesem Plan distanzieren und mich dagegen aussprechen.«

»Das ist Ihr gutes Recht, Sir.« Lowry war nach wie vor völlig ruhig.

»Das ist alles«, sagte Addison.

»Ja, Sir.«

Lowry grinste, als er das Büro verließ. Er hätte am liebsten die Tür hinter sich zugeschlagen.

Der kleine Konvoi rollte durch die Nacht, vorbei an verlassenen Häusern und menschenleeren Städten. Ben befand sich in einem Wagen in der Mitte des bewaffneten Konvois. Er schlief, und sein Kopf ruhte auf Jerres Schulter. James Riverson saß am Steuer; so wie viele der Rebellen in seinem persönlichen Kontingent kannte Ben Riverson bereits seit Jahren.

»Das gefällt mir überhaupt nicht, Miss Jerre«, sagte der hünenhafte Ex-Trucker aus Missouri, dessen große Hände das Lenkrad unnormal klein erscheinen ließ. Riverson hatte seine Frau Belle bei den Kämpfen um die Tri-Staaten verloren und seine Kinder waren von Regierungstruppen getötet worden.

Riverson hasste die Regierung, die über die Vereinigten Staaten herrschte, und so wie viele andere Rebellen konnte er nicht verstehen, warum die Tri-Staaten zerstört worden waren.

»Was gefällt Ihnen nicht, James?«

»Die Art, wie sich das alles entwickelt. Die Leute werden am Ende zwischen allen Stühlen sitzen.«

»Ich weiß. Und Ben weiß es auch. Ihm gefällt es ebenfalls nicht. Er wird Flugblätter drucken lassen, um den Leuten zu raten, sich zurückzuhalten.«

»Sie wissen, dass die das nicht machen werden. Die Mehrheit der Bürger versteht nicht, wie wir so schnell eine funktionierende Gesellschaft aufbauen konnten, während ihre eigenen Volksvertreter offenbar gar nichts bewerkstelligen können. Sie reden unaufhörlich, tun aber nichts. Oder nur verdammt wenig.«

»War es nicht schon immer so, James? Sie sind doch älter als ich, Sie müssen das doch wissen.«

Er nickte langsam. »Ich schätze schon, Miss Jerre. Aber nach 1980 bin ich nicht mal mehr zur Wahl gegangen.«

»Ich finde das sehr traurig, James.«

»Das war es auch. Aber was soll's? Die Gerichte haben das Land regiert, die Menschen konnten gar nichts machen. Jedenfalls nicht die Leute, die intelligent genug waren, um es zu merken.« Er grinste im fahlen Schein der Armaturenbrettbeleuchtung. »Tut mir Leid, Miss Jerre. Das war etwas egoistisch von mir. Jeder hat Rechte. Ich wünschte nur, sie hätten uns in den Tri-Staaten in Ruhe gelassen. Wir haben keine Menschenseele gestört. Wir waren einfach nur zufrieden.«

Ben stöhnte im Schlaf.

»Möchte wissen, woran der General gerade denkt«, sagte James.

Er war Salina zum ersten Mal in einem Motel in Indiana am Rande der Interstate begegnet. Zuerst hatte er sie für eine Weiße gehalten, die mit einer Gruppe Schwarzer unterwegs war. Da er gerade von einem Besuch bei seinem Bruder in Chicago kam, wo sich Weiße und Schwarze alle Mühe gaben, sich gegenseitig abzuschlachten, kam ihm das etwas seltsam vor.

Doch ein Mitglied der Gruppe, das Weiße hasste, hatte gesagt, Salina sei ein Zebra.

»Was bedeutet das?«, hatte Ben sie später gefragt, als sie allein waren.

»Halb schwarz, halb weiß. Und ja, meine Eltern waren verheiratet«, erwiderte sie.

»Ich hätte nicht gedacht, dass du ...«

»Ich bin keine Weiße«, unterbrach sie ihn lächelnd.

Zur Gruppe gehörten Männer und Frauen, die sich später Ben bei der Gründung der Tri-Staaten anschließen sollten: Cecil Jefferys und seine Frau Lila. Jake und seine Frau Nora. Clint und Jane. Und Ben und Salina sollten später heiraten. Saline war während der letzten Stunden des Überlebenskampfs hochschwanger in den Wäldern der Tri-Staaten getötet worden.

So viele waren für diesen Traum gestorben.

Sam Hartline sah aus wie das Fleisch gewordene Hollywood-Stereotyp eines Söldners. 1,80 Meter groß, muskulös, braun gebrannt, dunkelbraunes Haar, das an den Schläfen ein wenig ergraut war, kalte grüne Augen, und auf der rechten Wange eine Narbe. Er sprach zu den gut hundert FBI-Agenten, die er in einem alten Hotel in der verlassenen Stadt in Virginia hatte zusammenkommen lassen. Seinen eigenen Männer musste er nichts sagen, sie kannten seine Ausführungen.

»Ihr seid also die Jungs, die den Schlag anführen, dem Ben Raines zum Opfer fallen soll, wie?« Er grinste. »Und schaffen wollt ihr das, indem ihr den Willen der Zivilisten brecht, die zu ihm stehen, richtig? Gut, aber ihr solltet wissen, dass ein unempfindlicher Magen sehr nützlich sein wird.« Er grinste noch breiter. »Ich nehme an, den habt ihr. Ihr seht nicht so verweichlicht aus wie die anderen Typen, die früher zum FBI gehörten. Ihr macht einen harten Eindruck, und ihr solltet besser auch genauso hart sein.«

Er trank einen Schluck Wasser und sah wieder die Männer

an. »Wie geht man nun mit männlichen Gefangenen um, noch bevor das eigentliche Verhör beginnt?«, fragte er rhetorisch. »Der Mann ... der Beschützer von Haus und Hof, der Starke. Die Techniken sind exakt das Gegenteil von dem, wie man mit weiblichen Gefangenen umgeht. Mit dem Mann muss man gleich von Anfang an hart umspringen ... muss seinen männlichen Stolz attackieren, seine Männlichkeit, seinen Schwanz. Man reißt einem Mann die Kleider vom Leib und lässt ihn nackt dastehen. Ein nackter Mann fühlt sich wehrlos. Er verliert einen Großteil seines arroganten Stolzes.«

Er machte eine kurze Pause. »Bei einer Frau verläuft es genau umgekehrt. Gewalt wird hier erst als letztes Mittel angewendet. Man befiehlt ihr, sich auszuziehen. Damit ist ihre Würde gleich von Anfang an ausgehöhlt. Das ist sehr wichtig. Lasst sie nie durchschlafen. Weckt sie alle paar Minuten auf, damit sie sich ausmalen können, welche Foltermethoden womöglich als Nächstes auf sie warten. Schlafmangel wirkt irritierend und widerspricht der Norm.«

Er deutete auf einen Mann, der neben einer geschlossenen Tür stand. »Ich möchte Ihnen jetzt ein Beispiel geben«, sagte er, woraufhin der Mann die Tür öffnete und zwei von Hartlines Leuten einen jungen Mann Ende zwanzig in den großen Saal brachten und auf eine kleine Bühne zerrten. Er war unrasiert und wirkte extrem übermüdet.

»Guten Morgen, Victor«, sagte Hartline fröhlich. »Gut geschlafen?«

Der Mann erwiderte nichts.

»Zieh dich aus, Victor«, sagte Hartline und lächelte ihn an.

»Fick dich!«

Hartline lachte und gab den beiden stämmigen Männern ein Zeichen. Sie drückten den jungen Mann zu Boden und rissen ihm die Kleidung vom Leib, dann zerrten sie ihn hoch, bis er vor einem Raum voller Fremder völlig nackt auf der Bühne stand.

»Wie du siehst, Victor« sagte Hartline, »bist du nur ein Baby. Ich kann mit dir alles machen, was ich will und wann ich es will. Denk immer dran, Victor. Das kann dir eine Menge

Schmerz ersparen. Also Victor, wer ist der Anführer deiner Zelle?«

Victor stand da, ohne einen Ton zu sagen, während er versuchte, so würdevoll wie möglich zu wirken.

»Victor, Victor«, sagte Hartline. »Warum machst du das nur? Du wirst mir doch sowieso sagen, was ich wissen will.«

»Wenn Sie mich foltern wollen«, gab der junge Mann zurück, »dann fangen Sie schon an.«

Hartline lachte herzhaft und ließ gleichmäßige weiße Zähne erkennen. »Ach, Victor! Ich werde *dich* überhaupt nicht foltern, mein Junge.« Abermals sah er zu dem Mann an der inzwischen wieder geschlossenen Tür.

Zwei weitere Männer brachten eine junge Frau in den Raum, die offensichtlich mit dem jungen Mann eng verwandt war. Sie und Victor hatten das gleiche zart geschnittene Gesicht, die gleiche Hautfarbe und die gleichen blassen Augen.

»Rebecca!«, rief Victor und wollte zu ihr, wurde aber von kräftigen Händen gepackt und brutal zurückgerissen. »Du Hurensohn!«, schrie er Hartline an.

Der Söldner war amüsiert. »Fesselt ihn an den Stuhl da drüben. Die Hände nach hinten, die Fußgelenke an die Stuhlbeine.«

Hartline sah die junge Frau an, etwas Bösartiges blitzte in seinen Augen auf. »So, meine Liebe, du darfst jetzt die Hüllen fallen lassen.«

»Das werde ich nicht«, erwiderte sie und hob trotzig das Kinn.

Hartline musste leise lachen. »O doch, das wirst du. Ganz sicher.«

Hartline nahm einen kleinen Elektroschocker und drehte die Voltzahl hoch. Dann stellte er sich neben Victor und sah die Frau an. »Zieh dich aus.«

»Nein«, flüsterte sie.

Hartline drückte den Stab auf Victors Oberarm und aktivierte ihn. Der junge Mann zuckte zusammen und stieß einen Schmerzensschrei aus.

»Tu es nicht, Schwester! Ich kann das aushalten.«

Hartline presste den Stab auf Victors Penis. Diesmal war der Schmerz so schlimm, dass er den Stuhl umriss und auf die Seite fiel.

»Hören Sie auf«, rief Rebecca. »Tun Sie ihm nicht mehr weh, ich mache alles, was Sie wollen.«

»Braves Mädchen«, sagte der Söldner.

Während sich Rebecca auszog, ging der Söldner immer wieder um sie herum und machte Bemerkungen über ihre Figur – wie schlank ihre Beine, wie fest ihre Brüste seien, wie gepflegt ihr Schamhaar sei.

Hartline musste lächeln, als einige der Männer begeistert pfiffen. Er strich mit den Händen über den Körper der jungen Frau, schob eine Hand zwischen ihre Schenkel und beobachtete Victor, dessen Stuhl wieder aufgestellt worden war. »Den Namen des Zellenanführers, junger Mann. Die Zeit für Spielchen ist jetzt vorüber.«

»Sag ihm nichts, Victor!«, rief Rebecca. »Unser Leben bedeutet nichts. Wir können es aushalten. Wir sind für ihn nichts wert, wenn wir tot sind. Er wird uns nicht töten.«

Hartline lächelte. »Gut beobachtet, meine Liebe. Sehr gut sogar. Aber manchmal ist der Tod dem Überleben vorzuziehen.«

Sie lächelte nur.

»Du zweifelst daran? Oh, meine Liebe, wie naiv du doch bist. Ich habe Menschen gesehen, die dem Wahnsinn nahe waren. Man hatte ihnen die ganze Haut vom Leib gezogen, aber sie lebten immer noch und bettelten darum, endlich sterben zu dürfen. Ich habe gesehen, welche Objekte man alles in den Anus eines Mannes einführen kann. Ich will hier nicht in Details gehen, aber ich kann sagen, dass es sehr interessant sein kann. Also, meine Liebe?«

Die Frau spuckte ihm ins Gesicht.

»Aber, meine Liebe«, sagte Hartline und wischte sich den Speichel von der Wange. »Jetzt hast du mich aber böse gemacht.« Er sah zu Victor. »Zum letzten Mal, Victor. Wie heißt euer Anführer?«

Victor schüttelte den Kopf.

Hartline sah wieder die junge Frau an.

»Ich werde nichts sagen«, erklärte sie.

Hartline senkte den Kopf und leckte an ihrer Brustwarze, bis die Haut nass war. Dann richtete er sich auf und legte den Elektroschocker auf Rebeccas Brust. »Einer von euch wird es sagen«, verkündete er.

»Was sollen wir machen?« Senator Carson sah Präsident Addison fragend an. »Diese Nation kann einen Bürgerkrieg nicht überstehen.«

»Ich weiß nicht, Bill«, sagte Aston und trommelte mit den Fingerspitzen auf seinen Schreibtisch. »Das ist eine persönliche Sache zwischen Cody und Raines. Codys Bruder wurde in den Tri-Staaten getötet. Wie viel Rückhalt habe ich wirklich, Bill?«

Der alte Senator seufzte. Er war länger Mitglied des Senats als jeder andere, da er schon seit 1960 und der Zeit von Jack Kennedy dazugehörte. Er hatte viel erlebt. Während der Bombenabwürfe und noch kurz danach war er für tot gehalten worden. Tatsächlich aber hatte er in den Bergen von North Carolina Urlaub gemacht, als die ersten Gerüchte über einen drohenden Krieg aufgekommen waren. Er hatte sich entschlossen, nicht nach Washington zurückzukehren, als er erfahren hatte, dass das Militär kurz vor dem atomaren Schlagabtausch die Kontrolle über das Land an sich gerissen hatte.

»Verdammt«, gab Carson schließlich zurück. »In all meinen Dienstjahren habe ich noch nie eine so drastische Verschiebung in den Gefühlen meiner Kollegen erlebt. Ich kann ihnen nicht klar machen, dass das nicht zu einem Bürgerkrieg eskalieren darf. Sie wollen einfach nicht zuhören.«

»Ich möchte wetten, dass Weston Lowry in die Sache verstrickt ist.«

»Natürlich, Aston. Ich erkenne hier überall seine Handschrift. Ich habe Sie gewarnt, Aston. Ich habe Sie bedrängt, nicht diesen Bastard zu nehmen.«

Aston zuckte mit den Schultern. »Ich musste irgendetwas machen, um die Jungs zu beschwichtigen, die auf Recht und

Ordnung pochen«, erwiderte er. »Verdammt, Bill, das wissen Sie doch.« Er sah dem älteren Mann in die Augen. »Sie haben wirklich die nötigen Stimmen? In beiden Häusern?«

»Ja.«

»Es wird blutig werden?«

»Ja.«

»Und wer ist Sam Hartline?«

»Sam Hartline ist ein gottverdammter Psychopath«, sagte Cecil Jefferys zu Ike und Ben. »Und ein Hardliner. Und ein Schwarzenhasser. Er war '88 und '89 zusammen mit Jeb Fargo in der Nähe von Chicago.«

Am Tag, bevor Ben Cecil und Salina kennen gelernt hatte, war er zu Besuch bei seinem Bruder in Chicago gewesen. Was er dort gesehen hatte, empfand er als schockierend und abstoßend zugleich, da er nicht glauben konnte, wie sehr sich sein älterer Bruder verändert hatte.

Man hielt Ben an einer Straßensperre an und verwehrte ihm die Einfahrt in den Stadtteil.

»Sie müssen hier bleiben und sich uns anschließen«, sagte ein Mann.

»Was?«, fragte Ben.

»Wir werden diese verdammten Nigger auslöschen«, erklärte der Mann. »Ein für allemal. Dann können wir wieder eine anständige Gesellschaft aufbauen.«

Ben wollte seinen Ohren nicht trauen. Man konnte Ben Raines alles mögliche vorwerfen, aber eins wusste er: dass Gut und Böse sich nicht nach der Hautfarbe richten. Er ließ den Mann weiterreden, bis er ihn zu seinem Bruder durchließ. Er konnte nicht fassen, wie sehr sich Carl Raines verändert hatte. Er stritt mit Carl, er versuchte, vernünftig mit ihm zu reden, damit der seine Familie nahm und mit Ben fortging.

»Auf keinen Fall«, sagte Carl. »Ich bleibe hier und beschütze mein Haus!«

»Dein Haus?«, brüllte Ben ihn an. »Verdammt, Carl, im ganzen Land stehen Millionen von Häusern leer. Du kannst dir eines aussuchen. Wenn du willst, kannst du dich in der Villa eines Gouverneurs einquartieren.«

»Da haben sich garantiert schon Nigger eingenistet.«

Ben versuchte, auf seinen Bruder einzureden, um ihn umzustimmen, bis eine Stimme hinter ihm ihn dazu veranlasste, den Mund zu halten.

»Warum schaffst du nicht einfach deinen Arsch hier weg, du Niggerfreund?«

Der Mann trug eine Nazi-Uniform, komplett mit Hakenkreuz. Jeb Fargo.

Die Menschenmenge, die sich um ihn versammelt hatte, wirkte feindselig.

Ben reichte seinem Bruder zum Abschied nicht die Hand, sondern ging fort und bahnte sich seinen Weg durch die Menge.

»Sam war nach mir in Afrika«, sagte Ben. »Aber ich habe mitverfolgt, was sich drüben zugetragen hat. Hin und wieder haben mir ein paar Kameraden geschrieben. Ich habe von Sam gehört, er ist ein Experte für Folterungen. Ich kann nicht glauben, dass Addison so etwas mitmacht.«

»Macht er auch nicht«, sagte Cecil. »Es heißt, dass sich da in Richmond ein Machtgerangel abspielt. Lowry will das Weiße Haus für sich.«

»Und auf welcher Seite steht das Militär?«, wollte Ben wissen.

»Meine Truppen sind gespalten«, sagte General Rimel von der Luftwaffe zu den Vertretern der anderen Zweige. »Aber es ist kein ausgewogenes Verhältnis. Ich würde sagen, dass vielleicht, nun ... ein Drittel meiner Männer aktiv gegen Raines und seine Rebellen vorgehen wird.«

»Es tut mir zwar weh«, sagte General Franklin vom Marine Corps, »aber so sieht es in etwa auch bei meinen Männern aus.«

»Hier auch«, meinte General Preston von der Army.

»Genau«, pflichtete Admiral Calland von der Navy bei.

»Also sind wir außen vor?«, fragte Rimel.

»Von einigen ausgesuchten Einheiten abgesehen, würde ich

Ja sagen«, meinte Franklin. »Aber rund hundert von Codys Leuten sind zu einem Treffen mit Sam Hartline gegangen, das in einer verlassenen Tennessee-Grenzstadt stattfindet.«

»Hartline?«, wiederholte Preston. »Der Söldner?«

»Genau der.«

»Wie viele Männer hat Hartline?«

»Einige tausend. Und alles erfahrene Kämpfer.«

Calland dachte einen Moment lang nach. »Wie viele Leute hat Raines?«

»Die Rebellen können immer nur zwischen dreitausend und viertausend Mann zusammenbekommen«, erklärte Preston. »Unsere Geheimdienstberichte besagen, dass er in jeder der vier Sektionen der Nation etwas mehr als ein Bataillon hat. Er hat General Krigel im Osten, Major Conger im Mittleren Norden, Colonel Ramos im Südwesten und General Bill Hazen im Mittleren Westen. Aber er hat an jedem gottverdammten Ort kleine Einheiten platziert. Und wenn Cody und Hartline direkt gegen die Leute vorgehen, wird Raines einen Bürgerkrieg anzetteln.«

»Außerdem wird er Guerillataktiken anwenden«, sagte Franklin.

»Verdammt richtig. Raines war ein Hell-Hound, der von Adams und Dean ausgebildet wurde.«

»Und er hat noch immer Ike McGowen bei sich. Ex-SEAL, der die *Medal of Honor* hat«, fügte Admiral Calland respektvoll an.

»Nun, Gentlemen«, sagte General Rimel, »Sie wissen alle, wie ich zu einer Invasion der Tri-Staaten stehe. Ich war dagegen. Aber keiner von uns kann direkt einen Befehl des Präsidenten oder des Kongresses ignorieren, weil wir sonst Stellung beziehen.« Er breitete seine Hände aus, als wolle er fragen: ›Und jetzt, Jungs?‹

»Ich schlage vor, wir reden heimlich mit den Generälen und Admirälen vor Ort«, sagte Preston. »Nur verschlüsselt, und wenn möglich, sogar nur unter vier Augen. Wenn wir das erledigt haben, sollten wir Raines wissen lassen, wie der Stand der Dinge ist.«

»Verdammt!«, fluchte General Franklin. »Allein den Gedanken daran hasse ich schon.«

»Na ja«, sagte Preston und stichelte: »Wir haben dir nie einen Rosengarten versprochen.«

»Oh, Jerry! Verdammt witzig«, stöhnte Franklin.

Victor sah mit an, wie der fünfte Mann seine Schwester von hinten nehmen wollte. Er versuchte, ihre Schreie nicht zu hören, aber es gelang ihm nicht. »Hört auf, hört auf«, sagte er schließlich mit schwacher Stimme. »Lasst sie in Ruhe, ich sage alles, was Sie wissen wollen.«

Der Mann hielt inne und sagte: »Wird auch Zeit. Sie ist schon völlig blutverschmiert.«

»Holt einen Arzt, damit er sich um sie kümmert«, wies Hartline einen seiner Männer an. »Auf der Stelle. Die Leute sollen wissen, dass ich fair mit ihnen umgehe, wenn sie kooperieren.«

Rebecca wurde aus dem Saal getragen.

Hartline kniete neben Victor nieder. »Und nun, junger Mann, möchte ich gerne einen Namen hören.«

Noch in der gleichen Nacht wurde eine Haustür eingetreten und ein Mann aus seinem Bett gezerrt. Man brachte ihn zu einem alten Lager der Nationalgarde in Central Virginia, das vorübergehend als Unterkunft für Sam Hartlines Leute diente.

Der Mann wurde in ein Büro geschleppt und auf den Boden geworfen. Als er aufsah, stand Sam Hartline vor ihm. Der Söldner lächelte ihn an.

»Mr. Samuelson«, sagte Hartline. »Sie verfügen über großes Wissen, an dem ich gerne teilhätte.«

»Niemals«, erwiderte Samuelson.

»Ach, Mr. Samuelson, das ist bestimmt nicht so von Ihnen gemeint.«

»Doch, es ist so gemeint.«

»Bevor Sie solche Erklärungen übereilt von sich geben«, sagte Hartline, »sollten Sie vielleicht erst einmal Ihre Tochter Ruth fragen. Sie müssen wissen, dass sie im Moment ... na, wie soll ich es sagen, dass sie im Moment damit beschäftigt ist, meinen Männern hier im Lager die Zeit zu versüßen.«

»Ich glaube Ihnen kein Wort«, sagte Samuelson.

Samuelson wurde hochgerissen und durch den Flur gezerrt. Vor einer geschlossenen Tür blieb Hartline stehen und lächelte wieder.

»Glauben Sie mir, Mr. Samuelson«, sagte er. »Glauben Sie mir.« Dann öffnete er die Tür.

DREI

Der Frühling ging allmählich in den frühen Sommer über. Ein seltsamer Frieden herrschte im Land, aber beide Seiten wussten, dass es nur die Ruhe vor dem Sturm war. Die Ruhe vor einem Bürgerkrieg.

Eine Rebellen-Zelle im Osten war ausgehoben worden. Samuelson und seine Tochter Ruth wurden auf der Basis festgehalten, die Hartline für Trainingszwecke benutzte. Aus Samuelson hatte man alle brauchbaren Informationen herausgeholt, der Mann war nur ein Schatten seiner Selbst. Er war körperlich und geistig ein gebrochener Mann. Seine Tochter war mit solcher Heftigkeit missbraucht worden, dass sie sich in sich selbst zurückgezogen hatte, ohne dass ihr noch jemand helfen konnte. Sie hockte in einer Zellenecke und sang Kinderlieder. Ihre Haare hatte sie sich alle ausgerissen.

Am 1. Juni 1999 wurde eine Art Militärgericht ins Leben gerufen. Es bestand aus Männern und Frauen der Soldaten, die Cody und Lowry loyal gegenüberstanden, aus Hartlines Söldnern sowie zwei äußerst verängstigten Bürger aus einer Stadt in der Nähe. Das Gericht verurteilte Samuelson und seine Tochter zum Tode durch den Strang, da sie des Hochverrats an den Vereinigten Staaten für schuldig befunden wurden. Das Verfahren dauerte zwanzig Minuten, und am nächsten Morgen wurden die beiden gehängt.

In Washington saß Präsident Addison zusammen mit Senator Carson in seinem Privatzimmer. Der alte Senator aus Vermont, der üblicherweise sehr auf seine Wortwahl achtete, war ungewohnt direkt: »Die Kacke dampft, Aston.«

»Und es gibt nichts, was wir unternehmen könnten.«

»Stimmt.«

»Ich bin eigentlich nur ein Aushängeschild, nicht wahr, Bill?«

»Wenn man es genau nimmt ... ja.«

»Ich spiele mit dem Gedanken, mein Amt aufzugeben.«

»Machen Sie das nicht. Ich hege die Hoffnung, dass wir Sie im Weißen Haus brauchen werden, *wenn* meine Kollegen in ein paar Wochen oder Monaten sehen, wie blutig und überflüssig dieser Krieg ist, und sie zur Besinnung kommen – und sich gegen Cody und Lowry stellen.«

Der Präsident schüttelte den Kopf. »Das wird nicht geschehen, Bill. Sie träumen. Mir sind einige Dinge jetzt viel klarer. Logan hat Lowry die ganze Zeit über gefördert, nur hat er ihn absichtlich im Hintergrund agieren lassen. Mir fallen jetzt Dinge ein, die mir damals unbedeutend vorkamen.«

»So?«

»Ja, ich erinnere mich an all die Male, als sich Hilton mit Lowry traf. Ich weiß, dass Dallas Valentine eine Affäre mit Logans Frau hatte ... aber wenn ich zurückblicke, glaube ich, dass das auch für Lowry galt.«

»Die Dame war aber ziemlich beschäftigt, was?«, bemerkte Carson mit süffisantem Tonfall.

»Kann man wohl sagen. Ich erinnere mich daran, dass Lowry als der Mann im Hintergrund erwähnt wurde, als das Gehirn hinter Hilton Logan. Ja ... Und Jeb Fargo hatte sich in Georgia niedergelassen, gleich außerhalb von Atlanta.« Aston lächelte. »Woher kommt Lowry, Bill?«

Der alte Mann rutschte auf seinem Platz hin und her. »Georgia. Smyrna, glaube ich. Sie entdecken die Zusammenhänge, Aston.«

»Ja, aber viel zu spät.«

»Vielleicht nicht. Es könnte reichen, um genügend Leute in beiden Häusern zu überzeugen und um uns wieder ins Rennen zu bringen.«

»Vorausgesetzt, die stecken nicht auch mit drin.«

»Das habe ich mir auch schon durch den Kopf gehen lassen.«

»Mit welchem Ergebnis?«

»Ich glaube, einige sind verstrickt. Aber wie viele ...?« Er zuckte mit den Schultern.

»Dieser Vater und seine Tochter, die heute Morgen gehängt wurden. Samuelson. Fürchterliche Sache. Möchte wissen, wie Raines darüber denkt?«

Ben war körperlich wieder hundertprozentig hergestellt. Und in diesem Moment war er zu hundert Prozent von Wut erfüllt, eiskalter Wut. Er blieb stehen und sah zu Ike. Der Ex-SEAL saß geduldig in dem Truppenzelt, eine CAR-15 quer über seinen Schoß gelegt.

»Wir müssen wieder ganz von vorn anfangen, alter Freund«, sagte Ben.

»Das ist wahr.« Ike wartete einen Moment lang, dann sprach er weiter, da Ben nichts sagte. »Du gibst doch nicht Samuelson und seiner Tochter die Schuld?«

»Oh, weiß Gott nicht! Es gibt keine Folter auf dieser Welt, der ein Mensch wirklich widerstehen könnte. Nein, ich gebe ihnen keine Schuld. Mich ärgert nur, dass es passiert ist.«

»Zwölf Zellen zerschlagen, über zweihundert Personen festgenommen«, sagte Cecil. »Mir wird übel, wenn ich daran denke, was im Augenblick mit diesen Leuten passiert.«

»Ich versuche, darüber nicht nachzudenken«, sagte Dr. Chase. Er sah zu Ben. »Wirst du sie rächen, Ben?«

Ben ließ sich so viel Zeit mit seiner Antwort, dass Chase die Frage gerade wiederholen wollte, als Ben sagte: »Ja, das werde ich. Aber nicht so, wie man es von uns erwarten wird.«

»Du wirst die Leute bewaffnen?«, wollte Cecil wissen.

»Ja, aber wir werden langsam vorgehen müssen. Ich habe die letzte Nacht so gut wie gar nicht geschlafen und mir die Sache durch den Kopf gehen lassen. Mein Entschluss steht fest.«

Die Männer warteten darauf, dass Ben den Befehl zum Gegenschlag gab.

»Ich fürchte, Cody und Hartline werden in den nächsten sechs bis zwölf Monaten von der Rebellenbewegung sehr enttäuscht sein.« Ben lächelte, als er die irritierten Gesichter der Männer um ihn herum sah. »Wir werden von Grund auf neu aufbauen. Wir werden alte Trainingslager in den Bergen und den Wüsten wieder aufmachen, wir werden horten und trainieren und uns absolut bedeckt halten, dass man glauben wird, wir würden gar nicht mehr existieren.«

Ben begann erneut, rastlos auf und ab zu gehen, wie er es immer machte, wenn er intensiv nachdachte. »Von heute an in einem Jahr, Gentlemen, werden wir zuschlagen. Wir werden so hart und an so vielen Stellen gleichzeitig zuschlagen, dass Cody, Hartline und die Kongressmitglieder, die zu ihnen stehen, nicht wissen, was über sie gekommen ist. Am 2. Juni 2000 werden wir diese Regierung stürzen und die Macht dem Volk zurückgeben.« Er lächelte. »Zumindest werden wir den ersten Schritt in diese Richtung unternehmen.«

Er blickte zu Ike. »Setz dich mit all unseren Commandern vor Ort in Verbindung, sie sollen alle wissen, was los ist. Die Nachricht soll verschlüsselt werden. Sag ihnen, dass es keine Racheakte und keine Vergeltungsschläge dafür gibt, dass sie Samuelson und seine Tochter gehängt und die Zellen zerschlagen haben. Erst, wenn ich den Befehl dazu gebe. Jeder Rebell, der sich dieser Anordnung widersetzt, wird vor ein Kriegsgericht gebracht und von mir persönlich erschossen. Ein Jahr, Gentlemen. Ein Jahr. Wenn die Zivilisation ihre ersten Schritte ins Jahr 2000 unternimmt, werden wir zuschlagen.«

Die Besprechung war beendet.

Vor dem Zelt sagte Cecil außer Hörweite: »Ich fand, dass schon die Sache mit den Tri-Staaten eine Mammutoperation war. Aber Ben ist jetzt im Begriff, einige gewaltige Schritte zu unternehmen, Ike.«

Bevor Ike etwas erwidern konnte, sagte Dr. Chase: »Tja, Jungs, eines muss ich über diesen verrückten und gottverdammten Soldaten sagen: Wenn es jemand schafft, dann er.«

Mitte des Sommers 1999 sahen sich die Überlebenden der nuklearen Bombardements von 1988 mit einer unerfreulichen Wahrheit konfrontiert: Amerika war fest im Griff eines Polizeistaates.

Die gesamte Polizei stand ab sofort im Dienst des Staates, so dass Staats-, Bezirks- und Stadtgrenzen keinerlei Bedeutung mehr hatten. Das FBI wandelte sich über Nacht zu einer

Organisation von beängstigenden Ausmaßen, die manchen an die Gestapo in Nazi-Deutschland erinnerte.

Ein einziges Wort gegen die Regierung in Richmond, und fast umgehend drang das FBI in die Wohnung des Betreffenden ein – ohne richterliche Anordnung, ohne anzuklopfen.

Das Große Auge und das Große Ohr schienen überall zu sein. Niemand wusste, wem er trauen konnte. Die Regierung bezahlte respektabel für Informationen über Bürger, die regierungsfeindlich eingestellt waren. Informanten erhielten Extra-Rationen Fleisch und Zucker, Benzin und Kleidung.

Kurz nach dem weltweiten Schlagabtausch von 1988, als Hilton Logan als neuer Präsident der USA vereidigt wurde, begann die Regierung, alle Handfeuerwaffen und großkalibrigen Gewehre einzusammeln und Bürger umzusiedeln. Logan siedelte so viele wie möglich an der Ostküste an, wobei er die »heißen Gebiete« mied, in denen die Strahlung noch immer tödlich war. Als Folge davon waren eine Vielzahl von Staaten mit einem Mal praktisch menschenleer.

Genau diese Staaten wählte Ben aus, damit seine Rebellen dort neues Personal ausbildeten.

Am 1. Juli begann Ben, von Staat zu Staat zu reisen und sich mit seinen Commandern zu treffen. Es war gefährlich, aber er musste etwas unternehmen. Bis Ende August hatten seine Commander 7200 Männer und Frauen rekrutiert. Ben und seine Commander wussten, dass sich unter ihnen Spitzel der Regierung befanden, unternahmen aber solange nichts dagegen, bis diese 7200 Rekruten in kleine Trainingseinheiten aufgesplittet und auf verschiedenen Basen in den Bergen, den Wüsten, den Ebenen und den Sümpfen verteilt worden waren.

Erst da wurden den Agenten und Spionen der Regierung klar, wie schwer es war, etwas zu infiltrieren, das von Ben Raines ins Leben gerufen worden war.

In jeder Einheit gab es mehrere Spezialisten, die geübt waren im Umgang mit dem Lügendetektor und mit Seren, die es ermöglichten, aus jedem die Wahrheit herauszuholen, so sehr er sich auch dagegen wehren mochte.

Jeder Freiwillige wurde rigoros diesen gründlichen Tests unterzogen, da nichts dem Zufall überlassen werden konnte. Entlarvte Spione wurden gehängt und anonym begraben. Die Regierung erfuhr von den Vorgängen nicht ein einziges Wort. Ben sagte seinen Rebellen, man solle die Regierung in dem Glauben lassen, dass diese Leute noch immer lebten.

Dieser Zustand war für die Polizei, das FBI und Hartlines Männer frustrierend. Dass die Agenten beharrlich schwiegen, anstatt Informationen zu übermitteln, brachte Al Cody in Rage. Der Mann war so von sich eingenommen und hielt seine Leute für so gut, dass er nicht einmal die Möglichkeit in Erwägung ziehen wollte, sie könnten entlarvt und getötet worden sein. Zumindest nicht alle vierzig. Das war einfach unmöglich.

Nachdem die 72 Kompanien zu je hundert neuen Rebellen eingerichtet waren, wurde es sehr schwer, sich Bens Rebellen anzuschließen. Jeder neue Bewerber wurde zwei oder drei Wochen lang isoliert untergebracht und die ganze Zeit über strengen Tests und Befragungen unterworfen. Nach kurzer Zeit konnten die absolut Besten der Freiwilligen in die Kampfeinheiten der neuen Rebellen überwechseln.

In der Hauptstadt der Nation kursierten derweil hässliche Gerüchte, das Militär wolle sich angeblich aus jeder bevorstehenden Konfrontation zwischen den Rebellen und der Polizei heraushalten. Diese Gerüchte amüsierten Präsident Addison und Senator Carson, während Vizepräsident Lowry und Direktor Cody vor Wut kochten.

Am ersten Sonntag im August 1999 kam es zu gewalttätigen Auseinandersetzungen in den Great Smoky Mountains, einem der zentralen Trainingslager von Bens Rebellen. Präsident Addison war nicht in seinem Büro und konnte keinen Kommentar abgeben, so dass sein Vize Lowry mit Cody an seiner Seite eine außerordentliche Zusammenkunft in seinem Haus bei Richmond einberief.

Anwesend waren die Stabschefs: General Rimel von der Luftwaffe, General Preston von der Army, Admiral Calland von der Navy, General Franklin vom Marine Corps sowie Admiral Barstow von der Küstenwache.

Lowry räusperte sich, nestelte an seiner Krawatte und strich ein paar sorgfältig gefärbte Haarsträhnen aus dem Gesicht. »Gentlemen«, sagte er. »Ich habe sehr unerfreuliche Neuigkeiten gehört, die beunruhigend sind, wenn ich es harmlos ausdrücken soll. Ich habe sie im Fernsehen gehört und in der *Richmond Post* gelesen. Ich muss davon ausgehen, dass sie wenigstens zum Teil der Wahrheit entsprechen. Ich bin sicher der Erste, der einräumt, dass wir ein Problem in unserer Nation haben. Aber es ist nichts, was sich nicht lösen lässt, wenn wir alle zusammenarbeiten. Die Presse macht einen schweren Fehler, Gentlemen. Sie hat angefangen, Ben Raines' Rebellen romantisch verklärt darzustellen und sie als Freiheitskämpfer zu bezeichnen. Diese Truppe verblendeter Wahnsinniger muss gestoppt werden ...«

»Meinen Sie damit die Rebellen oder die Presse?«, fragte General Rimel mit ernster Miene.

Lowrys Gesichtszüge waren mit einem Schlag wie versteinert, und er wollte den General gerade anbrüllen, als er sich noch rechtzeitig unter Kontrolle bekam. Er atmete tief durch und trommelte auf die Tischplatte: »General Rimel, ich glaube nicht, dass dies der richtige Zeitpunkt für lockere Bemerkungen ist, ganz egal, wie aufgesetzt und geschmacklos sie auch sind. Sie alle kennen die Einstellung des Präsidenten in diesem Punkt. So wie Pilatus hat er seine Hände in völliger Unschuld gewaschen. Aber, Gentlemen, die Mehrheit in beiden Häusern unterstützt meinen Plan, die Nationen von diesen Rebellen zu befreien. An Ihrer Stelle würde ich das nicht vergessen. Und jetzt möchte ich wissen, wie das Militär dazu steht.«

»Das Militär steht auf dem gleichen Standpunkt wie immer«, sagte Admiral Calland fast beiläufig. »Bereit, jeden Eindringling zurückzuschlagen, der unsere Grenzen bedroht.«

»Schön wär's«, murmelte Preston so leise, dass nur Calland ihn hören konnte.

Der Mann von der Navy unterdrückte ein Grinsen.

Lowry drehte sich mit seinem Sessel so, dass er aus dem Fenster sehen konnte, während er den Männern in seinem Arbeitszimmer den Rücken zuwandte. Es regnete wieder. Ein schlechter Tag. Er seufzte. Erst nachdem er im Fernsehen davon hörte, hatte er selbst auch die Information erhalten, dass der Great Smoky Mountains National Park in Tennessee und North Carolina geschlossen worden war. Man schätzte, dass sich rund 1500 Rebellen in dem weitläufigen Park aufhielten. Sie hatten ihn übernommen und vermint und mit Fallen versehen. Posten mit Maschinengewehren hielten sich in gut getarnten Bunkern auf, und in Tennessee und North Carolina waren bereits über hundert Opfer unter den Polizisten zu beklagen, ohne dass man sich dem Hauptgebiet auch nur im Ansatz genähert hatte. Sie wurden unentwegt attackiert, und beide Staaten baten bereits um den Einsatz der Army oder der Nationalgarde.

Als Lowry Präsident Addison angerufen hatte, war Astons einzige Reaktion ein herzhafter Lacher.

Lowry wusste, dass das Militär sich ihm verweigern würde, wenn er es um Hilfe bat. Die Bastarde hatten erklärt, dass sie gegen Raines keinen Finger rühren würden. Lowrys Informanten hatten ihm diese unerfreuliche Nachricht zukommen lassen.

Lowry wandte sich langsam den Soldaten zu: »Diese Nation steht am Rand eines Bürgerkriegs. Und Sie erzählen mir was von Eindringlingen, die zurückgeschlagen werden sollen? *Welche* Eindringlinge denn? Es gibt keine Macht auf diesem Globus, die auch annähernd stark genug ist, um überhaupt einen Angriff in Erwägung zu ziehen. Jetzt hören Sie mir mal zu. Ich will, dass diese Rebellen gestoppt werden, und Sie alle hier werden diejenigen sein, die sie stoppen.«

»Nein, Sir«, erklärte General Franklin sachlich. »Das werden wir nicht.«

Al Cody wurde blass und kämpfte gegen den unbändigen Zorn an, der in ihm aufstieg. Er sagte nichts.

Lowry lehnte sich in seinem Sessel nach hinten und sah die Männer an. Es herrschte Totenstille.

Als der Vizepräsident wieder sprach, waren seine Worte fast nicht zu hören: »Würde einer von Ihnen mir das etwas näher erläutern?«

Die Männer sahen sich gegenseitig an, bis schließlich Admiral Calland eine Zigarette anzündete und sich in seinem Sessel zurücklehnte. »Darf ich ganz offen sprechen?«

»Ich bitte darum, Admiral.«

»Mr. Lowry, wir sind uns alle darüber im Klaren, wie es um das Verhältnis zwischen Ihnen und dem Präsidenten bestellt ist. Uns ist auch klar, welcher Machtkampf im Weißen Haus abläuft. Das Militär musste '88 die Kontrolle über diese Nation an sich reißen – und ich hoffe bei Gott, dass wir das *niemals* wieder machen müssen. Und im Moment haben wir nicht die Absicht, das zu wiederholen. Aber ...« Er ließ den Satz unvollendet und die unterschwellige Drohung unausgesprochen.

Der Admiral tippte seine Zigarette an, die Asche fiel in den Aschenbecher auf Lowrys Schreibtisch. »Die Rebellen haben keinen Streit mit dem Militär, Mr. Lowry, und umgekehrt sieht es nicht anders aus. Wir greifen ihre Basen nicht an, auch wenn wir wissen, wo die meisten davon gelegen sind, und sie greifen unsere Basen nicht an.«

»Dann stehen Sie also mit den Rebellen in Kontakt?«, fragte Cody, dem die Zornesröte ins Gesicht stieg.

»Ja.«

»Verräter!«, schrie der Direktor des FBI wutentbrannt.

General Franklin sah den Mann an. »Wie wäre es, wenn ich Ihnen die Zähne einschlage?«

Cody lehnte sich in seinem Sessel zurück. Er wusste, dass der Mann dazu in der Lage war und es auch machen würde. Berufssoldaten machten ihm in gewisser Weise Angst, da er selbst wegen einer alten Sportverletzung nie gedient hatte.

»Nein, Lowry«, fuhr Admiral Calland fort. »Der Konflikt besteht zwischen den Rebellen und Ihnen sowie Cody und Hartline. Und Ihrem Polizeistaat und Ihrer Macht, die an eine Diktatur grenzt ...«

»So können Sie mit mir nicht reden!«, herrschte Lowry ihn an.

»Und ob ich das kann«, gab der Admiral zurück. »Und jetzt setzen Sie sich wieder auf Ihren Hintern und hören mir zu! Sie haben die Polizei verstaatlicht, ohne das Volk zu fragen. Sie haben den Menschen die Waffen abgenommen. Sie haben eine Polizei ins Leben gerufen, die ihre Bürger in Angst und Schrecken versetzt. Sie haben in jedem Staat Ihre Informanten und Spione eingeschleust. Sie haben bei den Menschen Verwirrung, Misstrauen und Angst geschürt, deren Steuern Ihr Gehalt ebenso finanzieren wie meines. Alles, was Sie und Cody machen – und vieles von dem, was Logan getan hat – steht in direktem Widerspruch zur Verfassung. Es dürfte Sie also gar nicht so sehr überraschen, dass die Leute zu Ben Raines stehen.«

»Wer führt dieses Land, Mr. Lowry, Sie oder Addison?«, warf General Franklin ein.

»Der Kongress hat Addison ins Amt geholt, aber jetzt ist man anderer Meinung als er. Er kann trotzdem das Aushängeschild bleiben.«

»So viel zum Thema Demokratie.«

»Wir leben in schwierigen Zeiten, Gentlemen«, sagte Cody mit beherrschter Stimme. »Aber wir sind auf dem Weg zurück zur Normalität. Ich muss Ihnen allen nicht erklären, warum wir den Menschen ihre Waffen abgenommen haben, aber vielleicht muss ich Ihr Gedächtnis auffrischen: An jeder Ecke entstanden irgendwelche Kulte und selbst geschaffene Ordnungen. Wir haben es gemacht, damit das Land nicht zerfällt ...«

»So ein ausgemachter Blödsinn«, fiel ihm General Franklin ins Wort. »Sie beide haben das doch nur gemacht, damit Sie wie ein Potentat dasitzen und das Volk beherrschen können, ohne fürchten zu müssen, dass die Leute Sie aus dem Amt schmeißen.«

»Ich verwehre mich dagegen, General«, sagte Franklin.

»Mir ist scheißegal, wogegen Sie sich verwehren«, entgegnete der Marinesoldat. »Hören Sie uns gut zu«, er machte eine ausladende Bewegung mit der Hand, um die anderen Soldaten einzubeziehen. »Wir werden uns an keinem Bürgerkrieg beteiligen. Wir wollen nicht, dass es noch einmal so zugeht wie damals zwischen den Nord- und den Südstaatlern.« Er sah die anderen an, die alle bestätigend nickten.

Lowry kochte vor Wut, schaffte es aber, nach außen hin

gelassen zu wirken. »Also gut, Gentlemen. Wir werden Ben Raines und seine Rebellen vernichten. Mit Ihrer Hilfe wäre das einfacher gewesen, aber wir werden das auch so lösen. Ich danke Ihnen, dass Sie auch weiterhin unsere Grenzen vor möglichen Eindringlingen schützen. Das wäre dann alles.«

Als Lowry mit Cody wieder allein war, sagte der Vizepräsident: »Besprechen Sie sich mit Senator Slate und Repräsentant Tyler. Sorgen Sie für einen Erlass, der der Presse einen Maulkorb anlegt. Nach Möglichkeit völlige Zensur. Jegliches Material soll durch unsere Leute freigegeben werden. Und noch was, Al ... Löschen Sie diese Rebellen aus. Mir ist egal, wie Sie und Hartline es anstellen, aber räumen Sie sie aus dem Weg!«

VIER

Dawn Bellever trug eine weiße Levi's und eine dazu passende Jacke, außerdem ein halbes Dutzend Kameras. Sie war eine angesehene und erfahrene Fotografin und hatte eine große Bandbreite von Aufträgen abgedeckt, seit sie sich 1988 als Jugendliche erstmals als Reporterin betätigt hatte, unmittelbar bevor das Bombeninferno über die Erde hereingebrochen war. Sie spürte jetzt schon, dass diese Demonstration in Richmond unangenehm werden würde.

Sie stand ruhig in der Nähe der Polizisten und machte Fotos von den Uniformierten und von den Demonstranten.

»Gebt uns unsere Waffen zurück!«, rief ein Mann. »Ihr habt kein Recht, Privateigentum an euch zu reißen!«

Dawn sah sich um, da sie sehen wollte, wer der Mann war, konnte aber niemanden entdecken. Vermutlich war es nur eine Stimme aus der Menge gewesen.

Viele dieser Menschen wollten nach Hause zurückkehren, zurück in ihr Heim, aus dem man sie 1989 nach dem Umsiedlungsprogramm von Präsident Logan vertrieben hatte. Andere wollten ihre Waffen zurückhaben, wieder andere forderten Arbeit, Nahrung und Kleidung.

Dawn dachte darüber nach, dass das einzige Gebiet, das sich wirklich erholt hatte, die Tri-Staaten waren. Sie fragte sich, ob General Raines nicht von Anfang an auf dem richtigen Weg gewesen war.

Ein Polizist, der mit seinem Knüppel einem der Demonstranten auf den Kopf schlug, brachte Dawn in die Realität zurück. Sie machte ein Foto von dem Mann, der auf die Knie gegangen war. Aus einer klaffenden Platzwunde am Kopf lief Blut.

»Passt auf die Alte mit der Kamera auf«, sagte einer der Cops. »Lasst sie nicht aus den Augen, wir müssen diesen Film kriegen.«

»Von wegen«, murmelte Dawn und ging noch ein Stück näher auf die Reihe von Uniformierten zu, die sich hinter Plexiglasschilden versteckten und ihre Waffen zückten. Ihr wurde die Ironie dieser Szene bewusst, als ihr Blick auf die kleine amerikanische Flagge fiel, die auf dem rechten Ärmel jeder Uniformjacke aufgenäht war.

›Sind das nicht auch Amerikaner, auf die ihr einschlagt?‹, fragte sie tonlos.

Sie machte ein paar Fotos und ging einige Schritte zurück. Sie missachtete die neuen Zensurbestimmungen, die vom Justizministerium und vom Kongress verabschiedet worden waren. Wieder wagte sie einen Vorstoß auf die Reihe der Polizisten zu, um einige Fotos zu schießen, war diesmal aber nicht schnell genug. Ein Arm schoss auf sie zu und riss ihr an ihrem langen blonden Haar. Sie stieß einen erschrockenen Schmerzensschrei aus und ließ eine Kamera fallen. Ein Cop, der in unmittelbarer Nähe stand, trat einmal mit seinem schweren Stiefel zu und zerschmetterte ihre wertvolle Ausrüstung. Im gleichen Moment hörte Dawn, dass Tränengasgranaten gezündet wurden, woraufhin sich die meisten Uniformierten in Bewegung setzten.

Dawn sah den Cop, der ihre Kamera zerstört hatte, und schrie ihn an: »Du elender Bastard!«

Sie sprang auf, trat nach ihm und landete mit einem ihrer sandfarbenen Stiefel einen Treffer in seinen Unterleib. Er geriet aus dem Gleichgewicht, taumelte nach vorn und stürzte zu Boden. Noch während er fiel, rutschte ihm der Helm vom Kopf, und als er auf dem Asphalt aufschlug, hörte es sich so an, als würde man eine überreife Melone mit einem Hammer zerschlagen. Er blieb völlig reglos liegen.

Dawn hörte das Getrampel von Stiefeln. Sie drehte sich um und hatte gerade noch genug Zeit, um zu sehen, wie ein anderer Cop den rechten Arm hob und ausholte, um seinen Schlagstock auf ihren Kopf niedersausen zu lassen. Dawn sank auf die Knie.

Sie hob ihren blutenden Kopf und schleuderte dem Polizisten ein »Bastard!« entgegen. Tränen der Wut und des Schmerzes liefen ihr über die Wangen, dicht gefolgt von einem roten Rinnsal.

Der Cop, ein stämmiger Mann mit rotem Gesicht, der gut und gerne 100 Kilo wog, grinste sie durch das Visier seines Helms an, hob den Stock, um noch einmal auf sie einzuschlagen. Dawn fiel der Länge nach zu Boden. Der Cop wandte ihr den Rücken zu und beobachtete, was sich am anderen Ende der Straße abspielte.

Menschen schrien, Wolken aus Tränengas trieben umher. Dawn hörte ganz schwach die dumpfen Geräusche, wenn die Schlagstöcke auf Fleisch und Knochen trafen. Und sie hörte das bedrohliche Knurren der Polizeihunde, die sich in Kleidung und Fleisch verbissen. Niemand achtete auf die Blondine, die zu Boden gegangen war.

Dawn wusste nicht, wie lange sie auf der Straße gelegen hatte, doch als sie die Augen öffnete, war alles um sie herum verschwommen. Sie wartete einen Moment, bis sie wieder klar sehen konnte. Schüsse wurden abgegeben, jemand schrie vor Schmerz auf.

Sie sah sich um – ihr Blick fiel auf eine Pistole, die gleich neben dem Polizisten lag, den sie zu Fall gebracht hatte. Sie kroch ein Stück heran, bis sie die Gravur auf dem Lauf entziffern konnte. *357 Magnum.* Der Cop, der sie als Zweiter angegriffen hatte, stand noch immer mit dem Rücken zu ihr und beobachtete die Straßenschlacht.

Dann lief er los und ließ sie allein zurück.

Dawn nahm die Pistole an sich und stellte erstaunt fest, wie schwer sie wog. Ihr nächster Gedanke war, die Patronen aus dem Gürtel des ersten Polizisten zu holen und in ihre Jackentasche zu stecken.

Ohne es zu ahnen, hatte Dawn Bellever den ersten Schritt unternommen, sich den Rebellen von Ben Raines anzuschließen.

Sie hatte keine Ahnung von Waffen. Sie kniete sich hin, während noch immer Blut aus ihrer Kopfverletzung austrat. Sie drehte die Waffe um und sah in den Lauf. Jemand in ihrer Nähe eröffnete das Feuer mit einer automatischen Waffe, in der engen Straße hallten die Schüsse ohrenbetäubend nach. Menschen rannten in alle Richtungen umher. Eine Frau schrie und Dawn sah nach rechts, wo ein Cop eine junge Frau gegen eine Hauswand drückte und sie mit seinem Schlagstock traktierte.

»Nein«, murmelte Dawn wie benommen. »Das werde ich nicht mit ansehen.«

Etwas in ihrem Kopf arbeitete merkwürdig und beeinflusste ihre Fähigkeit zu denken. Dawn schüttelte den Kopf und hob die Pistole. Wieder sah sie in den Lauf. Sie drehte die Waffe um und hielt sie so wie die Cops im Kino, zielte auf das rechte Bein des Polizisten und drückte ab.

Der Treffer zerfetzte den Kopf.

Der Rückstoß warf Dawn zu Boden und betäubte ihre Hände, aber sie hielt die Magnum noch immer fest umschlossen. Als sie sich wieder aufrichtete, sah sie, dass die Frau, die eben noch festgehalten worden war, auf sie zu gerannt kam und die Waffe des Cops in der Hand hielt.

Das Gesicht der jungen Frau war blutverschmiert, in ihren Augen brannte ein Feuer, das Dawn an Fanatismus erinnerte. »Das war der gleiche Cop, der mich letzte Woche vergewaltigt hat«, sagte sie und deutete auf den bewusstlosen Polizei auf dem Fußweg.

»Vergewaltigt?«, wiederholte Dawn ungläubig.

Die junge Frau sah auf den PRESSE-Anstecker an Dawns Jacke. »Ihr habt gar keine Ahnung, was los ist, wie? Ja, vergewaltigt hat er mich. Kommen Sie, ich kann Ihnen alles erzählen, aber erst mal müssen wir von hier fort.«

Sie liefen in eine Seitengasse und sprangen in einen Van. Der Fahrer gab sofort Gas, nachdem die beiden Frauen eingestiegen waren.

»Wohin fahren wir?«, wollte Dawn wissen. Ein Gefühl der Übelkeit überkam sie. Sie hatte einen Mann erschossen. Schlimmer noch, sie hatte einen Polizisten erschossen. Und sie war bekannt. Dawns Gesicht war sogar sehr bekannt. So, wie der Rest ihres Körpers. Zweimal hatte sie sich für den neuen *Penthouse* ausgezogen.

Die junge Frau wischte sich das Blut vom Gesicht. »Tennessee.« Sie sah Dawn an. »Hey, das war ein guter Treffer. Wo haben Sie so gut schießen gelernt?«

»Ich hatte auf sein rechtes Bein gezielt«, sagte Dawn, dann begann sich alles um sie herum zu drehen und sie verlor das Bewusstsein.

Die Frau zog ein besorgtes Gesicht. Sie betrat Professor Mailers Büro, ohne vorher anzuklopfen, was nur selten vorkam. Steve Mailer bemerkte ihre ernste Miene und lächelte seine Sekretärin an.

Sie ignorierte das sonst so ansteckende Grinsen des jungenhaft aussehenden Professors für Englische Literatur. »Im Vorzimmer warten zwei Männer«, sagte sie. »Sie sind vom FBI, oder wie auch immer sich dieser Sauhaufen heute nennt.«

»Ich war noch nie ein Fan des seligen Mr. Hoover«, meinte Steve und stand auf. »Aber wenn es stimmt, was man so alles liest, dann möchte ich wetten, dass der Mann sich im Grab herumdreht. Ich habe die ... ›Herren‹ bereits erwartet, Mrs. Rommey.«

Steve war schlank, nicht ganz 1,80 Meter groß, und er konnte machen, was er wollte, aber er brachte nie mehr als gut 65 Kilo auf die Waage. Er war drahtig und zäh, und er war in exzellenter körperlicher Verfassung. Er notierte eine Nummer auf einem Zettel und reichte ihn seiner Sekretärin.

»Es könnte sein, dass ich gleich gehe – ohne sie.« Er sah viel sagend zur Tür. »Wenn das geschieht, möchte ich, dass Sie diese Nummer anrufen und demjenigen, der sich dort meldet, sagen, dass der Unterricht ausfällt.«

Sie sah mit an, wie er eine Pistole aus einer Schreibtischschublade holte und sie gegen sein rechtes Bein drückte. »Steve«, sagte sie. »Ich kann mich noch daran erinnern, wie Sie hier angefangen haben. Sie waren immer gegen jegliche Art von Gewalt.«

Steve zuckte mit den Schultern. »Die Zeiten ändern sich. Die Menschen werden erwachsener und hoffentlich auch weiser. Ich glaube, auf mich trifft das zu. Fragen Sie nicht, ob ich zu den Rebellen gehöre, Mrs. Rommey. Die Männer, die für Al Cody arbeiten, sind für ihre Foltermethoden bekannt.«

»Machen Sie die verdammte Tür auf«, hörten sie plötzlich eine raue Stimme aus dem Vorzimmer.

»Nehmen Sie den Hinterausgang«, sagte Steve. »Jetzt!«

Mit Tränen in den Augen ging sie aus dem Zimmer.

»Frei nach Shakespeare«, murmelte Steve. »Und ist es auch Wahnsinn, so hat er doch Methode.« Der Professor lächelte. »Kommt rein, ihr Dreckskerle!«, rief er und legte die Waffe an.

Nahe dem Campus der University of South Carolina sprach Lynne Hoffman in einer Privatwohnung zu einer kleinen Gruppe von Männern und Frauen, die zwischen fünfzehn und sechzig Jahren alt waren. Lynne war die Anführerin dieser speziellen Zelle von gewaltlosen Rebellen. Sie glaubten zwar alle fest an die Sache, für die die Rebellen eintraten, aber sie hatten es sich zur Aufgabe gemacht, Vorräte zu horten und zu verstecken. Niemand von ihnen trug eine Waffe.

Das sollte sich in dieser Nacht ändern.

»Uns bleibt nicht mehr viel Zeit«, erklärte Lynne der Gruppe. »Einer von den Leuten, die in Virginia mitgenommen wurden, hat dem Druck nicht mehr standhalten können und Codys Leuten von uns erzählt. Wir müssen fliehen, und wir müssen kämpfen. Wir ...«

Die Wohnungstür wurde aufgestoßen, ein Heer aus Polizisten und Söldnern, die Hartline unterstanden, stürmten herein. »Sie sind alle festgenommen!«, brüllte ein Mann. »Hände über den Kopf und Gesicht zur Wand. Los, los, Bewegung!«

Lynne machte einen Satz auf die Hintertür zu, als jemand das Licht im Raum ausmachte. Schüsse zerfetzten die Nacht, jemand schrie auf. Lynne und zwei andere schafften es nach draußen und rannten in die Nacht.

»Brennt das gottverdammte Haus nieder!«, brüllte ein Mann.

In der Wüste begannen die Tiere der Nacht mit der Suche nach Nahrung. Der Falke suchte den Hasen, die Schlange eine

Maus, die Maus ein Schlupfloch. Aber in dieser Nacht war noch ein anderer Jäger unterwegs: der Polizist Mike Medlow aus Modesto, der nach Judy Fowler suchte.

Seit er ihren üppigen kleinen Körper während einer Campusdemonstration befühlt hatte, hatte Medlow alles daran gesetzt, ihr die Kleider vom Leib zu reißen. In dieser Nacht war er ihrem alten VW in die Wüste gefolgt und hatte sie von der Straße abgedrängt. Der Rest würde schon bald Geschichte sein.

»Komm schon, Baby«, rief er. »Ich weiß, dass du zu einer von diesen Zellen gehörst, die zu Raines' Rebellen stehen. Ich weiß das schon seit Monaten, aber habe ich ein Wort gesagt? Na, habe ich das? Das muss dir doch eine Nummer wert sein, oder etwa nicht? Wenn ich dich verpfeife, dann werden sich Hartlines Jungs Tag und Nacht an dir vergehen. Es bleibt unser kleines Geheimnis, Judy. Nur du und ich. Also, was ist, Baby?«

Nur wenige Meter entfernt kauerte Judy am Boden und versuchte, ihren rasselnden Atem unter Kontrolle zu bekommen. Sie war so verängstigt gewesen, nachdem Medlow sie von der Straße gedrängt hatte, dass sie nicht daran gedacht hatte, nach der einzigen verfügbaren Waffe zu greifen: dem Wagenheber.

Medlow kam näher und Judy geriet in Panik. Ihre Füße verloren auf dem Kies den Halt, und sie rutschte in ein ausgetrocknetes Flussbett. Medlow war im nächsten Moment über ihr und riss ihr die Kleidung herunter. Er schob seine Hände zwischen ihre Beine und spreizte sie, im nächsten Moment drang er tief und brutal in sie ein.

Judy schrie auf, während ihre Hände im Flussbett nach etwas suchte, das sie als Waffe benutzen konnte. Dann legten sich ihre Finger um einen Stein, der die Größe eines Baseballs hatte.

Sie schlug den Stein mit aller Kraft an den Kopf des Mannes und traf ihn genau über dem rechten Ohr. Er verlor augenblicklich das Bewusstsein, Blut schoss aus der Wunde und spritzte auf ihre nackte Haut.

Sie schob den Körper zur Seite und drückte sich die zerrissene Kleidung an den Leib. Sie begann wegzulaufen, als sie sich daran erinnerte, was ein Sergeant der Rebellen ihr bei einem heimlichen Training gesagt hatte. Sie rief sich das Bild des Mannes ins Gedächtnis, und dann hörte sie seine Stimme: »Nehmen Sie dem Toten Waffen, Munition und Geld ab. Wir wollen einen Guerillakrieg führen, wir haben keine Zeit für Nettigkeiten. Nehmen Sie ihm den Ausweis, das Abzeichen und alles andere ab, was wir vielleicht noch gebrauchen könnten. Und achten Sie darauf, dass Ihr Gegenüber auch wirklich tot ist.«

Judy nahm Medlow alles ab, was sie gebrauchen konnte, und plünderte auch seinen Wagen. Dort entdeckte sie ein Schrotgewehr und Munition für diese Waffe und für seine Pistole. Sie kehrte zu dem Polizisten zurück, richtete seine Dienstwaffe auf ihn und drückte ab.

Überall im Land spielten sich ähnliche Szenen ab, da die staatliche Polizei und Hartlines Männer zunehmend wilder und brutaler mit mutmaßlichen Sympathisanten der Rebellen umgingen.

Seit einer Woche hatte es immer wieder geregnet, die Schauer wurden nur von kurzen trockenen Perioden unterbrochen. Genauso lange war es her, dass sich Vizepräsident Lowry mit den Militärs getroffen hatte und dass diese verdammte Demonstration zu einer Straßenschlacht eskaliert war. Zwei Polizisten und Dutzende von Zivilisten waren tot. Hunderte mehr lagen im Krankenhaus, etliche hundert hatte man inhaftiert. Und die Presse war völlig aufgeregt. Einer aus ihren Reihen war nach dem Mord an einem Polizisten auf der Flucht, und eine große Zahl von Journalisten überging die Zensuranordnung der Regierung.

Präsident Aston Addison tat so, als sei nichts geschehen. Er hatte eine Pressekonferenz einberufen, die Lowry sofort wieder abgesagt hatte, da er nicht zulassen konnte, dass Networks die Ansprache des Präsidenten übertrug. Addison war darüber nicht wütend geworden, sondern hatte sich völlig gelassen verhalten.

Lowry drehte sich mit seinem Sessel um und sah das Dutzend Männer und Frauen aus dem Oberhaus und dem Senat an, die um seinen Tisch versammelt waren.

Ben Raines und seine Männer hatten sich in östlicher Richtung bewegt und befehligte die Rebellen im Great Smoky Mountains Park.

Der Hurensohn lebte noch! Dieser Bastard!

Der Vizepräsident wirkte wie ein Mann, der gerade eben dem Tod in die Augen geblickt hat und die Begegnung einfach nicht vergessen kann.

Als er sprach, kamen die Worte langsam und betont aus seinem Mund: »Nachdem die Bundesstaaten Tennessee und North Carolina so viele Polizisten verloren haben, habe ich Colonel Cody gebeten, ein Bataillon aus seinen eigenen Leuten sowie aus Angehörigen der Einheiten des Militärs zusammenzustellen, die loyal zu uns stehen. Jeder Mann, der ausgewählt wurde, war kampferfahren. Fast neunhundert Männer und Frauen. Gestern kamen 83 von ihnen aus dem Parkgebiet zurück, verwundet, völlig verängstigt. Sie stammelten, dass sie Tausenden von Rebellen gegenübergestanden hätten ...«

»Es mag sein, dass sie etwas übertrieben haben«, gab Senator Stout zu bedenken.

Lowry sah den Mann kurz an. »Halten Sie die Klappe! Aston Addison benimmt sich so, als sei gar nichts geschehen. Als hätte er im Land immer noch das Sagen. Sie alle haben ihn in sein Amt gewählt, Sie dürfen ihn jetzt wieder abwählen.«

Die Repräsentantin Alice Tyler rutschte unbehaglich auf ihrem Platz hin und her.

»Stimmt was nicht, Mrs. Tyler?«

»Das Militär ...«, begann sie, »vor allem Admiral Calland, hat uns allen gesagt, dass Präsident Addison im Amt bleiben soll.«

»Hat er das?«

»Ja, Mr. Vice President«, sagte Senator Douglas mit tiefer Stimme, die fast das gleiche grollende Timbre hatte wie der Donner, der von draußen in das Büro vordrang. »Ich persönlich glaube, dass das Militär abwartet, in welche Richtung sich die Geschehnisse entwickeln.«

»Ich denke, da irren Sie sich«, warf Al Cody ein. »Ich glaube, dass die Soldaten geschlossen hinter Raines und seinen Rebellen stehen.«

»Das Militär ist neutral«, erwiderte Repräsentant Altamont. »Zumindest, was das Handeln bei diesem Aufstand angeht. Ich kenne natürlich nicht die Gedanken. Aber bis auf weiteres wird sich das Militär aus allen Kämpfen heraushalten.«

»Sind Sie sicher?«, fragte Lowry. Er wusste, dass Altamonts Bruder General in der Luftwaffe war. »Haben Sie das aus einer Quelle in Ihrer Familie erfahren?«

»Ja, was die erste Frage angeht. Kein Kommentar zur zweiten Frage.«

»Schön«, sagte Lowry lächelnd und rieb sich die Hände. »Einige Soldaten haben mir das Gleiche gesagt, aber ich habe es nicht geglaubt.« Er sah zu Cody. »Sie kennen die meisten der Rebellen, stimmt's?«

»Einen sehr großen Teil.«

»Sie wissen, wo sich die Angehörigen befinden?«

»Auf jeden Fall.«

»Setzen Sie die Familien unter Druck«, wies Lowry an.

»Das könnte nach hinten losgehen«, warnte Tyler. »Damit könnte sich das *gesamte* Volk gegen uns stellen. Mein Gott, wir sind hier nicht in einer vorsintflutlichen Barbarei. Es muss einen anderen Weg geben.«

»Machen Sie einen Vorschlag«, sagte Lowry. »Dann unterhalten wir uns darüber.«

Sie hatte keinen Vorschlag, den sie unterbreiten konnte.

Lowry sah die anderen an: die Senatoren Stout, Slate, Douglas, Woodland, Carlise, Reggio; die Repräsentanten Tyler, Lee, Altamont, Terry, Clifton.

Einer nach dem anderen senkte den Blick.

Lowry wandte sich Cody zu. »Tun Sie's.«

Jerre begleitete Ben nicht in den Great Smokies National Park. Sie war im Lager in Wyoming geblieben. Er wusste nicht, dass sie schwanger war, und sie hatte Dr. Chase gewarnt – wenn er ein Wort darüber verlauten lassen sollte, dann würde sie jedem erzählen, dass er ein Verhältnis mit einer Frau hatte, die vierzig Jahre jünger war als er.

»Das ist Erpressung!«, hatte Chase gesagt.

»Eigentlich«, hatte sie lächelnd erwidert, »ist es ein Kompliment. Dass ein Mann in Ihrem Alter noch einen hochkriegt, sollte in die Geschichtsbücher eingehen.«

»Seien Sie doch nicht so vulgär«, hatte er protestiert. »Vielleicht haben wir eine platonische Beziehung.«

»So ein Blödsinn!«

Chase musste grinsen. »Jerre ... ich werde Ben nichts sagen, aber ich verstehe nicht, warum Sie von mir verlangen, dass ich den Mund halte.«

»Lamar«, sie legte eine Hand auf seinen Arm. »Ich liebe Ben Raines mehr als das Leben, und ich möchte sein Kind zur Welt bringen. Aber Ben liebt mich nicht. Er hat mich noch nie geliebt.«

»Aber ...«

»Er mag mich«, räumte sie ein. »Vielleicht ist es mehr als nur Mögen. Aber geliebt hat er Salina, wenn auch nicht mit Leib und Seele. Ich glaube, er hat niemals eine Frau wirklich geliebt.«

»Dann sollte er sich aber allmählich ranhalten. Er ist kein junger Spund mehr.«

Sie reagierte mit einem Schulterzucken. »Ben hat einen Traum, Lamar, und ich bin nicht sicher, ob eine Frau in diesem Traum Platz hat. Also ziehe ich mich zurück. Aber da ist noch etwas anderes, Doktor. Ich vermute, es ist Ihnen schon aufgefallen, dass ... na ja, dass einige der Männer und der ... Frauen ... sie scheinen ...«

»... sie scheinen Ben als einen übermenschlichen Mann zu betrachten. Ja, das ist mir aufgefallen. Ich mag es eigentlich nicht aussprechen, aber einige von ihnen scheinen Ben für jemanden zu halten, der von einem Gott geführt wird.«

»Das beunruhigt mich, Lamar.«

»Es sollte uns alle beunruhigen. Weiß Ben davon?«

»Nein«, erwiderte sie rasch. »Ich glaube, er würde es erst einmal nicht wahrhaben wollen. Und wenn er sieht, dass es stimmt, dann wird es ihn sicher abstoßen.«

Dr. Chase legte eine Hand auf ihre Schulter. »Werden Sie sich überhaupt zur östlichen Basis begeben, Jerre?«

»Nein«, antwortete sie leise. »Ich glaube, es ist das Beste, wenn sich Ben nicht auch noch Sorgen um mich machen muss, vor allem jetzt, da ich schwanger bin.«

»Ihre Pläne?«

»Nordkalifornien. Unsere Basis nahe der Oregon-Linie.«

»Das ist das Gebiet von Dr. Canale. Ein guter Mann. Ich werde mit ihm reden, bevor Sie sich auf den Weg machen. Sie werden mir fehlen.«

»Werden Sie bloß nicht sentimental«, sagte sie grinsend.

»Um Himmels willen!«

Sie sah sich um. »Ich frage mich nur, ob Bens Traum sich jemals erfüllen wird.«

FÜNF

Im August 1989 gehörte jeder, der in Bens Traum trat, auch dazu. Das Tri-Staaten-Gebiet wirkte wie das größte Vorratslager der Welt – und vermutlich war das auch so. Ben hatte seinen Rebellen-Suchtrupps den Befehl gegeben, alles in das Tri-Staaten-Gebiet zu bringen, was buchstäblich nicht niet- und nagelfest war. Ganze Städte waren leer geräumt worden. Jede Unze Gold und Silber und jeden Edelstein hatte man aufgestöbert und mitgenommen, sodass jetzt Edelmetalle und Juwelen im Wert von mehreren Milliarden Dollar in Idaho, Wyoming und Montana lagerten. Sie würde man als Grundlage für die neue Währung nehmen.

Die wenigen Überlebenden in den drei Staaten waren völlig durcheinander, da es an jeglicher Form von Organisation fehlte – etwas, dem fast alle Regierungen entgegenwirkten. Örtliche Miliz, ausgenommen solche, die unter strenger staatlicher Aufsicht stehen, konnte in den Vereinigten Staaten nicht errichtet werden, schon seit mehr als hundert Jahren nicht mehr. Die meisten Regierungen bauen auf Angst auf: Angst vor dem Finanzamt, Angst vor dem FBI, Angst vor dem Finanzministerium, vor der Polizei, vor dem Steuereintreiber – einfach Angst vor *allem.* Nur so kann ein riesiger bürokratischer Apparat funktionieren. Wenn die Menschen aber bewaffnet sind und sich organisiert haben, kann es passieren, dass sie sich von Richtern und Gerichten nicht länger vorschreiben lassen, wie die Steuerzahler ihr Leben gestalten sollen.

Genau diese Steuerzahler sind es, die zu dem Entschluss kommen könnten, Mörder, Vergewaltiger und Kinderschänder aufzuknüpfen, wenn sie sich nicht schon sofort erschießen.

Dann wäre es nämlich das Volk, das der Regierung sagt, was sie zu tun und zu lassen hat. Dann hätte das Volk die Kontrolle, und daran möchte Big Brother nicht einmal denken, weil der Gedanke allein schon Angst macht.

Als alle, die dazugehören wollten, sich den Rebellen angeschlossen hatten, fragte Ikes Frau Megan Ben: »Wie wirst du deinen neuen Staat nennen, Ben?«

Ben sah sie überrascht an. »Meinen Staat? Das ist nicht mein Staat. Das hier heißt Montana, Idado, Wyoming, was sonst?«

»Wer ist Gouverneur?«, wurde er gefragt. »Der Anführer ... der Mann, der hier das Sagen hat?«

»Den gibt es nicht«, erwiderte Ben.

»Tja, Ben Raines, dann würde ich sagen, dass wir wohl eine Wahl anleiern müssen.«

»Solange mich niemand nominiert«, sagte er. »Ich bin Schriftsteller, ich habe viel zu tun. Und ich bin kein Politiker.«

Ben verstand nicht, warum daraufhin alle nur lächelten.

Ben betrachtete die Leichen der Regierungsagenten und der Söldner, die alle in einem Massengrab beerdigt wurden. Nachdem man ihnen die Kleidung und sämtliche Waffen abgenommen hatte, wurden die Toten in eine tiefe Grube geworfen, verscharrt – und dann vergaß man sie. Niemand hielt nach, wer in dem Massengrab lag.

»Ich glaube nicht, dass wir noch ein Jahr Zeit haben werden, so wie du es gern hättest«, sagte Ike.

»Vielleicht nicht, aber wir werden noch nicht in die Offensive gehen. Die neuen Leute müssen mindestens noch ein paar Monate lang ausgebildet werden. Außerdem möchte ich wissen, was die Presse dazu zu sagen hat«, erwiderte Ben und deutete mit einer ausholenden Geste auf das Massengrab.

Nicht einmal in einem Polizeistaat, der die Presse zensiert, können sich Hunderte von Männern und Frauen eine Schießerei erlauben, die in den Medien totgeschwiegen wird. Da das Militär nicht in den Kampf in den Smokies eingegriffen hatte, zählten die Journalisten zwei und zwei zusammen, und ihre Schlagzeilen brachten das zum Ausdruck:

BÜRGERKRIEG ZWISCHEN DER BUNDESPOLIZEI UND DEN RAINES-REBELLEN
MILITÄR MISCHT SICH NICHT EIN

Damit war alles klar. Der Konflikt hatte sich zu einem offenen Krieg ausgeweitet. Lowry ließ den Kongress um die Hilfe durch die Nationalgarde und die Reservisten ersuchen.

Viele Befehlshaber weigerten sich.

Ben und seine Rebellen warteten und trainierten.

1. August 1999, Great Smoky Mountains

Ben Raines stand da und betrachtete den erschöpften Haufen der neuen Leute. Genauer gesagt: das, was von einer ganzen Gruppe neuer Leute aus einem halben Dutzend Staaten noch übrig war. Sie waren auf dem Weg hierher angegriffen worden, und gerade einmal hundertfünfzig von ihnen hatten es lebend bis hier geschafft.

Ben stand an einem Podium in einem von der Natur geschaffenen Amphitheater, das gut eine Meile vom Basislager entfernt lag.

»Also gut, Leute.« Seine Stimme riss sie aus ihrer Lethargie und brachte sie dazu, ihn anzusehen. Hundertfünfzig Augenpaare waren auf ihn gerichtet, auf die Legende, die vor ihnen stand. Knapp über 1,80 Meter groß, rund 90 Kilo schwer, graumelierte Haare, blaue Augen. Hartes Äußeres. »Willkommen im Basislager. Ihr habt jetzt einen Punkt erreicht, an dem eine Umkehr nicht mehr möglich ist. Es gibt nur noch zwei Wege, um die Rebellen zu verlassen: Wir gewinnen unseren Kampf ... oder ihr sterbt. Eine andere Wahl habt ihr nicht.«

Er ließ seinen Blick über die Leute schweifen. »Zu meiner Linken steht Colonel Ike McGowen, zu meiner Rechten Colonel Cecil Jefferys. Colonel McGowen ist euer Ausbilder – macht euch also schon mal auf die schwerste Zeit eures Lebens gefasst.«

Er ließ seine Worte einen Moment lang wirken, dann fuhr er fort: »Und jetzt zur Sache. Ein Guerillakrieg ist eine schmutzige Angelegenheit. Einige von euch haben bereits in Vietnam gekämpft, ihr wisst aus eigener Erfahrung, was ich meine. Den anderen will ich es kurz erklären: Bei einem Guerillakrieg schlägt man brutal aus dem Hinterhalt zu und macht dann, dass man so schnell wie möglich Land gewinnt. Beim Gegner soll diese Taktik bewirken, dass er Angst bekommt, verwirrt ist, anderen misstraut und von Entsetzen erfüllt ist. Keine gewaltigen Schlachten zu Land oder auf See, keine klare Frontlinie. Guerillas tauchen überall auf, schlagen zu und verschwinden sofort. Der Feind weiß nicht, woher sie kommen und wohin sie gehen, wenn sie einen Anschlag verübt haben.«

Einer von den Neuen hob eine Hand. Ben nickte ihm zu. »Ihren Namen bitte.«

»Steve Mailer. Wie viel Zeit werden wir haben, General?«

»Wir hoffen, dass es sechs Monate sein werden. Zeit genug, um Sie mit kampferfahrenen Männern und Frauen in eine Einheit zu stecken, wenn die gebildet wird.« Ben lächelte. »Ich habe von Ihrem ... Erlebnis gelesen. Sie scheinen im Umgang mit Waffen viel Übung zu haben. Zumindest, was Pistolen angeht.«

»Als ich gesehen habe, in welche Richtung sich unsere Regierung zu entwickeln begann ... da habe ich mir selbst das Schießen beigebracht.« Einen Moment lang schweiften die Gedanken des schlanken jungen Mannes in die Vergangenheit ab ...

Die Agenten waren in sein Büro gekommen und standen arrogant lächelnd vor ihm. »Wo ist die alte Zicke?«

Steve presste die Lippen aufeinander. »Mrs. Rommey hat den Rest des Tages freigenommen. Ich nehme an, dass Sie nichts dagegen einzuwenden haben.«

»Riskier hier keine große Klappe, du Lehrerschwein. Dreh dich um, Hände an die Wand, Beine auseinander.«

Steve lächelte die beiden an. »Die immer stärker schwindende Individualität des Einzelnen wird eines Tages dazu führen, dass die Menschen sich Beinahe-Kretins gehorsam zu Füßen werfen. Ich habe nicht die Absicht, dazuzugehören, wenn dieser letzte Akt anbricht.«

»Häh?«, machte einer der Agenten verständnislos.

»Mit anderen Worten: ohne mich, ihr Dreckskerle!«, brüllte Steve. Er drehte sich um und richtete seine Pistole auf die Männer. Seine Körperhaltung hatte es verhindert, dass die zwei seine 38er hatten sehen können. Er schoss jedem der beiden zweimal in die Brust, nahm den Toten die Waffen ab und verschwand durch die Hintertür ...

»... hören Sie zu?« Steve bekam nur den Rest von Bens Frage mit.

»Oh. Ja, Sir. Ich musste nur an den Vorfall in meinem Büro denken.«

»Das erste Mal, dass Sie einen Menschen getötet haben?«, fragte Ike.

»Ja, Colonel.«

»Wird nicht das letzte Mal bleiben«, sagte Ike.

Eine ausgesprochen blonde Frau hob die Hand. Ben wurde bewusst, dass er die Frau schon mal gesehen hatte. Genau. Im *Penthouse.* Da hatte er sogar eine ganze Menge von ihr gesehen. Er kannte zwar ihren Namen, fragte dennoch: »Ihren Namen bitte?«

»Bellever. Dawn Bellever.« Sie konnte nicht glauben, dass der General wirklich so alt war, wie die Leute sagten. Von seinem graumelierten Haar abgesehen hatte er etwas ... etwas Jungenhaftes an sich. »Was soll den Präsidenten davon abhalten, die Luftwaffe auf den Weg zu schicken, damit sie uns hier bombardiert?«

»Der Präsident ist nicht unser Feind«, sagte Ben. »Präsident Addison ist ein guter und gerechter Mann, auch wenn er sehr links steht ...«

Daraufhin mussten nicht nur die Neuen lachen, sondern auch Bens erfahrene Rebellen.

Als wieder Ruhe eingekehrt war, sprach Dawn weiter. »Ich verstehe nicht, Sir. Wollen Sie sagen, dass die Gerüchte, die wir von der Presse hören, der Wahrheit entsprechen? Vizepräsident Lowry ist der Mann, der eigentlich die Macht hat?«

»Das ist korrekt, Ms. Bellever.«

Ike und Cecil sahen erst Ben, dann sich gegenseitig an. Solange sie Ben kannten, hatte er eine Dame noch nie mit Ms. angeredet.

»Könnten Sie das näher erklären?«, fragte sie.

»Gerne«, erwiderte Ben lächelnd.

»O verdammt«, murmelte Ike und ignorierte den Blick, den Ben ihm zuwarf.

»Arme Jerre«, sagte Cecil leise.

Ben sah ihn an. »Was läuft hier?«, fragte er kaum hörbar. »Eine Verschwörung?«

Beide Männer sahen stur geradeaus.

»Wir müssen militärische Haltung bewahren«, sagte Cecil mit ernster Miene.

»Komiker«, gab Ben zurück und sah wieder zu Dawn, die einen sehr angenehmen Anblick bot. »Ja, wir haben Beweise dafür, dass Lowry derjenige war, der hinter Präsident Logan die Fäden zog. Das ist auch nicht allzu schwer zu glauben, Logan war schließlich ein völliger Idiot.«

Wieder mussten die Männer lachen.

»Nachdem Logan von einem Mitglied unserer Zero Squad getötet worden war – von Badger Harbin, um genau zu sein«, fuhr Ben fort, »schaffte es Lowry mit der Hilfe ausgewählter Mitglieder aus beiden Häusern des Kongresses auf den zweiten Platz und konnte die zweite Phase seines Machtspiels in die Tat umsetzen. Leider gibt es eine Reihe von Kongressabgeordneten, die sich nur um ihr eigenes Wohl kümmern und sich einen Dreck um die Bürger scheren. Meine Absicht ist die, uns von solchen so genannten ›Staatsdienern‹ ein für allemal zu befreien, wenn denjenigen, die jetzt an der Macht sind, genau diese Macht entrissen und dem Volk zurückgegeben worden ist.«

»Wie wollen Sie uns von ihnen befreien, General?«, wollte Steve Mailer wissen.

»Ich will sie wegen Hochverrats anklagen und dann erschießen lassen«, erwiderte Ben.

»Jesus«, entglitt es einem der Neuen.

Ein junger Mann trat vor und sah Ben an. Der junge Mann, der vielleicht ein- oder zweiundzwanzig war, wirkte wie jemand, der in Armut geboren worden war und niemals den Weg von dort weg gefunden hatte.

»Jimmy Brady, Sir, Tennessee. Wann beginnen wir mit der Ausbildung, Sir?«

»Die hat soeben begonnen.«

»Nein, Sir, ich meinte ... das Töten.«

Ben lächelte. »Kannst du mir das genauer erklären, Jimmy?«

Jimmy spuckte eine Ladung Kautabak auf den Boden. »Hartlines Männer sind zu meinen Eltern ins Haus gekommen, nachdem sie erfahren haben, dass ich zu den Rebellen gehöre. Sie haben meine Mom vergewaltigt und verschleppt. Ich weiß nicht, ob sie noch lebt oder nicht. Meine kleine Schwester Lou Ann ... sie war erst elf. Sie haben sie ebenfalls vergewaltigt und dann verbluten lassen. Meinen Dad haben sie gefoltert und dann erhängt. Reicht Ihnen das als Erklärung, General?«

»Ja, Jimmy, ich verstehe dich. Bist du ein guter Schütze, Jimmy?«

»So gut wie jeder Mann in diesem Lager, Sir. Ich kann einem Eichhörnchen auf hundert Meter ein Auge ausschießen.«

Ben sah sich um und entdeckte den Mann, den er suchte. »Sergeant, nehmen Sie diesen Mann mit und sehen Sie mal, ob er zum Scharfschützen taugt.«

Das Frage-und-Antwort-Spiel zog sich noch gut eine Stunde lang hin, bis Ben Schluss machte. »Für den Rest des Tages geht ihr es gemütlich an. Besorgt euch was zu essen. Das Training beginnt morgen früh. Dann sehen wir uns wieder.«

Ben kehrte zu seinem Bunker zurück und machte eine Dose Feldration auf. Er aß langsam und in Gedanken versunken. Er dachte einmal kurz an Jerre und fragte sich wieder, warum sie ihm nicht nach Osten hatte folgen wollen. Sie war in letzter Zeit schlecht gelaunt und gereizt gewesen.

»Vermutlich braucht sie jemanden in ihrem Alter«, murmelte er. Er sah in ihr immer noch ein Kind, obwohl ihre erste Begegnung mittlerweile zehn Jahre zurücklag. »Das Kind hat es weiß Gott nicht leicht gehabt.«

Er legte sich auf sein Bett und schloss die Augen, keine zwei Minuten später war er eingeschlafen.

»Ich bin da eigentlich eher reingeraten«, sagte ein junger Mann. Eine Gruppe Neuankömmlinge saß im Schatten zusammen.

»Wie kann man da reingeraten, als Verräter abgestempelt zu werden?«, wollte ein anderer wissen.

»Eine unglückliche Verkettung von Umständen«, antwortete der Mann grinsend. »Ich habe die University of Virginia besucht. Es wäre mein letztes Jahr gewesen. An einem Samstagnachmittag ging ich mit ein paar Freunden durch die Gegend. Wir hatten Spaß, wir rissen Witze. Nichts Besonderes. Und dann habe ich diesen Cop angerempelt. Weiter nichts, ich schwör's – nur ganz leicht angerempelt. Er hat mich gepackt und gegen eine Hauswand geschleudert. Ich hatte schreckliche Angst. Dann hat er mich angeschrien, und auf einmal wurde mir klar, dass wir in Wahrheit in einem Polizeistaat leben.«

Der Mann machte eine kurze Pause, um seine Gedanken zu ordnen. »Ich sah den Cop an und sagte: ›Hey, Mann, verpiss dich!‹ Er schlug mich, und ich schlug zurück. Ich hatte ihm richtig eine verpasst und er ging prompt zu Boden. Dann kamen sofort andere Cops und haben mich mitgenommen, in eine Zelle gesteckt, wo sie ...«, er brach ab und schüttelte den Kopf. »Es war entsetzlich peinlich ... und pervers, ihr wisst schon. Auf jeden Fall hat mir der verdammte Richter fünf Jahre aufgebrummt, weil ich den Cop geschlagen habe. Fünf Jahre. Ich konnte fliehen und habe mich dann wochenlang versteckt, bis mich eine Gruppe junger Leute gefunden und nach Memphis mitgenommen hat. Den Rest kennt ihr ja.«

Die Rebellen waren fast so etwas wie ein statistischer Querschnitt Amerikas. College-Studenten und -Professoren, Anwälte, Hausmeister, Ärzte, Trucker, Bauarbeiter, Ingenieure, Künstler, Musiker, Schriftsteller und Hunderte anderer Berufe, die man sowohl in den Reihen der Rebellen fand, die in den Kampf zogen, aber auch in den Reihen derer, die damit beschäftigt waren, Lebensmittel, Kleidung, Waffen, Munition, Verbandszeug, Stiefel, Socken, Jacken, Zelte, Decken, Schlafsäcke, Laternen, Seile, Werkzeuge und unzählige andere Dinge zu lagern und zu tarnen, die für einen Guerillakrieg erforderlich waren.

Und sie wurden immer besser und besser darin, ihre wirklichen Aktivitäten vor dem wachsamen Blick von Big Brother ebenso zu verheimlichen wie vor Hartlines Söldnern und Codys Agenten.

Vizepräsident Lowry war außer sich.

»Ich hatte Ihnen doch befohlen, die Familien der mutmaßlichen Sympathisanten mit den Rebellen unter Druck zu setzen«, zischte Lowry wutentbrannt.

»Und es ist exakt so ins Gegenteil umgeschlagen, wie Alice Tyler vorausgesagt hat«, erwiderte Cody. »Die Leute haben sich nur noch schneller gegen die Regierung gestellt. Ich habe dem Ganzen Einhalt geboten.«

»Und ich hatte Ihnen gesagt, sie sollen die Presse kontrollieren.«

Cody lachte trocken.

Hartline saß im Büro des Vizepräsidenten. Bislang hatte er kein Wort von sich gegeben.

»Wir sind hier in Amerika, Weston«, sagte Cody. »Nicht in Südamerika. In diesem Land haben wir seit Jahrhunderten Pressefreiheit, und die kann man nicht über Nacht aus der Welt schaffen. Ich ...«

»Ich kann die Presse zum Einlenken bringen«, fiel Hartline ihm leise ins Wort. »Geben Sie mir grünes Licht und eine schriftliche Erklärung, dass Sie hinter mir stehen werden, und dann sehen Sie einfach nur zu, wie ich mich an die Arbeit mache. Ich werde ihnen so schnell das Maul stopfen, das sie gar nicht mitbekommen, was überhaupt los ist.«

»Und wie?«, fragte Lowry.

»Auf die gleiche Tour wie in bestimmten Länder in Südamerika und Afrika Mitte der achtziger Jahre.«

»Können Sie garantieren, dass Ihr Plan funktioniert?«, wollte der Vizepräsident wissen und lehnte sich interessiert nach vorn. Seine Augen leuchteten. »Werden Sie Folter einsetzen?« Ein wenig Speichel lief ihm aus dem Mundwinkel.

Cody bemerkte das nicht, Hartline dagegen schon. Ihm war klar, dass Lowry sehr viele und sehr düstere Emotionen unterdrückte. »Ja«, erwiderte Hartline lächelnd. »Ich kann es garantieren.«

»Dann legen Sie los«, wies Lowry ihn an. »Und fangen Sie hier in Richmond an. Filmen Sie es, ich will das sehen.«

»Ja, Sir, wird sofort in Angriff genommen«, gab Hartline zurück.

SECHS

Die warmen Spätsommertage gingen für die Rebellen in den Great Smoky Mountains rasch vorüber. Sie standen mit Sonnenaufgang auf und trainierten bis zum Einbruch der Abenddämmerung. Die Sonne bräunte ihre Haut tiefbraun und das Training stählte sie. Zweimal am Tag wurden lange Märsche hügelaufwärts veranstaltet, die ihre Lungen strapazierten; Kniebeugen; Liegestütze; Gehen in hockender Haltung, bis man meinte, die Beinmuskeln müssten jeden Augenblick zerreißen. Es war ein brutales körperliches Training, das ihren Alltag ausmachte. Sie lernten, wie man plötzlich angriff und größtmöglichen Schaden anrichtete, und wie man mit den Mittelchen, die ein Farmer in seiner Scheune aufbewahrt, eine Bombe baut.

Sie wurden darin unterrichtet, wie man sich als Bettler, Geschäftsmann oder Blumenverkäuferin tarnt. Die Reflexe wurden immer und immer wieder geschärft. Beim Nahkampftraining ließ Ike alles aus, was ihm überflüssig erschien, und ging gleich zu den tödlichen Schlägen über. Einige der Neulinge erlitten dabei Verletzungen, einer kam sogar ums Leben, aber das Training ging unerbittlich weiter.

Die Berge waren erfüllt vom Lärm der Mörser, Granaten und Maschinengewehre. Bei den Schießübungen mit dem Gewehr waren Ben und Ike unnachgiebig.

»Ihr müsst alle Meisterschützen werden. In vielen Fällen wird der Feind kugelsichere Westen tragen, also müsst ihr lernen, Beine, Arme oder Kopf zu treffen. Ein Treffer ins Bein oder in den Arm ist in einer Hinsicht gut. Ein Mann, der ins Bein getroffen wird, geht zu Boden und schreit. Das demoralisiert seine Kameraden und früher oder später wird ihm jemand helfen wollen. Dann könnt ihr beide auf einmal töten.«

Hartline und seine Männer betraten das NBC-Gebäude in Richmond. Sie wurden von FBI-Agenten begleitet, die einigen der Journalisten eine Anklageschrift wegen Verrats überreichen wollten, da sie sich dem Kongressbeschluss widersetzt hatten, sämtliches Material vor der Aussendung erst zur Begutachtung vorzulegen. Richmond würde das Test-Network sein.

Mit seiner M-10 SMG schob Hartline den älteren Wachmann zur Seite und marschierte ins Büro der Chefetage. Er riss einen verdutzten Programmchef aus dem Sessel und verpasste ihm einen Haken, der den Mann zu Boden schickte.

»Hey, Moment!«, rief ein Nachrichtensprecher, der gerade in den Raum gelaufen kam. »Das können Sie nicht machen!«

Einer von Hartlines Männern schlug ihn mit dem Kolben seines AK-47 bewusstlos, noch bevor er den Schlag überhaupt kommen sah.

»Wo ist der Chef von diesem Laden?«, brüllte Hartline. »Ich will ihn sofort sehen!«

Eine vor Angst zitternde Sekretärin stammelte: »Es ist kein Er, sondern eine Sie ... Ms. Olivier.«

»Ah, umso besser«, erwiderte Hartline. »Bring sie zu mir, Schätzchen!«

Bevor die Sekretärin sich rühren konnte, hörte er hinter sich eine ruhige, gefasste Stimme: »Was hat das zu bedeuten?«

Hartline drehte den Kopf und sah Sabra Olivier, die ihn wütend ansah. Er betrachtete sie von oben bis unten, dann fragte er: »Bist du nicht ein bisschen jung, um hier das Sagen zu haben, Süße?«

»Raus hier!«, befahl sie.

Sie hatte kaum ausgesprochen, da hatte Hartline ihr bereits eine so heftige Ohrfeige verpasst, dass sie nach hinten taumelte und sich am Türrahmen festhalten musste, um nicht den Halt zu verlieren.

»Süße«, sagte er. »*Du* hast *mir* gar nichts zu befehlen. *Ich* sage *dir,* was zu tun ist, und dann machst du das. Verstehen wir uns?«

»Sie sind Sam Hartline«, sagte Sabra und richtete sich auf. »Lowrys Schoßhund.«

Hartline lächelte sie unverändert frostig an. Er betrachtete die Frau erneut. Sie hatte schwarzes Haar mit ein paar grauen Strähnen, schwarze Augen, die vor Zorn brannten, eine gute Figur, lange Beine.

»Rufen Sie die Polizei«, sagte Sabra zu einem ihrer Angestellten.

Hartline musste lachen. »Schätzchen, *wir* sind die Polizei.«

Sabra wurde blass.

Der Mann, der zu Boden gegangen war, stöhnte und richtete sich langsam auf. Er hielt sich seinen gebrochenen und anschwellenden Kiefer.

»Schafft dieses Klageweib hier raus«, brummte Hartline. »Ladet ihn in der Lobby ab und sagt dem alten Kerl da unten, er soll einen Krankenwagen rufen.« Sein Blick wanderte wieder zu Ms Olivier. »Wir können es auf die sanfte oder die harte Tour machen, Lady. Liegt ganz bei dir.«

»Was wollen Sie?«, erwiderte sie.

»Ich will, dass du mit der Regierung zusammenarbeitest und dich nicht auf die Seite dieser Rebellen stellst. Und natürlich wollen wir vor der Ausstrahlung alle Beiträge sehen.«

»Auf keinen Fall«, sagte Sabra. Hartline wusste, dass sie niemals klein beigeben würde. »Dann also auf die harte Tour«, gab er zurück. Sie wussten beide nur zu genau, wie seine Worte gemeint waren.

Mit ihren Blicken hatte sie den Söldner schon längst ein Dutzend Mal getötet, aber ihr Lächeln war immer noch so eiskalt wie seines. »Wenn Sie es so hart können, Hartline«, sagte sie provozierend.

»O ja, das kann ich, Baby, das kann ich.«

Nachdem die Studenten der University von Virginia davon gehört hatten, dass die Regierung die NBC-Studios in Richmond übernommen hatte, organisierten sie einen Protestmarsch. Aber das hier waren nicht die sechziger Jahre. Die Polizei musste sich jetzt nicht mehr zurückhalten, vielmehr nutzte sie die Gelegenheit, den Protest so blutig wie möglich niederzuschlagen.

Vizepräsident Lowry ordnete an, dass die Universität bis auf weiteres geschlossen wurde, aber die Studenten verbarrikadierten sich im Gebäude. Als sie schließlich mit Tränengas nach draußen getrieben wurden, rannten sie blindlings der Polizei in die Arme, die bereits auf sie wartete. Sie wurden niedergeschlagen und in Lastwagen verfrachtet, um sie auf die umliegenden Polizeiwachen zu verteilen.

Viele Menschen merken erst, wie kostbar eine Verfassung ist, wenn sie außer Kraft gesetzt wird.

»Also gut«, sagte Sabra Olivier zu Hartline. »Hören Sie auf! Rufen Sie Ihre Leute zurück! Ich mache, was Sie wollen!«

Die Schmerzensschreie ihrer weiblichen Angestellten hatten ihren Willen gebrochen. Hartline hatte gewusst, dass es funktionieren würde. Und dabei hatte er Sabra nicht einmal anfassen müssen. Noch nicht.

Hartline nickte einem Mann zu, der an der Tür zum Büro stand.

Augenblicke später verstummten die Schreie, bis nur noch leises Stöhnen zu hören war.

»Na, siehst du?« Hartline lächelte breit. »Das war doch gar nicht so schwierig, oder?«

Wenn ihre Blicke hätten töten können ...

Sabra sah verwundert zu, wie einer der Agenten eine Minicam in ihr Büro brachte. Genauso irritierte sie Hartlines süffisantes Lächeln.

»Was gibt das?«, fragte sie, da sie etwas zu ahnen begann. »Ich habe doch gesagt, dass ich kooperieren werde.«

»Oh, das ist nur eine kleine Rückversicherung, Schätzchen«, erwiderte Hartline. »Man kann ja nie wissen.«

»Zum Teufel mit Ihnen!«, fauchte sie.

Hartline lachte dreckig, dann sah er den Agenten an, der die Kamera in den Händen hielt. »Du kannst loslegen«, sagte er und öffnete den Reißverschluss seiner Hose.

»So, dann komm mal her, Sabra-Baby. Das hier ist eine Sondervorführung für Vizepräsident Lowry. Wenn du in Zukunft irgendeine Anweisung missachtest oder wenn du irgendetwas sendest, was wir nicht vorher gesehen haben, dann wird dieses Band in voller Länge in den Sechsuhrnachrichten gesendet.«

»Sie sind ein elender, verdammter Hurensohn!«, fluchte sie, konnte Hartline aber nicht beeindrucken.

»Zieh dich aus, Baby«, sagte er lächelnd. »Zieh dich aus und guck immer schön in die Kamera. Lowry soll schon was geboten bekommen.«

Als Sabra nackt war, sah sie den Söldner wutentbrannt und erniedrigt zugleich an.

Er schob seine Hose nach unten. »Und jetzt auf die Knie mit dir, Baby, und dann an die Arbeit. Du weißt ja, was du zu tun hast. Ich möchte wetten, dass du viele Schwänze lutschen musstest, um einen so wichtigen Posten zu bekommen, stimmt's, Baby?«

Sie gehorchte ihm ohne ein Widerwort, während die Kamera alles aufnahm.

Hartline lachte. »Alles ist so verdammt leicht, wenn man nur weiß, was man machen muss.«

»Ich frage mich, wie viele von uns das wirklich ernst genommen haben?«, überlegte Dawn, die mehr mit sich selbst zu reden schien. »Ich meine, bis es uns tatsächlich betroffen hat.«

Es war Sonntagnachmittag in den Great Smokies, Zeit für ein wenig Ruhe und Entspannung.

»Komisch, dass du so etwas sagst«, meinte eine junge Frau aus Bakers Truppe. »Hast du das wirklich nicht für möglich gehalten?«

»Nein«, antwortete Dawn. »Verdammt, ich habe selbst zur Presse gehört. Ich war praktisch immun. Keiner von uns hat diese Anweisung zur Zensur ernst genommen. Aber als ich den Cop in Richmond erschoss, war mein einziger Gedanke, die Flucht zu ergreifen. Ich hatte überhaupt keinen Gedanken daran, mich irgendwem oder irgendwas anzuschließen. Das Ganze kam mir so lange wie ein böser Traum vor, bis ich sah, wie in Memphis Menschen zu Tode geprügelt wurden.«

Dawn war eine der wenigen, die aus dem eigentlich sicheren

Haus in Memphis lebend herausgekommen war. Sie hatte nie darüber gesprochen.

»Wie schlimm war es?«, fragte einer von Bens Rebellen, der seit den Zeiten der Tri-Staaten dazu gehörte.

In den Bergen war es sehr ruhig und friedlich. Eine sanfte Brise ließ das Laub an den Bäumen rascheln. Die Natur hatte schon wieder damit begonnen, eine andere Farbe anzunehmen. Zwischen den grünen Blättern ließen sich vereinzelt bereits goldgelbe Schimmer sehen. Als Dawn weitersprach, war ihre Stimme so gedämpft, als würde ihr die Erinnerung an sich schon Schmerzen bereiten.

»Ich kann mich an einen Lastwagen in Richmond erinnern«, sagte sie. »Und daran, dass mein Kopf schmerzte. Ich blutete, und meine ganze Hand schmerzte von dem Schuss, den ich aus der Pistole abgegeben hatte. Von der Fahrt nach Memphis weiß ich nicht mehr viel. Jemand sagte, Memphis sei sicher, weil es eine tote Stadt sei. Wir haben mehrmals angehalten und immer war jemand da, der mir einen neuen Kopfverband anlegte. Wir erreichten Memphis ohne Zwischenfall. Hat irgendeiner von euch die Stadt gesehen? Gott! Sie als tot zu bezeichnen ist noch eine Untertreibung. Sie ist geisterhaft. Wir wurden in einem riesigen Haus untergebracht, dann setzte man uns unter Drogen und schloss uns an einen Lügendetektor an. Wir bestanden alle den Test, bis auf eine Frau, die eine Undercover-Agentin war.«

Dawn verstummte. »Was geschah mit ihr?«, fragte jemand aus der Runde.

Sie zuckte mit den Schultern. »Ich schätze, irgendwer brachte sie um.«

Alle warteten gebannt schweigend darauf, dass sie weitersprach.

»Wir hatten alle den Test bestanden und warteten darauf, mit einer anderen Gruppe zusammenzukommen, ehe man uns hierher schickte. Drei von uns waren im hinteren Teil des Hauses ... es war ein anderes Haus, nicht das, in dem wir getestet worden waren. Wir waren einige Male umgezogen. Wir spielten gerade Karten.«

Sie hielt wieder kurz inne. »Keiner von uns hatte damit gerechnet, dass sich Leute von Hartline und Agenten in der Stadt aufhalten würden. Aber wir wussten auch nicht, dass sie es geschafft hatten, einige der Leute zum Reden zu bringen, die sie in Tennessee geschnappt hatten. Um neun Uhr abends traten sie die Tür ein und begannen auf jeden einzuschlagen, der ihnen in den Weg lief. Einfach so. Keine Vorwarnung, nichts, überhaupt nichts. Es war so ... unwirklich. Der Typ, der mit uns Karten spielte, stieß mich und das andere Mädchen in einen Schrank, von dem aus ein schmaler Schacht auf den Speicher führte. Er ging zurück, um nach einer Waffe zu suchen. Wir beide lagen in unserem Versteck und zitterten, weil uns das, was wir hörten, so schreckliche Angst machte.«

Einer der Rebellen zündete eine Zigarette an, ein anderer sah zu Boden.

Niemand sagte etwas, alle warteten nur ab.

»Die Agenten wussten, dass nur ein paar von uns bewaffnet waren. Die töteten sie als Erstes, dann erschlugen sie die Männer. Mit den Frauen hatten sie was anderes vor«, sagte sie düster. »Eine Frau schrie immer wieder um Hilfe, sie hörte gar nicht mehr auf. Ich glaube, ich muss hier keinem sagen, was sie mit ihnen machten. Wir konnten durch ein Loch im Boden beobachten, wie sie im Zimmer unter uns eine Frau quälten. Ich dachte immer nur: Das kann nicht wahr sein. Das ist doch Amerika, so was kann es hier nicht geben. Aber es war die Realität. Sie fotografierten und filmten alles, und einer der Männer meinte, das wäre ja noch viel besser als das, was die anderen gefilmt hätten. Großer Gott, es war so schrecklich. Wir konnten nur still daliegen und zu Gott beten – wenn es den überhaupt gibt«, fügte sie verbittert an. »Seitdem bin ich mir da nämlich nicht mehr so sicher.«

Ihr Blick ruhte auf einem Punkt in weiter Ferne. »Das Ganze dauerte stundenlang. Dann verließen die Männer das Haus. Wir warteten eine Weile, ehe wir uns aus dem Versteck wagten. Wir begaben uns nach unten in das ... das Blutbad. Es war unglaublich, was sie mit diesen Menschen gemacht hatten. Es war perverser als alles, was ich je gesehen hatte. Ich will hier nicht ins Detail gehen, aber einige von Hartlines Leuten müssen verdammt krank sein.«

Sie schüttelte angeekelt den Kopf.

»Am nächsten Tag kamen einige Trucks und holten uns ab. Wir sind auf unterschiedlichen Routen hierher gelangt, ich war in dem kleinen Konvoi, der nicht angegriffen wurde. Ich war noch völlig erschüttert, als wir in der Nacht hier ankamen.«

Sie machte eine so lange Pause, dass die anderen schon glaubten, sie wolle nichts mehr sagen. Dann fügte sie plötzlich an: »So bin ich da hineingeraten.«

Niemand konnte ihren Worten noch etwas anfügen.

SIEBEN

»Das sind alle?«, fragte Präsident Addison und betrachtete die Hand voll Frauen und Männer, die sich eingefunden hatten. »Nicht mehr?«

»Ich fürchte ja, Aston«, sagte Senator Carson finster. »Das sind alle, denen ich absolut vertrauen kann.«

Vierzehn Männer und fünf Frauen bildeten die Gruppe aus zwölf Repräsentanten und sieben Senatoren.

»Das ist schlimmer, als ich gedacht hätte«, sagte der Präsident. Seine Stimme war vor Entsetzen kaum mehr als ein leises Flüstern. »Und ich war sicher, Matt würde auch dabei sein.«

»Sie haben Matt geschnappt«, sagte die Repräsentantin Jean Purcell.

»Sie?«, wiederholte Aston.

»Cody und Hartline«, sagte Senator Stayton. »Wir haben davon erst vor gut einer Woche erfahren, Aston. Wir konnten uns nicht erklären, wie sich verantwortungsvolle Männer und Frauen über Nacht auf die andere Seite schlagen konnten. Wir wussten zwar, dass einige unserer Kollegen nicht für ihren Job geeignet waren, aber die Leute hatten sie gewählt, daran gab es nichts zu ändern. Aber wir hatten gedacht, wir kämen auf genügend Stimmen, um Sie an der Macht zu halten. Die Umfragen waren dann allerdings eine Überraschung.«

»Mehr noch«, fügte die Repräsentantin Linda Benning an. »Sie waren für uns ein Schock. Dann erfuhren wir auch den Grund. Um es kurz zu machen, Mr. President, Matt wurde reingelegt ... mit einem Mädchen, einem *sehr* jungen Mädchen. Es war wie üblich das Werk von Hartline und Cody. Alles wurde gefilmt.«

»Und ... wie alt war das Mädchen?«, fragte Aston vorsichtig.

Linda räusperte sich. »Elf.«

»Jesus!«

»Allerdings *sehr* reif für eine Elfjährige«, fügte sie an.

»Und die anderen?«, fragte Aston.

»Mehr oder weniger die gleiche Taktik. Bei einigen etwas brutaler als bei anderen. Die Frau von Senator Borne wurde vor seinen Augen vergewaltigt – in ihrem Wohnzimmer!«, sagte Senator Milton und wischte sich den Schweiß von der Stirn. »Seine Tochter wäre als Nächstes an der Reihe gewesen, wenn er nicht auf Lowrys Linie eingeschwenkt wäre.« Der Mann seufzte. »Es ist so unwirklich, dass man meinen sollte, das alles wäre nur ein Film, dass solche Dinge nicht im wahren Leben geschehen. Das haben wir alle gedacht. Larry Barwell kam letzte Woche zu mir, nachdem ich ihm vorgeworfen hatte, er sei ein Verräter. Er kam zu mir nach Hause und hat geheult. Sie ...«

»Verdammt!«, herrschte Aston den Mann an. »Hören Sie endlich auf, immer ›sie‹ zu sagen. Wer sind *sie?*«

Milton sah ihn wütend an. »Codys Leute. Hartlines Leute. Lowrys Agenten. Gott, Aston, wir versuchen unser Bestes!«

»Tut mir Leid, Frank«, sagte Aston und legte seine Hand auf den Arm des Mannes. »Wirklich. Ich wollte Sie nicht anbrüllen. Reden Sie weiter.«

»Sie ... diese Leute, sie haben Larry damit gedroht, sich an ihm ... oh, es ist so peinlich ... sich an ihm zu vergehen, wenn er nicht kooperiert. Sie verstehen, Aston?«

Das Gesicht des Präsidenten war fast grau, als er sich hinsetzte. »Ja, ich verstehe. Wie haben Sie diesem Druck widerstehen können?«

»Ich glaube, Lowrys Leute hatten uns nicht nötig. Sie hatten genug Stimmen zusammen und konnten auf uns verzichten«, erwiderte Repräsentant Essex. »Ich bin froh darüber, Aston. Um ehrlich zu sein, ich wüsste nicht, was ich getan hätte.«

Aston schüttelte den Kopf. »Ich kann keinem dieser Frauen und Männer vorwerfen, was sie getan haben. Unter einem solchen Druck. Na ja, wenigstens haben Sie etwas Licht in die Sache gebracht.«

»Aston«, Senator Poulson lehnte sich vor. »Wir sollten das Militär einschreiten lassen, um ihnen zu zeigen, dass sie zu weit gegangen sind. Es soll mit Gewalt vorgehen und Lowry mitsamt seinen Leuten rauswerfen.«

Er schüttelte den Kopf. »Daran hatte ich auch schon gedacht. Ich habe mich bereits mit den Joint Chiefs unterhalten, und die haben mir sehr beunruhigende Zahlen auf den Tisch gelegt. Sie wissen, wie klein unser Militär ist. Codys FBI, Hartlines Söldner und alle Cops zusammengenommenen kommen auf dreimal so viele Leute. Die Nationalgarde ebenso wenig mitgerechnet wie die Truppenteile, die zu Lowry oder Cody stehen. Nein, ich glaube, es gibt nur eine Hoffnung.«

»Und die wäre?«, wollte Senator Henson wissen.

Der Präsident zögerte einen Moment lang, dann sagte er: »Ben Raines.«

»Ben«, rief Ike und kam lächelnd auf ihn zu. »Ich glaube, uns ist ein Durchbruch gelungen.«

»Das wird allmählich auch Zeit. Lass hören.«

»Tommy Levant, Senior Agent beim FBI. Er hat genug davon, wie Cody mit seiner Behörde umgesprungen ist. Es heißt, dass er mit uns zusammenarbeiten will.«

»Eine Falle?«

»Ich glaube nicht, Ben. Levant ist einer von der alten Garde. Ein Hoover-Typ. Direkt, offen und ehrlich. Einer der wenigen, die noch übrig sind.«

»Ich frage mich nur, ob er weiß, was er da riskiert.«

Ike zuckte mit den Schultern. »Seinen Arsch.«

»Das gefällt mir so an dir, Ike«, sagte Ben lachend. »Du ...«

Ben unterbrach seinen Satz, als Dawn an ihnen vorüberging. Ike sah, dass die Blicke seines Freundes zwischen ihren Brüsten und dem Hüftschwung hin- und herpendelten. Er grinste, während Ben den Kopf schüttelte.

»Hier spielt die Musik, El Presidente. Willst du mir sagen, was zwischen dir und Jerre läuft?«

»Ich will ehrlich sein, Ike. Ich weiß es nicht. In den letzten Monaten hat es ... es hat sich abgekühlt. Ich glaube, ihr wäre jemand lieber, der mehr ihrem Alter entspricht.«

»Hmm«, machte Ike.

»Heißt das, du stimmst mir zu oder nicht?«

»Es heißt: Hmm«, gab Ike zurück. »Ben ... haben wir eine Chance, das durchzuziehen?«

Ben seufzte. »Eine geringe Chance.« Er kannte Ike und wusste, dass er jede Information wie in einer Falle einschloss, wenn er es für notwendig hielt, sie für sich zu behalten. »Wie viele von den 7200 neuen Leuten können wir zum Kämpfen einsetzen?«

»Sechstausend«, antwortete der ehemalige Navy SEAL ohne Zögern. »Damit hätten wir etwas mehr als zehntausend Leute zur Verfügung.« Ike sah Ben an, der in Gedanken versunken zu sein schien. »Was ist los, Ben?«

»Wir gehen Stadt für Stadt vor«, sagte er leise. »Es ist so einfach, dass ich gar nicht daran gedacht habe.«

»Was ist einfach?«

»Den Leuten ihre Nation zurückzugeben. Wir machen es Stadt für Stadt.« Er packte Ike am Arm. »Setz dich mit unseren Commandern vor Ort in Verbindung. Sie sollen in verlassene Basen eindringen und alle Waffen mitnehmen, die sie finden können. Dann sollen sie mit Schlägen gegen die Nationalgarde und Reserveeinheiten beginnen. Ich will, dass sie jede Waffe an sich reißen, die sie bekommen können. Ruf unsere Agenten an und setz sie darauf an. Sie sollen herausfinden, wo die Regierung die Waffen lagert, die den Zivilisten abgenommen worden sind, und da sollen sie zuschlagen.«

Ikes Augen leuchteten auf, als er verstand. »Wir bewaffnen das Volk – Stadt für Stadt.«

»Genau, und wir fangen mit den Städten rund um die Great Smokies an.«

Die beiden drehten sich um, als eine farbige junge Frau durch das Lager ging. Sie war klein und zierlich und – ohne zu chauvinistisch zu sein – verdammt gut gebaut.

»Ganz ruhig, Ike«, sagte Ben grinsend. »Vergiss nicht, du bist ein Junge vom Mississippi.«

»Ich möchte wetten, dass sich mein Großvater gerade im Grab herumdreht«, meinte Ike. »Gnädiger Gott, sieh dir bloß diesen Hintern an.«

»Ike, du bist unmöglich!«, ermahnte Ben ihn, konnte sich aber nicht ernst halten. »Wie heißt sie?«

»Carla Fisher. Gott im Himmel!«

»Wie ist sie zu uns gekommen?«

»Ich weiß es nicht, aber ich werde es garantiert herausfinden.«

Carla war in ein Gefängnis in South Carolina gesteckt worden, nachdem man sie des Mordes an einem Mann beschuldigt hatte, den sie noch nie in ihrem Leben gesehen hatte. Nicht einmal sein Name war ihr bekannt gewesen. Die Polizei hatte ein gutes Dutzend unterschiedlicher Methoden angewandt, um ihr ein Geständnis zu entlocken, aber sie war standhaft bei der Wahrheit geblieben.

Sie wurde geschlagen, beschimpft und gedemütigt. Man unterzog sie auch der Standardmethode, mit der man Frauen zu Leibe rückte, wenn man annahm, dass sie Drogen konsumierten oder dealten. Jedenfalls war das am Anfang so gewesen. In vielen großen Gefängnissen mussten *alle* Frauen diese Art von Untersuchung über sich ergehen lassen.

Sie musste sich ausziehen, dann wurde sie mit einem Schlauch abgespritzt, und dann musste sie sich nach vorn beugen, während eine Polizistin in allen Körperöffnungen suchte, in denen eine Frau eine kleine Menge Drogen verstecken könnte. Es war in keinem Fall eine angenehme Sache, aber wenn die Polizistin eine sadistische Ader hatte, konnte das Ganze sehr brutal und schmerzhaft werden – und extrem entwürdigend.

In vielen Fällen ging es dabei gar nicht um die Suche nach Drogen, sondern darum, den Willen einer Gefangenen zu brechen und sie zu einem Geständnis zu bewegen. Es war einfach nur eine Variation von Hartlines Taktiken.

Carla verbrachte mehrere Wochen im Gefängnis. Es gab keine Kaution, und das Verfahren war langwierig und extrem kostspielig. Ihre Eltern nahmen immer neue Kredite auf, um ihr die beste Verteidigung zu bieten. Schließlich wurde Carla für unschuldig befunden – nachdem die Polizei den wahren Mörder gefunden hatte.

Staatsanwalt und Richter hatten nur eine beiläufige Entschuldigung für sie übrig, und zehn Tage nach ihrer Freilassung verlor ihr Vater seinen Job.

Mr. und Mrs. Fisher gerieten in einen Teufelskreis, da die Kredite nicht getilgt werden konnten. Auch das Haus vermochten sie nicht länger abzubezahlen, während die Gläubiger die Schuldeneintreiber auf sie hetzten.

Carlas Vater bekam keinen neuen Job, da jeder zukünftige Arbeitgeber bei der Kreditauskunft davon erfuhr, wie es um ihn bestellt war. Da er keine Arbeit fand, wusste er nicht, wie er seine Rechnungen bezahlen sollte, und er konnte sich dafür kein Geld leihen, da man ihm keinen Kredit mehr gewährte.

Die Schuldeneintreiber schickten böse Schreiben, sie riefen Tag und Nacht an und bedrohten unablässig die Familie.

Fünf Monate nach dem Freispruch ihrer Tochter, die gar nicht erst hätte angeklagt werden dürfen, war nur die Gasversorgung noch nicht abgestellt worden. Carlas Eltern beschlossen, dies zu nutzen. Sie schlossen sich in der Küche ein und drehten den Gashahn auf. Langsam schliefen sie ein – und wachten nicht wieder auf.

Einen Tag nach der Beerdigung ihrer Eltern holte Carla die Schrotflinte aus dem Haus ihrer Eltern, lauerte dem Staatsanwalt in dessen Garage auf, und als er nach Hause kam, schoss sie ihm viermal in die Brust und einmal ins Gesicht.

Dann schloss sie sich den Rebellen an.

Nichts von alledem hätte sich in Ben Raines' Tri-Staaten ereignen können.

In den Tri-Staaten war vieles anders, einzigartig und recht experimentell. Ein Reporter, der zu Gast war, bezeichnete sie als extrem rechten Sozialismus, womit er in gewisser Weise auch Recht hatte. Doch ein anderer Reporter brachte es besser auf den Punkt: »Es ist ein Staat für alle Menschen, die hier leben möchten und die zu einem gemeinschaftlichen Leben in der Lage sind.«

Wenn in den Tri-Staaten einer Familie die Rechnungen über den Kopf wuchsen, konnte sie einen staatlichen Beratungsdienst in Anspruch nehmen. Die Leute dort waren freundlich und höflich und konnten mit den Betroffenen mitfühlen. Falls ein nicht zuvor absehbarer Notfall es der Familie unmöglich machte, die Rechnungen zu begleichen, und sie sich ernsthaft bemühte, die Schulden zu bezahlen, dann wurde ihr Strom, Gas oder Wasser nicht abgestellt. Man nahm der Familie auch nicht den Wagen ab, und es wurde kein Inventar gepfändet. In den Tri-Staaten gab es keine Schuldeneintreiber. Stattdessen wurde ein Tilgungsplan ausgearbeitet.

Einer Touristengruppe erklärte Ben: »Es ist die moralische und gesetzliche *Pflicht* dieser Regierung, den Bürgern zur Seite zu stehen und ihnen zu helfen. Wenn ein Bürger Hilfe braucht, dann braucht er die sofort, nicht erst in zwei oder drei Monaten. In den Tri-Staaten wird diese Hilfe sofort gewährt. Ohne seine Bürger kann ein Staat nicht existieren. Der Staat ist nicht da, um die Bürger zu drangsalieren.«

Innerhalb einer Woche waren alle Städte im Umkreis von fünfzig Meilen um die Great Smokies hermetisch abgeriegelt. Jeder, der über achtzehn Jahre alt war, durfte eine Waffe tragen, und die meisten wollten das auch. Mit Hilfe dieser Waffen unternahmen die Menschen zum ersten Mal seit hundert Jahren einen Versuch, ihr Leben selbst zu kontrollieren.

Ein Highway-Patrolman in Tennessee hätte sich fast in die Hose gemacht, als er in eine Kleinstadt gefahren kam und sah, dass alle Erwachsenen mit schweren Waffen versorgt umherliefen.

»Hey!«, rief er einer jungen Frau zu, die einen Kinderwagen schob und einen Karabiner mit 30er Kaliber über die Schulter trug. »Was zum Teufel ist denn hier los?«

»Willst du was, Polizist?«, gab sie zurück.

»Ähm ... ja, ich ... wo sind ... ich meine ... wo finde ich Chief Bennett und seine Leute? Die Polizeistation steht völlig leer.«

»Die haben alle gekündigt.«

»Gekündigt?« Der Polizist nahm mit einem Unbehagen wahr, dass sich um seinen Streifenwagen allmählich eine größere Menschenmenge einfand. Alle waren bewaffnet – sogar bestens bewaffnet. »Der Besitz von automatischen Waffen ist illegal«, sagte er routinemäßig. »Es verstößt ebenfalls gegen das Gesetz, Schrotflinten zu besitzen, die ...«

»Halt die Klappe!«, rief jemand.

Er hielt die Klappe.

»Die Zeiten ändern sich«, sagte ein Mann. »Wenn Sie's nicht glauben, drehen Sie den Kopf doch mal ein wenig nach links.«

Er machte genau das und sah im nächsten Moment in den Lauf einer 9mm SMG. »Ich glaube es, ich glaube es«, sagte er. »Mister, würden Sie die Waffe bitte sichern?«

Der Mann ließ die 9mm langsam sinken.

Eine Frau meinte: »Sie sind bestimmt ein ganz anständiger Polizist. Ich kann mir nicht vorstellen, dass Sie jemals zu dem gestanden haben, was aus Richmond gekommen ist. Oder, Burt?«

»Nein, Madam, ich habe nie dazu gestanden.« Burt sagte die Wahrheit.

»Ich vermute, die Regierung wird Leute herschicken, die uns die Waffen abnehmen sollen, stimmt's, Burt?«

»Das wird wohl der Fall sein.«

»Diesmal wird es ihnen aber nicht gelingen, Burt.«

»Das glaube ich inzwischen auch, Miss Ida. Ganz bestimmt.«

»Wir würden Sie nicht gerne bei diesen Leuten sehen, Burt.«

»Miss Ida, Sie werden mich auch nicht bei diesen Leuten sehen. Darauf können Sie wetten.«

»Burt«, sagte ein Mann. »Sie werden Ihrem Vorgesetzten erklären, dass die Leute in den Städten rund um die Berge gesetzestreue Bürger sind. Wir sind keine Gesetzesbrecher, und wir haben hier auch niemanden gelyncht. Aber jeder, der herkommt, um uns die Waffen abzunehmen, wird von uns beschossen. Das sagen Sie Ihrem Vorgesetzten, Burt, haben Sie verstanden?«

»Ja, Sir.«

»Sie können jetzt weiterfahren, Burt. Ach, und noch was Burt ...«

Der Polizist sah auf zu dem Mann.

»Sie sind hier in Sevierville immer willkommen. Wenn es

hier Probleme mit dem Gesetz gibt, dann werden wir Sie rufen, damit Sie sich darum kümmern.«

»Ja, Sir, es wäre mir eine Ehre, wenn ich das für Sie machen dürfte. Jederzeit. Rufen Sie einfach im Hauptquartier an, dann komme ich sofort vorbei.«

»Machen Sie's gut, Burt.«

Er legte den Gang ein und verließ mit seinem Streifenwagen Sevierville.

Sabra Olivier saß in ihrem Büro und schaute sich die Sechsuhrnachrichten an. Sie bekam Magenschmerzen, als sie die nichts sagenden, zensierten Nachrichten sah. So etwas hätte sie vor Hartlines ... Besuch niemals senden lassen.

Die Erinnerung an seinen ersten Besuch im Sender ließ sie jetzt noch schaudern. Und auch an jeden Besuch danach, da er es nicht bei einer einmaligen Sache hatte belassen wollen.

Sabra hätte sich am liebsten übergeben.

Sie stand auf und ging im Zimmer auf und ab. Die Nachrichten waren so nichts sagend, dass sie auf einen anderen Sender umschaltete, allerdings ohne große Wirkung. Hartline hatte mit seinen Leuten allen Sendern einen Besuch abgestattet. Sie betrachtete die Sprecherin von ABC und fragte sich, ob Hartline sie auch so unter Druck gesetzt hatte. Vermutlich ja, aber bei dem Ruf, der dieser Frau anhing, hatte er sie wahrscheinlich gar nicht so sehr zwingen müssen.

Sabra setzte sich wieder hin, stützte die Ellbogen auf den Schreibtisch und ließ den Kopf in ihre Hände sinken. *Wie konnte es bloß dazu kommen?*, wunderte sie sich. *Waren wir denn alle so blind, dass niemand gemerkt hatte, dass Logan eigentlich von Lowry vorgeschoben worden war?*

Seufzend kam sie zu der Überzeugung, dass es so sein musste. Sie waren alle so sehr damit beschäftigt gewesen, darauf zu achten, dass niemand ihre kostbaren Rechte beschnitt, dass sie nichts von dem wahrgenommen hatten, was sich um sie herum abspielte. Und sie hatten nicht die Stimmung bemerkt, in der sich das Volk befand. Die Mehrheit des Volks ... die Steuerzahler.

»Wächter der Freiheit«, murmelte sie. »Aber wessen Freiheit? Unsere? Die des Volks?«

Sie setzte sich auf, als ihr eine Idee durch den Kopf ging. Zweifellos eine gefährliche Idee, aber vielleicht ein Weg, um Hartline an den Eiern zu packen und ihn daran in einem halben Meter Höhe an die Wand zu nageln.

Einen Moment lang genoss sie diesen imaginären Anblick, dann griff sie nach dem Telefon, zog aber gleich wieder die Hand zurück. Hartline hatte die Leitung garantiert angezapft. Sie würde darauf achten müssen, was sie sagte.

»Schicken Sie Roanna zu mir«, bat sie ihre Sekretärin.

Vor ihrem Büro fing sie die Reporterin ab und nahm sie am Arm, um sie zur Damentoilette zu dirigieren. Dort drehte sie den Wasserhahn auf, damit das laufende Wasser ihre Unterhaltung übertönte, so wie sie es in vielen Filmen gesehen hatte.

»Du weißt alles über die Sache mit Hartline«, sagte sie. »Wie denkst du *wirklich* über ihn?«

»Ich würde diesem Bastard am liebsten den Schwanz abschneiden und ihn in seinen Hals stecken, damit er daran erstickt«, antwortete die Reporterin ohne zu zögern.

Sabra war erstaunt. So hatte sie Roanna noch nie reden gehört. »Hat er dich auch zwischengenommen?«

Die Brünette verzog verächtlich den Mund. »O ja ... Ihm haben meine Berichte nicht gefallen, die ich über die Söldner produziert habe. Er wollte mir etwas geben, an das ich mich noch lange erinnern würde.« Sie schnitt ein Grimasse. »So schnell werde ich das nicht vergessen. Ich konnte drei Tage lang kaum gehen.«

»Wie viele von den anderen Frauen?«

»Sabra, es sind nicht nur die Frauen, mit den Männern haben sie auch ihren Spaß gehabt. Ich weiß nicht, was du vorhast. Aber sei vorsichtig. Hartline ist hochgradig gestört. Er ist ein wahrer Meister, was Folter angeht. Er hat allen Leuten bei den Networks einen Schock versetzt. Frauen *und* Männern. Keiner von uns kann verstehen, wieso das so schnell aus dem Ruder laufen konnte.«

»Das habe ich mich auch gefragt. Ich muss jemanden in Ben

Raines' Lager einschleusen, und dabei habe ich an dich gedacht. Ich glaube, ich kann Hartline davon überzeugen, dass das eine gute Sache ist. Du machst eine Story über Raines, ich mache eine über Hartline. Ich werde ihn wie den neuen Christus darstellen. Wir senden jede Woche ein drei Minuten langes Segment, das jeweils eine verschlüsselte Botschaft an Raines enthält.«

»Sabra ...«

»Nein! Ich glaube, wir müssen das machen. Ich trage eine Mitverantwortung für das, was in diesem Land geschehen ist. Wir sind es zum Teil mit Schuld. Hartline ... *besucht* mich zweimal pro Woche. Ich muss seine Besuche als eine Sache hinnehmen, über die ich keine Kontrolle habe. Er meint, dass es mir Spaß macht. Er ist von sich so sehr eingenommen, dass ich darauf abzielen kann. Es ist erstaunlich, was ein Mann alles so sagt, wenn er mit einer Frau im Bett ist ... Wir arbeiten einen Code aus, der Raines wissen lässt, was hier los ist und was passieren wird. Bist du mit dabei?«

»Du weißt, was passiert, wenn Hartline davon Wind bekommt?«

»Ja.«

»Also gut«, sagte Roanna. »Ich bin dabei.«

Die Lichter auf der kleinen Landebahn griffen in den Abendhimmel. Der aus Kansas stammende Pilot Jim Slater wollte nichts weiter, als so schnell wie möglich landen und nach Hause zu seiner Frau zurückkehren. Plötzlich tauchte rechts von ihm eine Piper Club auf, die ohne Lichter flog. Über seinen Kopfhörer erhielt er im nächsten Moment eine Nachricht, die ihm einen eiskalten Schauder über den Rücken jagte.

»Pass auf, Jim. Am Boden warten FBI-Agenten auf dich. Jemand hat ausgeplaudert, dass du für die Rebellen Waffen transportierst. Sie sind gegen Mittag in dein Haus eingedrungen und haben Jeanne vergewaltigt. Als sie weglaufen wollte, haben sie sie erschossen. Sie ist tot. Tut mir Leid, Jim.«

Bevor Jim die Mitteilung bestätigen konnte, hatte die Piper bereits abgedreht.

Jim kreiste über dem Rollfeld, ehe er zur Landung ansetzte. Nachdem die Maschine aufgesetzt hatte, fuhr er sie bis ans andere Ende des Flugplatzes, stellte den Motor ab. Er sprang hinaus und rannte durch die Dunkelheit in den Hangar. Er schlich sich zu seinem Spind und hantierte an der Rückwand, bis die falsche Wand nachgab.

In einiger Entfernung machte er die Lichtkegel von Taschenlampen aus. Jemand war auf dem Weg zu ihm und hatte es offenbar eilig.

Wütend über sein Ungeschick und seine Tränen, riss er eine Browning Buck Gun aus dem Versteck, lud die Magnum-Patronen und legte sich einen Patronengurt um. Dann ging er zum Fenster und wartete in der Dunkelheit.

Die Agenten blieben keine zehn Meter vom Hangar entfernt stehen und begannen zu reden. Jim hörte ihnen erst zu, da er sicher sein wollte, dass er die richtigen Männer tötete.

»Dieser Hurensohn ist weg. Ich sag doch, dass ich ihn da drüben aufs Feld habe rennen sehen.«

»Schade um seine Frau.«

»Stimmt. Die hätte ich noch länger genießen können. Schön eng gebaut.«

Jim feuerte auf die dunklen Umrisse, die von den Patronen förmlich zerfetzt wurden, ehe sie zu Boden sanken. Er begab sich zu den Männern, die grotesk verzerrt im feuchten Gras lagen. Er ignorierte das Blut und begann, Waffen, Munition, Ausweise und Geld an sich zu nehmen. Dann lief er zu ihrem Wagen. Im Kofferraum fand er eine M-16 und mehrere Sturmgewehre, packte alles zusammen und brachte es zu seinem Flugzeug. Als er hinter sich Schritte hörte, wirbelte er herum, bereit, wieder zu töten.

Es war Paul Green, einer der Mechaniker.

Die beiden Männer sahen sich einen Moment lang an.

»Das hast du gut gemacht, Jim«, sagte Paul schließlich. »Ich habe das von Jeanne gehört ... tut mir Leid.« Er sah zu Boden. »Und jetzt, Kumpel?«

Die beiden Männer waren zusammen zur Schule gegangen. Jim war ehrlich zu ihm. »Ich mache mich auf den Weg nach

Tennessee, zum Park. Ich kann es dir genauso gut auch sagen ... ich bin seit '97 bei den Rebellen.«

Paul reagierte mit einem Lächeln. »Verdammt, Jim, jeder in der Stadt weiß das. Kannst du Gesellschaft gebrauchen?«

Jim zeigte auf seine zweimotorige Privatmaschine. »Lass uns voll tanken und dann verschwinden wir. Ich habe jetzt keinen Grund mehr, nach Hause zurückzukehren.«

ACHT

Im südwestlichen Teil des Landes begannen die Rebellen von Colonel Hector Ramos mit ihrer Suche nach Waffen in verlassenen Militärbasen. In einigen Fällen war man so geschickt darin gewesen, das Waffenarsenal zu verstecken, dass man einen Ex-Soldaten nötig hatte, um es zu entdecken. Hector wusste genau, wo er suchen musste.

»Hola!«, sagte Rosita Murphy und trat in den kühlen langen Korridor, während ihr Blick über die langen Reihen aus M-16, M-60-Maschinengewehre und anderen Infanteriewaffen wanderte.

Hector grinste die zierliche Frau an. »Schön zu wissen, dass Ihre Muttersprache immer noch stärker ist als das Irische in Ihnen.«

Sie erwiderte das Grinsen. »Meine Mutter hat immer darauf geachtet, dass ich beide Sprachen lerne, Colonel. Ich nehme an, dass die hier«, sie deutete auf die Waffen, »alle nach Tennessee gehen?«

»Richtig getippt«, erwiderte er und betrachtete das neue Mitglied seiner Truppe. Die kleine irisch-spanische Lady mit den grünen Augen war schon ein erlesener Anblick. »Sind Sie General Raines schon mal begegnet, Rosita?«

»Nein, Sir. Aber wie ich höre, soll er ein ganzer Kerl sein.«

»Das ist er auch, meine Kleine. *Mucho hombre.*«

»Verheiratet?«

Hectors Grinsen wurde noch breiter, seine Augen funkelten. »Nein.«

Sie sah zu ihm auf. »Warum grinsen Sie mich so an, Colonel?«

Er zuckte mit den Schultern. »*No importa,* Rosita.«

»Hmm«, machte sie, während sie zusah, wie ihr Commander den Abtransport der Waffen überwachte. Ohne es zu merken, hatte sie sich halb in östlicher Richtung auf Tennessee zugewandt.

General Bill Hazen, vormals der Befehlshaber der 82nd Airborne, ein weiterer hochrangiger Offizier, der die Sinnlosigkeit eines Angriffs auf die Tri-Staaten eingesehen und seine Leute zurückgezogen hatte, stand in den Überresten von Fort Leonard Wood, Missouri, und leitete die Suche nach Waffen. Das Gleiche hatte er zuvor schon in Fort Riley und auf der Schilling Air Force Base gemacht. Er war nur auf wenig Widerstand gestoßen, den seine Männer rasch niedergeschlagen hatten. Viele von ihnen waren Fallschirmspringer, die den Kampfschauplatz in den Tri-Staaten zusammen mit ihm verlassen hatten – den Gedanken, dass Amerikaner gegen Amerikaner kämpfen sollte, hatten sie nicht ertragen können.

Als sie die alte Basis auf den Kopf gestellt hatten, dirigierte General Hazen den Konvoi nach Osten in Richtung Tennessee.

Im Osten war General Krigel intensiv damit beschäftigt, nach Waffen suchen zu lassen. Er war der erste hochrangige Offizier gewesen, der sich geweigert hatte, gegen die Tri-Staaten zu kämpfen.

Der Befehlshaber der staatlichen Truppen, Major General Paul Como, stand da und hörte Brigadier General Krigel zu, während er mit jeder Sekunde wütender wurde.

»Sind die Brücken rund um das Gebiet geräumt?«, fragte Como, obwohl er genau wusste, dass dies nicht der Fall war.

Krigel räusperte sich. »Nein, Sir. Die Navy SEALs haben sich geweigert, vorzumarschieren. Sie sagen, sie wollen nicht gegen ihre Landsleute kämpfen. Einige der Leute in den Tri-Staaten sind ehemalige SEALs.«

»Das interessiert mich kein bisschen! Ich habe den SEALs den Befehl gegeben, die Brücken zu räumen. Ich sollte diese Bastarde festnehmen lassen!«

»Verzeihen Sie, Sir, aber ich möchte nicht derjenige sein, der das versucht.«

Como ignorierte die Bemerkung und bemühte sich, seinen

Zorn zu beherrschen. Er sah auf die Armbanduhr. »Also gut. Zur Hölle mit den SEALs. Die Airbornes sollen abspringen! Die sind längst überfällig! Wieso ist noch nichts passiert?«

»Die Gebiete, die sich zur Landung eignen, sind noch nicht ausgewiesen.«

»Was?«

»Sir, die Pathfinders sind letzte Nacht auf das Territorium vorgedrungen, aber dann sind sie alle zu den Rebellen übergelaufen.«

»*Was?*«, brüllte Como außer sich.

»Sie haben sich geweigert, die Gebiete auszuweisen, Sir. Sie haben erklärt, dass sie nicht gegen ihre eigenen Leute vorgehen würden und dass jeder ein Verräter sei, der so etwas mache.«

»Gottverdammt!!«, schrie Como und zeigte auf Krigel. »Sie bringen die Fallschirmspringer hoch und lassen sie abspringen. Sofort! Sie werden diesen Rangers Schützenhilfe geben.«

Krigel trat kaum spürbar von einem Fuß auf den anderen. Das war der Moment, den er gefürchtet hatte. »Wir haben ein Problem, Sir. Eine große Zahl der Menschen der Tri-Staaten ... sind ... ähm ...«

»Angehörige unserer Truppen«, führte Como den Satz für ihn zu Ende. »Verstehe. Na, wunderbar. Wie viele von ihnen werden meine Befehle nicht befolgen?«

Krigel sah keinen Grund, die Fakten zu beschönigen. »Rund fünfzig Prozent der Luftwaffensoldaten haben sich geweigert, gegen die Tri-Staaten vorzugehen. Keine Rangers, keine Green Berets, keine SEALs. Rund dreißig Prozent der Marines und der normalen Infanterie widersetzen sich ebenfalls. Diese Frauen und Männer haben einhellig erklärt, sie würden für Sie gegen die Tore zur Hölle anstürmen, aber bei diesen Rebellen handelt es sich um Amerikaner, die nichts Schlimmes gemacht haben. Sie sind keine Kriminellen.«

General Como war von den Zahlen nicht überrascht. Er hatte diese Operation mit General Russell während der Planungsphase durchgesprochen und fast seinen Dienst quittiert. Aber General Russell hatte ihm das ausgeredet. Como war darüber nicht glücklich, aber er war nun mal Berufssoldat und bekam seine Befehle.

»General«, sagte Krigel, »das ist ein ziviles Problem, nicht unseres. Diese Menschen dort sind Amerikaner. Sie wollen einfach nur in Ruhe gelassen werden. Sie arbeiten mit keiner fremden Macht zusammen, und sie versuchen auch nicht, die Regierung zu stürzen. Paul ...«, er legte eine Hand auf die Schulter seines Freundes, »... ich bekomme heute noch Magenschmerzen, wenn ich daran denke, was wir den Indianern antaten. Wir haben das zwar nicht selbst getan, aber wir hatten das Kommando über einige der Männer, die es getan haben. Es war verkehrt, und wir hätten Manns genug sein müssen, die Verantwortlichen zu erschießen.«

General Como verzog das Gesicht. Das Frühstück lag ihm noch immer im Magen. Er wusste, was seinem Freund durch den Kopf ging. Krigel war sein Freund, aber ein Befehl war immer noch ein Befehl.

Como drückte den Rücken durch. Als er sprach, war seine Stimme hart: »Sie sind Soldat, General Krigel, und Sie führen Ihre Befehle aus, sonst ...«

»Sonst was?«, gab Krigel wütend zurück, da er die Beherrschung verlor. »Verdammt, Paul, wir beginnen hier einen neuen Bürgerkrieg. Das wissen Sie. Ja, ich bin Soldat, und sogar ein verdammt guter. Aber ich bin zuerst einmal Amerikaner. Dies ist das Land der freien Menschen, Paul, oder nicht? Zur Hölle, diese Leute in den Tri-Staaten haben vielleicht andere Vorstellungen, aber ...«

»Verdammt noch mal!«, brüllte Como ihn an. »Wagen Sie es nicht, mit mir zu streiten! Sie setzen sofort Ihre Leute dort ab, sonst sind es die längste Zeit Ihre Leute gewesen. Das ist ein direkter Befehl, General Krigel!«

»Nein, Sir«, erwiderte Krigel völlig ruhig. »Ich werde den Befehl nicht ausführen.« Er zog seine Pistole aus dem Holster und gab sie Como. »Mir reicht's, Paul, ich mache nicht länger mit.«

Mit rotem Gesicht und vor Wut bebend betrachtete General Como die Waffe in seiner Hand, dann gab er seinem Freund eine heftige Ohrfeige.

Krigel lief Blut aus dem Mundwinkel, aber er rührte sich nicht.

Como wandte sich dem Sergeant Major zu, der den Wortwechsel regungslos angehört hatte. »Sergeant Major, ich will, dass dieser Mann unter Arrest gestellt wird. Wenn er sich widersetzt, greifen Sie zu allen erforderlichen Mitteln, um ihn zu bändigen. Verstanden?« Er reichte dem Mann Krigels Pistole.

Der Sergeant Major packte General Krigel am Arm und nickte. Er mochte den Befehl nicht, der ihm eben erteilt worden war. Er war als junger Mann Angehöriger eines LRRP-Teams in Vietnam gewesen, und der Gedanke, dass Spezialeinheiten sich untereinander bekämpften, dass Amerikaner sich gegen Amerikaner wandten, gefiel ihm gar nicht – ganz egal, welchen Grund es dafür geben mochte.

»Jawohl, Sir«, sagte der Sergeant Major, dachte aber nur: *Ich will bloß General Krigel hier rausschaffen, und dann machen wir beide uns mit noch einem Haufen Männer auf den direkten Weg zu Raines' Rebellen.*

General Como wandte sich seinem Adjutant Captain Shaw zu. »Sagen Sie General Hazen, dass er jetzt das Kommando über die 82nd hat. Seine Leute sollen abspringen. Wer sich weigert, wird unter Arrest gestellt. Wer sich dem widersetzt, wird erschossen. Sagen Sie General Cruger, er soll seine Soldaten über die Grenze schicken. Und zwar sofort!«

Shaw nickte. Er hatte verstanden, aber er stimmte dem nicht zwangsläufig zu. Der junge Captain hatte beim Militär Karriere gemacht, und er hatte seine Befehle, so wie Raines' Leute zweifellos auch ihre Anordnungen hatten.

»Ja, Sir«, sagte er. »Wird sofort erledigt, Sir.« Dann ging er fort.

General Cole musste einige Male blinzeln, weil er den Tränen nah war, und dann konnte er sie nicht mehr zurückhalten. »Gottverdammt!«, fluchte er mit erstickter Stimme. »Was für ein Elend.«

»Alles in Ordnung, General?«, fragte ein Adjutant.

Krigel schüttelte den Kopf, um den Nebel aus Erinnerungen

abzuschütteln. Er hatte sichtlich Mühe, sich auf das Hier und Jetzt zu konzentrieren. Como war am zehnten Tag der Kämpfe in den Tri-Staaten getötet worden – von einem kleinen Mädchen mit einer 45er Pistole.

Krigel konnte nicht anders, als die Ironie dieser Situation zu erkennen. Como hatte einige Jahre in Vietnam verbracht, immer im Einsatz, immer an der Front. Und er hatte nie auch nur einen Kratzer abbekommen.

»Sir?«, hakte der Adjutant nach.

»Was? O ... ja, Captain, es geht mir gut«, sagte Krigel und verzog den Mund zu einem Lächeln. »Ich ... ich war nur in Gedanken versunken.«

»Die Tri-Staaten, Sir?«

»Ja. Sie waren auch da, nicht wahr, Van?«

»Ja, Sir, acht Tage lang. Ich ... habe meine Einheit am neunten Tag verlassen. Ich konnte es nicht länger ertragen. Diese Toten ... die haben mich wirklich fertig gemacht.«

»Und die Folterungen?«

»Daran war ich nicht beteiligt, Sir, und auch keiner von meinen Leuten. Aber ich habe gesehen, was einige von den Kerlen mit Frauen gemacht haben. Ich glaube nicht, dass ich das jemals vergessen kann.«

»Nein«, bestätigte Krigel. »Das werden Sie auch nicht, Van. Ich habe solche Dinge in Vietnam miterlebt, und so was vergisst man nicht. Man lernt einfach nur, damit zu leben.«

»Ja, Sir. Ich hatte bloß gehofft, Sie würden sagen, dass man es eines Tages doch vergisst.«

»Ich wünschte, ich könnte es«, sagte der General seufzend. »Alles aufgeladen, Van?«

»Ja, Sir. Alles fertig und bereit zum Aufbruch.«

»Also gut. Wir fahren in südwestlicher Richtung durch Ohio, bis wir bei Cincinnati die Interstate 75 erreicht haben. Wir folgen ihr bis fast in die Berge, und da treffen wir mit Ben zusammen.«

»Sie kennen General Raines, Sir?«

Mehrere Offiziere und Soldaten hatten sich um sie versammelt.

»Ja, ich kenne ihn, Van. Nicht sehr gut, aber ich weiß, wer er ist.«

»Was für ein Typ Mensch ist er, Sir?«

Krigel dachte einen Moment lang nach. »Er war in Vietnam ein Hell-Hound. In Afrika war er dann ein paar Jahre lang als Söldner unterwegs. Nicht vom Schlag eines Hartline, sondern mehr ein Glücksritter. Ben ... ist ein Träumer, ein Visionär, ein Revolutionär. Er ist ein Planer, ein Mann, der glaubt, dass jeder gesetzestreue Bürger so viele Freiheiten wie möglich haben sollte. Ben Raines ist ... ein außergewöhnlicher Mann.«

»Ben ist ein sehr komplizierter Mann«, sagte Jerre zu Dr. Canale. »Viele Leute stellen mir Fragen über ihn, aber ich weiß nie so genau, was ich antworten soll.«

»Er fehlt Ihnen doch, oder?«

»Ich müsste lügen, um das mit einem Nein zu beantworten.«

»Tja, in den nächsten Monaten werden Sie alle Hände voll zu tun haben, Jerre. Es sind eindeutig Zwillinge.«

»Ein Junge und ein Mädchen«, sagte sie lächelnd.

»Ich würde nicht darauf wetten wollen«, erwiderte der Arzt grinsend.

»Ich will auch nicht wetten, ich weiß es.«

Dr. Canale sagte nichts. Er hatte es schon vor langer Zeit aufgegeben, mit Schwangeren zu diskutieren.

Jerre zog sich an und dankte Dr. Canale, der ihr zuzwinkerte und ihr sagte, sie solle in ein paar Wochen wieder vorbeischauen. Als Jerre das Sprechzimmer verließ, erhob sich im Wartezimmer ein Mann, der Ende zwanzig sein mochte.

Er lächelte sie an. »Wie ist es gelaufen, Jerre?«

»Ich bin in großartiger Verfassung, Matt«, sagte sie breit grinsend. »Auf jeden Fall gilt das für meine Gesundheit. Allerdings beginne ich allmählich, wie eine Ente zu watscheln.«

»Du bist wunderschön«, sagte er ernst.

»Und du bist verrückt!«, erwiderte sie lachend, hakte sich bei ihm unter und ging mit ihm nach draußen. »Oh, Matt, ich kann dir gar nicht sagen, wie überrascht ich war, dich zu sehen. Und so froh. Man hatte mir erzählt, du seist in den letzten Tagen der Invasion der Tri-Staaten getötet worden.«

Er half ihr, in einen alten VW Käfer einzusteigen. »Es war eine Zeit lang verdammt eng.« Er nahm auf dem Fahrersitz Platz und fuhr los. »Aber ein paar von uns gelang es, über die Grenze nach Kanada zu entkommen. Dann haben wir den Befehl erhalten, in Nordkalifornien eine Basis einzurichten. Und ... hier bin ich.«

»Keine feste Freundin, Matt?«

»Du kennst mich doch, Jerre. Du bist die Einzige, die ich jemals haben wollte.«

Sie fasste ihn am Arm. »Ich wollte dir nicht weh tun, Matt. Glaub mir das bitte.«

»Oh, das tue ich, Jerre. Du hast das klargestellt, gleich in der ersten Nacht, in der wir ... ich meine ...«

»Ich weiß, was du meinst, Matt.«

Sie schwiegen, bis sie in die Einfahrt eines Hauses einbogen, von dem aus man den Pazifik sehen konnte. Es lag gleich nördlich von Crescent City. Er half ihr ins Haus und hielt sie fest, damit sie sich hinsetzen konnte, merkte dabei aber nicht, dass seine übertriebene Fürsorge sie amüsierte.

Sie musste unwillkürlich lachen. »Matt, ich bin nicht dem Tode nah. Ich bekomme nur zwei Kinder, weiter nichts.«

»Weißt du, Jerre, so was macht mir Angst«, gab er zu. »Ich bin ein ziemlicher Feigling, wenn es um solche Dinge geht.«

»Wir sind nur ein paar Meilen von der Klinik entfernt, also mach dir keine Gedanken. Du machst mich nur nervös.«

Er kniete vor ihr nieder und nahm ihre Hände. »Jerre ...«

Mit einem sanften Kuss brachte sie ihn zum Schweigen. »Sag es nicht, Matt, noch nicht. Du weißt, was ich für Ben empfinde.«

»Und warum ...?«

»Ich musste es, Matt, ich musste es einfach. Ben hat eine Mission. Ich bin nicht sicher, ob ihm das überhaupt klar ist. Und wenn ja, ob er es zugeben würde. Aber es ist so, und ich will ihm nicht zur Last fallen. Es wäre sehr vielen Menschen gegenüber sehr unfair.«

»Und ich, Jerre?«

»Du weißt, was ich für dich empfinde, Matt.«

»Aber du liebst General Raines.«

»Ja. Und das wird auch immer so sein, Matt. Lass uns darin auch ehrlich sein.«

Er grinste sie an. »Dann werde ich einfach warten, Jerre. Ich werde mit dir warten – wenn du nichts dagegen hast.«

»Ich habe nichts dagegen«, sagte sie leise. »Überhaupt nichts.«

»Wenn Sie zehn Jahre jünger wären, würde ich Ihnen den Hintern versohlen«, sagte Ben zu Dr. Chase.

»So einen langen Arm haben Sie nicht«, erwiderte der Arzt über Funk. »Der reicht nicht von Tennessee nach Wyoming. Außerdem musste ich ihr versprechen, dass ich Ihnen nichts davon sage.«

»Warum hat sie es getan, Lamar?«

»Ich ... ich weiß es wirklich nicht, Ben«, log der Arzt. »Ich schätze, sie wollte einfach etwas Zeit für sich selbst haben.«

»Ich glaube, sie wollte einen netten jungen Mann finden, der in ihrem Alter ist. Zum Teufel, ich bin fünfundzwanzig Jahre älter als Jerre.«

Alter hat mit Liebe und Zuneigung nichts zu tun, Sie verrückter alter Soldat, dachte Chase. *Aber wenn es für Sie einfacher ist, das zu glauben, dann bitte.* »Kann schon sein, Ben.«

»Dieser junge Mann, mit dem sie mal zusammen war ... Matt irgendwas ... er ist da irgendwo. Ja, das ist es, genau das. Na ja, ich hoffe, sie ist glücklich. Sie hat es mehr als verdient.«

Oh, Raines, Sie sind ja zweifellos ein intelligenter Mann, aber von Frauen verstehen Sie überhaupt nichts. »Dr. Canale ist ein guter Mann, Ben, der eine ordentliche Klinik führt. Jerre ist gut aufgehoben. Wir haben eine von Ramos' Übermittlungen abgefangen, auf der gleichen verschlüsselten Frequenz. Ihr Plan gefällt mir, Ben.«

»Ich glaube, es ist der einzige Weg, Lamar. Die Leute müssen sich einmischen. Wir können nicht alles für sie erledigen. Und ich *werde* es auch nicht.«

»Wir sind auf dem Weg und werden in wenigen Wochen mit

Ramos zusammentreffen, Ben. Sie kennen den Plan, wir sehen uns am Treffpunkt.«

Ben grinste. »Achten Sie auf Ihren Blutdruck, alter Mann. Es ist nicht leicht, sich um eine Frau zu kümmern, die alt genug ist, um Ihre Enkelin zu sein.«

»Was? Wie ...?«

Ben schaltete ab und ließ Dr. Chase in ein totes Mikrofon schimpfen. Er drehte sich um, als Ike ins Funkzelt kam. Sein Stellvertreter machte ein seltsames Gesicht.

»Ike.«

»Ben ... du erinnerst dich an diese Reporterin von NBC, die du immer erwürgen wolltest, weil sie so liberale Ansichten vertritt?«

»Roanna Hickman? Ja, was ist mit ihr?«

»Sie ist gerade an unserem östlichsten Außenposten aufgetaucht. Sie will eine Story über dich machen und senden.«

Ben sah ihn sekundenlang an. »Ich glaube, ich werde verrückt.«

»Schon möglich«, meinte Ike. »Aber das sollten wir jetzt vielleicht nicht so sehr vertiefen.«

NEUN

An die Commander aller Basen erging von den Stabschefs der Befehl, sämtliches Personal solle sich friedfertig verhalten, wenn es sich außerhalb der jeweiligen Basis aufhielt. Niemand würde sich auf eine Auseinandersetzung mit Ben Raines' Rebellen einlassen, solange sie niemanden provozierten. Es war ein Kampf zwischen Lowry und Raines, aus dem sich alle anderen besser heraushielten.

Die Nachricht wurde von Al Codys Leuten abgefangen. Cody ging direkt zu Vizepräsident Lowry, warf ihm die entschlüsselte Nachricht auf den Schreibtisch und setzte sich.

»Es ist jetzt überall bekannt, Weston. Kein Herumscharwenzeln mehr.«

Lowry las den Text und warf ihn dann zurück auf den Tisch. »Scheiß auf das Militär. Wir brauchen die Kerle nicht. Hartline stockt seine Truppe jeden Tag um gut hundert Mann auf. Die Geheimdienstberichte, die wir erhalten, besagen, dass Raines vor dem Ersten des Jahres keinen Zug machen wird. Bis dahin hat Hartline eine komplette Division unter seiner Kontrolle, vielleicht sogar mehr. Raines arbeitet an seiner eigenen Zerstörung mit und weiß es nicht mal. Dieser Bastard ist doch zu dämlich.«

Cody schüttelte den Kopf. »Glauben Sie nicht so etwas, Weston. Raines ist sicher vieles, aber er ist nicht dumm. Er hat irgendeinen Trumpf im Ärmel.«

Lowry reagierte seinerseits mit einem vehementen Kopfschütteln. »Er setzt zu sehr auf seine Leute. Schön, sie haben ein paar Siege in den Städten rund um die Berge errungen. Aber das kommt nur dadurch, dass seine Truppen so nah sind. Lassen Sie ihn sein Spiel spielen, das verschafft uns umso mehr Zeit. Hartlines Plan funktioniert.« Lowry kicherte und schaltete den Videorecorder ein. »Das kennen Sie noch nicht, oder?«

»Was ist es?«

»Sabra Olivier, die Hartline einen bläst.«

»Soll das ein Witz sein?«

»Sehen Sie selbst.«

Al Cody sah mit einem unguten Gefühl in der Magengegend auf den Bildschirm. Er war entschieden gegen diese Art von Dreck ... aber er musste auch zugeben, dass ihn erregte, was er zu sehen bekam. Er blickte zu Lowry, der mit einer Hand in seinen Schritt gefasst hatte. An seinem Mundwinkel hatte sich Speichel angesammelt und seine Augen hatten einen sonderbaren Ausdruck angenommen.

Cody schloss die Augen und versuchte, seine Erektion unter Kontrolle zu bekommen. Er redete sich ein, dass all diese Perversionen am Ende nur dem Wohl des Landes dienen würden. *Der Zweck heiligt die Mittel,* dachte er. *Nicht vergessen! Der Zweck muss die Mittel heiligen. Wer hat das gesagt? Verdammt, keine Ahnung!*

»Komm schon, Baby«, bohrte sich Hartlines raue Stimme durch seine Gedanken. »Gleich haben wir es geschafft.«

Es geschieht nur zum Wohl des Volkes, redete sich Cody abermals ein.

»Oh, Sabra, Schätzchen, erzähl mir nicht, dass dich das nicht geil macht ...«

Das Wohl des Volkes. Raines muss gestoppt werden ...

»... das geht ja wie geschmiert ...«

... mit allen Mitteln. Und wenn dazu etwas derart ...

»Du zitterst doch nicht vor Kälte, Sabra Schätzchen. Du ...«

... Abscheuliches nötig ist, dann muss es eben sein. Die Nation muss ...

»... bebst doch vor Lust, weil mein Schwanz dir so gut tut, richtig, Baby?«

... überdauern.

»Oh, das ist gut, Sabra.«

Sie muss überdauern.

»Wie würde es Ihnen gefallen, sie von hinten zu nehmen, Al?«

»Was?«

Cody machte seine Augen in dem Moment auf, als Lowry das Licht wieder einschaltete und den Recorder stoppte.

»Sie sieht doch immer noch verdammt gut aus, nicht wahr?«

»Ja«, seufzte Cody. »Das kann man wohl sagen.«

Zum Wohle der Nation.

»Ich kann Hartline fragen, ob er ...«

Cody schluckte schwer.

»... Sabra herbringt. Wir können etwas Abwechslung gebrauchen. Ich mag Frauen ...«

Wir? Großer Gott, denkt er etwa, ich will an diesem Schmutz teilhaben? Ich ...

»... ab vierzig. Sie sind so reif. Und diese Titten – die Art, wie sich ihre Brustwarzen ...«

... will damit nichts zu tun haben! Ich bin religiös großgezogen worden. Ich ...

»... aufrichten. Gott, hat mich das scharf gemacht, Al. Sie und ich ... ich sorge dafür, dass Hartline Ihnen die blonde Reporterin schickt, über die ...«

... könnte niemals etwas derart Abscheuliches machen. Ich ...

»... Sie mal gesagt haben, dass Sie sie sexy finden.« Lowry lachte. »Ich möchte wetten, die bläst Ihnen einen, dass Sie es nie vergessen werden, Al. Wissen Sie, Al, wir beide, wir haben schon eine Vergangenheit hinter uns, nicht wahr, alter Freund? Wir wissen, dass das amerikanische Volk kontrolliert werden muss. So wie die Presse. Wenn man so zurückblickt, würde ich sagen, dass man die Presse schon in den sechziger Jahren stärker hätte kontrollieren und das Volk etwas schärfer hätte bewachen müssen, dann wäre diese Tragödie niemals Wirklichkeit geworden. Davon bin ich wirklich überzeugt, Al. Ja, Al, Sie wissen so wie ich, dass das alles nur aus einem Grund geschieht ...«

... zum Wohl des Landes.

»... zum Wohl des Landes.«

»Welches Spiel spielen Sie hier, Miss Hickman?«, fragte Ben.

Sie saßen unter freiem Himmel, eine angenehm kühle Brise wehte über sie hinweg. Roanna hatte gesehen, wie sich Dawn und die beiden anderen Frauen kurz umarmt und sich einige Augenblicke lang unterhalten hatten. Dawn saß nun neben ihr an dem Tisch, gegenüber von Ben, Ike und Cecil.

»Kein Spiel, General«, sagte Roanna betont. »Die Zeit zum Spielen ist vorüber. Wir setzen alle unser Leben aufs Spiel, um unser Ziel zu verfolgen.«

Sie informierte ihn, was Hartline gemacht hatte und immer noch machte.

»Wenn das stimmt«, sagte Cecil, »und wir wollen für den Moment annehmen, dass es die Wahrheit ist, dann lässt sich Ms. Olivier auf ein sehr gefährliches Spiel ein.«

»Und Sie auch«, fügte Ike an.

»Sie ahnen gar nicht, *wie* gefährlich«, sagte Roanna bitter. »Sabras Ehemann Ed hatte gedroht, er werde sie verlassen, wenn sie sich noch einmal mit Hartline trifft. Sie konnte ihm nicht erklären, warum sie sich so verhielt, weil sie fürchtete, Hartline würde Ed foltern, bis der die Wahrheit verriet. Vorgestern hat er sie dann schließlich verlassen. Den Jungen hat er mitgenommen, die Tochter ist bei ihr geblieben. Ich wünschte, er hätte sich genau entgegengesetzt entschieden. Sabra sagt, Hartline werfe Nancy komische Blicke zu.«

»Wie alt ist die Tochter?«, fragte Ike.

»Fünfzehn. Und sie kommt absolut nach ihrer Mutter. Das ist ja das Schlimme.«

Ben betrachtete die Frau einen Moment lang. »Haben Sie was gegen einen Test mit dem Lügendetektor?«

»Nicht im Geringsten«, erwiderte Roanna. Dann lächelte sie, und das Zynische der Reporterin verschwand aus ihren Augen. Ben fand, dass sie ausgesprochen hübsch war. »Was ist, General? Bin ich Ihnen zu links?«

»Linke sind oftmals weiter von der Realität entfernt, als es mir passt«, sagte Ben, lächelte dann aber, um die Schärfe aus seinen Worten zu nehmen.

»Darüber würde ich gerne mal mit Ihnen sprechen, General. Ja, genau. Das wäre doch ein guter Aufhänger für dieses Interview. Die Ansichten einen konservativen Hardliners gegen eine linke Einstellung.«

»Ich bin kein konservativer Hardliner, Miss Hickman«, berichtigte Ben. »Wie könnte ich das sein, wenn ich gleichzeitig für Abtreibung, Frauenrechte, gute Lebensbedingungen für Kinder und Altersversorgung bin ... und alles andere, was wir in den Tri-Staaten gemacht haben?«

»Sie ließen aber auch Menschen erschießen oder hängen«, konterte sie.

»Ja, das stimmt«, gab Ben kühl und zufrieden lächelnd zurück. »Und wir haben bewiesen, dass es in einer Gesellschaft keine Verbrechen geben muss.«

»Wenn ich mich nicht irre, haben Sie auch einen sechzehn Jahre alten Jungen an den Galgen gebracht.«

»Da irren Sie sich überhaupt nicht, Miss Hickman.«

»Ihr alle wisst, welche Einstellungen wir vertreten. Das Volk hat darüber abgestimmt, und zwar in allen drei Staaten. Seit letzten Winter haben wir immer wieder Versammlungen zu den Gesetzen abgehalten, die wir uns selbst gegeben haben«, sagte Ben. »Zweiundneunzig Prozent unserer Bürger haben sich mit unserem Rechtssystem einverstanden erklärt, die anderen sind gegangen. Und genauso wird es bleiben, sonst könnt ihr euch selbst regieren. Ich werde dann dieses Amt aufgeben, das ich sowieso nicht wollte, und mich wieder dem Schreiben widmen.«

»Ben ...«, sagte Dr. Chase.

»Nein!« Ben war fest entschlossen. »Ich bin heute Morgen in mein Büro gekommen und fand auf meinem Tisch ein Schreiben vor, ich möge über das Todesurteil gegen diesen gottverdammten Punk in Missoula doch noch einmal nachdenken.«

»Er ist sechzehn Jahre alt, Gouverneur«, sagte ein Adjutant.

»Genau das ist sein Problem. Er hat einen IQ. von 128. Der Seelenklempner sagt, dass er sehr gut zwischen Recht und Unrecht unterscheiden kann. Er ist körperlich und geistig absolut gesund. Er hat ein Auto gestohlen, sich betrunken, und dann ist er mit hundert Kilometern die Stunde durch die Stadt gerast. Er hat zwei alte Menschen getötet, deren einziges Verbrechen es war, die Straße überqueren zu wollen. Und das auch noch bei grüner Ampel. Ich würde es mir überlegen, wenn es ihm Leid tun würde. Aber das ist nicht der Fall. Stattdessen sagt er, die alten Leute hätten ohnehin nicht mehr lange zu leben gehabt, es müsse sich also niemand so aufregen.

Er ist ein Dreckskerl, weiter nichts. Und daran wird sich auch nichts ändern, wenn ich ihn leben lasse – was ich nicht vorhabe. Wenn ihm das Leben anderer Menschen nichts bedeutet, dann sollte es ihm auch nicht so viel ausmachen, wenn ich seines beende.«

Ben sah die Männer finster an. »Also, Mr. Garrett«, sagte er zu einem Uniformierten, der am anderen Ende des Raums stand. »Übermorgen werden Sie um sechs Uhr morgens Mr. Randolph Green persönlich zum Galgen führen und sicherstellen, dass er auch wirklich tot ist. Seine Tage sind gezählt.«

»Ja, Sir«, sagte Garrett. »Wird auch Zeit, dass die volle Härte unserer Gesetze zur Anwendung kommt.« Dann verließ er den Raum.

»Noch irgendwelche Fragen zur Anwendung der Gesetze?«, fragte Ben.

Schweigen war die einzige Antwort.

»Und Sie fanden, dass dies die einzige und gerechte Lösung war?«, fragte Roanna.

»Das fand ich, und ich finde es immer noch.«

»Und diese Art von Gerechtigkeit wollen Sie in der gesamten Nation zur Anwendung kommen lassen? Falls Sie über Lowry und Hartline siegen?«

»Oh, wir werden siegen, Miss Hickman. Daran habe ich keinerlei Zweifel. Aber um auf Ihre Frage zurückzukommen. Darauf lautet die Antwort Nein.«

»Aber in den Tri-Staaten ...«

»Da haben sich die Menschen dafür entschieden, mit diesen Gesetzen zu leben. Das kann nicht für alle anderen gelten. Nein, Miss, wenn die Schlacht geschlagen ist, werden meine Leute in die ehemaligen Tri-Staaten zurückkehren – oder dorthin, wo sie sich niederlassen wollen –, und dann werden wir uns alle dem Rechtssystem unterordnen, für das sich das Volk entscheiden wird. Und wir werden der Regierung, die wir dann haben werden, unsere Steuern zahlen.«

Die Reporterin betrachtete den Soldaten und nickte langsam. »Sie könnten Ihre Tri-Staaten aber doch eigentlich schon jetzt ausrufen, oder nicht? Dieser Kampf ist doch nicht wirklich erforderlich.«

»Nicht wirklich, Miss Hickman. Es ist nur so, dass ich glaube, ein Volk sollte so frei wie möglich leben. Es sollte nicht in einer Diktatur leben, wie sie von Lowry, Cody und Hartline geschaffen worden ist.«

»General, Sie sind nicht ... Sie haben Ideale, und wohl ein gewisses Maß an Mitgefühl, über das nicht berichtet wurde, als Sie vor ein paar Jahren Ihre Grenzen öffneten.«

Ben zuckte mit den Schultern. »Wissen Sie, Miss Hickman, die Medien berichten nicht immer die Wahrheit. Sie berichten, was sie für die Wahrheit halten.« Er sah zu Ike. »Ike, würdest du Miss Hickman bitte zum Lügendetektor bringen?«

Roanna sah Ben an. »General, was geschieht, wenn ich den Test nicht bestehe?«

»Dann werden Sie unter Hypnose befragt, die mit Hilfe von Medikamenten eingeleitet wird.«

»Und wenn ich da auch versage?«

Ben sah sie ernst an. »Dann werden Sie nicht wieder aufwachen, Miss Hickman.«

Die Reporterin erschauderte.

»Lowry ist ganz scharf auf dich, Baby«, sagte Hartline zu Sabra. »Ich habe ihm unseren netten Film gezeigt, seitdem ist er richtig kribbelig.«

Sie lagen auf den zerwühlten Laken in Hartlines Stadthaus in Richmond. Sabra hatte nicht gefragt, was mit den ursprünglichen Bewohnern des Hauses geschehen war, da sie das dumpfe Gefühl hatte, die Antwort bereits zu kennen. Sie unterdrückte ein Schaudern und zündete sich eine Zigarette an. »Und was hast du ihm gesagt?«

»Noch nichts, Baby.« Der Söldner hatte seine Finger zwischen ihren Schenkeln vergraben.

Reagier schon!, ermahnte sie sich selbst. *Bring es hinter dich, und mach es gut.* Sie schloss die Augen und stellte sich vor, wie ihr Ehemann Ed mit ihr schlief. Sie spürte, wie sich von ihrem Bauch aus ein warmes, wohliges Gefühl ausbreitete. »Bekomme ich Bonuspunkte, wenn ich mich vom Vizepräsidenten vögeln lasse?«

Hartline lachte. »Du bist schwer in Ordnung, Baby, weißt du das? Ich irre mich nie, ich weiß immer genau, wie eine Frau ist. Bei dir wusste ich sofort, dass du dich bis ganz nach oben gevögelt hast.«

Ich habe schwer dafür gearbeitet, du Hurensohn!, fluchte Sabra wortlos. »Du kannst sehr gut beobachten, Sam, aber du hast mir meine Frage nicht beantwortet.«

»Natürlich bekommst du Bonuspunkte. Was denkst du denn? Hast du schon mal Lowrys Frau gesehen? Jesus, so eine alte Schachtel.« Er wechselte urplötzlich das Thema. »Sag mal, was hast du eigentlich von der süßen kleinen Roanna gehört?«

»Nichts.«

Blitzschnell legte er eine Hand um ihre Brust und drückte so fest zu, dass Sabra vor Schmerzen aufschrie.

»Lüg mich nicht an, Baby. Ich vertraue dir nicht wirklich, noch nicht jedenfalls – aber lüg mich niemals an.«

»Das war keine Lüge.« Sie rang nach Luft.

»Ja, das weiß ich«, sagte Hartline und war mit einem Mal wie ein anderer Mensch. »Ich wollte dich nur daran erinnern, dass du mich niemals anlügen sollst.«

Er stützte sich auf einen Ellbogen und gab ihr einen Kuss auf den Busen.

Sabra wartete, bis sich der Schmerz gelegt hatte, dann sagte sie: »Hast du noch mal über meine Idee nachgedacht, einen Beitrag über dich zu drehen?«

»Ja, ich weiß nicht, ob ich das will. Außerdem glaube ich nicht, dass Roanna zurückkommt.«

»O doch, sie kommt zurück.«

»Vielleicht. Und vielleicht ist das alles nur Teil eines kleinen Spiels, das du dir in deinem hübschen Kopf ausgedacht hast. Wir werden sehen. Jetzt mach es mir erst mal richtig hart. Du weißt, wie ich's gern habe.«

Sabra rutschte auf dem Bett nach unten und begann, ihn mit dem Mund zu befriedigen. Ihre Brust schmerzte immer noch, aber sie musste einfach weitermachen. Zu viele Menschenleben standen auf dem Spiel. Sie hatte eine Verpflichtung. Doch hätte sie gewusst, was Hartline in genau diesem Moment über sie dachte, hätte sie vermutlich so fest zugebissen, wie sie nur konnte.

»Wie kommen wir an diese Texte von Levant?«, fragte Ben, nachdem er die erste geheime Mitteilung des FBI-Agenten gelesen hatte.

»Verschlüsselte Funksprüche auf einer alten Militärfrequenz«, antwortete Cecil. »Der Mann geht ein immenses Risiko ein, so etwas zu machen. Seinen Mut muss man bewundern.«

»Dann hat Lowry also alle wichtigen Senatoren und Repräsentanten eingeschüchtert.«

»Vergewaltigung kann ein wirksames Mittel dafür sein«, sagte Ike. »Diese anderen«, er zeigte auf die zweite Aufstellung von Namen, »sind die, denen Präsident Addison trauen kann. Sie sind die Einzigen, die für einen von Addisons Vorschlägen stimmen würden.«

»Aber es sind nicht genug, um etwas zu bewirken«, entgegnete Ben.

»Ja, Lowry ist schlau, das muss man ihm lassen. Aber diese andere Nachricht da unten, die finde ich noch viel interessanter.«

Dort stand geschrieben: Lowry könnte instabil sein. Er lässt Anzeichen für leichten geistigen Verfall erkennen. Er will Hartline ansprechen, damit der ihn mit der NBC-Chefin von Richmond, Sabra Olivier, zusammenbringt. Er hat ein Video, das die Dame mit Hartline in Aktion zeigt. Er sieht es sich täglich an. Achtung! Wenn die Frau ein Spiel spielt, dann bewegt sie sich in einer Liga, der sie nicht gewachsen ist. Wenn sie mit euch zusammenarbeitet, sagt euch von ihr los. Hartline ist zwar wahnsinnig, aber brillant. Wenn er dahinter kommt, dass Olivier tatsächlich etwas plant, dann wird sie qualvoll sterben.

»Wisst ihr, was mir das sagt?«, fragte Cecil.

Ben und Ike blickten den schwarzen Ex-Ausbilder und nunmehrigen Rebellen an.

»Der Secret Service ist über Lowry auch nicht glücklich. Levant muss einige von den Leuten auf seiner Seite haben.«

»Ja.« Ike nickte langsam. »Das alles hätte er ohne Hilfe nicht herausfinden können. Oder es wäre zumindest äußerst schwierig gewesen.« Er sah Ben an, aber der schien in Gedanken versunken zu sein. »Ben?«

»Vielleicht«, sagte er schließlich, »können wir das ohne großes Blutvergießen erledigen. Vielleicht können wir einen Staatsstreich wie in einer Bananenrepublik inszenieren.«

»Ein Attentat?«, fragte Cecil.

»Sofern im Secret Service wirklich Leute sind, die Addison loyal gegenüberstehen und das machen werden, was er ihnen sagt.«

»Diese Leute sind bloß keine typischen Killer«, warf Ike ein. »Sie sind eigentlich etwas blauäugige Männer und Frauen, du verstehst?«

Ben grinste seinen Freund an. »Nicht so wie wir Hell-Hounds und SEALs, stimmt's, Ike?«

»Genau. Sie sind nicht so ausgebildet wie wir. Ich will damit nicht ihren Mut in Abrede stellen. Sie würden für die Menschen sterben, die sie beschützen sollen. Das ist ihr Berufsrisiko. Aber ein kaltblütiger Mord ... Ich weiß nicht, Ben.«

»Versuchen sollten wir es«, meinte Cecil. »Wenn eine Chance besteht, weiteres Blutvergießen zu verhindern ... wenn wir dieses Land von Cody, Lowry und Hartline befreien können, dann sollten wir die Chance nutzen.«

»Also gut. Wollen wir mal sehen, ob Levant mitspielt«, sagte Ben. »Er kann nur nein sagen. Mehr kann er nicht sagen, wenn er nicht seine eigene Haltung offenbaren will.«

»Ich wünschte, wir könnten irgendwie dieser Olivier-Tochter helfen, dieser Nancy«, sagte Ike. »Fünfzehn ist kein schönes Alter, um von einem Idioten wie Hartline zum Sex gezwungen zu werden.«

»Ich möchte lieber nicht darüber nachdenken«, sagte Ben, »aber ich muss zugeben, dass es mir nicht gelungen ist, seit Miss Hickman das erwähnt hat. Apropos Miss Hickman ...« Ben sah auf.

Die Reporterin ging neben Dawn her. Roanna war noch keine vierundzwanzig Stunden im Camp, hatte mit Erfolg den Lügendetektor hinter sich gebracht – und dann hatte sie zu Bens Erstaunen um die Befragung unter Hypnose gebeten. Sie wirkte ein wenig mitgenommen, und Dawn hatte sie am Ellbogen gepackt.

»Dr. Harris sagt, sie hat gegen das Medikament angekämpft«, sagte Cecil. »Scheint so, dass es Ereignisse in ihrer Vergangenheit gab, die sie nicht wieder sehen wollte.«

»Ach?« Ben sah ihn fragend an.

»Hat nichts mit uns zu tun«, versicherte Cecil. »Kindheitserinnerung. Vor dem Krieg von '88.«

»Missbrauch?«

»Ja. Von der übelsten Sorte. Als die Welt in die Luft ging, war ihre Mutter auf einer Reise nach New York unterwegs. Roanna war siebzehn, und offenbar nutzte ihr Vater diesen Moment, um sie wieder zu belästigen. Sie hat ihn mit seiner eigenen 38er erschossen. Dr. Harris sagt, dass sie unter dem Mittel zusammengebrochen ist und lange Zeit geheult hat. Er glaubt, dass sie es jetzt aber endlich verarbeitet hat – die Erinnerungen an den Mord und die Schuldgefühle. Muss schrecklich sein.«

»Sie macht auf mich einen ziemlich zähen Eindruck«, sagte Ike. »Und sie benimmt sich auch so. Aber vielleicht ist das nur gespielt.«

»Das ist ihre Methode, sich dagegen zu wehren«, sagte Ben, doch sein Blick ruhte nicht auf der NBC-Reporterin, sondern auf Dawn. Er musste an die Fotos im *Penthouse* denken, die viel gezeigt hatten. Aber er wollte gern noch mehr sehen. Jerre wurde nach und nach zu einer immer blasseren Erinnerung. Ben war froh und traurig zugleich, dass sie ihren Ex-Freund wieder gefunden hatte, und er betrachtete sein Debüt als Vater mit gemischten Gefühlen.

Einen Moment lang musste er an seine letzten Augenblicke mit Salina denken ...

In den letzten Tagen der Tri-Staaten waren nur ein paar tausend Männer und Frauen lebend rausgekommen. Die Regierung hatte 35 Tage gebraucht, um den Traum zu vernichten, den Ben Raines und seine Anhänger geträumt hatten.

Im dicht bewaldeten, bergigen Gebiet westlich und nördlich von Vista, der Hauptstadt der Tri-Staaten, hatten sich die Rebellen darauf vorbereitetet, ihre letzte Schlacht zu führen. Die meisten von ihnen waren seit Jahren zusammen gewesen. Die Kinder, die sich bei der Kompanie aufgehalten hatten, hätten längst in Sicherheit gebracht sein sollen, aber man hatte ihnen den Weg abgeschnitten und gezwungen, zu den anderen zurückzukehren. Sie waren wieder am Punkt Alpha angelangt, und der Punkt Omega lag gleich um die Ecke und hatte auf die meisten von ihnen gewartet.

Es hatte einen Ausweg gegeben, aber es war ein gewagtes Spiel.

Damals hatte Ben sich mit seinen adoptierten Zwillingen Jack und Tina zusammengesetzt, um mit ihnen zu reden.

»Jack, du musst ab sofort auf Salina aufpassen. Ich muss die Truppe aufteilen und ein Team anführen, das für ein Ablenkungsmanöver sorgen wird. Das wird unser einziger Ausweg sein. Mir wird nichts passieren, mein Sohn. Mach dir keine Sorgen. Ich habe immer noch einen Trumpf im Ärmel.«

»Dann kommst du später zu uns zurück?«, hatte Tina gefragt, der Tränen über die Wangen liefen.

»Na, sicher. Da kannst du drauf wetten.« Ben hatte Jacks Hand geschüttelt und Tina einen Kuss gegeben. »Und jetzt los, ab mit euch zu Colonel Elliot. Ich möchte mit eurer Mutter reden.«

Salina hatte seine Hand ergriffen. Sie waren beide von Rauch, Schmutz und Schweiß überzogen gewesen. Ben fand, dass sie nie hübscher ausgesehen hatte, als während ihrer Schwangerschaft. Sie hatte wie eine angestaubte Walküre neben ihm gestanden und während der schlimmsten Gefechte ihre M-16 auf den Feind abgefeuert.

»Viel Zeit haben wir nicht gemeinsam verbringen können, nicht wahr, Ben?«

»Uns bleibt noch viel Zeit«, hatte Ben leise erwidert.

Traurig hatte sie ihn angelächelt. »Den Kindern kannst du was vormachen, General, aber mir nicht.«

»Ich wünschte, wir hätten mehr Zeit«, hatte er bedauernd gesagt. Er hatte ihr einen Kuss gegeben, der weder Leidenschaft noch Lust ausgedrückt hatte – der Kuss eines Mannes, der sich von einer Frau verabschiedet.

Salina wollte die Hoffnung nicht aufgeben. »Gibt es noch eine Chance?«

»Ich glaube kaum«, hatte er ehrlich geantwortet.

Sie hatte zaghaft gelächelt und dann geweint. »Ich liebe dich, Ben Raines.« Trotz ihrer Tränen hatte sie sich bemüht, ihn anzulächeln. »Auch wenn du ein Rumtreiber bist.«

»Und ich liebe dich, Salina.« Er hatte gegen seine eigenen Tränen angekämpft, weil er wollte, dass sie lächelte. »Und jetzt sieh zu, dass du deinen Hintern hier wegschaffst, Baby.«

Dann mussten sie beide lachen.

Ben war ihr beim Aufstehen behilflich gewesen und hatte sie einen Moment lang betrachtet, dann war er fortgegangen, um sich der Truppe anzuschließen, mit der er die Ablenkung schaffen wollte.

Ohne die mindeste Vorwarnung hatte sich der Wald in ein blutiges, brutales Schlachtfeld verwandelt. Einige Fallschirmspringer waren lautlos und todbringend auf die Rebellen zugestürmt. Von einem Moment auf den anderen war der friedliche Wald zu einem Kampfschauplatz geworden.

Ben hatte seine alte Thompson auf Automatik und gestellt ein halbes Dutzend Angreifer zu Fall gebracht. Hinter ihm hatte Salina aufgeschrien.

Ben war herumgewirbelt und hatte gesehen, wie einer der Männer ein Bajonett in Salinas Bauch trieb. Sie hatte den Mund aufgerissen, aber vor Schmerz keinen Ton herausgebracht; ihre verkrümmten Hände waren über ihren Bauch gewandert, um an den Griff des Bajonetts zu gelangen, damit sie den Schmerz aus ihrem Magen rissen.

Ben traf den Mann mit einer Kugel genau in den Kopf und fällte ihn, aber mit ihm ging auch Salina zu Boden.

Ben war an ihrer Seite, während sich seine Rebellen gegen die Angreifer rigoros zur Wehr gesetzt hatten. Sie hatten keine Gefangenen gemacht.

Salina war sehr blass geworden, während das Blut aus der tiefen Wunde schoss. Sie hatte ihn mit blutverschmiertem Mund angelächelt und gesagt: »Tut mir Leid um das Baby, Schatz. Aber bei unserem Glück wäre es bestimmt ein Koalabär geworden.«

Dann hatte sie die Augen geschlossen und war tot.

Auf Bens Befehl hin hatten sich die Rebellen in die Wälder zurückgezogen, hatten die Verwundeten mitgenommen und die Toten zurückgelassen. Salina und das ungeborene Kind in ihrem Körper waren beide tot.

ZEHN

»Cecil, wie machen sich die neuen Leute?«, fragte Ben.

»So weit ganz gut. Slater und Green kommen beide vom Militär. Luftwaffe. Judy Fowler wird es packen. Ich glaube, die Leute werden es alle schaffen, Ben. Aber wir haben bald einen Punkt erreicht, an dem sie übertrainiert sind.«

»Werden sie unruhig?«

»Ja, sogar eine ganze Menge von ihnen. Jimmy Brady ist mit seinem Gewehr teuflisch gut. Ike sagt, er hätte noch nie jemanden gesehen, der besser ist. Aber Dawn Bellever wird mit keiner Waffe jemals irgendeine großartige Schützin werden – ich habe sie deinem Büro zugeteilt«, fügte er ohne Pause an.

»Gut«, murmelte Ben. »Ich möchte, dass nur die Besten in den Kampf ziehen, wenn es dazu kommen sollte. Der Rest soll sich um die Bereiche kümmern, die nicht direkt mit Kampfeinsätzen zu tun haben. Aber es muss ihnen klar sein, dass sie auch kämpfen müssen, wenn der Ernstfall eintritt.«

Cecil sah seinen Freund an.

Ben bemerkte den besorgten Blick des Mannes. »Stimmt was nicht, Cecil?«

»Ich schätze, ich habe das jetzt lange genug hinausgezögert, Ben. Es ist besser, wenn du es von mir hörst, anstatt in der Gerüchteküche.«

»Wir kennen uns schon lange Zeit, Cecil. Wir haben uns noch nie etwas vorgemacht.«

»Ich soll das Kind beim Namen nennen, richtig, Ben?« Cecil musste lachen.

»Rück schon mit der Sprache raus, Cecil. Was ist?«

»Tina.«

Ben richtete sich auf.

»Sie hat das Basislager verlassen.«

»Hat sie einen Freund?«

»Nein, Ben«, sagte Cecil behutsam. »Sie ist mit Grays Scouts losgezogen.«

Ben spürte, wie sich ein Wutausbruch anbahnte, aber er atmete ein paar Mal tief durch und entspannte sich sofort. »Ich vergesse immer wieder, dass sie eine erwachsene Frau ist. Und sie versteht ihr Fach verdammt gut. Aber ich würde gerne wissen, warum ich das nicht erfahren habe!«

»Du kennst die Regeln, Ben. Es werden keine Fragen gestellt.«

»Wo trainieren sie?«

Cecil zuckte mit den Schultern. »Ich weiß es nicht, Ben. Wenn, würde ich es dir sofort sagen. Du weißt, dass Captain Gray es so will. Aber er muss sich nächste Woche melden ... für den Fall, dass du etwas unternehmen möchtest.« Cecils Stimme war anzuhören, dass er von einem Eingreifen keineswegs begeistert war.

Ben bemerkte es. »Ich werde mich nicht einmischen, Cecil. Es ist ihr Leben.«

»Das hatte ich auch nicht erwartet.« Cecil lächelte. »Dafür kenne ich dich wohl gut genug.«

Er verließ das große Zelt und ging hinüber zu seinem eigenen. Er wusste, dass Tina adoptiert war, dass Ben sie aber wie ein eigenes Kind betrachtete. Er fragte sich, wie er wohl reagieren würde, wenn sein Kind sich diesem verrückten Haufen anschließen wollte.

Grays Scouts waren in der Woche nach der Invasion durch die Rebellen und nach der konsequenten Zerstörung von Bens Traum gebildet worden. Ihre Aufgabe war es, in Regierungsgebäude einzudringen, Sabotageakte zu begehen, im Feindesgebiet umfassende Erkundungen einzuholen – sowie alles andere, was sich Captain Dan Gray ausdenken konnte, das schmutzig, gefährlich und blutig war.

Captain Gray hatte vor der Invasion die Special Forces verlassen, da er nicht als zivilisierter Mensch gegen andere zivilisierte Menschen kämpfen wollte. Und das erst recht nicht, wenn der »Feind« aus einer Gruppe von Frauen und Männern bestand, die einfach nur eine lebensfähige Gesellschaft errichten und in Frieden leben wollten. Gray hatte fünf Jahre beim britischen Special Air Service SAS verbracht und war genauso wild und draufgängerisch, wie diese Jungs es auch sein sollten.

Bislang waren sie nur bei kleineren Einsätzen gegen die Militäreinheiten zum Zug gekommen, die loyal zu Lowry und Cody standen. Doch so wie Bens Rebellen in den Bergen, warteten sie noch immer auf einen richtig guten Kampf.

Keiner von ihnen sollte noch lange warten, bis es dazu kam.

Colonel Hector Ramos führte den ersten Konvoi an, der die Berge erreichte. Er und seine Leute richteten sich an den westlichen Ausläufern der Great Smokies ein und patrouillierten einen Abschnitt, der sich über siebzig Meilen erstreckte, von Georgia bis südlich von Maryville, Tennessee. Sie waren durch Texas und Louisiana gereist, um dann in nordöstlicher Richtung Mississippi und einen Teil von Alabama zu durchqueren.

General Bill Hazens Konvoi kam einen Tag nach Ramos an und bezog von Maryville bis Newport Stellung. Major Conger war keine drei Stunden hinter ihm. Conger setzte sein Personal – das zahlenmäßig am schwächsten ausfiel – als Scouts und Horchposten entlang der Linie Virginia ein.

General Krigel traf als Letzter ein und bezog an der Ostseite der Berge von Greenville, Tennessee, bis nach North Carolina Stellung.

Die vereinten Kräfte waren nicht so beeindruckend wie eine große Armee, aber nirgends auf der Welt gab es noch große Armeen. Was es auf der Welt noch gab, litt nach wie vor an den Folgen des großen Kriegs von 1988. Daher waren zehntausend bewaffnete Männer und Frauen unter diesen Umständen ein durchaus beeindruckender Anblick.

Vor allem, als sie begannen, örtliche Milizen einzurichten, alle staatlichen Polizisten zu vertreiben und die Bürger zu bewaffnen.

»Sie meinen wirklich«, fragte ein Mann aus Greenville einen Captain der Rebellen, »es ist so einfach?«

»Nichts ist so einfach, wie es aussieht«, erwiderte der Rebell.

»Nicht, wenn Ihnen der Mumm fehlt, die Waffe zu benutzen, die wir Ihnen gerade ausgehändigt haben. Glauben Sie bloß nicht auch nur für eine Sekunde, dass die Regierung hier nicht aufkreuzt, sobald wir abgezogen sind. Es werden ganz sicher Agenten hergeschickt. Aber wenn die sehen, dass die Menschen hier bereit sind, für ihre Überzeugung zu kämpfen und zu sterben, und dass sie entsprechend ausgebildet sind, dann werden sie sich zurückziehen. Sie haben nicht genug Leute, um gegen die ganze Nation zu kämpfen. Sie können nicht jeden ins Gefängnis stecken. Damit wären auf einen Schlag keine Arbeitskräfte mehr vorhanden, und die Regierung würde untergehen. Es ist so, wie General Black Mitte der achtziger Jahre in einem seiner Bücher geschrieben hat: Wenn sich die Menschen zu Tausenden organisieren und einfach keine Steuern mehr bezahlen würden – was will die Regierung dann tun? Millionen Menschen ins Gefängnis stecken? Wie? Wo? Fünfzehn Polizisten in dieser Stadt hier sollen fünftausend bewaffnete Bürger festnehmen? Niemals. Es ist alles nur ein gewaltiger Bluff, und den haben wir zweihundert Jahre lang geglaubt. General Black ist nicht für die totale Anarchie, ganz im Gegenteil. Er will nur die Macht an das Volk zurückgeben. Und so wie es aussieht, geht das nur mit Waffen. Na gut. Ihr habt alle eure Waffen und ihr kennt die Treffpunkte. Der Rest liegt bei euch. Wir werden euch nicht an die Hand nehmen. Wenn ihr keine Freiheit wollt – bitte. Dann lasst sie euch eben nehmen. Aber wenn ihr die Freiheit liebt, dann lernt, wie ihr mit diesen Waffen umzugehen habt – und benutzt sie!«

»Sie glauben also, dass wir eine Chance haben, das ohne offenen Schlagabtausch durchzuziehen?«, fragte General Krigel.

Der befehlshabende Offizier über Bens vier Brigaden saß in einem Zelt in Basislager Eins, fast inmitten der Great Smokies.

»Ich glaube, wenn Lowry aus dem Weg ist, ist der Rest eine Kleinigkeit«, erwiderte Ben.

»Was sagt Levant dazu?«, wollte Conger wissen.

»Er hat auf unsere Nachricht noch nicht reagiert. Vielleicht hat er sie sofort verworfen, aber vielleicht hört er sich auch behutsam um. Ich weiß es nicht.«

General Hazen stellte seinen Kaffeebecher zurück auf den Klapptisch und sagte: »Selbst wenn Levant sich dagegen aussprechen sollte, haben wir noch immer eine Option in der Hand.«

Ben sah ihn an und wartete.

»Grays Scouts ... Ein Selbstmordkommando. Ein Team handverlesener Scouts. Wir sollten das in Erwägung ziehen.«

Nur Krigel wusste davon, dass Tina sich den Scouts angeschlossen hatte. Ben hatte mit ihm am Tag zuvor darüber gesprochen. Krigel sah Ben an, ließ sich aber nichts anmerken.

»Wollen wir hoffen, dass es nicht dazu kommen muss«, sagte Ben. »Aber falls doch, dann werden wir es so machen. Also gut, unterhalten wir uns über die Truppen. Wie einsatzbereit sind sie?«

»Wenn meine Leute grünes Licht bekommen, können sie augenblicklich losschlagen. Sie werden Hartlines Leuten einen Tritt in den Arsch verpassen und sind zum Mittagessen zurück«, sagte Hazen grinsend.

»Ich würde sagen, die Moral der Truppe ist gut«, erwiderte Ben ironisch.

»Ich habe Probleme, sie ruhig zu halten«, sagte der General.

»Meine Leute sind ebenfalls bereit«, erklärte Colonel Ramos. »Diese Ruhephase ist genau das, was sie nicht nötig haben. Sie sind scharf darauf, zuzuschlagen.«

»Das gilt für meine Leute auch«, sagte Conger.

Krigel nickte. »Wir sind alle einsatzbereit, Ben. Wie lange sollen wir noch warten?«

»Ich habe absichtlich verlauten lassen, dass wir vor dem Ersten des Jahres nicht zuschlagen werden, wahrscheinlich nicht mal vor dem Sommer 2000. Ich hatte Angst, dass viele Zivilisten davor zurückschrecken würden, sich selbst zu helfen. Die Berichte, die ich bekomme, scheinen das zu bestätigen. Ich vergesse immer wieder, dass diese Menschen Zivilisten sind, auch wenn viele von ihnen gedient haben. Hartlines Männer haben eine Kleinstadt in Ohio niedergewalzt. Sie haben sie einfach unter Beschuss genommen und anschließend alle Überlebenden umgebracht.«

»Haben diese Leute denn noch nie etwas von Kampftaktiken gehört?«, polterte Hazen. »Verdammt noch mal, müssen wir denn die ganze Nation an die Hand nehmen?«

»Immer mit der Ruhe«, sagte Krigel und lachte. »Sie scheinen zu vergessen, dass wir vor dem Krieg von '88 über zehn Jahre lang keine Wehrpflicht mehr hatten, und das Land war alles andere als pro-militärisch ...«

Ben ließ seine Commander die Sache unter sich ausmachen, während seine Gedanken ihn dreißig Jahre weit in die Vergangenheit brachten, zurück zu den Worten eines der größten Guerillakämpfers, den die Welt je gesehen hatte: Colonel Bull Dean.

Sie hatten darauf gewartet, von Rocket City mit Ziel Nordvietnam abzuheben. Dort angekommen, würden sie bei 20000 Fuß aussteigen; ihre Fallschirme würden sich erst öffnen, wenn sie nicht mehr vom Radar erfasst werden konnten.

»Wir verlieren diesen Krieg, Sohn«, hatte Bull gesagt. »Und daran kann keiner von uns etwas ändern. Wir können ihn nur in die Länge ziehen. Und zu Hause wird es noch schlimmer werden, viel schlimmer sogar. Die Patrioten werden eine Bauchlandung hinlegen und in die tiefsten Abgründe der Ehrlosigkeit absinken. In den Schulen gibt es keine Disziplin mehr, dafür haben die Gerichte gesorgt. Amerika wird in den nächsten zehn Jahren Prügel bekommen, vielleicht sogar noch länger, und es wird an Boden verlieren. Es wird sein Gesicht nicht länger wahren können, und der Glaube wird verloren gehen.«

Einen Monat, nachdem Bull diese Worte gesprochen hatte und angeblich ums Leben gekommen war, wurde Ben verwundet und nach Hause geschickt. In ein Land, zu dem er keinen Bezug mehr hatte.

Dort musste er feststellen, dass er die in Amerika herrschende Einstellung gegenüber den Vietnamveteranen nicht tolerieren konnte. Er war rastlos und ihm fehlte die Aufregung, die er hatte zurücklassen müssen. Man hatte ihn nach Hause geschickt in ein Land voller langhaariger, ungläubiger junger Männer, die sich die amerikanische Flagge auf den Hosenboden ihrer verdreckten Jeans nähten und die durch die Straßen marschierten, um hässliche Beschimpfungen zu rufen. Das alles geschah im Namen der Freiheit – oder besser gesagt: im Namen jenes Konzepts, das sie für Freiheit hielten.

Ben verbrachte zwei Jahre in Afrika und kämpfte in Dutzenden namenloser kleiner Kriege als Söldner. Dann war er zurückgekehrt und hatte zu seiner eigenen Verwunderung erkannt, dass er schreiben und davon leben konnte. Er hatte fünfzehn Jahre lang in Louisiana gelebt. Bis zum großen Krieg von 1988.

Er erinnerte sich an den rätselhaften Anruf in jener Nacht. An die zwei Wörter: *Bold Strike*. Die Worte, die Bull Dean ihm eingetrichtert hatte, damit er sie nie vergaß. Er erinnerte sich daran, wie verwirrt er gewesen war.

Er erinnerte sich an den Mann, der ihn '84 aufgesucht und ihm von der albernen Idee erzählt hatte, Bull Dean und Carl Adams würden noch leben und heimlich eine Guerilla-Armee rekrutieren, um die Macht an sich zu reißen.

Ben hatte den Mann ausgelacht und fortgeschickt.

Eine Woche, bevor ein nuklearer und bakteriologischer Krieg losbrach, hatte Ben den befehlshabenden Offizier seiner alten Einheit, der Hell-Hounds, angerufen. Sam Cooper hatte ihm gesagt, er solle sich ruhig verhalten.

Dann war die Verbindung unterbrochen worden.

Und fünf Tage später war die Welt hochgegangen.

»... wegen dieser Hickman, Ben?« Er bekam nur den Rest von Colonel Ramos' Frage mit.

Ben riss sich zusammen, um in die Gegenwart zurückzukehren. Er durchbrach den Schleier aus Erinnerungen an Menschen, die seit langem tot waren. Er sah auf und lächelte: »Tut mir Leid, Hec. Ich war gerade ganz woanders.«

»Geht uns allen so, Ben. Auch ich muss mich manchmal mit Gewalt von meinen Erinnerungen losreißen. Erinnerungen an meine Frau, die mit mir in Huachuca stationiert war. An die Kinder ...« Er ließ den Satz unvollendet, dann räusperte er sich. »Ich habe sie nie wieder gefunden. Ich glaube, es ist jetzt fünf Jahre her, dass ich alle Hoffnung aufgegeben habe.« Er schüttelte den Kopf. »Was ich wissen wollte, Ben, war, ob Sie und diese Hickman irgendeinen Code ausgearbeitet haben.«

»Nein, das fällt in Cecils Zuständigkeit. Ich war noch nie für geheime Gesten und Codes. Um ehrlich zu sein, wäre es mir lieber, wenn sich diese Olivier niemals diese Sache ausgedacht hätte. Ich glaube, sie spielt da ein Spiel, das ihr Tod sein wird.«

Hector nickte. »Sie wissen, dass ich zusammen mit Sam unter Hartline gedient habe, Ben?«

Ben riss den Kopf hoch. »Nein, das wusste ich nicht, Hec. Wann war das?«

»Neunundsiebzig. Wir waren gemeinsam in Bragg stationiert. Er war zuvor schon im Dienst und wurde wieder einberufen. Ich glaube, er war drei oder vier Jahre lang in Afrika gewesen ... gleich nach Vietnam ... er kam zurück in die Staaten und ging zu den Special Forces. Er wurde wegen einer Anklage auf Vergewaltigung aus der Army geworfen, die ihm aber nie nachgewiesen werden konnte. Aber wir wussten alle, dass er es gewesen war. Ein junges Mädchen, vielleicht zwölf oder dreizehn. Er ist *loco de atar*. Und er ist grausam. Völlig verrückt. Diese Olivier hat zwar wirklich viel Mut, aber ich glaube nicht, dass sie eine Ahnung hat, gegen wen sie da antritt.«

»Ab Freitag«, sagte Hartline zu Cody, »will ich, dass Ihre Entschlüsselungsabteilung alle Sendungen aufnimmt, in denen ich oder Raines erwähnt werden. Gehen Sie alles Bild für Bild durch, ob sich kodierte Botschaften darin befinden.«

»Spielt Olivier irgendwelche Spielchen?«

»Natürlich. Das Ganze ist doch ein einziges, gottverdammtes Spiel. Einen Tag hasst sie mich so abgrundtief, dass ihre Augen aussehen wie die einer Schlange. Und am nächsten Tag lädt sie mich zu sich nach Hause ein, um mir den Schwanz zu lutschen, als hätte sie ein Eis am Stiel vor sich. Man muss kein Genie sein, um das zu durchschauen.«

»Und ...?«

»Wir lassen sie erst mal spielen. Wenn sie irgendwelche Codes an Raines übermittelt – und ich bin sicher, dass macht sie –, dann gebe ich ihr so viele falsche Informationen, wie sie haben will. Sie soll ruhig spielen. Raines wird es ihr ohnehin nicht abkaufen. Er ist wie ein gerissener alter Wolf, der das Gift ausspuckt, bevor es in den Magen gelangen kann. Ich wünschte, ich wüsste einen Weg, wie ich diesen Hurensohn erwische.«

Cody ging nicht darauf ein. Es gab viele Leute, die nach einem Weg suchten, Ben Raines zu töten. Etliche hatten es in den letzen Jahren versucht. Cody bekam allmählich das Gefühl, dass dieser Mann nicht zu töten war, und mit der Ansicht stand er nicht allein. Er hatte von anderen gehört, die glaubten, Raines sei von Gott berührt worden und werde sogar von einigen aus seinen eigenen Reihen als jemand angesehen, der sich auf einer höheren Ebene bewegte als gewöhnliche Sterbliche. Manche dieser Leute waren unter Anwendung von Folter zerbrochen und hatten den Namen Ben Raines ausgerufen. Nicht Jesus Christus. Nicht heilige Maria. Nicht Gott – sondern Ben Raines. All dies genügte, um bei einigen anderen Menschen Zweifel aufkommen zu lassen ...

Er sah Sam Hartline an. »Lowry will diese Olivier ... sexuell.«

»Ja, ich weiß. Er kann sie so oft haben, wie er will. Ich habe das alles schon arrangiert. Sie glaubt, dass sie sich bei ihm beliebt macht, wenn sie ihn fickt. Sie ist so wie alle Bräute. Das Gehirn sitzt zwischen den Oberschenkeln. Lowry soll sie ruhig besteigen, danach schaffen wir sie aus dem Weg. Und welche wollen Sie?«

»Wie bitte?«

»Welche Muschi wollen Sie gern haben? Lowry möchte, dass Sie mit dabei sind, wenn er sich Sabra vornimmt.«

»Ich ...« Cody schüttelte den Kopf. »Ich will gar nichts, Hartline.«

Der Söldner lachte. »So wird hier nicht gespielt, Cody. Was ist los mit Ihnen? Oder stehen Sie eher auf Jungs?«

»Großer Gott, nein!«

»Okay, dann besorge ich für Sie Little Bit.«

»Wen?«

»Jane Moore. Die blonde Muschi, von der Sie ein paar Mal gesprochen haben. Ich nenne sie Little Bit.«

»Ich will sie nicht, Sam.«

»Sie ist bestimmt gut im Bett. Verdammt, die ist doch bestimmt noch nicht mal einsfünfzig groß. Sie wissen doch, was man über solche Frauen sagt: Große Frau, kleine Muschi – kleine Frau, viel Muschi.« Hartline lachte und schlug mit der flachen Hand auf den Schreibtisch.

Al Cody wurde übel. Er hatte jetzt eine Vorstellung davon, wie sich ein Tier in einem Käfig vorkommen musste. Oder wie ein Mann, der auf einem Tiger ritt: zu verängstigt, um sitzen zu bleiben, aber auch zu verängstigt, um abzusteigen.

Er unterdrückte das Gefühl der Übelkeit und begann sich zu fragen, wie es überhaupt möglich sein konnte, dass er mit dieser kranken Kreatur etwas zu tun hatte; diese Kreatur, die wohl eher zufällig so aufrecht ging wie ein Mensch.

»Ich arrangiere das für nächste Woche«, sagte Hartline und stand auf. »Dann können Sie noch ein bisschen darüber nachdenken, ob Sie Ihr bestes Stück in dieses blonde versenken wollen.« Er fand seine Bemerkung unglaublich witzig und lachte ausgiebig. Dann fasste er sich wieder und blickte auf Cody hinab. »Entspannen Sie sich, Al. Sie tun so, als wollte Sie jemand lynchen. Hey, hier geht's um einen erstklassigen Fick, sonst nichts!«

Cody zuckte innerlich zusammen. »Das ist es nicht, Sam. Sie sind in der Welt herumgekommen, Sie haben Dinge gesehen, von denen die meisten Menschen nicht die leiseste Ahnung haben. Einer von meinen Agenten hat mir letzte Woche etwas gemeldet, das ich ... na ja, sagen wir mal: sonderbar finde.«

»So?« Hartline setzte sich.

»Ja. Ich wollte es zuerst als Hirngespinst abtun. Die Männer waren in den Außenbezirken einer toten Stadt unterwegs ...«

»Wo?«

»Memphis. Sie waren auf der Suche nach einer mutmaßlichen Zelle der Rebellen. Die haben sie zwar nicht gefunden, aber dafür Ratten, die so groß waren wie Hunde.«

Hartline schwieg einen Moment lang. Cody rechnete damit, dass der Söldner ihn jeden Moment auslachte, und war überrascht, als der erwiderte: »Das kann ich mir gut vorstellen. Kein Mensch weiß, was diese Bomben hervorbringen können. Und was Strahlung und Bakterien in den Genen von Mensch und Tier auslösen. Mich wundert eher, dass so etwas nicht schon längst aufgetaucht ist.«

»Ist das Ihr Ernst?«

»Klar«, sagte er und zuckte beiläufig mit den Schultern. »Die Wissenschaftler haben doch bis heute nicht die leiseste Idee, was massive Strahlung über längere Zeit bei Menschen und Tieren auslösen könnte. In Japan wurden nach dem Bombenabwurf von 1945 Monster geboren. Ich kenne die Fotos und die Berichte, aber die Japaner und die Amerikaner haben das alles vertuscht.«

»Monster? Jesus Christus!«

»Ach, kommen Sie, Cody. Ich habe in Afrika und Asien Dinge gesehen, daneben wirkt eine Ratte von der Größe eines Hundes wie eine echte Schönheit. Sagen Sie Ihren Leuten aber, dass sie vorsichtig sein sollen. Sie sollten sich nicht beißen lassen. Kein Mensch weiß, was das bewirkt.«

Hartline lachte, als er Codys Gesichtsausdruck sah. Er lachte noch immer, als er dessen Büro verließ.

Cody rieb sich das Gesicht. »Als wenn Ben Raines nicht schon genug wäre«, murmelte er. »Jetzt habe ich auch Monster und Riesenratten am Hals. Was kommt als nächstes?«

Die Sprechanlage summte und ließ ihn erschrocken aufblicken. »Ja?«

»Mr. Levant möchte Sie sprechen«, meldete seine Sekretärin.

»Schicken Sie ihn rein, Sally.« Cody lehnte sich in seinem Sessel zurück. Es war gut, jemanden zu sehen, dem er vertraute, jemanden, der normal war. Tommy Levant war ein guter Mann, dem Cody völlig vertrauen konnte. Ein Spitzenagent.

Ich wünschte, ich hätte mehr von Levants Art, dachte er.

ELF

»Bereitet Ihnen etwas Sorgen, General?«

Ben drehte sich um, als er die Stimme hörte. Er hatte neben einem großen alten Baum gestanden und ins Nichts gestarrt, während seine Gedanken um nichts Bestimmtes gekreist waren.

»Eigentlich nicht, Ms. Bellever. Ich hatte sozusagen den geistigen Leerlauf eingelegt.«

»Das mache ich manchmal auch«, sagte sie und trat dichter an ihn heran. Sie trug irgendein dezentes Parfüm, das Bens Fantasie auf Touren brachte. »Oder besser gesagt, *habe* ich das früher auch gemacht.«

»Bedauern Sie etwas, Ms. Bellever?«

Sie sah ihn mit ihren blauen Augen an. »Meinen Sie das ernst? Weiß Gott gibt es Dinge, die ich bedauere. Sie nicht?«

»Nein«, erwiderte Ben in einem Tonfall, der klar machte, dass er die Wahrheit sagte. »Das hier ist etwas, das getan werden muss, also tun wir es.« Er lächelte sie an, eine Geste, die ihn um Jahre zu verjüngen schien. »Satchel Paige hat mal gesagt: ›Sieh dich niemals um, es könnte etwas hinter dir sein, dass dir immer näher kommt‹.«

Sie lachte leise. Die Abenddämmerung warf im Park lila Schatten und tauchte die beiden ins Dämmerlicht, das den Moment intimer wirken ließ und sie beide näher zusammenzubringen schien.

»Und das ist Ihre Philosophie, General?«

»Na ja, ich kenne schlimmere.«

»Mir ist aufgefallen, dass Sie mich einige Male angeschaut haben.«

»Sie sind ja auch hübsch anzusehen«, gab Ben zu. »Ich sehe gerne schöne Frauen an.« Als er lächelte, fiel ihr auf, das seine Zähne in seinem braungebrannten Gesicht aufblitzten.

»Was amüsiert Sie so, General?«

»Ich glaube, Sie wissen, woran ich denke.«

»Sie haben die *Penthouse*-Ausgabe gesehen?«

»Das kann man so sagen.«

Sie erwiderte sein Lächeln. »Hat Ihnen gefallen, was es da zu sehen gab?«

»Warten Sie auf ein Kompliment?«

»Jeder lässt sich ab und zu gerne mal ein Kompliment machen.«

Er lachte auf. »Ja, Ms. Bellever. Es hat mir gefallen, was ich da gesehen habe. Sehr sogar.«

Sie wartete. Ben hatte so ein Gefühl, dass er wusste, worauf sie wartete. Es war einige Monate her, als er zum letzten Mal mit einer Frau zusammen gewesen war, und Ben war ein viriler Mann. Aber er fragte sich, welche Motive diese Frau antrieben. Also wartete er ab.

Nachdem eine Minute schweigend verstrichen war, sagte Dawn schließlich: »Sie sind ein sehr misstrauischer Mann, General Raines. Sind Sie immer so?«

»*Misstrauisch* ist vielleicht nicht das richtige Wort. Ehre *vorsichtig*.«

»Ganz gleich, wie Sie über mich denken, General – und ich nehme Ihnen das auch nicht übel –, aber ich werfe mich nicht jedem Mann an den Hals.«

»Ich glaube, Sie haben es auch gar nicht nötig, sich irgendwem an den Hals zu werfen.«

»Wenn das ein Kompliment sein sollte, dann vielen Dank.«

»Das war es.«

Ein Vogel zwitscherte und durchdrang mit seinem Gesang die einsetzende Dämmerung. Irgendwo in weiter Ferne antwortete ein anderer Vogel auf den Ruf. Das Rufen und Antworten ließ das Paar eine Weile verstummen.

»Schön, dass ich nicht die Einzige bin, die heute Abend auf der Suche nach Gesellschaft ist«, sagte Dawn leise.

»Ich kann Ihnen versichern, dass Sie das nicht sind.«

»Sie machen es einer Dame verdammt schwer, General Raines. Wissen Sie das?«

Ben erwiderte nichts.

»Sie mögen es nicht, wenn Ihnen ein Mensch zu nahe steht, nicht wahr, General?«

Ben musste wieder lächeln. Die Lady war nicht auf den Kopf gefallen, allerdings wäre sie dann ja auch keine so erfolgreiche Fotoreporterin geworden. Sie hatte ihn rasch durchschaut. Entweder das, oder sie hatte über Monate hinweg seine Bewegungen im Camp beobachtet. Vielleicht war er doch misstrauisch, nicht nur vorsichtig.

»Ich bin kein kleiner Junge, Ms. Bellever ...«

»Dawn.«

»Gut, Dawn. Ich bin ein Mann im mittleren Alter. Sie sind ... wie alt? Noch keine dreißig.«

»Sie sind nah genug dran«, sagte sie ausweichend. »Aber welche Rolle spielt das Alter ... es sei denn, Sie wollen mir einen Heiratsantrag machen.«

»Ich glaube nicht, dass ich das je wieder machen werde«, sagte Ben ausdruckslos.

»Ihre Frau kam bei der Schlacht um die Tri-Staaten ums Leben, richtig?«

»Ja. Salina. Sie und ihr ungeborenes Kind. Ich habe auch einen Adoptivsohn verloren, Jack. Meine Adoptivtochter Tina ist ... in einem anderen Lager.«

»Bei Grays Scouts.«

Ben war einmal mehr verblüfft, wie schnell sich solche Dinge zwischen den verschiedenen Einheiten herumsprachen. Es gab keine Geheimnisse, sondern nur Männer und Frauen, die wussten, in wessen Gegenwart sie den Mund halten mussten.

»Wir werden in den nächsten Monaten eng zusammenarbeiten müssen, Dawn.«

»Und?«

»Halten Sie es für eine gute Idee?«

»Wir sind doch beide erwachsene Menschen, oder?«

Er nahm ihre Hand und ging mit ihr durch die Randbezirke des Lagers. Dawn war sehr überrascht, als Ben vor ihrem Zelt stehen blieb.

»Gute Nacht, Ms. Bellever«, sagte er, beugte sich vor und küsste sie auf den Mund.

Bevor sie etwas erwidern konnte, war er in der Dunkelheit der Nacht verschwunden.

Sie stand einen Moment lang vor ihrem Zelt, bis ihr der Humor der Situation bewusst wurde. Sie lachte, dann sagte sie: »Mist!«

»Du solltest besser etwas tiefer stapeln, Schätzchen«, hörte sie die Stimme einer Frau aus dem Zelt. »Der ist tabu.«

»Wer sagt das?«, fragte Dawn, ohne sich umzudrehen.

»Der gesunde Menschenverstand«, gab eine andere Frauenstimme zurück.

»Wenn ich den hätte«, sagte Dawn, drehte sich um und sah in die Dunkelheit des Acht-Personen-Zelts, »wäre ich dann hier?«

Die überlebenden Einwohner von Fort Wayne, Indiana, legten langsam ihre Waffen zu Boden und gingen auf Hartlines Männer zu. Die Söldner warteten am Ortseingangsschild auf dem Highway 37. Hinter der zusammengewürfelten Truppe aus Männern und Frauen stand die Stadt in Flammen. Schwarze Rauchwolken schoben sich vor die Sonne, die sich gerade über den Horizont erhoben hatte.

Ein Söldner deutete auf eine Reihe von Militärlastwagen, die am Straßenrand abgestellt waren. »Da rüber und einsteigen«, befahl er. Dann fiel ihm ein attraktives Mädchen auf. »Du nicht«, sagte er und grinste. »Du wartest im Wagen da drüben.«

»Lassen Sie meine Tochter in Ruhe«, sagte ein Mann, dessen Stimme seine Erschöpfung verriet.

Der Söldner sah den Vater an und grinste unverändert breit. »Okay«, rief er dann den gut fünfzig Überlebenden zu. »Ihr kommt jetzt mal alle her, ich habe euch was zu sagen.«

Die Männer und Frauen versammelten sich um ihn. Manche sahen geschlagen zu Boden, unfähig, noch gegen irgendetwas anzukämpfen. Andere schauten die gut bewaffneten und durchtrainierten Söldner trotzig an. Sie waren weit davon entfernt, sich ihnen zu ergeben.

»Leute«, sagte der Söldner-Captain. Seine Stimme war nicht mehr harsch und befehlend, sondern hatte einen sanfteren

Tonfall angenommen. »Es fällt euch vielleicht schwer, das zu glauben, aber ich bin Amerikaner – so wie ihr. Ich wurde in Havana, Illinois, geboren. Ich will, dass das Töten ein Ende hat.«

Er machte eine Geste, die alle seine Männer einschloss. »Wir alle wollen das«, fügte er an. »Dass ihr uns hasst, damit können wir leben. Wir sind Soldaten und führen einen Befehl aus. Dieser Befehl lautet, in Amerika die Ordnung wieder herzustellen.« Er zeigte auf die Rauchwolken über der Stadt. »Das war nicht nötig. Nichts von alledem war nötig. Alle eure Freunde, alle Menschen, die ihr liebt, sind umsonst gestorben.«

»Sie sind für die Freiheit gestorben«, rief eine Frau dazwischen.

Der Söldner lachte. »Glaubt ihr das wirklich? Wenn ja, dann hat man euch einer Gehirnwäsche unterzogen. Seht ihr nicht, dass ihr nur benutzt werdet. Ben Raines benutzt euch, weiter nichts.«

»Er wird uns alle befreien!«, rief dieselbe Frau, diesmal noch überzeugter als zuvor.

»Tatsächlich?«, erwiderte der Captain und trat näher an die Reihen der Besiegten heran. »Und ... wo ist er, euer Befreier? Er hat den Befehl über Tausende von Rebellen. Warum sind die nicht hier und helfen euch bei eurem Kampf? Warum waren seine Guerillakämpfer heute nicht hier? Wo waren sie gestern in Warsaw, in Marion oder Muncie? Man wirft euch den Hunden zum Fraß vor und ihr merkt das nicht mal. Raines weiß, dass ihr nicht kämpfen könnt, er weiß, dass ihr alle sterben werdet – und es kümmert ihn nicht. Er will nur Zeit schinden.«

Er schüttelte traurig den Kopf und ging vor den Gefangenen auf und ab, von denen einige so erschöpft waren, dass sie drohten, auf der Stelle zusammenzubrechen.

»Wie lange ist es her, dass ihr eine warme Mahlzeit hattet? Ein T-Bone-Steak? Eine gute Tasse Kaffee? Ihr könnt drauf wetten, dass es Raines und seinen Rebellen an nichts fehlt. Die haben jeden Tag drei Mahlzeiten. Denkt darüber mal nach.«

Er ging zurück zu dem Mädchen, das neben seinem Wagen wartete. Wenn sie sich erst einmal gewaschen hatte, würde sie noch attraktiver sein. »Wie heißt du, Kleine?«, fragte er.

»Lisa.«

»Wann hast du zum letzten Mal etwas Warmes gegessen? Wann hast du zum letzten Mal saubere Kleidung getragen? In einem frisch bezogenen Bett geschlafen?«

Sie schwieg.

»Ich werde dir nichts tun, Lisa, ich verspreche es dir«, sagte der Söldner und lächelte sie freundlich an. »Komm schon, sag es mir.«

»Das ist lange her«, antwortete sie schließlich.

»Möchtest du irgendwas davon nicht gerne haben? Ich könnte wetten, dass deine Freunde das auch gerne hätten, oder?«

Sie nickte langsam.

»Hör zu, ich möchte niemandem weh tun, das kannst du mir glauben.« Er setzte seine Unschuldsmiene auf. »Ich werde mich meinen Befehlen widersetzen und nicht die meisten von diesen Leuten in die Lager bringen lassen. Ich kann mich da schon rausreden. Aber ich möchte, das du Folgendes für mich erledigst. Ich möchte, dass du deine Freunde zusammenrufst ... junge Menschen in deinem Alter, und mit ihnen redest. Das hier sind nicht die einzigen Überlebenden?«

Ihr Zögern verriet dem Söldner, dass er Recht hatte. Er wartete, bis sie es ihm sagte.

»Nein, Sir«, antwortete sie schließlich.

»Mein Name ist Jake, Lisa. Du kannst Jake zu mir sagen. Also, Lisa. Ich möchte, dass du mit einigen deiner Freunde aus dieser Gruppe da zu deinen anderen Freunden in der Stadt zurückgehst und ihnen das über Ben Raines erzählst, was ich eben gesagt habe. Ich möchte, dass du mit allen zurückkommst, die dich begleiten möchten.«

Ihr Blick nahm einen misstrauischen Ausdruck an.

»Lisa, lass mich ausreden, bevor du meinst, ich würde dir hier war vormachen, okay?«

Sie nickte.

»Gut. Ich mache dir einen Vorschlag, um dir zu beweisen, dass ich es ehrlich meine. Ich werde der Einzige sein, der hier auf dich und deine Freunde wartet. Hier oder wo immer du willst, auf einem freien Platz, in einem Lager. Ich werde da sein und auf euch warten. Ich werde ein leichtes Ziel abgeben, Lisa, aber ich vertraue dir und ich hoffe, dass du mir vertraust.«

Es war schon lange her, dass das Mädchen es gewagt hatte, jemandem zu vertrauen, der nicht zu ihrem direkten Umfeld gehörte. Umso erstaunter war sie, als sie merkte, dass sie ausgerechnet diesem Soldaten zu vertrauen begann.

»Einverstanden«, sagte sie schließlich.

»Gut! Gut, Lisa.« Er wandte sich einem Sergeant zu, der ein Stück von ihm entfernt stand. »Sergeant Staples, bringen Sie die Überlebenden nach Decatur. Sorgen Sie dafür, dass sie gut untergebracht werden, etwas zu essen bekommen und sich jemand um die Verletzten kümmert.«

»Alle, Captain?«, fragte der Sergeant so vorsichtig, dass sich nicht ein Tonfall einschlich, der auf Befehlsverweigerung schließen lassen konnte.

Captain Jake Devine sah Lisa an, dann die Gruppe erschöpfter Überlebender. »Ja. Alle. Ich will, dass das Kämpfen und Töten aufhört.«

Als Jake das Mädchen wieder ansah, war aus ihren Augen jegliches Misstrauen gewichen. »Danke«, sagte sie und legte eine Hand auf seinen muskulösen Unterarm.

»Vertraue mir, Lisa«, sagte Jake. »Mehr verlange ich nicht von dir.«

»Ich ... ich glaube, das kann ich, Jake.«

»Gut. Du wirst es nicht bereuen. Wo soll ich auf dich warten? Und wann?«

»Am besten hier. In ...«, sie blickte auf ihre Armbanduhr, »... sagen wir fünf Stunden?«

»Ich werde hier sein.«

Nachdem die Überlebenden in die Lastwagen geklettert waren und Lisa mit zwei Freunden gegangen war, kam einer der Söldner zu Jake. »Du Bastard«, sagte er bewundernd. »Wie schaffst du es nur, so aalglatt zu reden, Jake?«

»Ich bin in der Kirche groß geworden, Tony. Es ist die Reinheit meines Lebens. Abgesehen davon – du würdest doch auch lieber vögeln anstatt zu morden.«

»Auf jeden Fall.«

»Gut. Wir machen es einfach weiter auf meine Tour. Hartline interessiert sich nicht dafür, wie wir unsere Aufgabe erledigen – Hauptsache, wir erledigen sie. So ist es viel leichter.«

»Das muss ich auch sagen«, stimmte der Söldner zu. »Was ist mit den Überlebenden, die wir in Marion aufgelesen haben?«

»Was denn, Tony?« Jake lächelte. »Wir sind ihre Freunde. Freunde tun anderen Freunden nicht weh. Sie sorgen sich um sie. Sie achten darauf, dass sie satt werden und einen Schlafplatz haben. In zwei Wochen werden sie Ben Raines ins Gesicht spucken, Tony, darauf kannst du wetten.«

»Das wird dir eine Beförderung einbringen, Jake.«

»Das ist auch meine volle Absicht, Tony. Auf jeden Fall. Ach, noch was, Tony. Diese Leute, die wir aus dieser Zelle in Kokomo geholt haben?«

»Ja, Sir?«

»Die sind noch immer isoliert?«

»Niemand weiß, dass wir sie haben.«

»Sind sie gründlich verhört worden?«

»Ich glaube, wir haben alles aus ihnen herausgeholt, was sie wissen.«

»Gut. Wenn diese Gruppe hier sich eingelebt hat und wohl fühlt ...«, er zündete eine Zigarette an, »... dann bring die anderen raus und erschieß sie.«

Dawn hatte damit gerechnet, dass der erste Arbeitstag im Büro von General Raines unangenehm werden würde, vor allem wegen der Ereignisse der vergangenen Nacht. Aber sie hatte festgestellt, dass das genaue Gegenteil der Fall gewesen war. Raines war freundlich, ließ aber keine eindeutigen Absichten durchblicken. Und er war der Boss, ohne dass er das zu sehr in den Vordergrund stellte.

Er faszinierte sie. Sie hatte so viele Geschichten über ihn gehört. Er sollte so hart sein, während er ihr so sanft vorkam. Er sollte so rücksichtslos sein, doch an dem Morgen, an dem sie sich zum Dienst meldete, war er damit beschäftigt, einem Vogel den gebrochenen Flügel zu bandagieren. Nichts von dem, was über ihn gesagt und getuschelt wurde, entsprach dem Eindruck, den er auf sie machte.

»Gut geschlafen?«, fragte Ben.

»Gut, General. Und Sie?«

»Wie ein Baby. Sie sehen heute Morgen sehr hübsch aus, Ms. Bellever. Welchen Duft tragen Sie da?«

Sie lächelte ihn an. »Seife.«

»Wie bitte?«

»Seife. Parfum ist in diesem Lager Mangelware.«

»Hmm«, machte Ben, dann reichte er ihr eine Liste mit den Dingen, die sie erledigen sollte, und verließ das Zelt.

Als sie nach der Mittagspause zurückkam, stand auf ihrem Schreibtisch eine Flasche Shalimar.

ZWÖLF

Captain Jake Devine hatte sein Wort gehalten und wartete, an seinen Wagen gelehnt, allein auf die Rückkehr von Lisa. Von seiner M-10 war nichts zu sehen, er trug lediglich eine Pistole in seinem Gürtelholster.

»Seht ihr«, sagte Lisa zu den jungen Leuten, die dicht hinter ihr gingen, und lächelte Jake an. »Ich habe euch doch gesagt, dass er hier sein wird. Und dass er allein sein wird.«

»Wahrscheinlich wimmelt es in den Gräben von Agenten und Söldnern«, sagte ein junger Mann und sah sich verängstigt um. »Bestimmt wird man uns gefangen nehmen und foltern.«

Jake musste lachen, als er das hörte. Er deutete mit dem Daumen auf den Rücksitz seines Wagens. »Wollt ihr eine Coke?«

»Eine echte Coke?«, fragte ein Mädchen. »Wirklich eine echte Coke?«

Jake lächelte und nickte. »Bedient euch ruhig. Und dann gehen wir dahin, wohin ihr wollt, um über ein paar Dinge zu reden.«

»Ist das Ihr Ernst?«, wollte eine hübsche Brünette wissen. »Sie allein ... mit uns? Wohin wir wollen?«

»Genauso, junge Dame. Soll ich dir als Zeichen meines Vertrauens meine Waffe geben?«

»Das ist doch ein Witz!«

»Nein, das ist mein voller Ernst.«

»Also gut«, sagte der misstrauische junge Mann. »Vielleicht meinen Sie es ja wirklich ehrlich.«

»Das tue ich. Kommt schon.« Er zeigte auf den Wagen. »Essen und Trinken. Ich könnte mir vorstellen, dass ihr ziemlich ausgehungert seid.«

»Sie sind ja spitze, Captain«, sagte einer der Älteren aus der Gruppe und betrachtete die Rangabzeichen auf Jakes Schulterklappen. Er war kaum älter als einundzwanzig. »Sie sind gar nicht wie die anderen Leute, die von der Regierung geschickt werden.«

Jake lächelte traurig. »Einige Agenten sind ... wie soll ich sagen, ein wenig übereifrig, was ihre Aufgaben angeht. Wenn es nach mir ginge, würde ich die sofort rauswerfen. Aber«, er zuckte mit den Schultern, »sie sind nicht schlimmer als die Leute von Ben Raines. Ich finde es ein ziemlich grausames Spiel von denen, fünfzig FBI-Agenten abzuschlachten und ihre Leichen in ein Flugzeug zu setzen und sie nach Hause zu ihren Familien zu bringen. Oder findet ihr das in Ordnung?«

»Wenn er es getan hat«, warf ein junger Mann ein.

»Oh, das hat er«, gab Jake zurück. »Ich habe Fotos von seiner ... Tat. Ich kann sie euch gerne zeigen.«

»Wie eklig«, rief eine junge Frau. »Darauf kann ich gut verzichten.«

»Wenn du sie sehen willst, musst du es nur sagen.«

»Wo sollen wir uns unterhalten?«, fragte Lisa.

Jake zuckte mit den Schultern. »Wo ihr wollt.«

»Kann ich vielleicht ein Sandwich haben?«, fragte ein Junge.

»Sie riechen sehr gut, Ms. Bellever«, sagte Ben, als er das Zelt betrat.

»Danke für das Parfum, General.«

»Mit dem größten Vergnügen.« Sein Blick wanderte über ihren in olivgrün gekleideten Körper und nahm jede ihrer Rundungen wahr. »Ich finde, die Frauen müssen sich was mit dieser Kampfkleidung einfallen lassen.«

»Recht haben Sie, Sir. Wir haben schon hier und da einen Abnäher gemacht.«

»Gut gemacht, Ms. Bellever. Machen Sie nur weiter so ...« Er sah auf, als Cecil ins Zelt kam.

»Schlechte Neuigkeiten, Ben.«

»Und zwar?«

»Hartline hat offenbar seine Taktik geändert. Wir haben die nördliche Hälfte von Indiana komplett verloren. Irgendein Söldner namens Jake Devine hat das Kommando, scheint irgendein Schwätzer zu sein.«

»Captain Jake Albert Devine«, sagte Ben und lehnte sich auf seinem Stuhl nach hinten. »Ich bin ihm nie begegnet, aber ich habe Geheimdienstberichte über ihn gelesen, damals, als die Tri-Staaten noch existierten. Junge Leute lieben ihn. Du kannst drauf wetten, dass er in seinem Element ist. Er hat eine Vorliebe für Teenager-Muschis.«

Cecil warf Dawn einen Blick zu und wirkte über Bens Ausdrucksweise verlegen. »Ähm ... Ben«, sagte er.

»Oh! Entschuldigen Sie, Ms. Bellever«, sagte Ben. »Ich werde meine Zunge hüten.«

Sie lachte, als sie Cecils Gesichtsausdruck sah. »Colonel Jefferys, haben sie jemals eine betrunkene Horde Journalisten erlebt?«

»Ich fürchte nicht, Ms. Bellever.«

»Das sind auch keine Chorknaben, das kann ich Ihnen versichern. Soll ich lieber gehen, General, damit Sie sich mit Colonel Jefferys in Ruhe unterhalten können?«

»Nein. Durch Ihren Job bei mir kommen Sie mit hochsensiblen Informationen in Berührung, und Sie werden Nachrichten entschlüsseln. Es gibt keinen Grund, warum Sie gehen sollten.« Er sah Cecil an. »Das überrascht mich nicht, Cecil. Den Leuten lag es einfach nicht, sich mit Waffen zur Wehr zu setzen. Dr. Chase hat mich davor gewarnt. Es war wohl ein Fehler von mir, den Zivilisten so viel zuzutrauen. Diese Leute wollen einfach nur ihre Arbeit machen und in Ruhe gelassen werden. Ich kann es ihnen nicht verübeln. Hast du mit Ike darüber gesprochen?«

»Ich habe es ihm gegenüber erwähnt. Ich habe ihm gesagt, dass ich herkomme und dass du wahrscheinlich mit den anderen Commandern darüber reden wirst.«

»Ruf sie zusammen. Wir treffen uns um Null-achthundert am Morgen. Sie sollen alle in allgemeine Alarmbereitschaft gehen. Es könnte sein, dass wir schon bald ausrücken.«

Dawn fühlte, dass ihr Herz schneller zu schlagen begann. Es schien jetzt ernst zu werden.

Cecil verließ das Zelt, Ben sah zu Dawn. »Angst, Ms. Bellever?«

»Ich würde lügen, wenn ich nein sagen würde.«

»Nur ein Narr hat keine Angst vor einem Gefecht, Ms.

Bellever. Das ist wohl das einschneidendste und beängstigendste Gefühl, das ein menschliches Wesen verspüren kann.«

»Ich kann mir nicht vorstellen, dass Sie vor irgendetwas Angst haben, General.«

»Es kommt manchmal vor, dass ein Mann die schlimmste Schlacht ungerührt miterlebt, aber dann kommt die Angst nach der Schlacht.«

»Verstehe.«

»Nein, das tun Sie nicht, Ms. Bellever. Aber ich fürchte, Sie werden es noch verstehen.«

Als Ben aufstand, legte sie eine Hand auf seinen Arm. »General ... letzte Nacht ... ich ... das war sehr nett gewesen.«

Sein Lächeln wirkte auf sie wie eine sehr intime Berührung. »Es hat mir auch sehr gefallen, Ms. Bellever.«

»Wäre es dreist von mir, wenn ich Sie frage, ob wir das wiederholen könnten?«

Er lachte. »Ach ja, die gleichberechtigten Frauen aus der zweiten Hälfte dieses Jahrhunderts. Möchten Sie heute mit mir zu Abend essen, Ms. Bellever?«

»Das würde ich gerne, General – unter einer Bedingung.«

»Und die wäre?«

»Dass Sie aufhören, mich mit Ms. anzureden.«

Ben lachte auf und verließ das Zelt, ohne etwas dazu zu sagen.

»Ihr seht also«, sagte Jake, »dass es wie bei Shakespeare ist: Viel Lärm um nichts. Die Regierung will nur, dass die Leute wieder ihre Arbeit aufnehmen und diese Nation wieder ans Laufen kommt. Dann kann ich vielleicht nach Illinois auf meine Farm zurückkehren.«

Lisa und die anderen lachten. »Ich kann Sie mir nicht vorstellen«, sagte die Brünette, »wie Sie auf dem Feld arbeiten.«

»Oh, aber es stimmt, meine Liebe«, sagte Jake mit falschem Lächeln. »Ihr könnt mir das ruhig glauben, ich bin auf einer Farm aufgewachsen.«

»Warum sind Sie einer von Lowrys Söldnern geworden?«, fragte jemand.

»Weil ich an die Vereinigten Staaten glaube«, erwiderte er

rasch. »Ich war vor dem großen Krieg von '88 und auch noch ein Jahr danach Berufssoldat. Dann wurde ich verwundet und musste aus dem normalen Militärdienst ausscheiden. So kann ich aber weiter meinem Land dienen.«

»Dürfen wir ganz frei reden, Captain Devine?«, wollte die Brünette wissen.

»So frei, wie ihr das wollt«, erwiderte er lächelnd und augenzwinkernd. »Mich interessieren eure Ansichten und Kommentare. Alles, was uns dabei hilft, dass diese Kämpfe sich nicht wiederholen.«

»Was wollen Sie von uns?«

»Ich möchte, dass ihr mitkommt in die Sammellager in Decatur und Logansport. Ich möchte, dass ihr eure Kameras mitnehmt – oder ich stelle sie euch zur Verfügung –, und ich möchte, dass ihr so viele Fotos macht, wie ihr wollt. Redet, mit wem immer ihr wollt. Ihr sollt sehen, dass es den Menschen dort an nichts mangelt und dass niemand, aber auch wirklich niemand dort gefoltert wird, auf welche Weise auch immer.«

»Aber all die Gerüchte ...«, begann eine junge Frau.

Jake wies sie von sich. »Lügen. Nichts weiter als schmutzige Lügen aus dem Lager der Rebellen. Kommt mit, und ich werde es euch beweisen.«

Die jungen Leute sahen Lisa an, die nachdrücklich nickte.

Die anderen nickten bestätigend.

»Großartig!« Jake strahlte vor Begeisterung. »Lisa, du fährst mit mir. Ihr anderen könnt die beiden Kombis da drüben am Straßenrand nehmen und uns nachfahren. Ihr werdet alle sehr angenehm überrascht sein.«

Er konnte sein Lächeln nicht unterdrücken, als er Lisa die Tür aufhielt.

Süße Titten, dachte er.

Dawn konnte ihr Lächeln nicht unterdrücken, als sie ihre Tabletts vom Messezelt zu Bens Quartier trugen. »Ich dachte, die Ranghöchsten bekämen immer was Besseres zu essen als das Fußvolk.«

»Nicht in dieser Armee«, erwiderte Ben. »Und es sollte in

keiner Armee so sein.« Er lächelte sie an. »Allerdings habe ich da noch eine Flasche Wein, die dieses Essen etwas genießbarer machen wird.«

»Ach ja?«

»Ja, wirklich. Ich habe sie auf dem Weg von Wyoming nach hier entdeckt. Sie werden es nicht glauben, solange sie sie nicht gesehen haben.«

»Mein Gott, Ben!«, platzte sie heraus, nachdem sie die Tabletts auf dem Tisch abgestellt hatten und Ben aus seiner Truhe die Weinflasche geholt hatte. »Das ist ein Rothschild!«

»1955. Ob das ein guter Jahrgang war, weiß ich nicht.«

Sie stießen an und probierten einen Schluck.

»Hervorragend«, sagte er. »Passt genau zu unserem SOS.«

Dawn betrachtete ihren Teller, auf dem Trockenfleisch neben einem Brötchen lag. »Warum heißt es SOS?«

»Das sind die Initialen«, sagte Ben lächelnd. Er wusste nur zu gut, was es hieß.

»Und was bedeutet SOS?« Sie nahm einen Bissen. »Oh, das ist gut!«

»Scheiße ohne Soße.«

Sie ließ die Gabel fallen. »Sie machen Witze!«

»Ich glaube, es heißt schon seit dem Zweiten Weltkrieg so, vermutlich sogar noch länger. Aber es schmeckt und ist heiß. Und es scheint unbedenklich zu sein.«

Dawn schob ihren Teller zur Seite. »Ohne mich. Ich nehme nur den Salat und etwas Wein.«

»Wein ist genug da«, sagte Ben mit vollem Mund. »Ich habe eine ganze Kiste davon.«

Sie riss die Augen auf. »Eine ganze Kiste Rothschild von 1955?«

»So ist es, meine Liebe.«

»Das wird ein denkwürdiger Abend werden.« Ihre Augen suchten seinen Blick und hielten ihm stand.

»Das hoffe ich«, sagte er ruhig.

»Ich kann es einfach nicht glauben«, sagte Lisa. Sie hatte zum ersten Mal seit zwei Wochen in heißem Wasser gebadet, und

Jake hatte für sie eine echte Levi's aufgetrieben, die ihr wie angegossen passte, dazu ein Westernhemd und robuste Schuhe.

»Was kannst du denn nicht glauben?« Jake nahm ihre schmale Hand und führte sie langsam zu seinem Quartier, das in dem Bereich lag, in dem die Überlebenden des Regierungsschlags gegen die Dissidenten untergebracht waren.

Lisa mochte den kraftvollen Druck seiner Hand, genauso, wie es ihr gefiel, dass sich beim Gehen manchmal ihre Hüften berührten. Sie wusste, was kommen würde – was er fast sicher mit ihr vorhatte, doch der Gedanke beunruhigte sie nicht. Jake war nur ehrlich gewesen. Lisa hatte schon seit langem nicht mehr so gut gegessen ... sie konnte sich nicht daran erinnern, wann sie zum letzten Mal ein Stück Fleisch auf dem Teller gehabt hatte. Jake hatte ihr neue Kleidung gegeben, ihre Freunde waren gut untergebracht und hatten ebenfalls zu essen bekommen. Alles in allem würde sie keinen schlechten Tauschhandel machen.

So wie die meisten jungen Menschen zwischen fünfzehn und zwanzig konnte sie sich nur vage an den großen Krieg von '88 erinnern. Aber sie hatte nicht vergessen, dass sie seit den Bombardements immer nur um ihr Überleben gekämpft hatte. Es gab nie genug Essen, kaum warme Kleidung, nie genug Geld, um etwas Schönes zu kaufen, die ständige Angst, von herumlungernden Banden angegriffen zu werden.

»Oh«, sagte Lisa. »Einfach alles, was ich in den letzten Stunden gesehen habe. Wie gut die Leute behandelt werden, das gute Essen, einfach alles. Ich ... ich kann es noch immer nicht fassen, dass Ben Raines und seine Leute uns belügen. Aber jetzt sehe ich, dass es so ist. Nur ... es tut so weh.«

»Ich weiß, meine Liebe«, sagte er mit tiefer, tröstender Stimme. »Aber *ich* werde dich nicht belügen, das verspreche ich dir.«

Sie hatten sein Quartier erreicht. Lisa stand schweigend da, während er die Tür öffnete. Er sah Lisa an, die seinen Blick genauso unumwunden erwiderte.

»Bist du sicher, dass ich genug zu essen und genügend schöne Kleidung haben werde?«

»Das kann ich dir versprechen, Lisa.«
Dann trat sie ein und er schloss hinter ihr die Tür.

Dawn hatte einen Arm um Bens Oberkörper gelegt, ihre Brüste hatte sie an ihn gedrückt. Der Herbstwind wehte kühle Luft ins Lager, und die Decke, in die sie beide gehüllt waren, fühlte sich angenehm warm an.

Sie waren beide Erwachsene, die Zeit des Begrapschens und Fummelns hatten sie lange hinter sich gelassen. Es war wie eine stumme Übereinkunft gewesen, und keiner von beiden hatte besondere Eile an den Tag gelegt, um es zum Abschluss zu bringen.

Zum ersten Mal war es fast perfekt gewesen, da sie sich über sexuelle Vorlieben und Abneigungen unterhalten hatten, bevor sie irgendetwas angefangen hatten.

Ihr Körper war schlanker und fester gewesen als auf den Fotos in dem Magazin, aber das machte sie nur umso reifer, jedenfalls für Bens Geschmack.

Ben betrachtete sie, wie sie neben ihm im Zelt lag. Sie schlief tief und fest, während er sich leise anzog und nach draußen ging. Er sah zu Ikes Zelt und machte den rötlichen Schimmer einer glimmenden Zigarre aus. Er ging hinüber und sah dabei auf seine Uhr. Zehn Uhr.

»'nabend, El Presidente«, sagte Ike. Ben konnte zwar nur die Hände des Mannes erkennen, die vom Glimmen der Zigarre schwach beleuchtet wurde, aber er wusste, dass Ike grinste.

»Für zehn Uhr ist es im Lager ungewöhnlich ruhig«, sagte Ben und hockte sich neben seinen alten Freund.

»Gerüchte machen hier doch schnell die Runde. Es heißt, dass wir bald aufbrechen, und da will offenbar jeder Kräfte sparen.«

Ben zündete eine Zigarette an, inhalierte und sagte dann: »Wahrscheinlich haben sie Recht.«

»Ich möchte dir einen Rat geben, alter Kamerad«, sagte Ike. »Ob du ihn dir zu Herzen nimmst, bleibt dir überlassen. Ich weiß, dass es dir schwer im Magen liegt, dass Tina sich Grays Scouts angeschlossen und Hazen vorgeschlagen hat, ein Selbstmordkommando auf Lowry loszulassen. Ich habe darüber nachgedacht.« Er seufzte. »Ich glaube nicht, dass Lowry der Mann an der Spitze ist. Nicht mehr jedenfalls ... wenn er es jemals war. Ich glaube nicht, dass ein Schlag gegen ihn uns irgendwie helfen wird.«

»Daran hatte ich nicht gedacht. Aber es deutet doch alles darauf hin, dass Lowry das Gehirn hinter Logan ist. Wie erklärst du das?«

»Gar nicht. Ich glaube, dass er das *war.* Aber könnte es nicht sein, dass es noch einen stillen dritten Mann gibt? Jemand, der sich nicht zeigt, der aber wirklich die Fäden in der Hand hat?«

»Und wer?«

»Keine Ahnung. Ich weiß nicht mal, ob es ihn überhaupt gibt. Es ist nur so ein Gefühl. Vermutlich jemand, von dem wir es nie erwarten würden.« Wieder seufzte er. »Aber jetzt ist das ohnehin hinfällig, nicht wahr, Ben?«

»Ja. Wenigstens für den Augenblick.«

»Wir brechen morgen auf?«

»Genau. Wir haben versucht, die Leute zu bewaffnen, und wir haben gehofft, dass sie den Mut aufbringen würden, uns zu helfen. Das hat nicht geklappt. Und wir können nicht ewig hier bleiben.«

»Ben ... wir könnten dem Problem den Rücken zuwenden. Wir könnten in die Tri-Staaten zurückkehren oder uns anderswo niederlassen.«

»Ike, früher oder später werden wir kämpfen müssen. Das weißt du. Wir können das auch gleich machen und es endlich hinter uns bringen.«

»Stimmt, Ben. Aber ich wollte nur auf die Möglichkeiten hingewiesen haben. Und Ms. Hickman?«

»Was ist mit ihr?«

»Sie begleitet uns.«

»Ms. Olivier?«

Ben dachte einen Moment lang nach. »Wenn wir zur Tat schreiten, müssen wir rasch und mit aller Härte handeln. Wir werden nicht viel Gelegenheit haben, den Fernseher einzuschalten. Außerdem glaube ich, dass Hartline Ms. Olivier ohnehin nur vorführt. Wir geben dieser Sache noch eine Woche. So lange werden wir brauchen, um die Pläne auszuarbeiten und aus den Bergen zu kommen.«

»Und was geschieht nach einer Woche?«

Ben sah ihn an. »Dann schicken wir jemanden los, der Ms. Olivier und ihre Tochter in Sicherheit bringt.«

»Und wenn sie nicht gehen will?«

»Ich glaube«, sagt Ben leise, »dass sie in einer Woche nur zu bereit sein wird, Richmond zu verlassen.«

»Eine Vorahnung?«

Ben schüttelte den Kopf. »Ich kenne Hartlines Ruf.«

DREIZEHN

Die Sergeants ließen am nächsten Morgen die Truppen aufmarschieren und schrien ihre Befehle. Die Truppen reagierten so wie die gut geölte Maschinerie, die die Ausbilder aus ihnen gemacht hatten.

Um Null-achthundert kamen Bens Commander zum angesetzten Treffen zusammen. Ben hatte sie vom Aufbruch nicht in Kenntnis gesetzt, und er war sehr zufrieden, dass alle Männer lächelten, weil mit einem Mal Leben in das Basislager Eins kam.

Ben gab jedem die Hand, während General Hazen sagte: »Sie haben sich entschlossen, Ben?«

»Wir brechen nach und nach auf, Bill. Über den Zeitraum von einer Woche verteilt. Wir müssen uns über das Was, Wie und Wann beratschlagen.«

»Das Wie ist einfach«, meinte Hector Ramos. »Wir treten ihnen in den Arsch. Über das Wo habe ich mir ein paar Gedanken gemacht.«

»Dafür sind wir hier zusammengekommen, Gentlemen«, sagte Ben und führte sie zu seinem großen Zelt. Er bat Dawn, Kaffee zu holen und registrierte amüsiert die Blicke der Offiziere, als sie Dawn sahen.

»Ich könnte schwören, dass ich sie schon mal gesehen habe«, sagte Conger.

»Ich auch«, meinte Hector. »Sie kommt mir wirklich bekannt vor.«

»Dawn Bellever«, sagte Ben leise. Ein Lächeln umspielte seinen Mund.

»Ahh!«, machte Conger.

»Bella, bella«, erklärte Hec und machte eine wedelnde Bewegung mit den Fingern.

»Um was geht es hier eigentlich?«, fragte General Krigel.

Conger erklärte es ihm.

Krigel schaute Dawn nach. »Allen Ernstes?«, meinte er nur.

Als lautes Gelächter aus dem Zelt nach draußen drang, kamen die Aktivitäten ringsum für einen Moment zum Erliegen.

»Was ist da los?«, wollte eine zierliche dunkelhaarige Frau von Dawn wissen.

»Wenn ich das wüsste«, erwiderte sie und reichte ihr die Hand. »Dawn Bellever.«

»Rosita O'Brien«, sagte die andere Frau. »Ich gehöre zur Truppe von Colonel Ramos. Klingt so, als würden unsere Vorgesetzten da drin eine Junggesellenparty feiern.«

»Das ... trifft es sehr gut, glaube ich. Jungs unter sich.« Sie hatte eine ziemlich klare Vorstellung davon, was die Männer so zum Lachen brachte.

»Das ist nicht zu überhören. Was ist hier los, Dawn? Warum diese Unruhe?«

Dawn machte den Mund auf – und sofort wieder zu. Sie schüttelte den Kopf. »Keine Ahnung.«

Rosita lachte. »Alles klar. Na ja, ich werde ja noch früh genug erfahren, was hier los ist.«

»Kommen Sie.« Dawn nahm die Frau am Arm. »Wir gehen zum Messezelt.«

»Danke, aber ich habe schon gegessen.«

»Nein, nein, ich muss Kaffee holen. Für die Jungs.«

Rosita blieb wie angewurzelt stehen. »Ich bin verdammt noch mal kein Dienstmädchen.« Das Feuer in ihren Augen brannte smaragdgrün. »Und Sie auch nicht. Sie sind Soldatin, schon vergessen?«

»Nein, aber es gibt noch etwas, das ich auch nicht vergessen habe.«

»Ach ja?« Die Frau stemmte die Hände in die Hüften. »Und das wäre?«

»Ben hat gesagt, dass er Kaffee haben möchte.«

»Ben? Oh ... ich verstehe. Glaube ich jedenfalls.« Ihr Gesicht hellte sich auf. »Manche Menschen haben aber auch immer Glück. Kommen Sie, wir holen den Kaffee. Ich habe eine Million Fragen!«

»Falls sie General Raines betreffen, können Sie das sofort vergessen.«

»Ach, kommen Sie, Dawn. Wir stehen doch auf der gleichen Seite.

»Klar«, erwiderte Dawn trocken, dann fiel sie in Rositas Gelächter ein.

Hartline ignorierte das Flehen des Mädchens und veränderte ihre Position. »Na?«, fragte er lachend. »Ist das nicht gleich viel besser?«

Sie schluchzte nur.

»Nicht? Na, wie wär's denn so?« Er grinste, als er sie nahm, und er grinste noch breiter, als Nancy Oliviers Schmerzensschreie durch das Haus schallten. Sie zuckte zusammen und wollte sich vor ihm in Sicherheit bringen. Aber seine Hände hatten sich fest um ihre Schultern geschlossen und gaben ihr keinen Bewegungsspielraum, als er tiefer eindrang. »Halt durch, Baby, in einer Minute wird es sich wunderbar anfühlen. Das verspricht dir der alte Sam.«

Das Mädchen biss sich auf die Lippen, als seine Männlichkeit ganz in sie eindrang.

»Na, siehst du«, sagte er lachend. »Mama wird bestimmt überrascht sein.«

»Okay«, sagte Jake Devine zu den jungen Leuten, die sich in dem Raum versammelt hatten. »Ich möchte, dass ihr Folgendes macht. Ihr habt jetzt gesehen, wie alle eure Freunde behandelt werden. Ihr habt gesehen, dass das Gerede von Misshandlungen und Folterungen nur gelogen ist. Ich möchte, dass ihr das in den Städten, die ich euch zugeteilt habe, so den Menschen weitererzählt. Sagt den Leuten, dass ihnen nichts passieren wird. Sie sollen nur ihre Waffen niederlegen und wieder an die Arbeit gehen. Die Waffen werden von meinen Leuten eingesammelt werden, und dann werden sie von ihnen nie wieder etwas sehen. Das ist ein Versprechen. Ihr habt Essen und Kleidung für diese Menschen, und ich möchte, dass ihr beides so gerecht wie möglich verteilt. Achtet darauf, dass vor allem die Alten genug zu essen, warme Kleidung und Medizin bekommen. Das ist alles, Leute. Auf geht's.«

Lisa war noch immer in seinem Quartier und schlief. Jake sah zu, wie sich die jungen Leute zu den Lieferwagen und Trucks begaben, die für sie bereitstanden. Sie hatten zu essen bekommen, sie trugen neue Kleidung, und sie alle waren mit Handfeuerwaffen bewaffnet.

»Eins muss ich dir lassen, Jake«, sagte ein Leutnant und stellte sich neben ihn. »Das ist wesentlich besser, als sich mit den Bürgern Schießereien zu liefern. Glaubst du, dass es funktionieren wird?«

»Wie geschmiert«, erwiderte er. »Wie geschmiert. Mit Freundlichkeit kommt man immer weiter als mit Gewalt.«

»Und du hast dir eine ziemliche Schönheit ausgesucht.«

»Gefällt sie dir? John, sobald wir uns auf den Weg nach Illinois machen, kannst du sie haben. Und wenn es dir zu langweilig wird, sie zu vögeln, dann reich sie an die anderen Jungs weiter.«

»Was ist mit den Leuten, die wir im Moment festhalten? Dieser Gruppe aus Huntington?«

»Wie reagieren sie auf die Gespräche?«

»Sehr gut. Wir haben ein paar Starrköpfe herausgeholt, die einfach nach Hause zurückkehren und nicht mehr gegen die Regierung kämpfen wollen.«

»Gut, dann schick sie nach Hause.«

»Und was machen wir mit denen, die nicht auf die Gehirnwäsche reagieren?«

Jake sah ihn an. »Erschießen.«

Ben las die Nachricht durch, die er soeben erhalten hatte. Er presste die Lippen aufeinander, dann fluchte er laut und ausgiebig. Als er jedes Schimpfwort aufgebraucht hatte, das ihm in den Sinn kam, sah er Conger an.

»Bringen Sie Ihre Leute heute Nachmittag hier raus. Blockieren Sie alle Brücken, die von Indiana nach Kentucky führen, und fangen Sie bei Madison an. Holen Sie sich ein paar zusätzliche Leute von General Krigel. Wir müssen Indiana abschreiben, es ist für uns verloren. Aber ich will nicht, dass uns mit Kentucky das Gleiche passiert.«

Er sah Cecil an. »Funk Captain Gray an. Er soll mit einem Guerilla-Einsatz beginnen und sich in Richtung Osten bewegen. Ich möchte, dass sofort ein Angriff gegen die Bundespolizei gestartet wird. General Krigel, Ihre Leute kümmern sich um Mississippi, Arkansas und Louisiana. General Hazen, Sie nehmen Alabama, Georgia und Florida. Hector, North und South Carolina. Meine Truppe folgt Major Conger und sichert erst Kentucky, dann bewegt sie sich nach Virginia weiter.«

Ben sah seine Commander an. »Schlagen Sie hart und schnell zu. Und brutal. Wenn die Leute für die Regierung der Vereinigten Staaten arbeiten, haben sie nur zwei Möglichkeiten. Entweder sie laufen über oder sie sterben. Irgendwelche Fragen?«

»Zeit zum Handeln«, sagte Hector und stand auf.

Die Männer verließen das Zelt. In exakt neunzehn Stunden würde der zweite Bürgerkrieg innerhalb von 138 Jahren das Land erschüttern, elf Jahre nach dem nuklearen und bakteriologischen Krieg. Es war ein Bekenntnis zum Verlangen der Männer und Frauen, die in Freiheit leben wollten: frei von Vorgaben der Regierung, frei von Verbrechen – frei, um ihr Leben zu leben, ohne eine zentrale Regierung fürchten zu müssen.

Frei.

ZWEITER TEIL

Wenn Blut der Preis für Admiralität ist,
Großer Gott, dann haben wir reichlich bezahlt.

Kipling

EINS

Was den Mut der Amerikaner anging, hatte Ben sich geirrt. Es war nicht so, dass die Menschen nicht kämpfen würden oder dass sie mit Verteidigungstaktiken nicht vertraut waren – doch was in Amerika geschehen war, stellte eine typische Entwicklung in jeder Nation dar, die so massiv regiert und geführt worden war; Menschen, denen das Recht abgesprochen worden war, ihr Hab und Gut selbst zu verteidigen; Menschen, denen man immer und immer wieder vorgeschrieben hatte, was sie zu tun hatten, was ungesetzlich, unmoralisch oder ungesund war. Auch der intelligenteste Mensch glaubt irgendwann, dass er dumm ist, wenn man es ihm fünfzig Mal am Tag vorbetet.

John Adams spielte nicht den Nestbeschmutzer, als er schrieb, Furcht sei die Basis der meisten Regierungen und das Gesetz sei taub für die Belange der Bürger.

Viel zu lange hatte die Regierung über das Sprachrohr Bundesrichter die Wünsche der Mehrheit der US-Bevölkerung ignoriert. So hatten sich das ihre Vorväter nicht vorgestellt. Doch solche Dinge geschehen, wenn die Regierung zu viel Macht an sich reißt – Macht, die rechtmäßig in die Hand der Bürger gehört. Amerikaner brauchten schon immer lange, ehe sie in Fahrt kamen. Doch wenn es erst einmal so weit ist, gibt es kein Halten mehr.

Jake Devines Taktiken hatten in gewissem Maß in einigen Staaten bei einigen Leuten funktioniert. Hartlines Brutalität arbeitete in einigen Staaten für ihn. Doch damit der Überlebenswille der Amerikaner zusammen mit ihrem Freiheitsdrang und dem Wunsch nach gerechter Behandlung einsetzen konnte, war ein Katalysator erforderlich, der selbst ohne Pardon dazu stand. Einer dieser Katalysatoren war auf dem Weg: Ben Raines.

In einer Kleinstadt in Oklahoma lag Mr. Kent Naylor in seinem Bett. Er war wach, während seine Frau neben ihm fest schlief.

Seine vier Kinder – zwischen 13 und 20 Jahren alt – schliefen in ihren eigenen Zimmern in dem zweistöckigen Haus.

Naylor war der Kopf einer fünfzigköpfigen Gruppe, die mit den Rebellen sympathisierte. Er hatte am Tag zuvor erfahren, dass die Bundespolizei, die von Al Codys Leuten geführt wurde, ihn abholen würde, um ihn zu verhören.

Er wusste, was das bedeutete: Er würde nie zurückkehren. Er kannte nur einen Mann, der aus einem der Lager herausgekommen war, in dem man die Rebellensympathisanten festhielt, und dieser Mann war durch körperliche und psychische Folter so gebrochen worden, dass er keinen vernünftigen Satz mehr zustande brachte.

Nein, dachte Naylor. *Ich werde mich nicht abholen lassen.*

Scheinwerfer fielen durch den dünnen Vorhang vor dem offenen Schlafzimmerfenster. Motorengeräusche verstummten. Naylor stand auf und zog sich rasch an. Er holte seine Schrotflinte aus dem Schrank und betätigte die Sendetaste auf dem kleinen Walkie-Talkie, das auf dem Nachttisch lag. Ein leises Klicken kam als Antwort auf sein Signal und sagte ihm, dass alle Mitglieder der Zelle bereit waren, für ihre Freiheit einzutreten.

Jemand schlug laut gegen die Haustür.

Naylor wusste, wer das war.

»Naylor! Machen Sie auf! Polizei!«

»Scheißkerle«, murmelte er.

»Was ist los?« Seine Frau setzte sich abrupt auf und sah ihn erschrocken an.

»Bleib hier im Zimmer, Beth«, sagte er zu seiner Frau. »Es wird alles gut werden, ich verspreche es dir. Es wird endlich alles gut werden.«

Er lud seine Waffe und ging in den Flur hinaus. Sein Blick ruhte auf der Haustür, die in diesem Augenblick eingetreten wurde. Holzsplitter flogen umher, einer der Männer rief etwas, wovon Naylor nur den Rest verstehen konnte: »... und zerrt den Mistkerl da raus!«

»Bringt sie alle raus«, sagte eine autoritär klingende Stimme. »Seine Kinder stecken auch mit drin. Mal sehen, wie es dem alten Naylor gefällt, wenn wir die Kleinen in die Mangel nehmen.«

Naylor hob mit versteinerter Miene die Schrotflinte und drückte ab. Es war ein verheerender Treffer, der alle drei Polizisten nach hinten riss. Sie waren auf der Stelle tot.

In den anderen Häusern zu beiden Seiten der Straße wurde das Licht angemacht, während ein halbes Dutzend Polizeiwagen vor Naylors Haus vorfuhr und mit quietschenden Reifen stehen blieb. Bewaffnete Bürger – Männer, Frauen, Teenager – verließen ihre Häuser und kamen hinaus auf die Straße.

Die Polizisten blieben wie angewurzelt stehen, als sie sahen, was um sie herum vorging. Einer von ihnen fasste die Situation, in die sie geraten waren, so treffend in Worte, wie es nur möglich war: »Oh, Scheiße!«

»Schafft die da fort und bringt das Durcheinander wieder in Ordnung«, sagte Naylor und deutete mit dem Daumen über seine Schulter auf die drei Toten.

»Ja, Sir«, sagte ein Polizist. »Sofort, Sir.«

Nachdem die Leichen fortgeschafft worden waren und halbwegs wieder Ordnung herrschte, kehrten die bewaffneten Bürger in ihre Häuser zurück und ließen die Polizisten allein zurück, die aber nur zu gut wussten, dass sie genau beobachtet wurden und es selbst in der Hand hatten, ob sie leben oder sterben wollten.

»Ich war neun Jahre lang Cop, bevor die Regierung uns verstaatlichte«, sagte einer der Männer mit gesenkter Stimme. »Ich wusste, dass es ein Fehler war. Als Lowry und Cody anfingen, den Leuten die Waffen abzunehmen, wusste ich, dass sie damit nicht durchkommen würden.«

Ein anderer Mann nahm sein Abzeichen ab und ließ es deutlich hörbar auf die Straße fallen. »Das war's!«, rief er in die leere Finsternis. »Ich werde wieder Möbelverkäufer. Habt ihr mich gehört? Ich bin kein Cop mehr!«

Andere Männer folgten seinem Beispiel, bis der Fußweg vor dem Haus mit Abzeichen übersät war.

Wie hatte Hartline doch so treffend gesagt – wenn auch für die andere Seite: »Es ist so verdammt einfach.«

In West Virginia stand ein schlaksiger Minenarbeiter vor einem Richter. Neben dem örtlichen Staatsanwalt saßen zwei ehemalige Polizisten. Ihre Gesichter waren mit Prellungen übersät, die Lippen geschwollen, mehrere Zähne fehlten. Ursprünglich waren sie zu viert gewesen, doch die beiden anderen Männer waren tot.

Der Gerichtssaal war bis auf den letzten Platz mit Männern besetzt, deren robuste Kleidung und kräftige Statur sie sofort als tüchtige Arbeiter identifizierten. Sie saßen ruhig und friedlich da, waren aber alle bewaffnet.

»Euer Ehren«, der Staatsanwalt erhob sich, »ich protestiere gegen die Anwesenheit bewaffneter Personen in diesem Gerichtssaal. Ich ...«

Er bemerkte den Blick des Mannes, der vor dem Richter stand. »Ich ... ich glaube, ich setze mich wieder hin.«

Er nahm Platz.

Der Minenarbeiter sah den Richter an. »Kann ich jetzt reden, Euer Ehren?«

Der Richter rieb mit den Fingerspitzen über seine schmerzenden Schläfen und seufzte. »Ja, das nehme ich an, Mr. Raymond. Ich muss allerdings sagen, dass ich in all meinen Jahren als Richter so etwas noch nie gesehen habe. Sind Sie und Ihre ... Ihre Freunde hergekommen, um eine Schießerei anzufangen, oder wollen Sie, dass der Gerechtigkeit gedient wird?«

»Der Gerechtigkeit ist bereits gedient worden, Euer Ehren«, erwiderte Mr. Raymond. »Meine Freunde sind nur hier, um zu sehen, das sich daran auch nichts ändert.«

»Nicht zu fassen«, sagte der Richter. »Na gut, Mr. Raymond, dann lassen Sie mal hören.«

»Nun, wie ich ja gestern schon dem Sheriff gesagt habe: Ich und meine Freunde, wir waren diese elenden Cops satt, die sich für Gott halten und so tun, als wären sie besser als wir anderen. Aber wir dachten uns, wir gucken einfach in die andere Richtung, solange sie uns in Ruhe lassen. Richter, Sie wissen doch, wie es hier ist. Sie sind doch keine zwanzig Meilen von hier entfernt aufgewachsen. Sie kennen die ungeschriebenen Gesetze genauso gut wie alle die Gesetze in Ihren dicken

Wälzern. Man stiehlt nicht, man schlägt niemanden, man betrügt niemanden, man beleidigt niemanden, man redet nicht schlecht über eine anständige Frau, und man nimmt einem anderen *ganz bestimmt* nicht seine Waffen ab. Ich lasse mir von keinem Hurensohn meine Waffen abnehmen!«

Er sah sich im Gerichtssaal um. »Und da kommen vier von diesen großmäuligen Cops zu meinem Haus. *Zu meinem Haus,* Euer Ehren, *zu meinem Haus!* Und genau darum geht es: um *mein Haus.* Das Haus, dass mir und meiner Frau gehört, die da drüben sitzt. Ich hab's mir heute Morgen noch mal durchgelesen, Euer Ehren. In unserer Verfassung steht unter anderem, dass jeder das Recht darauf hat, dass sein Haus vor unbegründeten Durchsuchungen und Beschlagnahmungen sicher ist. Ist das nicht so, Richter?«

»Sie meinen damit das Grundgesetz, Mr. Raymond! Aber Sie haben in dem Punkt Recht.«

»Schön. Also diese Cops kommen zu meinem Haus, als wären sie Gott weiß wer. Ich war auf dem Feld und hab mich um den Garten gekümmert. In den Minen findet man ja keine Arbeit mehr. Auf jeden Fall hab ich plötzlich meine Frau schreien gehört. Ich hab im Schuppen hinten eine Pistole, die hab ich mir geschnappt und bin ins Haus gerannt. Einer von den Cops hatte meine Frau niedergeschlagen und ihr Kleid bis über die Hüften hochgeschoben, und die Kerle haben da gestanden und sich kaputtgelacht, wie meine Frau da vor ihnen auf dem Boden liegt. Als einer von ihnen sie dann getreten hat, hab ich ihm in den Bauch geschossen, und er lag sofort am Boden. Einer von den anderen Cops hat dann seine Waffe auf mich gerichtet, und in dem Moment kommt mein Bruder Rodney ins Haus, der gleich gegenüber wohnt. Rodney hat ihn sofort abgeknallt und dann haben wir die beiden anderen in die Mangel genommen. Wir haben sie ziemlich gut vermöbelt, finden Sie nicht, Richter?«

Der sah zu den beiden Männern, die noch vor der Anhörung den Polizeidienst quittiert hatten. »Ja, Mr. Raymond, ich würde sagen, dass das zutrifft.«

»Sehen Sie, Richter, so vor etwa neun Jahr hab ich mich mit

vierzig oder fünfzig Jungs hier aus der Gegend den Rebellen angeschlossen, die aus den Tri-Staaten kamen. Nachdem die verdammte Regierung angefangen hat, ihre Nase in alles zu stecken – so wie üblich. Ich hab im Radio gehört, dass die Rebellen aus den Smokies wie Ameisen kommen, die zum Honig laufen – also dachten wir, das wäre der richtige Zeitpunkt, um etwas zu unternehmen. In dieser Gegend werden Sie keine staatliche Polizei mehr zu sehen bekommen. Wir haben sie alle eingelocht. Die Jungs, die hier vor der Verstaatlichung das Gesetz vertreten haben, machen das jetzt auch wieder. Ich und meine Freunde werden das auch jetzt wieder den Jungs überlassen, die das besser können als wir. Aber unsere Waffen behalten wir. Sicher ist sicher.«

Er machte eine kurze Pause, aber der Richter reagierte noch nicht. »Und jetzt, Euer Ehren, nehme ich meine Frau, meine Familie und meine Freunde mit, und dann verlassen wir diesen Gerichtssaal. Ich gehe nicht davon aus, dass ich wieder hierher komme, weil ich nicht davon ausgehe, dass ich gegen irgendein Gesetz verstoße. Vor allem nicht gegen die neuen Gesetze, die wir für dieses County erlassen werden. Und Sie wissen, welches Gesetz das ist, nicht wahr, Richter?«

Zum ersten Mal an diesem Morgen verlor der Richter die Geduld. »Das Gesetz von Ben Raines, Mr. Raymond – das Gesetz, das in den Tri-Staaten Gültigkeit hatte? Das Gesetz des Dschungels?«

»Wir könnten uns darüber den ganzen Tag streiten, Richter. Aber das werde ich nicht. Ich sage nur, dass das Gesetz der Rebellen nicht das Gesetz des Dschungels ist ... es ist ein Gesetz des gesunden Menschenverstandes. Aber ich erwarte nicht, dass irgendein Anwalt oder Richter das versteht. Ihr seid wie Läuse: Wenn der Hund die erste Laus nicht abbekommt, dann eben die nächste.«

»Ich verbitte mir diesen unverschämten Vergleich!«, herrschte der Richter den Mann an.

»Interessiert mich nicht«, erwiderte Raymond ruhig. »Es ist doch wahr. Sie wollen nicht die Schuldigen bestrafen, Sie kümmert nicht, was Recht und was Unrecht ist. Sie interessiert nicht mal, ob wir hier einen Polizeistaat bekommen. Ich werde nicht darüber diskutieren. Ihre Art von Gesetz ist vorbei. Jetzt wird nicht mehr geschwafelt, und es werden keine Deals mehr gemacht, und die Gesellschaft wird nicht mehr für jedes Verbrechen verantwortlich gemacht. Es ist höchste Zeit dafür.«

Raymond sah den Richter durchdringend an. »Sie sollten besser in den Ruhestand gehen, Richter, bevor die Rebellen hier auftauchen. Die sind nämlich nicht gut auf Leute zu sprechen, die die Machenschaften der Polizei und die von Lowry unterstützen. Also, Richter, passen Sie gut auf sich auf, verstanden?«

Die Joint Chiefs trafen sich im New Pentagon in Richmond. Keiner von ihnen machte einen Hehl aus seiner Freude darüber, dass die Rebellen die Smokies verließen.

»Raines' Rebellen sorgen in Kentucky ganz schön für Aufregung, wie ich höre«, sagte General Rimel. »Hartline hat am ersten Tag über tausend Leute verloren.«

»Ja. Der Idiot hat drei Brücken gleichzeitig angreifen lassen. Raines' Leute mussten weiter nichts machen als sich zurückziehen und die Truppen über den Fluss zu locken, wo sie sie dann in die Zange genommen haben.« General Franklin schüttelte voller Abscheu über einen so dummen Zug den Kopf, konnte sich aber ein Lächeln nicht verkneifen.

»Ich möchte das korrigieren, General«, warf General Preston ein. »Hartline war nicht dabei. Ich glaube nicht, dass er eine solche Taktik gewählt hätte.«

»Stimmt«, pflichtete der Marinesoldat bei. »Ich habe ganz vergessen, dass Hartline zu der Zeit in Richmond war. Aber auf jeden Fall sind es tausend Söldner weniger, mit denen wir uns abgeben müssen.«

»Das kann ich nur unterschreiben«, meinte Admiral Calland. »Ich hoffe, dass nichts passiert, was uns in diesen Kampf hineinzieht.«

»Was sollte denn passieren, damit es dazu kommt?«, fragte General Preston. »Raines hat sein Wort gegeben, dass er nicht an einem Sturz der Regierung interessiert ist. Er will nur in die

Tri-Staaten zurückkehren und seine Ruhe haben. Er wird keine unserer Basen angreifen.«

»Ich habe einfach nur ein schlechtes Gefühl«, erwiderte Calland. »Sie alle wissen, dass ich eine Zeit lang gedacht habe, Lowry würde nicht wirklich hinter alledem stecken, sondern von irgendwem Befehle erhalten. Ich werde dieses Gefühl immer noch nicht los.«

»Und wer soll das sein?«

»Keine Ahnung. Ich finde nur, dass Lowry nicht genug im Kopf hat, um sich das alles auszudenken. Mein Gott, Sie haben doch alle mit dem Mann gesprochen. Er ist genauso ein Trottel wie Logan, vielleicht sogar ein noch größerer Trottel. Das ganze Gerede, dass er das Hirn hinter Logan sein soll, habe ich nie geglaubt. Jemand anderes steckt dahinter, das weiß ich!«

General Franklin beugte sich vor: »Ich frage nochmals: Wer soll das sein?«

»Ich weiß nicht. Ich weiß nur, dass ich ein ungutes Gefühl habe. Ein sehr ungutes.«

»Du dreckiger Bastard«, zischte Sabra Hartline zu. »Nicht nur, dass du meine Ehe ruiniert hast, jetzt musst du auch noch meine Tochter vergewaltigen, du elender Hurensohn!«

»Nur die Ruhe, Sabra-Baby«, sagte Hartline mit breitem Grinsen. »Ich wollte nur mal was Abwechslung, weiter nichts. Aber ich muss sagen, dass sie verdammt eng gebaut ist.«

»Zum Teufel mit dir!«

Im nächsten Moment fand sie sich auf dem Boden wieder, ihr Gesicht schmerzte von der Ohrfeige, die er ihr verpasst hatte.

»Sabra-Baby, wie würde es dir gefallen, wenn ich deine kleine Nancy mitnehme und sie einigen von meinen Männern überlasse?«

»Das würdest du nicht tun.«

»Ach ja?«

»So gemein kannst du einfach nicht sein.«

»Willst du zusehen, wenn sie von zwei meiner Jungs gleichzeitig genommen wird?«

Sabra musste vor Zorn und Hilflosigkeit heulen und hörte

erst auf, als Hartline ihr einen Tritt verpasste. »Jetzt steh auf und geh baden. Du triffst heute Abend den Vizepräsidenten. Sobald du fertig bist, rufst du Jane Moore an. Sie soll um sieben hier sein, Al Cody darf sich mit ihrer Muschi vergnügen.«

Die Frau stand langsam auf und stellte sich vor Hartline. »Damit du es weißt: Ich verabscheue dich, Hartline.«

»Ich weiß 'ne ganz Menge, Baby. Spiel du nur deine kleinen Spielchen weiter. Mir wirst du nicht weh tun.« Er legte eine Hand um ihre Brust und drückte leicht zu. »Ich ficke die kleine Nancy jedes Mal, wenn mir der Sinn nach einer engen Muschi steht. Und daran wirst du und auch sonst niemand etwas ändern. Vielleicht lasse ich dich ja beim nächsten Mal zusehen. Und noch was, Sabra-Baby. Ich war heute Nachmittag im Studio und hab mir deine Story über mich für Freitagabend angesehen. Ich habe sie kopiert und von den FBI-Jungs überprüfen lassen. Die haben nur ein paar Minuten gebraucht, um deinen Code zu knacken. Du warst sehr ungezogen, Sabra-Baby. Ich werde mir noch eine Strafe für dich ausdenken müssen, aber das hat noch Zeit. Ich bin sicher, ich finde was Angemessenes.« Er schubste sie ins Badezimmer. »Und jetzt geh und wasch deine Fotze, sei ein braves Mädchen.«

Er lachte, als sie ins Badezimmer taumelte, da die Tränen ihr die Sicht nahmen.

»Ich habe einen Plan«, sagte eine vertraute Stimme. »O ja, genau. Das ist ein verdammt guter Plan. Ich glaube, ich weiß, wie wir den Präsidenten und Ben Raines auf einen Schlag loswerden. Und« – er hob einen Finger – »wie wir das Militär wieder auf unsere Seite bekommen. Alles in einem Zug. Das ist so einfach, dass es mir schon peinlich ist, dass ich nicht früher darauf gekommen bin.«

Lowry lehnte sich interessiert vor. Er sah auf die Wanduhr. Noch genug Zeit, bevor er sich mit Sabra treffen würde. »Lassen Sie hören«, sagte er mit leuchtenden Augen.

Der Mann ließ sich in den Sessel sinken und begann zu reden. Als er fertig war, klatschten er und Lowry sich vor Begeisterung auf die Schenkel.

ZWEI

Am Nachmittag des vierten Tags nach dem Auszug aus den Smokies begann es zu regnen, die Temperaturen sanken deutlich. Als sich Bens Kolonne durch Kentucky nach Virginia bewegte, klarte sich der Himmel auf und die Sterne schienen zum Greifen nah. Sie zogen die Nacht durch weiter und trafen nirgendwo auf Widerstand. Es hatte sich herumgesprochen, dass sie auf dem Weg waren, und die staatliche Polizei wollte mit den Rebellen nichts zu tun haben, da sie wussten, dass alle, die sich ihnen in den Weg gestellt hatten, schnell und brutal gestorben waren. Und es war bekannt, dass die Rebellen keine Gefangenen nahmen.

Nach einer kurzen Pause, die nur für ein paar Stunden Schlaf reichte, zog die Truppe weiter Richtung Osten und stieß kurz hinter der Grenze nach Virginia auf die erste Straßensperre.

Die Scouts meldeten das an Ben weiter, der mit seinem Jeep bis auf wenige hundert Meter an die Sperre heranfuhr. Er nahm ein Megaphon und rief in den Frühnebel, der über dem Land lag: »Wir brechen durch, so oder so. Wir werden euch nicht umgehen. Ihr könnt überleben und euren Enkeln von diesem Augenblick erzählen. Oder ihr könnt sterben, wo ihr gerade seid. Es ist euch überlassen. Ihr habt eine Minute Zeit, um euch zu entscheiden.« Für die staatliche Polizei schien sich die Kolonne kilometerweit zu erstrecken. Und dann hörten die Polizisten, wie Waffen geladen wurden, wie Patronengurte klapperten, die in Maschinengewehre eingeschoben wurden. Und sie hörten das Rascheln in den Büschen zu beiden Seiten der Straßensperre. Sie wussten, dass ein Kampf nicht nur dumm, sondern auch tödlich ausgehen würde. Die Männer sahen sich an, nickten und legten dann ihre Waffen weg. Einer der Männer winkte die Kolonne durch, das Führungsfahrzeug fuhr durch, während Bens Jeep an der Blockade anhielt.

»Ihr habt Vernunft bewiesen«, sagte Ben. »Und jetzt geht am besten nach Hause, bis die Leute euch sagen, dass ihr wieder zur Arbeit gehen könnt.«

»Und wer sichert den Frieden?«, fragte einer der Männer.

»Soll das ein Witz sein?«, gab Ben zurück. »Ihr glaubt doch nicht wirklich, dass ihr hier den Frieden gewahrt habt, oder etwa doch?«

Sie sahen betreten weg.

»Das habe ich mir doch gedacht«, meinte Ben. »Wir bewaffnen die Leute auf unserem Weg. Mein Rat an euch hier ist, nach Hause zu gehen und euch bedeckt zu halten, bis sich der Rauch verzogen hat. Wenn einer von euch mit Folterungen oder Einschüchterungsversuchen zu tun gehabt hat, dann sollte er von hier verschwinden und dafür beten, dass er nicht von der Familie oder den Freunden eines seiner Opfer entdeckt wird.«

Ben legte den Gang ein und fuhr weiter. Am Straßenrand blieb eine Gruppe verängstigter Ex-Polizisten zurück.

Eine Stunde später wurde Ben von einem Scout angefunkt. »Zwischen siebzig und achtzig Cops und Nationalgardisten haben auf dem Highway bei Marion eine Straßensperre errichtet. Sie scheinen kampfbereit zu sein.«

Ben brachte die Kolonne bis zum Stadtrand, dann kehrte er mit dem Jeep um und fuhr auf dem Highway weiter, bis er gerade eben in Sichtweite der Straßensperre gelangt war. Er überprüfte die Positionen und ließ Granatwerfer bringen.

»Ich will nicht durch diese Idioten Leute verlieren«, sagte er zu Cecil. »Sind sie informiert worden, dass sie kapitulieren können?«, fragte er einen Scout.

»Ja, Sir, einige Male.«

»Und die Antwort?«

»Sie sagen, wir sollen sie holen kommen.«

Ben betrachtete die leere Straße. »Haben Sie das Gebiet auf Zivilisten überprüft?«

»Ja, Sir. Die örtliche Zelle hat sich darum gekümmert. Bis auf Cops und Nationalgardisten ist da niemand.«

»Das sind etwa 700 Meter«, sagte Ben. »Wir nehmen den

Telefonmast rechts von ihnen als Orientierung. Zehn Runden mit Zwölfpfündern dürften reichen.«

Der Befehl war gegeben, und wenige Minuten später ging ein Hagel von Projektilen auf die Straßensperre nieder. Auf den Dächern der angrenzenden Häuser kamen Zivilisten zum Vorschein, die mit ihren Waffen ebenfalls das Feuer eröffneten.

Augenblicke später ergaben sich die Wenigen, die das Inferno überlebt hatten.

»Was machen wir mit ihnen, General Raines?«, fragte ein Zivilist.

Ben sah den Mann an. »Lasst sie laufen, oder erschießt sie. Es ist mir egal.«

Die Radio- und Fernsehsender berichteten über den Vorstoß der Rebellen, ohne die Zensoren der Regierung um Erlaubnis zu fragen. Es zog keine Konsequenzen nach sich, da sowieso jeder Sender im Land und jeder, der über CB-Funk verfügte, von dem Vorankommen der Rebellen berichtete.

Krigels Rebellen sorgten in Mississippi, Arkansas und Louisiana für Aufregung, Congers Leute drangen nach West Virginia vor und sicherten das Gebiet. General Hazens Leute hatten bereits mehr als ein Drittel des ihnen zugeteilten Einsatzgebietes gesichert. Und Hector Ramos bewegte sich rasch durch North Carolina nach South Carolina.

»Willkommen im Staat Arkansas«, begrüßte der Gouverneur General Krigel in der neuen Hauptstadt Pine Bluff. »Darf ich davon ausgehen, dass der Polizeistaat der Regierung damit vorüber ist?«

»In diesem Gebiet auf jeden Fall«, erwiderte der General. »Sie können Ihre Polizei informieren, dass sie nicht länger die Anweisungen der Regierung zu befolgen haben.«

»Das heißt, die Polizisten unterstehen jetzt wieder mir?«, fragte der Gouverneur lächelnd.

»Nein«, erwiderte Krigel. »Sie unterstehen der Kontrolle des Volkes.«

»Sie können nicht einfach in eine Stadt spazieren und das Kriegsrecht verhängen!«, protestierte der Polizeichef in einer Stadt in Kansas lautstark.

»Das haben wir aber gerade gemacht«, erwiderte Captain Gray lakonisch.

»Aber ... aber«, stotterte der Mann. »Und was ist mit der Verfassung?«

Gray und Tina Raines sahen einander lächelnd an, dann sagte er: »Wollen Sie wirklich mit uns über die Verfassung diskutieren? Nur weil Sie diese Marke tragen, während Ihre Gefängnisse brechend voll sind mit unschuldigen Männern und Frauen?«

»Vermutlich nicht«, lenkte der Polizeichef ein und seufzte. »Und was sollen meine Jungs jetzt machen?«

»Wie wär's, wenn sie den Verkehr regeln«, meinte Tina. »Vielleicht ist das keine zu schwere Aufgabe.«

Die Rebellenkolonne bewegte sich langsam durch Virginia und traf nur vereinzelt auf Widerstand, der in aller Regel kein Problem darstellte. Die Polizisten und die Gardisten, die immer noch zu Lowry hielten, bekamen die Gelegenheit, sich zu ergeben. Wenn sie sich weigerten, machten die Rebellen mit ihnen kurzen Prozess. Sobald sie auf ein Waffenlager stießen, nahmen die Rebellen alles mit, was nicht niet- und nagelfest war. Manches davon behielten sie für spätere Einsätze, manches verteilten sie an die Bürger.

Sie brannten alle Polizeiwachen nieder und sprengten die Gebäude, und genauso verfuhren sie mit allen Aufzeichnungen, die die Regierung über ihre Bürger zusammengetragen hatte. Den Bürgern übertrugen sie die Aufgabe, den Frieden zu wahren.

Sie statteten alle Erwachsenen mit Waffen aus, die das wollten, und erklärten, sich gegen jeden Verhaftungsversuch durch die staatliche Polizei oder durch Truppen zu schützen, die nach den Rebellen in das jeweilige Gebiet vordrangen. In den meisten Regionen im Süden von Virginia wurde das Rückgrat des Polizeistaates gebrochen.

Am Nachmittag landeten Jim Slater und Paul Green mit ihrer zweimotorigen Maschine auf dem kleinen Flughafen in Radford, Virginia. Von ein paar seltsamen Blicken abgesehen, kümmerte sich niemand darum, wie sie angezogen waren, dass sie Waffen trugen und was sie überhaupt in Radford machten. Jeder wusste es, noch bevor sie aufsetzten.

Ein Captain und ein Sergeant der Virginia Highway Patrol kamen ihnen entgegen und blieben in einigen Metern Entfernung stehen.

»Ich schätze, es wäre dumm, den Versuch zu unternehmen und Sie zu verhaften«, sagte der Captain zu den beiden, die mit M-60-Maschinengewehren bewaffnet waren.

»Unter den gegebenen Umständen«, erwiderte Jim, »wäre das sogar saudumm.«

»Ich weiß, dass Sie die Vorhut einer großen Rebellentruppe sind«, sagte der Captain, ohne von der Stelle zu weichen. »Ich weiß auch, dass Ihre Leute jeden Gesetzeshüter aus dem Weg geräumt haben, der das Vorankommen in Kentucky und Virginia stoppen wollte. Wie viel Blutvergießen soll es hier geben?«

»Das liegt einzig an Ihren Leuten«, erklärte Jim.

Der Captain sah den Sergeant an, dann zuckten sie beide mit den Schultern.

»Dieses neue System, von dem ständig gesprochen wird ...«, sagte der Captain. »Wird es überhaupt noch Polizisten geben?«

»Friedensoffiziere«, antwortete Jim. »Wir wollen die Cops auf ein Minimum reduzieren. Meinen Sie, dass Ihre Leute mit dem Titel Friedensoffizier leben können?«

»Wo ist der Unterschied zum Cop?«, fragte der Sergeant.

»Sie kümmern sich um die Einhaltung der Gesetze, von denen das Volk will, dass Sie darauf achten. Sie belästigen niemanden.«

»Ich denke, das kriegen wir hin«, meinte der Captain ironisch. »Wir waren beide schon Polizisten, bevor wir vom Staat einverleibt wurden. Sie können auf uns zählen.«

»Sie geben so leicht auf«, meinte Paul. »Wo ist der Haken?«

»Kein Haken. Ihre Leute werden in diesem Krieg die erste Runde gewinnen. Ich habe nicht die Absicht, im Kampf gegen

Sie zu sterben. Sie werden nach wie vor Polizisten benötigen, die Unfälle untersuchen, auf den Highways patrouillieren, sich um Betrunkene kümmern und die Überreste der Leute aufsammeln, die sich mit den Waffen umbringen, die Sie ihnen in die Hand drücken. Stimmt's?«

Jim grinste. »Vielleicht werden aus Ihnen ja doch ganz gute Friedensoffiziere?«

»Wir sind immer gute Cops gewesen«, sagte der Captain. »So wie viele unserer Männer hier. Aber wir brauchten einen Job. Ich habe in meinem Leben noch nie einen Bürger gefoltert, und das gilt auch für Harry hier.« Er nickte dem Sergeant zu. »Ich hoffe sogar, dass wir wenigstens ein paar Leute vor diesem Schicksal bewahrt haben.«

»Okay«, meinte Jim und lächelte. »Ich glaube, Sie beide sind in Ordnung. Ich nehme Sie beim Wort. Wie viele von Ihren Leuten gehören denn zu den Guten?«

»Nicht sehr viele«, sagte der Captain zögernd. »Vielleicht noch ein Drittel.«

»Was ist mit den Sheriffs, den Deputys und den anderen Cops?«

Der Sergeant spuckte aus. »Hier läuft das nach dem Arschkriecher-System. Die haben ihre Freunde, die nichts falsch machen können, während alle anderen bedrängt und belästigt werden. Nicht viel anders als vor den Bombardements, verstehen Sie?«

»Ja«, antwortete Jim. »Also gut. Sie beide haben einiges zu tun, wenn Sie das Blutvergießen verhindern wollen. Setzen Sie sich mit den Leuten in Verbindung, von denen Sie glauben, dass sie mit uns zusammenarbeiten werden. Vielleicht können wir diese Nation wieder auferstehen lassen, wenn wir zusammenarbeiten.«

»Möchte wissen, wie es Roanna geht«, sagte Jane.

Sabra sah sie an. »Das Letzte, was ich von ihr gehört habe, war, dass sie mit den Rebellen aufgebrochen ist. Wenn sie durchkommt, wird sie eine Wahnsinnsstory erzählen können.«

Die Frauen sahen sich an.

»Ist was, Jane?«, fragte Sabra.

Die kleinere Frau seufzte. »Auch wenn ich mich nach jeder Nacht schmutzig fühle, muss ich eines sagen: Al Cody ist kein böser Mensch.«

»Ich weiß, Jane. Ich hatte den gleichen Eindruck. Hast du das Gefühl, dass der Vizepräsident nicht mit offenen Karten spielt?«

»Allerdings«, erwiderte sie ohne zu zögern. »Das habe ich. Und dann noch dieser Anruf, den er bekommen hat. Ich habe auf dem Nebenapparat mitgehört. Ich kenne die Stimme.«

»Und wer war es?«, wollte Sabra aufgeregt wissen.

»Sie war gedämpft, vermutlich absichtlich. Ich konnte die Stimme nicht zuordnen, aber ich habe sie schon oft gehört.«

»Du hast doch gesagt, Lowry hätte wiederholt mit ›Ja, Sir‹ und ›Nein, Sir‹ geantwortet. Zu wem würde Lowry so sprechen? Doch nicht, wenn er den Präsidenten in der Leitung hätte.«

»Auf gar keinen Fall.« Die Frau seufzte. »Im Moment muss ich dauernd an diese Einladung für nächste Woche denken. Ich komme mir vor wie ein Kind, das zum Zahnarzt muss.«

Sabra erwiderte nichts.

»Wie geht's Nancy?«

»Geht so. Sie hält sich sehr tapfer, wenn man bedenkt, dass Hartline noch ein paar Mal über sie hergefallen ist. Ich weiß nicht mehr, was ich machen soll, Jane. Ich habe mich noch nie so machtlos gefühlt.«

»Vielleicht sollten wir es so machen, wie Nancy es offenbar macht«, sagte Jane.

Sabra warf ihr einen fragenden Blick zu.

»Augen zu und durch.«

Um dreizehn Uhr erreichte Bens Kolonne Radford. Zwei Rebellenschwadronen trieben die Polizisten zusammen, entwaffneten sie und sperrten sie ins Gefängnis.

»Das können Sie nicht machen!«, beschwerte sich der Sheriff. »Ich bin hier das Gesetz.«

»Ach, halt die Klappe«, sagte einer der Rebellen. »Wenn's dir in der Zelle nicht gefällt, kannst du gerne raus. Vorausgesetzt, es ist dir egal, dass wir dich dann erschießen.« Der Sheriff sah nicht, wie der Rebell einem anderen zuzwinkerte.

»Verdammt, Luther«, rief der Polizeichef. »Würdest du endlich dein großes Maul halten?«

Im Stadtzentrum blieben viele Passanten stehen, um die Ankunft der Rebellen zu beobachten. Viele hielten sie für reguläre Truppen der Army.

»Hey, zu welcher Einheit gehört ihr denn?«, rief ein Schaulustiger, dann sah er noch einmal genauer hin. »Himmel! Da sind ja Frauen in den Lastwagen, und die sind auch noch bewaffnet!«

Um die ersten Fahrzeuge des Konvois begann sich eine Menschenmenge zu sammeln, die sich auf gut hundert Leute belief.

Ben stieg aus seinem Jeep aus, sah sich um und sagte laut: »Es gibt keinen Grund zur Panik. Wir wollen niemandem etwas tun. Wir bleiben über Nacht hier und ziehen morgen früh weiter.«

»Sie sind doch diese Rebellen«, sagte eine Frau. »Dann müssen Sie General Raines sein.«

»Das ist richtig, Ma'am.«

Dawn kam nach vorn zum Jeep und lenkte bewundernde Blicke auf sich. Die feindseligen Blicke einiger Frauen ignorierte sie gelassen. »Ben, die örtliche Zelle der Rebellen hat für heute Nachmittag um siebzehn Uhr ein Treffen angesetzt«, sagte sie. »Sie wollen wissen, ob du damit einverstanden bist.«

»Fragen wir doch einfach die Bürger«, erwiderte er und wandte sich der ständig anwachsenden Menschenmenge zu.

»Wie würde Ihnen eine Stadtversammlung heute Nachmittag gefallen? Wenn es ein Gesetz gibt, das Ihnen nicht passt – ändern Sie's doch. Das hier ist Ihre Stadt, Sie leben hier.«

»Wo ist die Polizei?«, wollte ein Mann wissen.

»Im Gefängnis. Mit dem Sheriff und dem Polizeichef.«

Die Frauen und Männer grinsten, einige lachten sogar lauthals. »Na, das würde ich gerne mal sehen.«

»Waren sie etwa keine guten Gesetzeshüter?«, fragte Ben.

»Sie wurden auf die Posten gesetzt, nachdem der Staat die Polizei unter seine Kontrolle gebracht hatte«, sagte jemand.

»In den Tri-Staaten haben Sie davon wahrscheinlich nicht viel mitbekommen, aber die Kerle wurden unglaublich überheblich, als ihnen klar wurde, dass sie mit uns machen konnten, was sie wollten.«

»Verstehe«, sagte Ben. »Nun, das wird sich in Kürze alles ändern.«

»Wir sehen uns um siebzehn Uhr.«

Der Parkplatz vor der High School, in der die Versammlung stattfand, war bis zum letzten Platz belegt, sodass die Rebellen gezwungen waren, ihre Fahrzeuge in den Seitenstraßen abzustellen. In der Schule selbst hatten Teenager die Aufgabe, auf die jüngeren Kinder aufzupassen, die in verschiedenen Klassenzimmern untergebracht worden waren. Jeder über siebzehn fand sich unterdessen in der Aula ein.

Der Anblick der bewaffneten und uniformierten Rebellen diente zwei Zwecken: Zum einen sollten die Bürger neugierig gemacht werden, zum anderen sollten sie sich beruhigen. Dennoch war der große Saal von einem konstanten Gemurmel erfüllt. Das war das erste Mal seit langer Zeit, dass es den Menschen gestattet worden war, zu einer großen Versammlung zusammenzukommen.

Als Ben das Podium betrat, kehrte augenblicklich völlige Ruhe ein.

Er betrachtete die Menge, die ihn wiederum erwartungsvoll beäugte. Er schaltete das Mikrofon ein und sprach: »Ladies und Gentlemen, wenn ich um Ihre Aufmerksamkeit bitten dürfte.«

Der Verstärker war zu laut eingestellt, sodass es zu einer ohrenbetäubenden Rückkopplung kam. Nachdem das Problem gelöst war, konnte er ungestört reden.

»Ich bin General Ben Raines. Ich bin der Befehlshaber jener Truppe, die von den Medien den Namen *Rebellen* erhalten hat. Ihre Polizei existiert in der bisherigen Form nicht mehr. Über diese Stadt wurde das Kriegsrecht verhängt.«

Unruhe machte sich breit, die Ben sofort zu beschwichtigen versuchte. »Lassen sie mich das erst einmal erklären. Ich glaube, sie haben die falsche Vorstellung von diesem Begriff.«

Die Leute wollten sich aber nicht beruhigen, also stützte sich Ben auf dem Pult auf und wartete.

Schließlich stand ein Mann auf und kam nach vorne. Auf halber Strecke blieb er stehen.

»Ich bin Ed Vickers«, sagte er. »Bürgermeister von Radford. Was zum Teufel ist in diesem Land los? Und was ist in dieser Stadt los?«

»Wir, die Rebellen, setzen die Regierung ab und übernehmen von nun an die Kontrolle«, sagte Ben und fügte an: »Und ich hoffe, dass wir sie an das Volk zurückgeben können.«

»Dann viel Glück«, sagte der Bürgermeister verächtlich. »Wo ist die staatliche Polizei?«

»Die ist draußen, gesund und munter. Und unter Bewachung. Das Einzige, was verletzt sein könnte, ist ihre Würde.«

»Pech für ihre Würde«, rief ein Mann aus der Menge. »Wenn Sie mir diesen einen Blondschopf überlassen, dann ist seine Würde noch das Harmloseste, was verletzt wird.«

Es verlief so, wie Ben erwartet hatte. Er hörte einen Moment lang zu, wie andere Bürger begannen, ihre Beschwerden vorzutragen, die das Verhalten der staatlichen Polizei betrafen. Dann schlug er mit dem Griff seiner alten Thompson auf das Pult, um die Menge wieder zum Schweigen zu bringen.

Er legte die Waffe zur Seite. »Was wir hier heute Abend tun, ist etwas, wofür ich mich schon seit langem einsetze.«

Roanna zeichnete jedes Wort auf, konnte sich aber ein bewunderndes Lächeln nicht verkneifen. Wenn sie das hier überlebte, war ihr ein Pulitzer-Preis schon fast sicher.

»Was hier abläuft, ist eine Bürgerversammlung, eine gute alte Bürgerversammlung. Dies ist Ihre Stadt, Sie leben hier. Mit Ihren Steuergeldern wird diese Stadt unterhalten – Sie haben ganz gewiss das Recht, etwas dazu zu sagen, wie hier die Dinge laufen sollen. Natürlich in einem vernünftigen Rahmen und immer mit dem Gedanken im Kopf, dass jeder gesetzestreue Bürger Rechte hat. Wenn Sie daran denken, dann können Sie ihre Stadt so führen, wie Sie es für richtig halten.«

Ein Mann, der weiter hinten saß, sprang auf und rief: »Ich bin der hier ansässige Staatsanwalt, und ich möchte zu Protokoll geben, dass ich gegen alles eingestellt bin, wofür Sie und Ihre Bande von Gesetzlosen stehen!«

Ein Mann, der auf der anderen Seite des Mittelgangs saß, stand auf, ging zum Staatsanwalt und verpasste ihm einen Haken, der ihn auf seinen Stuhl beförderte.

»Tut mir Leid, General«, sagte er und rieb sich die Knöchel seiner rechten Hand. »Aber das wollten viele von uns schon seit langem machen. Er hat uns das Leben zur Hölle gemacht.«

»Sie sind beide etwa gleich groß und gleich alt«, sagte Ben. »Wenn Sie wollen, können Sie noch mal zuschlagen.«

»Ich werde Sie verklagen«, schrie der Anwalt, woraufhin der gesamte Saal in schallendes Gelächter ausbrach.

Viele der anwesenden Rebellen fühlten sich mit einem Mal an eine friedlichere Zeit erinnert, an die Zeit, die sie in den Tri-Staaten verbracht hatten.

DREI

Ben ließ es zu, dass einige Bürger sich einige Minuten lang anschrien, dann wurden sie von der Mehrheit der Anwesenheit ermahnt, wieder ruhig zu sein. Insgesamt war die Stimmung der Menge genau richtig. Viele von ihnen hatten seit Jahren kaum noch einen Grund, sich über etwas zu freuen. Die meisten hatten die gegenwärtige Regierung abgelehnt, als sie an die Macht gekommen war, da die nicht auf Respekt, sondern auf dem Prinzip der Furcht basierte. Sie waren bereit für einen Wandel hin zum Besseren.

Dennoch fragten sich einige, ob sie wirklich etwas ändern konnten, was ihnen nicht gefiel. Schließlich hatte die Regierung ihnen ein Leben lang alles vorgeschrieben: wie sie Autofahren sollten, wie sie ihr Leben führen sollten, wie ihre Schulen funktionieren sollten, wie man mit Kriminellen umgehen sollte und wie nicht ... was sollten sie bloß mit dieser plötzlichen Freiheit anfangen?

»Augenblick mal«, mischte sich der Bürgermeister lautstark ein und ließ die anderen verstummen. »Radford ist ein Teil des Staates Virginia, und ein Teil von Amerika. Ganz gleich, wie wir über unsere derzeitige Regierungsform denken – und ich bin der Erste, der einräumt, dass da einiges nicht so läuft, wie es sollte –, können wir uns nicht einfach lossagen und unsere eigene kleine Gesellschaft gründen, die von der zentralen Regierung unabhängig ist. Wir müssen ...«

»Ach, zum Teufel, Ed!«, rief ein Mann und stand auf. »Halt den Mund und setz dich hin«, sagte er in gut gelauntem Tonfall. »Wir wissen, dass es Gesetze gibt, die wir nicht ändern können. Die meisten von uns würden sie auch gar nicht ändern wollen. Aber es gibt eine ganze Menge Gesetze, die wir ändern können und müssen. Es gibt Gesetze, die vielleicht in irgendeiner entlegenen Stadt Gültigkeit haben, die aber nicht auf uns zutreffen. Wir sollten uns von einigen dieser Art verabschieden. Schaden kann's nicht.«

Die Menge reagierte mit Zustimmung, und nachdem man einige Minuten lang angeregt diskutiert hatte, wurden alle wie auf Kommando ruhig und blickten zu Ben.

»Ich glaube, sie hier sind so wie neunzig Prozent der Gesamtbevölkerung«, sagte er. »Sie wollen so frei wie möglich sein und die Gesetze einhalten. Sie arbeiten für das, was Sie haben, und dafür arbeiten Sie schwer. Sie möchten, dass möglichst jeder Dollar, den Sie an Steuern bezahlen, hier in der Stadt bleibt. Sie wollen ihre Regierung respektieren, aber nicht in Angst vor ihr leben, so wie es jetzt der Fall ist. Dass neun Leute in schwarzen Roben, die in irgendeiner Stadt zusammensitzen, das Recht haben sollen, Millionen Menschen zu sagen, was gut für sie ist – das ist einfach lächerlich. Bis vor kurzem waren wir machtlos, daran etwas zu ändern. Es war schon vor den Bombardement schlimm, aber was seitdem geschehen ist, muss ich keinem von Ihnen erzählen. Sie alle haben erlebt, was es heißt, unter der Herrschaft eines Wahnsinnigen in dessen Polizeistaat zu leben.«

Er ließ seine Blicke über die Menge schweifen. »Der Preis für wahre Freiheit ist immer hoch, sehr hoch sogar. Manchmal muss man gegen Gesetze verstoßen, um diese wahre Freiheit zu erlangen. Das machen wir gerade. Aber ich glaube, der Zweck heiligt die Mittel, und ich denke, dass Sie das auch so sehen. Wenn ich nicht daran glauben würde, dann würde ich nicht meine Leute darum bitten, für Sie ihr Leben aufs Spiel zu setzen. Ich würde einfach mit meinen Leuten in einen Teil des Landes ziehen und meine Tri-Staaten wieder aufbauen. Aber mir wurde klar, dass ich eines Tages gegen die zentrale Regierung würde kämpfen müssen. Das ist jetzt der Fall. Wir ziehen am Morgen weiter, und dann können Sie alle Ihre eigene Bürgerversammlung abhalten, ohne dass wir Ihnen über die Schulter sehen. Aber zu Beginn dieses Treffens hatte jemand im Publikum etwas über die staatliche Polizei gesagt. Was war das noch gleich?«

Ein Mann erhob sich. »Ich war das. Erst Mal würde ich gerne sagen, dass wir hier in Radford wohl etwas besser dran sind als die Leute in anderen Städten. Wir sind ... na ja, ich möchte nicht sagen, dass man uns in Ruhe gelassen hat, aber man ist etwas großzügiger mit uns umgesprungen. Hier ist niemand gefoltert worden, jedenfalls nicht bis zu dem Tag, an dem sich die Cops meine Tochter gegriffen haben. So ziemlich jeder hier wird Ihnen bestätigen, dass diejenigen von uns, die im Untergrund für Ihre Sache gekämpft haben, sich einig waren, unsere Kinder völlig rauszuhalten. Sie hatten keine Ahnung, was los war, und wir hielten das für den besten Weg.«

Der Mann musste schlucken. »Eines Nachmittags rief mich meine Frau an, sie war völlig aufgelöst. Die Polizei hatte einen von diesen angeblichen anonymen Anrufen erhalten, meine jüngste Tochter Pat und einige ihrer Freundinnen gehörten zu den Rebellen. General Raines, Pat ist erst vierzehn und sehr zierlich, aber auch schon sehr weiblich. Die Cops nahmen sie mit und sperrten sie ein. Sie hielten die Mädchen fast vier Stunden lang fest. Sie mussten sich ausziehen und wurden von Cops durchsucht ... das ... das ist für mich sehr unangenehm, das zu erzählen, General. Sie können sich sicher ausmalen, wie das für die Mädchen gewesen sein muss. Es ... es war richtiggehend pervers. Ich kann nicht in Details gehen, aber ... es war keine Vergewaltigung, jedenfalls nicht in der Art, wie man sich das normalerweise vorstellt. Aber es war schmutzig, General.«

»Augenblick mal«, sagte Ben und wandte sich James Riverson zu, der am Rand stand. »Hol doch mal die Cops und bring sie zu mir. Der junge Kerl, um den es hier geht, der kommt hier oben auf die Bühne, direkt zu mir.« Er deutete neben sich. »Er hat ein Recht darauf, sich die Vorwürfe anzuhören, die gegen ihn erhoben werden.«

Die Polizisten wurden hereingebracht, und der junge Mann wurde in der Mitte der Bühne platziert.

Er machte einen verängstigten Eindruck. Er war das klassische Beispiel für einen staatlichen Cop in einer Kleinstadt, und er war das klassische Beispiel für einen Kleinstadt-Cop, wie er vor fünfzig Jahren an der Tagesordnung gewesen war. Vielleicht einen Abschluss an der High School, wahrscheinlich aber nicht. Er würde ein Frauenheld sein und seine Marke einsetzen, um sein Ziel zu erreichen. Er würde in allem anderen außer als Kleinstadt-Cop kläglich versagen. Er würde sein Leben lang ein Amateur sein. Er würde andere einschüchtern, selbst aber immer ein Feigling bleiben.

Ben zeigte auf den jungen Mann. »Sie haben mehrere junge Mädchen durchsucht, darunter auch die Tochter dieses Mannes?« Ben deutete mit dem anklagenden Finger auf den Mann im Publikum, der die Vorwürfe erhoben hatte.

»Ja, das habe ich«, sagte der Cop abweisend.

Ben sah den Vater an. »Erzählen Sie, was Sie ihm vorwerfen.«

Der Mann wiederholte mit immer wieder stockender Stimme noch einmal, was sich zugetragen hatte, dann fügte er an: »Als ich die ganze Wahrheit wusste, habe ich mich auf die Suche nach dem Dreckskerl gemacht. Ich habe ihn dann vor der Wache angetroffen.«

»Waren Sie bewaffnet?«, fragte Ben.

»Nein, Sir. Ich hatte nur meine Fäuste. Ich sagte ihm, ich würde ihn zu Brei schlagen, wenn es wirklich stimmte, was meine Tochter mir erzählt hatte.«

»Stimmt es, was dieser Mann sagt?« Ben sah den Cop an. »Und vergessen Sie nicht, dass ich ein paar Ärzte in meinem Team habe, die Ihnen so viel Wahrheitsserum in den Leib spritzen, dass Sie gar nicht mehr wissen, wo Sie mit Ihrem Geständnis anfangen sollen.«

»Ja«, sagte der Mann nach kurzem Zögern. »Das stimmt. Ich bin Polizist und versuche, das Gesetz anzuwenden und die Bürger zu beschützen.«

Im Raum brach eine Mischung aus Gelächter und Buhrufen auf. Einige der Bemerkungen, die dem jungen Mann an den Kopf geworfen wurden, machten den Eindruck, dass die Masse bereit war, ihn sofort aufzuknüpfen. Eine Frau hielt sogar ein Seil hoch.

Ben beruhigte die Menge wieder und sah den jungen Cop an. »Sie fanden es nicht verkehrt, ein Mädchen so zu durchsuchen, wie es hier beschrieben worden ist?«

»Keineswegs. Und schon gar nicht, wenn es sich um ein vorlautes Mädchen handelt.«

»Was ist geschehen, als Sie der Vater vor der Wache zur Rede gestellt hat?«

»Er wurde frech, daraufhin habe ich meine Pistole gezogen. Ich bin Polizist und habe das Recht, mich zu verteidigen.«

»Auch gegen einen unbewaffneten Mann?«

»Da unterscheide ich nicht. Niemand kann einen Polizisten bedrohen und damit ungeschoren davonkommen.«

Ben sah den Vater an. »Ist weiter nichts passiert?«

»Von wegen. Als ich ihn zur Rede stellen wollte, hat er mit seiner Waffe herumgefuchtelt und damit andere Polizisten auf uns aufmerksam gemacht, die mich dann festgenommen haben.«

»Aus welchem Grund?«

»Widerstand gegen die Staatsgewalt, wie man so schön sagt. Sie haben mich ein paarmal hin- und hergeschubst, aber nichts Schlimmes. Dann musste ich fünfzig Dollar Strafe zahlen. Am nächsten Tag haben sie dann meine Frau beim Einkaufen belästigt, ich bekam für alles mögliche Strafzettel, und meine Kinder wurden wiederholt mitgenommen und jedes Mal auf diese perverse Art verhört. Wenn Sie nicht hier aufgetaucht wären, General, hätte ich diesen Hurensohn noch heute abgeknallt.« Er sah den jungen Polizisten unverhohlen feindselig an.

Ben warf dem Polizeichef einen Blick zu. »Waren Ihnen diese Dinge bekannt?«

»Ja«, erwiderte der.

»Und Sie haben nichts unternommen, um diesem Treiben Einhalt zu gebieten?«

»Die Menschen müssen das Gesetz respektieren.«

Wieder begann die Menge zu lachen, was den Polizeichef tiefer traf als jeder Fausthieb. Sein Gesicht lief rot an; er fühlte sich auf seinem Platz unwohl.

»So wie es aussieht, teilen die Menschen in dieser Stadt nicht Ihre Vorstellung von Recht und Gesetz, Chief.«

»Sie sind ein Anarchist!«, fauchte der Mann. »Sie wollen alles zerschlagen, was mit Recht und Ordnung zu tun hat.«

»Nein, Chief«, sprach Ben ins Mikrofon, damit ihn alle

verstehen konnten. »Sie irren sich. Ich will nur das Gesetz zurück in die Hände des Volks geben, damit das Volk entscheiden kann, was es damit machen will.«

Applaus brandete auf.

Ben sah den Chief an. »Sagen Sie, wenn das Ihre Tochter gewesen wäre, was hätten Sie dann gemacht?«

»Ich hätte dem Gesetz gehorcht.«

»Sie sind ein Lügner, und ich werde das beweisen«, forderte Ben den Mann heraus. »Kein Cop wird sich die Tochter des Polizeichefs oder des Sheriffs schnappen und mit ihr das machen, was man mit diesen Mädchen gemacht hat. Ihre Tochter wäre mit Samthandschuhen angefasst worden. Das ist eine Tatsache, die weder Sie noch ein anderer Cop leugnen kann. Seit Jahren wird da mit zweierlei Maß gemessen. Wie alt ist Ihre Tochter und wo ist sie im Moment?«

»Sie ist sechzehn«, sagte der Mann finster. »Und sie ist dahinten im Klassenzimmer.« Er deutete durch den Saal.

»Bobby, hol sie her«, befahl Ben. »Stell sie auf die Bühne, zieh sie aus und dann durchsuch sie.«

Der Polizeichef sprang auf und riss seinen Stuhl um. Zwei Rebellen hielten ihn zurück, ehe er bis zu Ben gelangen konnte. Ben stand nur ruhig auf der Bühne und sah ihn mit dem Anflug eines Lächelns an.

»Ich bringe Sie um!«, brüllte der Mann. Sein Gesicht war schneeweiß, und Zorn und Hass hatten es zu einer Fratze verzerrt. »Wenn Sie meine Tochter auch nur schief ansehen, dann werde ich Sie umbringen! Sie alle! Man kann so etwas nicht mit einem Kind machen ... sie ist meine Tochter ... sie ist ...«

Er stoppte mitten in seiner Hasstirade und verstummte, während er von unbändiger Wut geschüttelt wurde. Der Polizeichef sah Ben in die Augen und verstand, dass man ihn in eine Falle gelockt hatte. Alles, was er über Recht und Ordnung gesagt hatte, war eine Lüge. Er hatte sich so verhalten, wie es jeder andere Vater auch getan hätte.

Ben wandte sich der Menge zu. »Niemand von Ihnen muss sich je wieder vor dem Gesetz fürchten. Machen Sie die Leute zu Polizisten, die Sie auch haben wollen. Schreiben Sie die

Gesetze nieder, die Sie für nützlich erachten. Dieses Recht soll respektiert werden, aber niemanden einschüchtern. So oder so ist das Theater jetzt erledigt.«

Er sah zu James Riverson. »James, bringen Sie den jungen Cop in die Umkleidekabine.« Er sah zu dem Mann, der eben erst sein Leid geklagt hatte. »Mister, wie sieht es aus? Wollen Sie dem Jungen eine Lektion erteilen, so von Mann zu Mann?«

Der Vater grinste finster. »Darauf können Sie Gift nehmen, General.«

Ben deutete über die Schulter in Richtung Umkleidekabine. »Viel Spaß.«

VIER

Ben sah, wie James den Gang neben der Bühne betrat. Der große Ex-Trucker grinste und streckte den Daumen nach oben. Bevor er die Bühne erreicht hatte, war aus der Umkleidekabine nebenan ein schrecklicher Lärm zu hören. Ein Leib, der gegen einen Spind geworfen wird, würde in etwa das gleiche Geräusch verursachen.

Alle hörten einen Moment lang der Geräuschkulisse eines heftigen Faustkampfs zu.

»Ich würde sagen, da bekommt jemand seine Abreibung«, meinte jemand im Saal.

»Sie werden damit nicht durchkommen!«, schrie der Sheriff von seinem Platz auf der Bühne. Ben wandte sich dem Mann zu, doch der Sheriff meinte nicht ihn, sondern die versammelten Einwohner der Stadt.

»Amüsiert euch nur«, rief er. »Aber diese ... Vandalen werden in Kürze die Stadt verlassen haben, und dann sehen wir ja, wer in diesem Land und in dieser Stadt das Sagen hat. Recht und Ordnung werden am Ende siegen, dafür werde ich sorgen!«

Ed Vickers sprang auf und lief durch den Mittelgang. Für einen übergewichtigen Mann bewegte er sich erstaunlich flink. »Ihre Haltung gefällt mir nicht, Sheriff.«

Während der Kampf in der Umkleidekabine weiterging, erhob Ed einen drohenden Zeigefinger gegen den Sheriff. »Bei Gott, wir haben Sie nicht in Ihr Amt gewählt, aber wir werden Sie aus Ihrem Amt vertreiben, Jennings. Und was die Frage angeht, wer in diesem Land das Sagen hat ... das sind die *Menschen,* Jennings, das *Volk!* Das Volk hat das Sagen!«

Ein Aufschrei. Ein Fluch.

»Wollen Sie etwa sagen, dass Sie diese Art von Gerechtigkeit befürworten?«, fragte der Sheriff ungläubig. »Das ist doch nur eine Scheingerechtigkeit.«

»Nein, ist es nicht«, wandte der Bürgermeister ein. »Das sind zwei gesunde Männer, die sich einen Faustkampf liefern. So was gab es schon vor fünftausend Jahren.«

Wieder hörte man einen Schlag.

Ed sah Ben an. »Ich bin nicht für alles, was dieser Mann propagiert. Ich war nie völlig mit den Tri-Staaten einverstanden. Aber das meiste, was er sagt, leuchtet ein. Das hier ist unsere Stadt, unsere Gemeinde, und das Volk macht die Gesetze. Die Polizei setzt das um, was das Volk ihr sagt, nicht umgekehrt.«

Der Vater kehrte aus der Umkleidekabine zurück. Sein Hemd war zerrissen und ein wenig Blut lief ihm aus dem Mundwinkel, aber er lächelte.

»Ich glaube, es sollte mal ein Arzt nach ihm sehen«, sagte er. »Ihm fehlen ein paar Zähne, und ein paar Rippen dürften auch gebrochen sein. Ansonsten sollte es ihm gut gehen.«

»Ist die Schuld beglichen?«, fragte Ben.

»Was mich angeht, ja«, sagte der Mann und wischte sich mit einem Fetzen seines Hemds das Blut vom Kinn. Er sah den Sheriff und den Polizeichef an. »Es ist vorbei, Jungs. Ab sofort trage ich eine Waffe bei mir, nur für den Fall, dass ihr irgendwas versuchen wollt. Wenn, dann bringe ich euch beide um.«

Er setzte sich wieder zu seiner Frau.

Ben sprach ins Mikrofon. »Wir schlagen rund um die Stadt unser Nachtlager auf, morgen sind wir wieder weg. Radford ist jetzt in der Hand des Volkes. Was Ihr daraus macht, ist Euch überlassen. Gute Nacht.«

Vizepräsident Lowry saß mit dem Rücken zu den Männern und Frauen im Raum. Er starrte zum Fenster hinaus, doch in Wahrheit sah er nichts. Die Ereignisse der letzten Tage hatten ihn schwer getroffen. Teile von insgesamt neun Staaten waren jetzt fest in der Hand der Rebellen, weitere Regionen waren akut gefährdet. Das Volk rebellierte. Und die Waffen hatte es offenbar auch nicht abgegeben, sondern vergraben! Und jetzt wurden die Bürger auch noch von Raines mit Waffen versorgt, die er den Nationalgardisten und den Polizisten abgenommen hatte.

Army, Air Force, Marine Corps und Navy wollten noch immer nicht gegen die Rebellen einschreiten, sondern waren nur bereit, etwas zu tun, wenn Richmond bedroht wurde. Er fragte sich allerdings, was dieses »Etwas« sein würde, das sie unternehmen wollten.

Und Präsident Addison verhielt sich so, als sei gar nichts geschehen.

Lowry fragte sich, ob der Plan des alten Mannes vielleicht der richtige Weg sei. Seit sie darüber gesprochen hatten, war Lowry unsicher geworden. Doch jetzt ...

Und Lowry hatte zunehmend mehr Zweifel, was Al Cody anging. Irgendetwas stimmte nicht mit dem Mann.

Lowry drehte sich in seinem Sessel um und sah die versammelte Gruppe an. »Nun, Ladies, Gentlemen, irgendwelche Vorschläge?«

»Nicht, wenn das Militär nicht mitmacht«, sagte Senator Slate.

»Bis jetzt nicht«, erwiderte der Vizepräsident. Lowry bemerkte, dass Sam Hartline lächelte. »Was zum Teufel ist an dieser Situation eigentlich so lustig?«

»Ich habe eine Idee, wie wir Ben Raines und vielleicht sogar die komplette Rebellenbewegung loswerden können.«

Lowry lehnte sich vor. »Und wie?«

So wie Krigel, Hazen, Conger und Ramos in ihren jeweiligen Sektoren vorankamen, bewegten sich Ben Raines' Rebellen durch das ländliche Virginia. Sie befanden sich nur noch einige Kilometer südlich von Roanoke. Ihr Plan war es, bis nach Charlottesville zu fahren und dann nach Osten weiter in Richtung Fredericksburg. Dort würden sie auf Hectors Leute warten, die aus North Carolina kamen, und bei Petersburg stoppen. Ben hatte ein gutes Gefühl, dass Lowry spätestens dann bereit war, sich mit ihm zusammenzusetzen und zu reden.

Staatliche Agenten und Polizisten sowie ein paar Nationalgardisten und Reserveeinheiten hatten erbitterten Widerstand geleistet, der von den Rebellen schnell und hart niedergeschlagen worden war. Dabei waren 29 Rebellen getötet und 70 verwundet worden. Aber die Verluste der Gegenseite, zu der auch Hartlines Leute gehörten, waren Schwindel erregend. Frische Gräber kennzeichneten die Kampfschauplätze entlang des Weges der Rebellen.

Inzwischen waren die Rebellen dazu übergegangen, überhaupt keine Gefangenen mehr zu machen, da sie weder den Platz, noch Nahrung hatten, um sie in Gewahrsam zu nehmen. Es fehlte ihnen auch an der Zeit, um sie eventuell auf die Linie der Rebellen einzuschwören. Wer gegen die Rebellen war, der war ein toter Mann. Der Feind wusste, dass Kapitulation und ein Überwechseln zu den Rebellen die einzige Lösung war.

Jeden Tag stießen weit über zwanzig Leute zu den Rebellen, in der Mehrzahl Männer und Frauen zwischen achtzehn und dreißig. Ben integrierte die besten von ihnen in seine Truppe, die anderen fanden als Fahrer, Koch oder Laufburschen einen Platz in seinen Reihen.

Ben schickte einen Trupp zu einem Lager der Nationalgarde in Virginia aus. Seine Leuten kehrten mit sechzig Lastwagen voller Waffen, Munition, Kleidung und Lebensmittel zurück.

Andere Rebelleneinheiten waren in Sachen Personal, Ausrüstung und Vorräte ähnlich erfolgreich. Alle Einheiten hatten auf Bens Befehl die Großstädte ausgeklammert und sich auf kleinere Städte und die ländlichen Regionen konzentriert. In den Großstädten hatte die Polizei das Kriegsrecht ausgerufen, das von Bens Rebellen ignoriert wurde.

Nachdem das Abendessen vorüber war, entspannten sich Ben und Dawn. In dieser Nacht war sein Kommandoposten das Zuhause eines Mannes, der so froh darüber war, die Rebellen zu sehen und von der staatlichen Polizei befreit zu werden, dass er Ben angeboten hatte, in dessen Haus zu wohnen, solange die Rebellen in der Gegend blieben.

Ben hatte mit Freude angenommen. Es war schon lange her, dass sie die Annehmlichkeiten eines richtigen Zuhauses hatten genießen können. Er nippte an seinem Brandy und las einen Bericht über sich in der *Richmond Post,* als Cecil an der Tür klopfte.

»Hey, Cec«, rief Ben, als sein Freund ins Foyer kam. »Nicht so förmlich. Komm rein und trink einen Brandy mit uns. Ich ...« Er hielt inne, als er den jungen Mann sah, den Cecil mitgebracht hatte. »Jemand, den ich kennen müsste?« Ben grinste.

»Ben«, sagte Cecil und machte einen leicht besorgten Eindruck. »... das ist Jerry James, ein DJ von einem Sender in Roanoke. Er hat vor knapp einer Stunde eine dringende Nachricht erhalten und ist direkt zu uns gekommen. Du ... du solltest besser noch einen Drink einschenken und dich hinsetzen, Ben.«

Ben sah zwischen Cecil, Jerry und Dawn hin und her. Dann setzte er sich hin. »Mach's kurz, Cecil.«

Cecil nickte betroffen. »Einige von Hartlines Männer haben heute früh einen Angriff im Norden von Kalifornien gestartet. Sie sind mit Fallschirmspringern rein, andere kamen von der See. Eine Einheit der Air National Guard, die Lowry gegenüber loyal ist, war daran beteiligt. Es war ein schneller und professionell geführter Schlag, Ben. Wir haben viele Leute verloren. Crescent City und Umgebung wurden völlig zerstört. Sie haben Napalm eingesetzt. Ein Reporter sagte, dass man nur einen einzigen Gefangenen gemacht hat ...«

»Jerre«, führte Ben den Satz für ihn zu Ende. »Ich weiß, dass sie vor knapp zwei Monaten Zwillinge bekommen hat. Ist irgendwas bekannt?«

Cecil schüttelte den Kopf. »Unsere Leute dringen so schnell wie möglich in das Gebiet ein, aber im Moment können wir nur hoffen.«

Ben saß eine Weile reglos da. Dann stand er abrupt auf und sah seinen Freund an. »Du weißt, warum er das gemacht hat.«

»Natürlich. Er will dich zu einer überhasteten Aktion verleiten.«

»Wo ist Ike?«

»Er ist heute Morgen mit einem Team zum Camp A P Hill aufgebrochen. Er hat davon gesprochen, dass sich da eine Menge Vorräte befinden.«

»Gut. Eine persönliche Vendetta hilft Jerre auch nicht. Wir wissen ja nicht mal, wo sie sich befindet.«

»Ich kann Ike anfunken. Er stellt dann ein ausgewähltes Team zusammen und ...«

»Nein, das bringt nichts, Cec. Ich glaube nicht, dass er sie umbringen wird. Tot nützt sie ihm nichts. Es wird für sie hart werden, aber solange wir nicht wissen, wo sie ist, sind uns die Hände gebunden. Setz dich mit General Preston in Richmond in Verbindung und frag ihn, ob seine Leute uns helfen werden. Sobald wir ihren Aufenthaltsort haben, schlagen wir zu.«

»Bin schon unterwegs, Ben.«

»Danke, Jerry«, sagte Ben zu dem jungen Mann.

»Ja, Sir«, erwiderte er und ging mit Cecil hinaus.

Dawn stellte sich zu Ben und legte ihm eine Hand auf den Arm. »Kann ich dir irgendwie helfen, Ben?«

»Der Einzige, der mir oder Jerre helfen könnte, ist nicht auf dieser Erde zu finden.«

»Wen meinst du, Ben?«

»Gott.«

»Hallo, Babe.« Hartline lächelte Jerre an. »Du siehst verdammt gut aus.«

Jerre sah ihn an. »Wo bin ich?«

Hartline lachte. »Gut 150 Kilometer von Ben Raines entfernt. Du bist in Virginia, Baby. War der Flug hierher nicht angenehm?«

»Nicht besonders. Ihre Leute haben mich ständig angegrapscht. Wo sind meine Kinder?«

»Soweit ich weiß, haben sie's geschafft.«

»Matt?«

»Keine Ahnung, wie er heißt. Ein großer blonder Kerl.«

»Matt«, wiederholte sie lächelnd. »Wenigstens sind meine Kinder in Sicherheit.« Dieses Wissen schien ihr zu genügen.

Hartline saß ihr in einem Sessel gegenüber und betrachtete sie verwundert. Er wurde einfach nicht schlau aus diesen Leuten, die Ben Raines nachliefen. Auch wenn er bestimmt fünfzig von ihnen für ihr restliches Leben gebrochen hatte, hatten sie alle ihn immer angesehen, als wäre er der Verlierer in diesem Spiel.

Jerres arroganter Gesichtsausdruck reizte den Söldner so sehr, dass er ihr eine schallende Ohrfeige verpasste. Sie strich sich nur die Haare aus dem Gesicht und starrte ihn weiter an.

»Was ist bloß mit euch los?«, wollte er mit rauer Stimme wissen. »Ihr Schlampen und Versager benehmt euch, als wäre Raines irgendein Gott. Was für eine verdammte Gesellschaft habt ihr euch eigentlich aufgebaut, dass ihr meint, ihr wärt so verdammt viel besser als wir anderen? Antworte mir!«, herrschte er sie an.

In dem Moment wurde ihr klar, dass sie es mit einem Psychopathen zu tun hatte. Am besten verhielt sie sich in seiner Gegenwart sehr vorsichtig. »Wir glauben nicht, dass wir besser sind als irgendwer sonst«, sagte sie. »Aber wir glauben, dass wir eine gute Gesellschaft aufgebaut hatten.«

»Eine perfekte?«

»Nein. Ich schätze auch nicht, dass das möglich ist, solange Menschen die Grundlage für eine Gesellschaft schaffen.«

»Klingt ja reizend«, sagte Hartline voller Sarkasmus. »Hast du dir das ausgedacht, Schätzchen?«

»Nein, Ben Raines.«

»Ich kann von diesem Scheißkerl nichts mehr hören!«, fuhr er sie an. »Sein Name kotzt mich an, hast du verstanden? Wenn ich dich nicht ausdrücklich dazu auffordere, will ich seinen Namen nicht hören. Hast du verstanden?«

»Ja.«

Mit einem Mal wurde er wieder friedlich und lächelte sie an. »Das ist gut, Baby. Ich möchte wetten, dass du es einem Mann so richtig gut besorgen kannst, oder?«

»Ich ... ich weiß nicht, was Sie als Antwort von mir hören wollen.«

»Vögelst du gerne?«

»Ich mache gerne Liebe.«

Hartline lehnte sich in seinem Sessel nach hinten und starrte ins Nichts. »Erzähl mir was über die Liebe, Baby.«

»Ist das Ihr Ernst?«, platzte sie heraus, erkannte aber erst dann, dass sie einen Fehler gemacht hatte.

Er gab ihr wieder eine Ohrfeige.

Mit Tränen in den Augen sah sie, wie Hartline aufstand und den Reißverschluss seiner Hose öffnete. Er zog Jerre an sich und drückte sie runter, bis sie vor ihm kniete.

»So was fehlt mir im Moment, Baby. Stell dir vor, es ist ein Lolli.« Er fand seinen Witz so komisch, dass er schallend lachen musste.

Jerre ergab sich in ihr Schicksal.

Tommy Levant fragte sich, ob man ihm auf die Schliche gekommen war. Alle möglichen Gedanken gingen ihm durch den Kopf, als er durch das neue Hoover Building in Richmond zu Director Codys Büro ging. Er wurde sofort reingelassen.

Cody zeigte auf einen Stuhl, Tommy setzte sich. Mit jeder Sekunde, die verstrich, wurde ihm unbehaglicher. Al Cody drehte sich zu ihm um und sah ihn an.

»Ich wollte Sie nur wissen lassen, dass ich mit dem Überfall in Nordkalifornien nichts zu tun habe, Tommy.«

»Das ... das hatte ich auch nicht erwartet, Sir.«

»Tommy, ich fühle mich schmutzig. Ich komme mir vor, als hätte ich ... ich weiß nicht, wie ich es beschreiben soll. Sie wissen ja von Lowrys ... na, sagen wir ... Aktivitäten mit Sabra Olivier. Sagen Sie mir die Wahrheit.«

»Ja, Sir. Es wird darüber geredet.«

»Er ist ein kranker Mann, Tommy. Er ... es muss etwas geschehen, aber ich weiß nicht, wo ich anfangen soll.«

»Ich weiß, wie Sie über Ben Raines denken, Sir.«

Cody schüttelte den Kopf. »*Dachte,* Tommy, *dachte.* Ich hatte viel Zeit, um darüber nachzugrübeln. Ich mag Ben Raines noch immer nicht. Aber rückblickend war er vielleicht doch auf dem richtigen Weg. Und soweit ich das weiß, hat er einem Unschuldigen nie ein Haar gekrümmt.«

Codys Augen hatten etwas Verzweifeltes, das Levant bei ihm noch nie gesehen hatte. Es kam ihm so vor, als würde er von etwas verfolgt.

»All die Menschen, die in Kalifornien umgekommen sind«, sagte Al mehr zu sich selbst als zu Levant. »Nur um eine Frau zu bekommen, nur um Raines dazu zu verleiten, etwas Unüberlegtes zu tun! Das wird nicht funktionieren. Und Gott allein weiß, was Hartline im Moment mit dieser Frau anstellt.«

Er erwischte Tommy völlig unvorbereitet, als er seine Hände nahm, ihn mit wildem Blick ansah und flüsterte: »Tommy, ich glaube, wir sollten beten.«

»Was wollen Sie?«, wollte der Präsident von Lowry wissen.

»Frieden.«

»Mit wem?« Aston war sofort misstrauisch.

»Mit Ihnen und mit Ben Raines.«

»Das ist nicht Ihr Ernst.«

»O doch, Aston. Ich habe in letzter Zeit viel nachgedacht. Über mich ... über das Land. Ich will nicht, dass unsere Nation noch weiter zerrissen wird. Ich finde, Sie sollten sich mit Raines treffen und einen Friedensvertrag unterzeichnen. Lassen Sie ihn seine Tri-Staaten wieder aufbauen. Ziehen wir einen Schlussstrich unter diesen Krieg. Und ich trete von meinem Amt als Vizepräsident zurück.«

»Das würden Sie öffentlich erklären?«

»Sobald Sie sich mit Raines getroffen haben und alles unterzeichnet ist. Ich gebe Ihnen mein Wort. Ich gebe Ihnen das sogar schriftlich, damit Sie mich darauf festnageln können.«

Aston überlegte. Er traute Lowry nicht über den Weg, aber eine schriftliche Absichtserklärung ...

»Wieso, Lowry? Wieso jetzt? Warum dieser plötzliche Wandel?«

»Ich will Frieden mit mir selbst schließen, Aston. Mir gefällt nicht, was aus mir geworden ist. Ob Sie's glauben oder nicht.«

Ich glaube es nicht, dachte Aston, nickte aber zustimmend. »Geben Sie mir morgen früh dieses Schreiben, dann werde ich meine Fühler ausstrecken, um ein Treffen mit Raines zu arrangieren.«

Lowry lächelte und stand auf. Er reichte dem Präsidenten eine Hand. »Sie werden es nicht bereuen, Aston. Mir geht es jetzt schon viel besser.«

Aston saß noch lange da, nachdem sein Vizepräsident gegangen war. Er fragte sich, ob Lowry es ernst meinte und ob er wirklich schriftlich das geben würde, was er eben gesagt hatte. Wenn ja, dann hatte diese Nation vielleicht noch eine Chance.

Das war nur eines von vielen Dingen, die dem Präsidenten durch den Kopf gingen.

»Es ist alles in die Wege geleitet«, sagte Lowry dem alten Mann. »Aston hat's mir abgenommen. Haben Sie im Secret Service einen Agenten, dem Sie vertrauen können?«

»O ja«, erwiderte der Mann. »Darum werde ich mich kümmern.«

»Warum wurde ich nicht von Hartlines Schlag in Nordkalifornien informiert?«

»Ich weiß nicht. Ich habe selbst davon erst aus der Zeitung erfahren.«

»Auch egal. Ich wusste, dass Hartline das irgendwann machen würde, nur der Zeitpunkt war nicht klar. Aber jetzt haben wir's hinter uns.«

Der alte Mann legte den Hörer auf. Eine Zeit lang saß er da und lächelte. Wenn alles nach Plan lief, würde er nicht nur Addison, sondern auch gleich noch Lowry loswerden.

Dann endlich würde ihm das gehören, was er so viele Jahre lang hatte haben wollen. Wenn Addison und Lowry tot waren, gab es für das Amt des Präsidenten nur eine logische Wahl.

Der alte Mann lachte laut auf.

FÜNF

Sabra lag in ihrem Bett und hörte mit an, wie sich Hartline nebenan mit ihrer Tochter vergnügte. Nancy hatte aufgehört, sich gegen den Söldner zu wehren und sich mit einer äußeren Gelassenheit in ihr Schicksal gefügt, die etwas Erschreckendes an sich hatte.

»Komm schon, Kleine«, hörte sie Hartlines Stimme. »Beweg deinen Hintern. Da kann ich's ja auch mit einem Stück Holz treiben.«

Sabra stand auf, als sie aus dem Wohnzimmer ein seltsames Geräusch hörte. Es war, als habe jemand einen Schlüssel im Schloss herumgedreht. Sie stieß mit dem Zeh gegen die Kommode und fluchte stumm, was sie ein paar Sekunden kostete.

Ein Schrei ließ sie den Schmerz vergessen, im nächsten Moment zerrissen Schüsse die Nacht, Mündungsfeuer blitzte in der Dunkelheit auf. Jemand fiel zu Boden.

Sabra stolperte förmlich über ihren toten Ehemann, der in einer Blutlache im Flur lag. Sie blieb kurz stehen und wollte losschreien, doch es kam kein Laut aus ihrer Kehle.

In der Türöffnung sah sie Hartline stehen. Er war nackt, und in der Hand hielt er seine Waffe. »Wusste ich doch, dass hier jemand herumschleicht«, sagt er ruhig. »Na, Baby, jetzt musst du dir über eine Scheidung keine Gedanken mehr machen.« Er grinste breit.

Sabra begann zu schreien.

Im gleichen Moment überstürzten sich die Ereignisse. Nancy tauchte hinter Hartline auf und wollte ihm einen Baseballschläger auf den Kopf schlagen, doch er tauchte weg, drehte sich um und feuerte dreimal auf die junge Frau, die durch die Wucht der Treffer nach hinten geschleudert wurde und auf der Stelle tot war.

Sabra rannte schreiend an Hartline vorbei und stürmte ins

Schlafzimmer, um unter die Matratze zu greifen. Ihre Hände griffen ins Leere, und dann hörte sie Hartline lachend rufen: »Ich habe dein Schlachtermesser schon längst gefunden und gut versteckt, Sabra-Baby. Tut mir Leid, dass ich dir zuvorgekommen bin.«

Sie kniete noch immer neben dem Bett, als sie spürte, wie Hartline ihr Kleid zur Seite riss und brutal von hinten in sie eindrang.

Als ihr Blick zu ihrer toten Tochter wanderte, verlor sie den letzten Rest von Verstand, an den sie sich immer noch geklammert hatte. Ihre eigenen Schreie waren das Einzige, woran sie sich noch lange Zeit erinnern würde.

»Sie hätten das nicht machen sollen«, schmollte Lowry und schürzte die Lippen wie ein verwöhntes Kind. »Ich hatte das Gefühl, dass sie wirklich anfing, mich zu mögen.«

Arschloch, dachte Hartline.

»War leider nicht zu vermeiden«, sagte der Söldner und wischte die Tode und den Nervenzusammenbruch beiseite. »Abgesehen davon – welchen Unterschied macht das jetzt noch? Wenn Sie eine neue Muschi testen wollen, zeigen Sie mir, wer es sein soll, und dann kriegen Sie sie. Wie wär's mal mit was richtig Jungem?«

Lowry beleckte sich die Lippen. Sein geistiger Verfall wurde immer offensichtlicher. »Wie jung?«

Hartline zuckte mit den Schultern. »Sagen Sie's mir.«

»Es wird auch garantiert keiner erfahren?«

Hartline lachte auf. »Das kann ich Ihnen garantieren.«

»General Prestons Leute behaupten, dass Jerre irgendwo in Virginia sein soll, Ben«, sagte Ike. »Aber den genauen Aufenthaltsort wissen sie leider auch nicht.«

Ben seufzte schwer. Er konnte seine Wut und seinen Frust kaum noch verbergen. Er hatte seine Kolonne bis auf rund dreißig Kilometer an Waynesboro herangeführt und sie dann gestoppt, um auf die anderen Befehlshaber zu warten, die auf dem Vorstoß nach Norden waren. Er hatte Gerüchte gehört, dass der Präsident sich mit ihm treffen wolle, aber etwas Genaueres war bislang nicht zu erfahren gewesen.

Cecil ging zu den Männern und grinste breit. »Ben, ich habe das gerade reinbekommen. Es ist vom Präsidenten. Wenn du deine Truppen auf ihren Positionen verharren lässt, will er am nächsten Montag ein Friedensabkommen mit dir unterzeichnen.«

Ben seufzte. »Na, wenigstens gibt es mal eine gute Nachricht.«

»Noch nichts über Jerre?«

»Nichts.«

»Es wäre sinnlos, den Präsidenten in der Sache um Hilfe zu bitten«, sagte Ike. »Soweit ich weiß, hat Lowry immer noch das Ruder in der Hand. Und ich sage es dir gerne noch einmal: Dieses Treffen stinkt.«

»Ich weiß«, pflichtete Ben ihm bei. »Ich habe auch ein merkwürdiges Gefühl, aber was soll ich anderes machen, außer mich mit ihm zu treffen?«

»Mir gefällt das einfach nicht«, sagte Ike und ging weg.

»Cecil?«

»Ich glaube, wir müssen die Gelegenheit nutzen, Ben. Ich wünschte nur, dass wir wüssten, was mit Jerre passiert ist.«

Sie lag auf einem schmalen Bett, ein schmutziges Laken über sich gezogen, um ihre Nacktheit zu bedecken. Sie wusste nicht, wie viele Männer über sie hergefallen waren, und es kümmerte sie auch nicht. Sie wusste nicht mal, wo sie sich befand, wie sie hergekommen war und warum – sie wusste kaum noch, wer sie selbst war. Sie ahnte, dass ihr irgendetwas Schreckliches widerfahren war, aber was das sein mochte, wusste sie nicht. Manchmal kamen ihr albtraumhafte Szenen in Erinnerung, die so entsetzlich waren, dass ihr Verstand sofort blockierte.

Das Einzige, was sie wusste, war der Name, der zu einem Gesicht gehörte, dass immer und immer wieder vor ihrem geistigen Auge auftauchte: Sam Hartline.

Sie hasste Sam Hartline, auch wenn sie den Grund nicht kannte. Sie wollte Sam Hartline töten, egal warum.

Vielleicht würde sie sich irgendwann daran erinnern.

»Mach die Beine breit«, sagte eine Männerstimme.

Sie spürte, wie das Laken weggezogen wurde und die kühle Luft über ihren nackten Körper strich.

Sie gehorchte ohne zu fragen, warum der Mann das von ihr wollte. Sabra Olivier lag geistesabwesend auf dem Bett und ließ den Mann in sich eindringen. Sie wehrte sich nicht einmal, als er sie küsste.

Irgendetwas sagte ihr, dass dies nicht Sam Hartline war.

»Willst du, dass dir auch so was zustößt?«, fragte Hartline Jerre, als er das Licht wieder anmachte, nachdem er ihr das Band mit Sabras Vergewaltigung gezeigt hatte.

»Sie wissen, dass ich das nicht will«, erwiderte Jerre. Ihre eigene Nacktheit war ihr sehr bewusst. Das Leder des Sessels fühlte sich auf ihrer nackten Haut kalt an. Sie wusste nicht, wo ihre Kleidung war.

»Dann machst du, was ich dir sage?«

»Nein.«

»Baby, es ist doch nicht so, als würde ich von dir verlangen, Ben Raines zu verraten. Nächsten Montag um diese Zeit ist er so oder so längst tot.«

»Ich werde die Bewegung nicht verraten«, erklärte Jerre mindestens zum hundertsten Mal.

»Du willst es wirklich auf die harte Tour, was, Schätzchen?«

»Wenn ich tot bin, nütze ich Ihnen nichts, Hartline.« Sie sah den Söldner unumwunden an. »Und Sie werden Ben Raines niemals töten.«

Er gab ihr eine Ohrfeige. »Ich habe dir gesagt, dass ich den Namen nicht hören will, außer, ich fordere dich dazu auf, klar? Verdammt. Lange bevor ich mit dir fertig bin, wirst du mich anflehen, dass ich deinem Leben ein Ende bereite.«

»Vielleicht«, gab Jerre zu und machte sich im Geiste auf das Schlimmste gefasst.

Hartline lachte aber nur und stand auf. »Du hast Mut, Baby, das muss ich dir lassen. Und du hast eine hübsche blonde Muschi. So was mag ich, das macht mich scharf. Vielleicht komme ich heute Abend noch mal vorbei.«

»Dann bringen Sie doch ein Sandwich mit«, sagte Jerre. »Ich habe nämlich Hunger.«

Hartline musste noch immer lachen, als er die Tür hinter sich zuzog. Eine Viertelstunde später brachte man ihr ihre Kleidung sowie eine warme Mahlzeit.

»Jung würde sich ein Loch in den Bauch freuen«, murmelte sie und nahm einen Happen. »Hartline wäre ein gefundenes Fressen für ihn.«

»Wie soll ich auf die Nachricht antworten, Ben?«, fragte Cecil. »Was soll ich dem Präsidenten sagen?«

Ben rieb sich die Hände und ging unruhig auf und ab. »Hast du mit den Joint Chiefs sprechen können?«

»Ja.«

»Was glauben die?«

»Auch wenn sie es nicht offen aussprechen, scheinen sie es für eine Falle zu halten.«

»Um mich umzubringen?«

»Dich und auch Addison.«

»Ich verstehe nicht, warum sie sich so völlig raushalten«, sagte Ben. »Verdammt, wenn wir sie hinter uns hätten, wäre dieses Land in zwei Wochen wieder friedlich.«

Cecil zuckte mit den Schultern.

»Oder ist das irgendein Machtspiel unter den Joint Chiefs?«

»Ich glaube nicht«, erwiderte Ike. »Aber ich glaube auch, dass es eine Falle ist. Und ich glaube auch, dass Lowry nicht allein dahinter steckt.«

»Sondern?«

Ike schüttelte den Kopf.

»Ich habe aber keine Wahl, Jungs.« Er sah erst Cecil an, dann Ike. »Je schneller wir das hinter uns bringen, umso schneller ist Jerre wieder frei.«

»Es sei denn, das ist eine Falle«, beharrte Ike.

Ben grinste ihn finster an. »Du bist ein Überbringer von Verdammnis und Zerstörung, Ike.«

»Ja, aber ansonsten bin ich ein Goldstück.«

Cecil und Ben mussten über seine Bemerkung lachen.

»Also gut, Cec. Sag Addison, dass ich mich am Montagmorgen mit ihm treffe. Im Holiday Inn in Charlottesville.«

»Nein!«, entgegnete Ike lautstark.

Beide Männer sahen ihn an.

»Das erste Motel am Stadtrand«, sagte Ike. »Das erste auf der rechten Seite in Richtung Osten. Ich will nicht eingekeilt werden.«

»Also gut, Ike, wenn dir dann wohler ist.« Er sah zu Cecil. »Was ist mit unserer Anfrage, Leute nach Richmond zu schicken, damit sie sich mit Komiteeführern des Kongresses treffen?«

»Alles in bester Ordnung, Ben«, versicherte Cecil ihm.

»Dann dürften wir durch sein«, sagte Ben

Ike sah auf die Uhr. »Noch zweiundsiebzig Stunden bis zum Start«, sagte er. »So oder so.«

SECHS

Die Fragen waren fast identisch, und genauso glichen sich die Antworten nahezu aufs Wort. Lediglich die Betonung war unterschiedlich.

Beide Treffen wurden in Richmond abgehalten. Beide fanden in der Nacht statt und die Treffpunkte waren gerade mal drei Kilometer voneinander entfernt. Beide Treffen waren von einer gewissen Eigennützigkeit geprägt und betrafen das Schicksal von Ben Raines. Doch nur eines der Treffen diente dem Wohl des Landes und seiner Bewohner.

»Wird es funktionieren?«, wurde an beiden Orten gefragt.

»Wenn Ben Raines stirbt«, war die eine Antwort, die andere lautete: »Wenn Ben Raines überlebt.«

»Ich freue mich schon darauf, wenn dieser Jammerlappen Addison auch tot ist.«

An anderer Stelle: »Ich wünschte nur, dass wir den Präsidenten nicht opfern müssten.«

Beim gleichen Treffen: »Er ist schwach. Er ist nicht der richtige Mann für diesen Zeitpunkt in der Geschichte. Mir gefällt es auch nicht, aber ich sehe keine andere Möglichkeit.«

Und: »Ich fühle mich ... wie ein Verräter.«

Beim anderen Treffen: »Lowry wird zurücktreten müssen, wenn Sie ihm drohen, mit seinem Versprechen an die Öffentlichkeit zu gehen.«

Hartline grinste. »Und dann ziehen Sie ins Oval Office ein.«

Der alte Mann grinste ebenfalls. »So wird es geschehen.«

Jerre saß in ihrer Zelle im Lager der Söldner. Bislang hatte man sie in Ruhe gelassen. Von Hartline hatte sie seit jenem Besuch am Nachmittag nichts mehr gesehen.

Sie fragte sich, was man mit ihr machen würde. Sie fragte sich, wie es wohl ihren Kindern und Matt ging.

Und sie fragte sich, wer die Frau war, die ein Stück weiter den Korridor hinab in einer Zelle untergebracht war und von Zeit zu Zeit schrie.

Sabra durfte sich waschen. Sie trug ein Kleid, das mehr wie ein Leinensack aussah. Aber das machte ihr nichts aus. Sie hatte es geschafft, dem Gesicht, das sie mit den Folterungen verband, einen Namen zuzuordnen. Es war ihr schon vor einiger Zeit gelungen, doch sie hatte es immer wieder vergessen. Jetzt endlich entglitt ihr der Name nicht mehr: Sam Hartline.

Sie wusste, dass Hartline ihr und noch jemandem etwas Schreckliches angetan hatte. Was es gewesen war, konnte sie nicht sagen.

Sie schrie auf. Es gab keinen Grund zum Schreien, ihr war einfach nur danach.

Präsident Addison fühlte sich umso unbehaglicher, je näher er Charlottesville kam. Einer seiner Agenten hatte ihm von seiner Befürchtung erzählt, es könnte eine Falle sein. Aston hatte sich an Tommy Levant gewandt, der von einer Falle aber nichts wusste.

Die Aussage hatte dem Präsidenten Zuversicht geben sollen, aber das Gegenteil war der Fall.

Im Motel machte es ihm noch mehr zu schaffen, dass die Rebellen so militärisch auftraten und nach einer Eliteeinheit aussahen. Er hatte gehofft, es würde sich um eine zusammengewürfelte Truppe handeln, ungewaschen und unrasiert, in zerrissene Jeans gekleidet. Er hatte es gehofft, obwohl er hätte wissen müssen, dass Raines nicht so auftreten würde.

Die Kolonne fuhr vor dem Motel vor und hielt an.

»Da wären wir, Sir«, sagte ein Mann vom Secret Service.

»Noch nicht mal eines, das zu einer landesweit bekannten Kette gehört«, murmelte Addison. »Passt genau.«

»Sir?« Der Mann sah ihn fragend an.

»Nichts«, erwiderte Addison. Er stieg aus der Limousine aus und spürte die kalte Luft des Spätherbstes. Keine Ehrengarde empfing ihn, niemand spielte ›Hail to the Chief‹.

Eine Schwadron Soldaten stand bereit – Aston ahnte nicht, dass es sich bei ihnen in Wahrheit um Hartlines Söldner handelte.

Drei Rebellen – zwei Frauen, ein Mann – saßen unter der Markise vor dem Büro des Motels und betrachteten ihn gelangweilt.

Eine der Frauen deutete mit dem Daumen auf eine geschlossene Tür. »Da drin«, sagte sie.

»Sie reden mit dem Präsidenten der Vereinigten Staaten«, wies sie ein Berater gereizt zurecht.

»Mach dir nicht ins Hemd«, gab die Frau gleichgültig zurück.

»Los geht's, Benny«, sagte Addison, ging an ihm vorbei und machte die Tür zum Motelzimmer auf.

Die Betten und Schränke hatte man aus dem Zimmer geschafft, ein großer Tisch nahm den meisten Raum ein. Vier Männer in Militärkleidung saßen an diesem Tisch. Darauf stand ein Cassettenrecorder. Eine recht hübsche junge Frau saß an der Seite, vor sich hatte sie einen Stenographenblock liegen.

Aston erkannte Raines, Krigel und Hazen. Der vierte Mann wurde ihm als Major Conger vorgestellt.

Niemand schien von seinem Gegenüber sonderlich beeindruckt zu sein.

Der Raum füllte sich, da dem Präsidenten dessen Berater und die Leute vom Secret Service folgten.

Aston sah Ben an und dachte eindringlich: *Ich habe mit der Entführung von Jerre Hunter nichts zu tun.* Er hoffte, dass diese stumme Botschaft bei ihm ankam.

Ob das geschah, war nicht erkennbar, da Ben keine Miene verzog. Er starrte Aston Addison einfach nur weiter an. Vierzehn Leute in diesem Raum hatten nicht mal mehr eine Minute zu leben.

Der Mann hat Todesangst, dachte Ben, als er sah, dass der Präsident zitterte.

Bens Holster rieb schmerzhaft über sein Bein, da die Stelle unter dem Stoff wund gescheuert war. Er bewegte seine Hand nach unten, um den Druck zu lindern.

Präsident Addison sah diese Bewegung. Und er hatte so wie

seine Leute Bens Gesichtsausdruck bemerkt. Sie zogen alle den falschen Schluss aus seiner Bewegung.

Er will mich umbringen!, dachte Aston in Panik.

Es ist eine Falle!, dachte einer der Männer vom Secret Service.

»Stoppt ihn!«, schrie Aston im gleichen Moment und zeigte auf Ben. »Er will mich umbringen!«

Der entsetzte Aufschrei des Präsidenten ließ alle im Raum zusammenzucken, nur einen Mann nicht. Er gehörte zum Secret Service und sollte das Töten in die Wege leiten.

Im nächsten Augenblick griffen alle Anwesenden zu den Waffen, und dann war der Raum von Schüssen erfüllt.

Addison, der nie Präsident hatte sein wollen, sah entsetzt mit an, wie einer seiner eigenen Leute eine 357er Magnum auf ihn richtete und abfeuerte. Der Präsident war tot, noch bevor er auf den Boden aufschlug.

General Krigel schoss zwei Mal, eines der Geschosse traf einen der Agenten in die Brust, das zweite einen anderen Mann in den Kopf. Einer der Agenten feuerte seine 357er auf Krigel ab, ehe Ben ihn niederstrecken konnte.

Major Conger schoss in die Gruppe Regierungsleute und betätigte immer noch den Abzug, als sein Körper vom Gegenfeuer förmlich zerfetzt wurde. Ähnlich erging es der Frau, die die Unterhaltung hatte mitstenographieren sollen.

General Hazen wurde von gut einem Dutzend Geschosse getroffen, konnte aber im letzten Moment noch den falsch spielenden Agenten unschädlich machen.

Ben brachte einen Agenten zu Fall und wurde dann zu Boden gerissen, als er einen Treffer abbekam. Noch im Stürzen erschoss er den letzten Regierungsmann. Ben überlebte als Einziger das Gemetzel.

Dreizehn Männer und eine Frau waren in weniger als einer Minute gestorben. Draußen dauerte der Kampf nur unwesentlich länger. Einige der Berater des Präsidenten kamen im Kugelhagel zwischen Hartlines Pseudo-Marines, den Rebellen und den Regierungsagenten um. Mehrere Rebellen, die nicht wussten, was vor sich ging, kamen um das Motel herum gelaufen und liefen schnurstracks in ihr Verderben.

Ein Rebellenoffiizier sprang auf die Ladefläche eines Jeep, richtete das fest montierte Maschinengewehr auf die angeblichen Ledernacken und setzte ihrer Schießwut ein Ende.

Ein Sergeant der Rebellen kroch verwundet zu einem der toten Pseudo-Marines, um dessen M-16 an sich zu nehmen. Dabei fiel ihm auf, dass die ›Hundemarke‹ des Soldaten seltsam aussah. Während er sie betrachtete, sah er aus dem Augenwinkel, dass ein Mann des Secret Service seine Waffe auf ihn gerichtet hatte.

»Augenblick, Mann!«, rief der Rebell. »Ich glaube, wir sind auf der gleichen Seite!«

»Was?«, herrschte der Agent ihn an.

»Hier!« Der Rebell riss dem Toten die Hundemarke ab und hielt sie hoch. »Das sind gar keine Marines, sondern Hartlines Handlanger. Man hat uns reingelegt – uns alle.«

»Feuer einstellen!«, rief der Agent.

»Macht sie alle kalt!«, gab einer der Söldner zurück. »Sie müssen alle sterben, damit es gut aussieht.«

»Damit was gut aussieht?«, fragte der verwundete Rebell.

»Die Falle«, zischte der Agent. »Sie haben uns alle reingelegt.« Er sah den Rebell an. »Geben Sie mir mit dem M-16 Feuerschutz.«

»Wird gemacht.«

Hartline hatte nicht damit gerechnet, dass sich so viele Rebellen in dem Gebiet aufhielten. Da mit einem Mal die Fronten klar waren, dauerte der Kampf keine zwei Minuten mehr.

Ike, Dawn und Cecil sahen als erste das Blutbad im Motelzimmer. Ben machte die Tür auf und sah sie an. Der Teppichboden war blutrot.

»Ben!«, rief Dawn entsetzt.

»Halb so wild, ich bin schon schwerer verwundet worden«, sagte er zu ihr. Er sah sich um und entdeckte einen Agenten. »Einer vor Ihren Leuten hat Addison mit einem Kopfschuss getötet.« Er deutete auf den Toten, der mitten im Zimmer lag. »Der da. Er hat das Feuerwerk eröffnet.«

»Baldwin?«, wunderte sich der Agent. »Aber ... warum?«

»Keine Ahnung«, sagte Ben und ging aus dem Zimmer.

»Irgendwer hat hier ein doppeltes Spiel gespielt, so viel ist klar. Wie viele Ihrer Leute haben das geglaubt?«

»Zu viele«, erwiderte der Agent. »Dafür wird jemand teuer bezahlen.«

»Ben«, sagte Ike. »Wir müssen dich ins Krankenhaus bringen.«

In der Ferne war das Heulen von Sirenen zu hören.

»Die Krankenwagen werden jeden Augenblick hier sein«, sagte Ben zu ihm. Sein Gesicht war blass vor Schmerz und Schock.

»Wir haben ein Problem«, sagte einer der Agenten.

»O nein, verdammte Scheiße!«, fluchte sein vorgesetzter Agent und sah zum Himmel. Das Geräusch von Flugzeugen erfüllte die Luft.

»Da!«, rief der Agent und zeigte nach oben.

Unzählige Fallschirmspringer näherten sich langsam dem Boden.

»Das muss die 82. sein«, sagte Ike.

»Aber wieso?«, wunderte sich der Agent.

»Der Typ da sieht so aus, als wüsste er die Antwort«, meinte Ben und deutete auf einen Colonel, der soeben gelandet war und mit einer M-16 im Anschlag auf sie zu kam.

»Feuer einstellen, aber in Bereitschaft bleiben«, wies Ben seine Truppen an.

»Ist nicht nötig, General«, sagte der Colonel und schnappte nach Luft. »Wir sind die ganze Zeit gekreist, bis das Okay kam.«

»Welches Okay?«, fragte Ben. Der Schmerz in seiner Seite war einen Moment lang vergessen, als ihn ein sonderbares Déjà-vu-Gefühl überkam. Aber da war noch mehr. Irgendwie wusste Ben, dass es mehr war als nur ein doppeltes Spiel. Es war sozusagen ein dreifaches oder sogar vierfaches Spiel.

»Das Okay, dass alles nach unserem Plan gelaufen ist«, erwiderte der Colonel.

»Ich verstehe nicht«, warf der Agent ein.

»Oder dass wir herkommen und die Bescherung beseitigen müssen«, fügte der Colonel an.

»Mir geht's nicht anders«, meinte Ben und sah den Agenten an. »Was zum Teufel ist hier los?«

»Wir übernehmen die Regierung«, erklärte der Colonel.

»Scheiße!«, platzte Cecil heraus.

»Aber nur für ein paar Tage«, fügte er an. Hinter ihm schwärmten seine Leute sowie die Sanitäter über den Parkplatz, die sich um die Verwundeten kümmerten.

Ben fühlte sich schwindlig und streckte seinen Arm nach Dawn aus, die sich zu ihm stellte und ihn stützte.

»Wir müssen Sie ins Krankenhaus bringen, General Raines«, sagte der Colonel.

»Sind Sie Brite?«, fragte Ben.

»Ja, Sir. British Royal Marines. Jedenfalls bis zu den Bombardements.«

»Verdammt, Ben!« Dawn konnte ihr Temperament nicht länger zügeln. »Können wir uns später über Nationalitäten unterhalten? Du verblutest mir noch.«

»Hierher, Jungs!«, rief der Colonel den Sanitätern zu. »Kümmert euch um den General.«

»Sie sagten *für ein paar Tage*«, wandte sich General Raines an den Colonel. »Was passiert danach?«

»Nun, bis dahin dürfte General Raines wieder auf den Beinen sein. Zwar nicht hundertprozentig, aber es wird genügen.«

»Genügen? Wofür genügen?«, fragte Ben.

Der Colonel zündete seine Pfeife an. »Natürlich für Ihre Vereidigung als Präsident der Vereinigten Staaten.«

Ben wurde ohnmächtig.

DRITTER TEIL

»Ich komme aus einem Staat, in dem Mais und Baumwolle und Demokraten wachsen, und seichte Redekunst kann mich weder überzeugen noch befriedigen Ich bin aus Missouri. Ihr müsst mich schon überzeugen.«

W. D. Vandiver

EINS

»Auf geht's, Partner«, sagte Hartline zu Lowry. »Wir haben die Partie gewonnen und jetzt steht der Park in Flammen.«

»Was?«, rief der Vizepräsident. »Aber das ist unmöglich!«

In so wenigen Worten wie möglich schilderte der Söldner ihm, was sich zugetragen hatte. Dann faltete er mit einem triumphierenden Lächeln eine Kopie des Schreibens auseinander, das Lowry unterschrieben hatte – das verdammte Dokument, dass er Hartline in allem Rückendeckung geben würde, was der auch machen wollte.

Lowry spürte, wie seine sorgfältig errichtete Welt um ihn herum wie ein Kartenhaus in sich zusammenzufallen begann. Er fühlte sich schwindlig, ihm war übel, und seine Knie zitterten.

»Reißen Sie sich zusammen«, sagte Hartline zu ihm. »Wir haben nicht viel Zeit.«

»Keiner rührt sich von der Stelle, Sie bleiben hier«, warf Al Cody ein, der in der Türöffnung stand.

Hartline sah Cody an, der eine Pistole in der Hand hielt. »Machen Sie keinen Unsinn, Mann«, sagte er. »Sie stecken genauso bis zum Hals in der Scheiße.«

»Ich gehe das Risiko ein. Mir geht's besser, seit ich weiß, dass ich mir alles von der Seele reden kann. Ich kann ...«

»Dreckskerl!«, brüllte Lowry und überraschte die beiden. Er riss eine Pistole aus seiner Schreibtischschublade und eröffnete das Feuer auf Cody.

Der schoss zurück, bekam selbst aber mehrere Treffer ab.

Hartline warf sich auf den Boden und kroch hinter ein Sofa, als ihm die Kugeln um die Ohren flogen. Als der Schusswechsel vorüber war, waren Cody und der Vizepräsident tot.

»Na«, sagte Hartline lächelnd. »Das hat doch was gebracht.«

»Kann man wohl sagen«, meinte Tommy Levant.

Hartline wirbelte herum und feuerte mit seiner 22er Magnum

Derringer auf den Mann, bis das Magazin leer war. Dann stand er auf und überzeugte sich davon, dass Levant wirklich tot war. Er verließ den Unterschlupf des Präsidenten durch den Hintereingang und lächelte zufrieden, als er sah, dass seine Leute die Männer vom Secret Service zusammengetrieben hatten.

»Habt ihr die Alte aus den Baracken geholt?«, fragte er.

»Die Blonde. Die Verrückte haben wir dagelassen.«

»Erschießt die Männer«, wies er seine Leute an.

Sekunden später lagen die Secret Service-Leute tot am Boden.

»Wir hauen hier ab«, befahl Hartline. »Habt ihr Kontakt mit Jake Devine in Illinois aufgenommen?«

»Ja, Sir, er weiß, dass wir auf dem Weg sind.«

»Dann los.«

»Was für eine schreckliche Tragödie«, sagte Senator Carson. »Ich kann es nicht glauben, dass unsere Nation in so kurzer Zeit so viele Schläge hat einstecken müssen.«

»Es ist wahr, Senator«, sagte General Preston. »Aber meine Frage ist damit nicht beantwortet.«

»Was? Oh, ach ja, General. Natürlich stehe ich hinter Ben Raines. Er glaubt, er ist der Einzige, der diese Nation wieder in den Griff bekommt. Ein richtiger Volksheld. Sie können auf mich zählen, General.«

»Was ist mit den anderen?«, fragte General Rimel.

»Ich glaube, sie werden meiner Linie folgen«, versicherte Carson. »Diejenigen, die sich hinter Lowry gestellt hatten, sind ziemlich böse aufgeweckt worden.«

»Sie haben eingesehen, dass sie auf dem Holzweg waren?«, warf General Franklin ironisch ein.

Senator Carson war nicht ganz sicher, wie er die Bemerkung auffassen sollte. Doch die Tatsache, dass er schon länger Mitglied des Kongresses war, als er sich überhaupt erinnern konnte, hatte ihre Vorteile. Er war ein Meister im Schwafeln und Ausweichen. Einmal hatte er vierhundertachtzig Wörter gebraucht, obwohl ein einfaches ›nein‹ genügt hätte.

»Angesichts all dieser widerwärtigen Ereignisse der letzten Tage glaube ich, dass der größte Teil meiner Kollegen mehr als froh sein wird, einer Führungspersönlichkeit zu folgen, die dieser Nation und ihrer Bevölkerung wieder eine demokratische Regierung geben will. Auch wenn sein Schreibstil für meinen alten Geschmack etwas zu heftig ist, glaube ich, dass wir in Ben Raines einen Mann gefunden haben, der entschlossen genug ist, um auch die widerwilligsten Kongressmitglieder umzustimmen.«

Admiral Calland konnte sich nur mit Mühe davon abhalten, Carson zu sagen, er könne sich seine Worthülsen sparen. Stattdessen sagte er nur knapp: »Danke.«

»Wirklich gern geschehen«, strahlte der alte Mann sie an.

Es lief viel besser, als er zunächst geplant hatte.

Ja, Raines würde wirklich gut sein.

»Nein«, sagte Ben mit schärferem Tonfall, als er ihn bei seinen Freunden eigentlich anschlagen wollte. »Ich werde ganz sicher nicht Präsident werden!«

Er saß in einem Sessel, obwohl der Arzt ihm Bettruhe verordnet hatte. »Leute, hört mir doch um Himmels willen mal zu. Kann sich irgendeiner von euch auch nur vorstellen, dass ich diese Nation führe? Soll ich mich mit einem Rudel dahergelaufener Besserwisser rumärgern? Nein, das könnt ihr euch nicht vorstellen. Und ich auch nicht. Die Joint Chiefs sollen sich einen anderen suchen.«

»Ben«, sagte Ike und machte eine ungewöhnliche ernste Miene. »Es ist deine Pflicht.«

»Pflicht?«, rief Ben aufgebracht und spürte sofort Seitenstiche. »Verdammt, Ike, jetzt komm mir bloß nicht mit irgendeiner Pflicht. Das hat mich überhaupt in diese Situation gebracht. Das hat mir der alte Bull damals in Vietnam gesagt. So vor etwa tausend Jahren.«

Er atmete tief durch und zwang sich zur Ruhe. »Irgendwas von Jerre?«

»Hartline hat sie mitgenommen«, sagte Cecil. »Das wissen wir. Einer von den Leuten vom Secret Service hat noch gerade lange genug gelebt, um uns das zu sagen.«

»Wohin ist der Bastard gegangen?«

»Irgendwo nach Illinois«, sagte Ike. »Er will sich dort mit Jake Devines Haufen zusammentun.«

»Noch mal zurück zum Angebot der Joint Chiefs«, meinte Cecil.

»Nein«, wiederholte Ben. »Ich bin es leid, immer wieder dieses Wort sagen zu müssen. Scheint lange zu dauern, bis es in eure Köpfe eingeht, dass ich den Job nicht haben will.«

Ike und Cecil sahen zu Dawn, die daraufhin lächelte.

»O Mann«, murmelte Ben, der den Blick bemerkt hatte. »Jetzt wird die Spezialeinheit eingesetzt, wie?«

»Wir lassen ihn drüber schlafen«, sagte Dawn.

»Auf eine Nacht voller Albträume«, brummte Ben.

»Tja«, sagte Captain Gray zu Tina. »Gute Neuigkeiten aus Richmond.«

Sie sah ihn an.

»Die Joint Chiefs haben vorübergehend die Regierung in die Hand genommen – aber angeblich nur für ein paar Tage.«

Tina wusste, dass der Mann auf irgendetwas hinauswollte, aber sie weigerte sich, den Köder zu schlucken.

»Kein Interesse, Tina?«

»Das habe ich nicht gesagt, Captain. Jetzt reden Sie schon.«

»Die Joint Chiefs werden jemanden bestimmen, der das Land führt.«

Sie wartete. »Weiter.«

Er lachte sie an. »Ihr Vater.«

Tina setzte sich auf die Stoßstange des Pick-ups. »Ben Raines!«

»Ja. Es gibt allerdings auch schlechte Neuigkeiten.«

Wieder wartete sie.

»Der General wurde angeschossen ...«

Tina sprang auf.

»Jedoch nichts Ernstes. Eine Verletzung an der Seite. Ich glaube, im Moment kann der General jede erdenkliche Hilfe gebrauchen, Tina, darum steht ein Flugzeug für Sie bereit, das Sie nach Richmond bringt. Keine Widerworte, auf geht's.« Er machte eine ungeduldige Geste, woraufhin sie zu ihrem Zelt ging und ein paar persönliche Dinge einpackte.

Es gab andere Gründe, warum Captain Dan Gray wollte, dass Tina von hier verschwand, die er ihr aber nicht hatte sagen können.

Sie winkte Gray zum Abschied, als sie in den Jeep einstieg, der sie zu der kleinen Rollbahn fahren sollte.

Ein stämmiger Sergeant kam zu Gray. »Sie wird einen Tobsuchtsanfall bekommen, wenn sie den wahren Grund für ihre Abreise erfährt.«

»Ich weiß«, erwiderte der Anführer der Scouts grinsend. »Ich hoffe, wir sind außerhalb ihrer Reichweite, bis sie sich beruhigt hat.«

»Hat das Team Jerre schon gefunden?«

»Nein, aber sie rücken näher heran. Wir müssten jetzt jeden Tag von ihnen etwas hören.«

Der Sergeant holte eine Karte aus seiner Jackentasche und breitete sie aus. Mit einem fleischigen Finger tippte er auf einen Kreis. »Das ist die letzte bekannte Position von Jake Devine.«

Gray nickte, dann begann er zu lächeln. »Zum Teufel, Larry, wir sind hier nicht festgekettet. Sobald Tina in der Luft ist, packen wir hier alles zusammen. Die Jungs sollen sich wie Zivilisten kleiden, und dann geht es ab nach Illinois.«

»Dr. Chase!«, rief Tina und rannte über die letzten Stufen die Gangway hinauf.

Er breitete seine Arme aus und legte sie um die junge Frau, die zu ihm gestürmt kam. »Schön, Sie zu sehen, Tina, wirklich schön.«

»Aber ...?«

»Lassen Sie uns an Bord gehen, dann können wir uns unterhalten.« Nach dem Start des Flugzeuges grinste Lamar Chase breit und sagte: »Sie haben doch hoffentlich nicht geglaubt, ich würde Ihren Vater den Quacksalbern von der Army überlassen. Ich will das lieber selbst in die Hand nehmen.«

Sie lachte über seinen gespielt ernsten Ton. »Sie ändern sich auch nie.«

»Das will ich doch hoffen. Sie wissen, dass die Joint Chiefs Ben zum Präsidenten machen wollen?«

»Captain Gray hat es mir gesagt.«
»Und ...«
»Er wird das nicht mitmachen wollen.«
»Dann liegt es an uns, ihn umzustimmen, Tina.«
»Aber ...«
»Er muss es machen, es ist seine Pflicht.«
Sie sah aus dem Fenster hinab auf die Wolken. »Manchmal *hasse* ich dieses Wort.«
»Ich weiß«, entgegnete der Arzt und nahm ihre Hand. »Ich auch.«

»Und?«, begrüßte Jake Devine Hartline und dessen Männer. »Sieht es gut aus oder nicht?«
Sein Blick ruhte auf Jerre.
»Das war ein absolut dämlicher Schachzug gegen die Brücken, Jake. Ich kann nicht glauben, dass du diese Befehle erteilt hast.«
»Das war nicht ich, Sam, sondern der junge Jefferson. Er war übereifrig, und das haben wir teuer bezahlt.«
»Wie ist die Lage?«
»Illinois und Indiana gehören uns, außerdem Teile von Ohio und Missouri. Und ganz Iowa.«
»Viel Farmland«, sagte Hartline.
»Das wird jeden Farmer freuen«, kommentierte einer der Söldner.
»Genau das werden wir sein, Jungs. Gute, hart arbeitende, ehrliche und gesetzestreue Farmer. Wir werden das Gleiche mit diesem Land machen, was Ben Raines mit seinen Tri-Staaten gemacht hat. Mal sehen, ob er so verlogen ist, dass er für etwas verurteilt, was er selbst auch gemacht hat.«
Die Söldner lächelten.
»Und dabei«, sagte Jake grinsend, »arbeiten wir nur für den alten Mann in Richmond.«
»Aber sicher«, gab Hartline mit noch breiterem Grinsen zurück. »Ich habe mit ihm gesprochen, bevor wir uns zurückgezogen haben. Wir sollen eine Weile untertauchen und gar nichts veranstalten. Und zur Abwechslung mal ehrlich arbeiten. Zum Beispiel in der Landwirtschaft.«

»Ich bin auf einer Farm aufgewachsen«, sagte Jake gedankenverloren. »Das könnte wirklich schön werden.«

»Jesus!« Hartline sah ihn herablassend an. »Ich kann nicht fassen, dass du das gesagt hast, Jake. Farmarbeit? Allen Ernstes?«

»Wer soll es denn sonst machen?«

»Die Leute«, gab Hartline zurück. »Sie werden mehr als glücklich sein, das für uns zu tun. Darauf würde ich sogar wetten.«

»Und wir ...?«

»Wir sind die Polizei, Jake. Wir sorgen für Ruhe. Für unsere Dienste bekommen wir ... na ja, einen kleinen Anteil an den Gewinnen. Kannst du mir folgen, Jake?«

»Ja, ich kann dir folgen. Aber ich möchte trotzdem mein eigenes Land haben. Ich liebe den Geruch eines frisch gepflügten Ackers.«

»Es gibt nur einen Geruch, der besser ist.«

»Und zwar?«

Hartline grinste. »Der von einer Muschi.«

Jerre hatte den Wortwechsel stumm mitverfolgt. Hartline warf ihr einen Blick zu. »Jerre«, sagte er und stellte sie Jake vor. »Wie viele Frauen hast du in den letzten Monaten gehabt?«

»Nur eine. Lisa. Sie ist immer noch bei mir.«

»Das ist aber etwas ungewöhnlich für dich, oder findest du nicht, Jake?«, fragte Hartline mit einem misstrauischen Unterton.

Jake zuckte mit den Schultern. »Wir verstehen uns gut, das ist alles.« Er wechselte das Thema, da er mit Hartline nicht über Lisa sprechen wollte. Seine Empfindungen ihr gegenüber waren in letzter Zeit intensiver geworden. Sie hatte in ihm ein Gefühl ausgelöst, das er noch nie erlebt hatte.

Er hatte sich auch in anderer Hinsicht verändert. Das machte ihm Angst.

»Wann brechen wir auf, Sam?«, fragte er.

»Morgen früh. Du bist bereit?«

»Natürlich, Sam. Bis morgen früh. Übrigens ... schön, dich wieder zu sehen.«

Hartline sah Jake nach, wie der fortging. Etwas an diesem

Mann war anders als früher. Er hatte das Gefühl, dass es keine positive Veränderung war. Aber darüber konnte er sich später immer noch Gedanken machen.

»Wo schlafen wir, Soldat?«

»Wir haben ein schönes Haus für Sie, Sir. Wenn Sie mir bitte folgen würden.«

Das Haus war noch relativ neu und verfügte über einen offenen Kamin im Wohnzimmer. Hartline wartete, bis der junge Söldner wieder gegangen war.

»Du machst das Essen. Ich gehe duschen und lese dann die Zeitung.«

»Keine Angst, dass ich weglaufe?«

Sein Lächeln war so falsch wie das einer Schlange. »Guck ruhig mal raus, Jerre-Baby.«

Sie sah aus dem Fenster. Überall konnte sie bewaffnete Wachen ausmachen. Sie sah den Söldner an. »Und was passiert dann?«

»Das weißt du.«

»Das Ende der freundlichen Tour.«

»Oh, das würde ich so nicht sagen. Ich bin noch keiner Frau begegnet, die sich nicht für einen großen Schwanz begeistern kann. Und den habe ich zu bieten.«

Jerre sah ihn wütend an. »Hartline, Sie sind der widerlichste Mensch, dem ich je begegnet bin.«

Er war bester Laune und lachte nur über ihre Worte. »Ich bin noch ein Heiliger, verglichen mit manchen Kerlen, mit denen ich gedient habe, Jerre-Baby. Du siehst so aus, als hätte dich der Flug ziemlich mitgenommen. Weißt du was? Du kannst zuerst baden und dann das Essen kochen.«

Einen Moment lang sah sie ihn an und dachte: *O Ben, wo bist du nur?*

Sie erinnerte sich daran, wie sie Ben wiedergesehen hatte, nachdem sie ihn in North Carolina verlassen hatte. Aber zu der Zeit war er schon mit Salina zusammengewesen. Sie hatten sich im Nordwesten aufgehalten, in der Region, aus der wenig später die Tri-Staaten werden sollten.

Die jungen Leute der Colleges, die Ben besucht hatte, waren zu Besuch gekommen und sahen sich um. Sie waren vorsichtig, da sie zu Recht glaubten, die Erwachsenen seien für die Lage der Welt verantwortlich. Und sie waren sich nicht sicher, ob der neue Staat besser sein würde. Aber sie waren entschlossen, es auf einen Versuch ankommen zu lassen.

Jerre hatte Ben zuerst von weitem gesehen und beschlossen, auf Distanz zu bleiben, da die Frau an seiner Seite eindeutig mehr war als nur eine gute Freundin. Dann brachte sie genug Mut auf, um ihn anzusprechen.

»Hi, Ben.«

Er hatte sie angesehen und gelächelt. Ihm war bewusst gewesen, dass Salina ihn genau beobachtete. Jerre hatte Ben eine Hand entgegengestreckt und er hatte die Hand ergriffen und sie einen Moment lang festgehalten.

»Du siehst gut aus, Jerre. Ich hatte mir schon Sorgen um dich gemacht, ob du es geschafft hast.«

Sie hatte genickt, während alte Emotionen hochgekommen waren und sie sich gefragt hatte, ob es Ben genauso erging. Dem Anschein nach war es der Fall, wenn auch nicht so intensiv.

»Das ist Matt«, hatte sie den jungen Mann an ihrer Seite vorgestellt.

Ben hatte ihn begrüßt. »Ich bin froh, dass ihr beide herkommen konntet. Es gibt viel Arbeit. Werdet ihr in Idaho leben?«

Jerre hatte den Kopf geschüttelt. »Nein, Ben. Wir wollen es in Wyoming versuchen. Und in unserer Freizeit holen wir vielleicht noch unseren Schulabschluss nach.«

»Das ist eine gute Idee. In ein paar Monaten werden wir die Colleges wieder öffnen können.«

Damals schien alles gesagt zu sein, jedenfalls alles, was sie offen hätten aussprechen können.

»Wir sehen uns, Ben.« Jerre hatte ihn angelächelt, und Ben hatte genickt, und als das junge Paar fortging, hatte er ihm nachgesehen. Matt hatte kurz gezögert, doch auf eine beschützende und zugleich besitzergreifende Weise seinen Arm um Jerres Schultern gelegt.

Ben hatte lächeln müssen, als er die Geste sah.

»Ist das deine junge Freundin, Ben?«, hatte Salina gefragt.
»Genau die.«
»Und ihr seid nur gute Freunde?«
»Klar. Was denn sonst?«
»Tjaja«, hatte sie gemurmelt und gelächelt.

»Was gibt's da zu grinsen, Miststück?« Hartlines Stimme riss Jerre in die Realität zurück.
»Ich musste nur an was denken«, gab sie zurück.
»Geh deine Muschi waschen«, sagte der Söldner schroff.
Die Traurigkeit traf Jerre wie ein Schlag in den Magen. Sie wandte sich ab und ging in Richtung Badezimmer. Sie blieb kurz stehen und sah ihn an.
»Ich habe nichts Sauberes anzuziehen, Hartline.«
»Du bekommst am Morgen was. Heute Nacht brauchst du nichts, Baby.«

ZWEI

Matt hatte die Zwillinge bei einer Familie untergebracht, die mit den Rebellen sympathisierte und auf einer kleinen Farm nahe Burns, Oregon, arbeitete. Der große Mann, der sich in Jerre verliebt hatte, als er sie vor über zehn Jahren zum ersten Mal gesehen hatte, fuhr den Pick-up mit einer Ruhe, die völlig über die mordlüsternen Gedanken in seinem Kopf hinwegtäuschte. Er hatte gehört, dass Hartline in Illinois oder vielleicht in Indiana sein sollte. Er berührte die M-16 auf dem Beifahrersitz.

Eines war sicher: Er würde Sam Hartline töten.

Während er fuhr, erwachten Erinnerungen, die ihm Tränen in die Augen trieben.

»Wann wird er hier sein, Jerre?«, hatte der junge Mann gefragt.

Jerre sah nach Osten. Ihr Gesicht und ihre Arme waren von der Sonne gebräunt, ihr Haar kurz geschnitten und mit Strähnen durchsetzt gewesen.

Sie war nicht die Anführerin dieser Gruppe gewesen, aber sie kannte Ben Raines. Und jeder wusste, dass Bull Dean, der alte Rebell, der seinen besten Freund getötet hatte, um die Bewegung am Leben zu halten, Ben Raines die Führung übertragen hatte. Das hatte Jerre zu etwas ganz Besonderem gemacht.

»Er wird kommen, Matt«, hatte sie gesagt. »Ich weiß nicht, wann. Also frag mich nicht, aber er wird herkommen.«

»Die Ausrüstung kommt«, hatte man einen der Rebellen rufen hören.

Sie waren alle auf die Lastwagen zugegangen, die die Steigung in die Berge hinauffuhren. Der junge Mann, der die Frage gestellt hatte, legte seinen Arm um Jerres Schultern.

»Wirst du immer noch mein Mädchen sein, wenn er eintrifft?«, hatte er gefragt.

»Das kommt darauf an.«

»Worauf?«

»Das werde ich wissen, wenn er da ist. Dann werde ich es dir sagen.«

»Ich werde dich umbringen, Hartline«, flüsterte Matt und legte seine Hände so fest um das Lenkrad, dass die Knöchel weiß hervortraten. »Ich werde dich umbringen.«

»Hast du den wilden Haufen endgültig verlassen?«, fragte Ben.

Tina lachte daraufhin. »Daddy, du warst mal ein *Hell Hound,* und da fragst du mich nach einem wilden Haufen?«

»Das war etwas anderes«, murmelte er.

Dawn musste darüber lachen, womit sie Tina gleich sympathisch war. »Du musst eines wissen, Tina. Ben ist ein heimlicher Chauvinist.«

»Bin ich nicht!«

»Wie fühlt man sich denn so als nächster Präsident der Vereinigten Staaten?«, fragte Dr. Chase und zwinkerte Dawn und Tina zu.

»Woher soll ich das wissen?«, gab Ben gereizt zurück. »Ich habe nicht die Absicht, der nächste Präsident zu werden.«

»Wäre bestimmt schön, im Weißen Haus zu leben«, meinte Tina.

»Das werden wir gewiss nicht«, sagte Ben. »Also schlag es dir gleich wieder aus dem Kopf.«

Der Arzt und die beiden Frauen sahen sich einen Moment lang an, dann mussten sie alle lauthals lachen.

Ben setzte sich auf den Stuhl neben dem Krankenbett und schaute sie an. Er fühlte vom Bauch das ungute Gefühl heraufziehen, das ihm sagte, er werde innerhalb der nächsten zwei Wochen den Amtseid leisten.

Doch er wollte diesen Job nicht, er wollte ihn einfach nicht haben.

»So wahr mir Gott helfe«, sagte Ben.

Er nahm seine Hand von der Bibel und reichte dem Chief

Justice die Hand. Dawn und Tina küssten ihn, Cecil und Ike schüttelten ihm die Hand.

»Mr. President«, sagte der Chief Justice. »Ich bin mir nicht im Klaren, ob ich morgen um diese Zeit noch meinen Posten habe.«

»Den werden Sie so lange haben, wie Sie mir nicht in die Quere kommen«, sagte Ben so leise, dass nur der Chief Justice ihn hören konnte.

»Ich glaube nicht, dass ich unter solchen Bedingungen arbeiten kann, Mr. President.«

»Sprechen Sie für alle Ihre Kollegen?«

»Ja, Sir.«

»Vielleicht, Justice Morgan, bin ich nicht das Monster, zu dem mich die Liberalen abgestempelt haben.«

»Vielleicht nicht, Sir«, sagte der Mann mit fester Stimme, aber einem winzigen Funkeln in den Augen. »Ich möchte bezweifeln, dass irgendjemand so entsetzlich sein kann, wie man Sie hingestellt hat.«

»Arbeiten Sie mit mir, Justice Morgan. Arbeiten Sie mit mir und ich werde dieser Nation Ehre und Fairplay zurückgeben.«

»Mit vorgehaltener Waffe, Sir?«

»Wenn die nötig ist, um manche Menschen zum Umdenken zu bringen, ja, Sir.«

»Ich fürchte, da kann ich nicht mitmachen, Mr. President. Ich hätte mich sehr gerne geweigert, Sie zu vereidigen, aber ich konnte mich dem einfach nicht widersetzen. Doch beim Kriegsrechts muss ich nicht mitmachen.«

»Wer hat hier ein Wort von Kriegsrecht gesagt?«

Die Männer hatten sich vom Podest entfernt und waren außer Hörweite der Journalisten, was denen gar nicht gefiel.

»Der Presse gefällt das nicht, Mr. President«, sagte der Chief Justice.

»Zum Teufel mit der Presse.«

Justice Morgan lächelte. »Genau das meine ich, Sir. Ihre Haltung gegenüber der Presse.«

»Justice Morgan«, sagte Ben. »Ich habe mir gerne gute Berichte angesehen. Meine liebsten Fernsehsendungen waren gut produzierte Dokumentationen, aber keine Unterstellungen, Annahmen, voreingenommene Kommentatoren und Berichte ohne einen Hauch von Objektivität. Ich mag es nicht, wenn man um den heißen Brei herumredet. Verstehen wir uns da, Sir?«

»Natürlich, Sir.«

»Also, was soll das mit dem Kriegsrecht heißen?«

»Das Militär hat Sie in Ihr Amt eingesetzt, Sir, und es kann Sie auch wieder absetzen.«

»Nein, Sir«, erwiderte Ben lächelnd. »Das kann es nicht.«

»Wären Sie so freundlich, mir das näher zu erläutern?«

»Gerne. Die Joint Chiefs werden innerhalb der nächsten Woche im Fernsehen landesweit erklären, dass sie sich von jeglicher Verstrickung in die Kontrolle über die Vereinigten Staaten distanzieren. Der Oberste Gerichtshof wird dabei als Zeuge anwesend sein. Am Abend darauf werde ich im Fernsehen auftreten und so viel von meinen politischen Zielen bekanntgeben, wie ich bis dahin ausgearbeitet habe. Ich werde vier Jahre im Amt bleiben, Sir. Keinen Tag länger. In der Zeit werden meine Leute das Gebiet für sich beanspruchen, was als die Tri-Staaten bekannt war. Sie erinnern sich bestimmt an dieses Gebiet, oder, Sir?«

»Wie könnte ich das vergessen?«, kam es sarkastisch zurück.

»Damit wissen wir, wo jeder von uns steht, Sir.« Ben lächelte ihn an. »Nach vier Jahren werde ich zurücktreten, und wenn es geht, sogar noch früher. Dann werde ich in die Tri-Staaten zurückkehren, um dort meinen Lebensabend zu verbringen.«

Der Chief Justice sah ihn zweifelnd und bewundernd zugleich an. »Schön und gut, Sir. Aber ich frage mich, wie viele unserer Staatsbürger während Ihrer vierjährigen Regierung sterben werden.«

»Nur so viele, wie sich weigern, die garantierten Grundrechte eines jeden gesetzestreuen Bürgers zu missachten. Nicht ein einziger mehr, Sir.«

»Das dürften vier interessante Jahre werden, Sir. Und dazu in keiner Weise verfassungskonform.«

»Das hängt ausschließlich davon ab, wie Sie die Verfassung

interpretieren, Sir. Andererseits muss ich sagen, dass ich schon immer fand, jeder intelligente, gesetzestreue und Steuern zahlende Bürger hat das Recht, die Verfassung so weit auszulegen wie Sie auf Ihrem Thron.«

»Ich verbitte mir die Unterstellung, wir hätten *jemals* die Verfassung ausgelegt«, gab der Justice verärgert zurück.

»Ich finde, das Traurige daran ist, dass Sie ernsthaft glauben, Sie hätten das nie gemacht.«

Ben ging fort und hielt seine erste Pressekonferenz als Präsident der Vereinigten Staaten ab.

Angesichts seiner Einstellung zur Presse und deren Meinung über ihn ging es sehr lebhaft zu. Und das sollte nicht das letzte Mal so sein.

Das amerikanische Volk hätte sich auch nicht daran gestört, wenn Bibo aus der Sesamstraße ins Oval Office eingezogen wäre – solange jemand etwas unternahm, damit diese Nation wieder an einem Strang zog. Vielleicht hätte man besser gesagt: der größte Teil des amerikanischen Volks. Denn es war im Grunde egal, wie sehr man sich bemühte, es einer breiten Masse recht zu machen, es gab immer jemanden, der sich darüber beklagte, dass er benachteiligt, diskriminiert oder ignoriert werde. Es war immer das Gleiche.

Eine Woche nach Bens Vereidigung begannen diese kleinen Gruppen, sich zu Wort zu melden.

Und wie so oft waren es nicht die, die unter Lowrys Agenten gelitten hatten. Auch nicht die, die im Untergrund für Bens Rebellen gekämpft hatten. Sondern es waren diejenigen, die alles besser wussten, die aber ihr Leben lang nichts unternahmen, um ihre angeblichen Lösungen in die Tat umzusetzen. Sie konnten nur klagen und lamentieren – und das nicht zu leise!

»Hast du die Schlagzeilen gelesen?«, fragte Cecil.

»Ja«, sagte Ben gereizt. »Wo zum Teufel ist Ike?«

»Der sucht Captain Gray. Und dann wollen sie versuchen, Jerre zu finden. Sie ...«

»Verdammt, Cecil! Ich brauche so viele von der alten Truppe um mich, wie ich kriegen kann. Wo zum Teufel will Ike ...«

»Jesus!«, fiel Cecil ihm lautstark ins Wort. »Ben, jetzt beruhige dich. Du weißt, dass es Ike nicht gefallen würde, in Richmond herumzuhängen, ganz gleich, auf welchen Posten du ihn setzt. Ben, er ist sein Leben lang entweder Farmer oder Soldat gewesen. Nur das macht ihn glücklich. Also noch mal: Hast du die Schlagzeilen von heute gesehen?«

»Welche denn?«, gab Ben süffisant zurück. »Die, die mich zum Rassisten erklärt, nur weil ich dem Präsidenten der NAACP gesagt habe, er soll aus meinem Büro verschwinden, weil ich mir sein Gejammer nicht anhören kann? Oder die, in der die AFL-CIO mir vorwirft, gegen die Arbeiter zu sein, nur weil ich angeordnet habe, dass diese Ärsche in Florida endlich wieder arbeiten gehen sollen, wenn sie nicht wollen, dass ich Leute reinschicke, die wirklich arbeiten wollen? Oder vielleicht die gottverdammten Lehrer, die nur meckern können, aber nichts Konstruktives zu sagen haben? Oh, vergessen wir nicht die Schlagzeile in der *Richmond Post,* die mich zum Kindsmörder stempelt, weil ich erkläre, dass eine Frau das Recht hat, selbst über ihren Körper zu bestimmen, und sonst niemand da reinzureden hat? Welche darf's denn heute sein?«

Cecil setzte sich ruhig hin und nippte an seinem Kaffee, während Ben Dampf abließ. Er wusste, dass Ben diesen Job nicht hatte haben wollen, und er fühlte eine gewisse Schuld, weil er einer von denen gewesen war, die ihn dazu gedrängt hatten. Dennoch musste er lächeln, als er daran dachte, was ein paar Stunden nach Bens Amtsantritt geschehen war.

»Na, Cec«, hatte Ben gesagt und ihn mit einem gefährlichen Lächeln auf den Lippen angesehen. »Welche Pläne hast du denn für die unmittelbare Zukunft?«

»Ich werde in die Tri-Staaten zurückkehren und dafür sorgen, dass die Schulen und Colleges wieder aufgemacht werden«, hatte Cecil gesagt. Bens merkwürdiges Lächeln hatte ihm überhaupt nicht gefallen.

»O nein, das wirst du nicht«, hatte Ben erwidert und noch breiter gegrinst.

»Was soll das heißen, Ben?«

»Ihr Leute beklagt euch seit Jahren, dass nicht genug von euch Machtpositionen innehaben, dass nicht genügend Schwarze in hohen Regierungsämtern zu finden sind. Und jetzt rate mal, was du tun wirst, alter Kumpel.«

»Ich glaube nicht, dass mir die Antwort gefällt, Ben.«

»Willst du nicht raten?«

»Nein. Warum lächelst du so?«

Ben beugte sich vor und flüsterte Cecil etwas ins Ohr.

Der zuckte erschrocken zurück und wurde blass. »Aber nicht mit mir! Du platzierst mich nicht auf diesem Schleudersitz. Ich weiß, was du vorhast.«

»Das stimmt«, sagte Ben beschwichtigend. »Wir haben uns darüber unterhalten, nicht wahr?«

»Ben, ich warne dich!«

Doch der hatte sich schon umgedreht und bat um Ruhe im Saal. »Also gut, Leute! Kann ich gerade mal etwas sagen? Danke. Sie wissen ja jetzt alle, was ich mit der Vizepräsidentschaft vorhabe – der Präsident und der Vizepräsident teilen sich die Ressorts, der eine wird dem anderen nicht in die Quere kommen. Und Sie wissen auch, dass ich lange darüber nachgedacht habe, wen ich auf diesen Posten setzen soll. Ich habe mich jetzt entschieden. Ladies und Gentlemen, der neue Vizepräsident der Vereinigten Staaten: Dr. Cecil Jefferys.«

Während der Applaus den Saal wie ein Donnern erfüllte, beugte sich Cecil zu Ben vor und sagte: »Du verdammter Mistkerl.« Aber er lächelte, und dieses Lächeln zeigte, wie sehr er den Mann an seiner Seite bewunderte.

»Nein, Ben«, sagte Cecil. »Diese Schlagzeilen habe ich nicht gemeint.«

»Was, um Gottes willen, meinst du dann, Cecil?«

»Die Ärzte. Sie haben was gegen deinen Plan einer nationalen Gesundheitsversorgung.«

»Cecil«, sagte Ben und trommelte mit den Fingern auf die Tischplatte. »Das ist dein Ressort. Du wolltest es haben, du hast es bekommen. Was wir in den Tri-Staaten hatten, wird überall funktionieren, wenn die Leute sich wenigstens auf einen Versuch einlassen. Vielleicht nicht alles«, räumte er ein. »Aber ein großer Teil schon. Du setzt das Programm so um, wie du es für richtig hältst. Aber bring es ans Laufen.«

»Wenn es sein muss, Ben, kann ich auch verdammt ungemütlich werden«, erwiderte der erste schwarze Vizepräsident der USA zu Ben. Er machte eine ernste Miene.

Ben bemerkte zum ersten Mal, wie sehr man diesem Mann das Alter ansah und wie grau seine Haare und wie tief seine Falten geworden waren. »Woran denkst du, Cec?«

»Für dich bin ich wohl immer ein offenes Buch, was, Ben?«

Ben lächelte. »Woran denkst du gerade, Cecil?«

»An die Zeit in Indiana. So etwa vor einer halben Ewigkeit. Als wir uns in diesem Motel kennen lernten.«

»Ist das alles, Cec – komm schon, was verschweigst du mir?«

Cecil grinste, dann wurde er ernst. »In Kentucky ist vorgestern eine Frau gestorben, weil das Krankenhaus sie nicht aufnehmen wollte. Sie hatte kein Geld. Ich werde so etwas nicht tolerieren, Ben.«

»Ich auch nicht, Cec. Du stehst zu den Plänen, die wir besprochen haben?«

»Ein Prozentsatz vom Einkommen jedes Bürgers geht in die Krankenversorgung. Die Reichen werden natürlich schreien, weil sie mehr bezahlen müssen.«

»Die können es sich leisten.«

»Luxussteuer auf Juwelen, Tabakwaren, Spirituosen, Luxusartikel. Ich bin damit einverstanden, aber der Kongress nicht.«

»Jetzt schon.«

Cecil sah ihn fragend an.

»Ich habe ihnen gesagt, dass sie dafür stimmen sollen. Das Gesetz wird durchkommen.«

»Die Linken werden dich dafür lieben.«

»Eine Woche lang. Dann werden es die Konservativen sein, die mich lieben.«

»Das wird eine sehr interessante Amtszeit werden, Ben.«

»Das habe ich schon mal irgendwo gehört«, erwidere der ironisch.

DREI

»Ben«, sagte Dr. Chase. »Ich bin einfach zu alt für diesen Richmond-Unsinn. Ich finde es großartig, dass Sie mich zum Surgeon General machen wollen, aber ich will das nicht. Ich kenne jemanden, der gut dafür geeignet ist. Dr. Harrison Lane. Armeearzt, und ein guter Mann, auch wenn ich das nur ungern sage. Ich habe ihm gesagt, er soll herkommen und sich heute Nachmittag mit Ihnen treffen.«

Ben nickte. »Wenn Sie sagen, dass er der Richtige für den Posten ist, dann glaube ich Ihnen das. Und was werden Sie machen?«

»Ich kehre in die Berge zurück«, sagte er. »Es gibt da eine Dame, die ... die mir den Hof macht.«

»Die Ihnen ›den Hof macht‹, Lamar? Großer Gott, diese Formulierung habe ich zum letzten Mal gehört, als ich noch ein Kind war.« Ben lachte von Herzen, und er merkte, dass es ihm gut tat. In der letzten Zeit hatte er nicht viel zu lachen. Auch wenn er es nicht zugeben wollte, machte er sich mehr Sorgen um Jerre, als er den anderen zeigen wollte.

»Wissen Sie, Lamar, ich habe mich mal damit befasst, als ich mein Geld noch als Schreiberling verdient habe. Soweit ich weiß, kam der Spruch vor einigen hundert Jahren zum ersten Mal auf.«

»Ich bin von Ihrem Wissen über Sprüche tief beeindruckt. Aber wollen Sie darauf anspielen, Ben, dass ich mein Haltbarkeitsdatum lange überschritten habe?«

»Nicht, solange Sie noch einen hochkriegen.«

Beide Männer lachten über den derben Witz, dann wurde Lamar wieder ernst. »Ben, bringen Sie diese Nation wieder ins Lot, und übergeben Sie sie dann an einen anderen. Sie sollten das in zwei, höchstens drei Jahren hinkriegen. Ich glaube, Sie sind der *einzige* Mann, der es schaffen kann. Darum habe ich auch so darauf gedrängt, dass Sie das Amt annehmen. So wissen Sie wenigstens, dass jeder Mann, jede Frau und jedes Kind in diesem Land all die Rechte zugestanden bekommt, die im Grundgesetz verbrieft sind. Ich bin nur ein alter Bastard, aber ich werde Ihnen schon eine Weile zusehen, Ben. Und ich werde Ihnen helfen, die Tri-Staaten wieder zu errichten. Wenn Sie hier fertig sind, kommen Sie nach Hause, zurück zu Ihrem Traum, und setzen Sie sich zu mir auf die Veranda meines Hauses. Dann reden wir über Dinge, die längst vergangen sind, und ...« – er lächelte – »... sehen meiner kleinen Tochter oder meinem kleinen Sohn beim Spielen zu.«

Ben musste lachen. »Darum kehren Sie also zurück.«

»Ja. Es sollte mir vermutlich peinlich sein, aber das ist es nicht. Ich bin verdammt stolz.«

»Das sollten Sie auch. Meinen Glückwunsch. Lamar, Sie hören sich an wie jemand, der glaubt, dass ich hier machen und tun kann, was ich will, dass aber nichts von Dauer sein wird.«

Der Arzt betrachtete mit weisem Blick den revolutionären Träumer. »Sie wissen, dass es nicht von Dauer sein wird, Ben. In den Tri-Staaten wird es funktionieren, aber nicht für die Mehrheit. Sie haben es selbst gesagt, damals in den Tri-Staaten. Sie kennen sich in der Geschichte so gut aus wie ich. Sie wissen, dass viel zu viele Amerikaner sich keinen Deut um das scheren, was für das Land insgesamt gut ist. Wir haben '89 die Creme de la creme zusammengeholt, mein Freund. Es waren die besten Menschen, die wir finden konnten, um die Tri-Staaten zu bevölkern.«

Er machte eine wegwerfende Geste und fuhr fort. »Aber hier ... Sie kennen die Mehrheit der Amerikaner. Auch nach dem Schrecken, den wir durchgemacht haben, ist man nur mit sich selbst und mit seinen eigenen habgierigen Gruppen und Organisationen beschäftigt. Die Amerikaner sind berüchtigt dafür, dass sie anderen Menswchen sagen wollen, wie sie zu leben haben. Nein, Ben, zwei oder vielleicht drei Jahre lang werden Sie sehen, wie alle Amerikaner gleich behandelt werden. Zum ersten Mal seit fünfundsiebzig Jahren. Überlegen Sie mal, Ben. Ein Bürger wird in der Lage sein, den Fernseher anzumachen und sich anzusehen, was er will, ohne dass irgendeine so genannte ›christliche‹ Organisation Zeter und Mordio schreit, nur weil im Fernsehen jemand geflucht hat.«

»Der beste Zensor sind immer noch die Eltern, die den Fernseher ausmachen oder auf ein anderes Programm umschalten«, murmelte Ben.

»Natürlich«, pflichtete Chase ihm bei. »Denkende, rationale Erwachsene haben das immer gewusst. Aber die Wahrheit ist, dass die Leute es einfach nicht aushalten können, wenn sie sich nicht in das Leben eines anderen einmischen dürfen.«

Ben lachte und rutschte auf seinem Stuhl in eine bequemere Sitzhaltung. Er wusste, dass Lamar gerade erst begonnen hatte, sich warmzureden. Er wartete.

»Im Moment, Ben, haben Sie in zwei Wochen mehr in die Wege geleitet als jeder andere in den über zehn Jahren seit den Bombardements. Sie haben die faulen Säcke aufgeschreckt und ihnen gesagt, dass sie nichts zu essen bekommen, wenn sie nicht arbeiten. Das hätte schon fünfzig Jahre früher geschehen müssen.«

»Ja, aber vergessen Sie nicht, dass mir eine ganze Horde von Bürgerrechtsgruppen deswegen im Nacken sitzt. Und die ACLU schreit jedes Mal los, dass alles, was ich mache, verfassungswidrig ist.«

Lamar murmelte etwas Abfälliges, woraufhin Ben zu lachen begann.

»Das ist nicht witzig, Ben. Nicht wirklich jedenfalls. Es ist tragisch, wenn einige Gruppen nicht einsehen, dass etwas, das dem ganzen Volk dient, dazu führen kann, dass es ein paar Leute vor den Kopf stößt.«

Er schüttelte sein weißhaariges Haupt. »Aber zur Sache, Ben. Wann werden die Zwillinge eintreffen?«

»Morgen. Ike hat sie aufgespürt und fliegt sie her.«

»Ben, haben Sie schon mal daran gedacht, dass Jerre tot sein könnte?«

»Das habe ich.«

»Aber Sie wollen es nicht in Erwägung ziehen.«

»Ich weiß nicht, warum, aber aus irgendeinem Grund weiß

ich, dass sie noch lebt. Hartline hat sie in seiner Gewalt. Warum, weiß ich nicht, aber vermutlich, damit er was gegen mich in der Hand hat ...«

Lamar sah ihn an. »Die Moralapostel im Land ereifern sich bereits, dass der Präsident der USA mit einer Frau in wilder Ehe lebt.«

Ben musste grinsen. »Würde mich doch mal interessieren, was die sagen würden, wenn ich mit einem *Mann* in wilder Ehe leben würde.«

»Mal ernsthaft, Ben. Werden Sie die Lady heiraten?«

»Nein«, sagte er prompt.

»Lieben Sie sie?«

»Nein«, kam die umgehende Antwort.

»Liebt sie Sie?«

»Ich ... glaube nicht, Lamar.« Ben beugte sich vor und stützte die Ellbogen auf den Tisch, um das Kinn in seine Hände zu legen. Er sah fast aus wie ein Schuljunge. »Kann ich Ihnen etwas von Mann zu Mann sagen, Lamar?«

»Natürlich.«

»Ich bin jetzt vierundfünfzig, Lamar. Und ich glaube nicht, dass ich wirklich jemals das Gefühl der Liebe erfahren habe. Ich habe immer wieder darüber geschrieben, aber ich kenne das Gefühl eigentlich nicht.«

»Ich könnte schwören, Sie und Salina haben sich geliebt.«

»Ich ... ich habe etwas gespürt, Lamar, allen Ernstes. Ich habe ihr auch gesagt, dass ich sie liebe, kurz bevor sie starb. Aber ich habe gelogen.« Er schüttelte sich wie ein zotteliger Hund, der gerade aus dem Wasser kommt. Er verdrängte die Erinnerung und wechselte das Thema. »Wussten Sie, dass Dawn einen Abschluss in Wissenschaften gemacht hat?«

»Nein, aber es überrascht mich nicht. Wieso erwähnen Sie das?«

»Weil ich ihr die Leitung der neu gegründeten EPA übertragen werde.«

»Das wird dem Kongress nicht gefallen«, sagte Lamar, weil er es sagen musste.

»Mich kümmert nicht, ob diesem korrupten Kongress etwas

gefällt oder nicht«, kam die prompte Antwort. »Wenn ihnen zu vieles nicht gefällt, können sie nach Hause gehen. Warten Sie erst mal ab, wenn ich nächste Woche fünfzehn Abteilungen auflöse. Das wird ein Gezeter werden.«

»Werde ich das bis in die Tri-Staaten hören?«

»Darauf möchte ich wetten. Und Sie werden nicht mal Ihr Hörgerät lauter stellen müssen.«

Chase sagte dem Präsidenten, wo er sich diese letzte Bemerkung hinstecken könne.

»Liebst du ihn, Dawn?«, fragte Rosita.

Dawn lächelte die Frau irisch-spanischer Abstammung an. Sie teilten sich in Richmond ein Apartment, nachdem Rosita beschlossen hatte, nicht mit Colonel Ramos in den Südwesten zurückzukehren, sondern mit Dawn zusammenzuarbeiten.

»Nein«, erwiderte sie schließlich. »Nein, ich liebe ihn nicht, Rosita. Ich empfinde etwas für Ben, so wie er für mich. Aber Liebe ist das nicht.«

Ihre nächste Frage überraschte Dawn. »Wen liebt er dann?«

Ihr wurde bewusst, dass die Frage gar nicht so überraschend war, da sie sich über genau diesen Punkt selbst schon mehr als einmal Gedanken gemacht hatte. »Rosita, ich glaube, er war noch nie wirklich verliebt.«

»Ein Mann in seinem Alter und mit seiner Erfahrung?«, gab die zierliche Brünette zweifelnd zurück, und dann fragte sie: »Jerre?«

Dawn schüttelte langsam den Kopf. »Nein, obwohl ich glaube, dass das wirklicher Liebe am nächsten kam. Er macht sich große Sorgen um sie. Wenn ich nur wüsste, wo sie ist und was mit ihr geschieht. Jeder, mit dem ich mich unterhalten habe, sagt, dass sie ein guter Mensch war.«

»Du sprichst von ihr in der Vergangenheit, Dawn«, bemerkte Rosita behutsam.

»Ich weiß.«

Jerre sah aus dem Fenster und betrachtete den ersten Schnee des Jahres, der in Illinois gefallen war. Hinter ihr im Zimmer saßen Lisa und mehrere ihrer Freundinnen, unterhielten sich und lachten. Jerre wusste, dass die Teenager zu ihr gekommen waren, um sie aufzuheitern, und sie war ihnen dafür dankbar. Dennoch wünschte sie sich, sie hätten sie in Ruhe gelassen.

»Jerre?«, rief Lisa. »Sie kommen besser her, bevor von dieser Pastete gar nichts mehr übrig ist. Sie schmeckt köstlich.«

Jerre zwang sich zu einem Lächeln und drehte sich zu der kleinen Gruppe. »Ich glaube, ich verzichte, Mädchen. Trotzdem danke.«

Lisa erhob sich aus ihrer Buddha-Sitzhaltung und kam zu ihr. »Jake sagt, dass Hartline manchmal gemein sein kann. Ist Ihnen das schon mit ihm passiert?«

Das war genau das Problem, das Jerre hatte. Bislang hatte der Söldner sie völlig in Ruhe gelassen und sich wie ein Gentleman verhalten. »Nein, Lisa, das ist es nicht. Ich möchte nur gerne nach Hause.«

»Ich hatte vor Jake anfangs auch Angst«, gestand die junge Frau. »Aber er hat sich verändert, seit wir uns kennen gelernt haben. Ich weiß, dass er einige schlimme Dinge gemacht hat, wahrscheinlich sogar sehr schlimme Dinge. Aber zu mir ist er immer sehr nett. Manchmal glaube ich, dass er mich liebt. Er mag Hartline nicht.«

Jerre glaubte, einen Ausweg aus ihrer Misere zu erkennen. Vielleicht. »Jake ist wirklich vom Leben als Farmer angetan?«

Lisas Gesicht leuchtete förmlich auf. »Ja, das ist er wirklich. In letzter Zeit redet er nur noch davon. Er will fort von hier und woanders hinziehen, irgendwo in den Nordwesten ...« Sie führte den Satz nicht zu Ende, sondern sah Jerre argwöhnisch an. »Wieso stellen Sie mir all diese Fragen?«

Jerre zuckte mit den Schultern. »Du bist zu mir gekommen, Lisa, ich bin nicht zu dir gekommen.«

Das Mädchen lächelte. »Ja, das stimmt. Ich glaube, Jake hat ein wenig auf mich abgefärbt. Ich würde mich gern noch länger mit Ihnen unterhalten, aber ich bin nicht sicher, ob ich Ihnen vertrauen kann.«

»Lisa, wenn es hier einen Menschen gibt, dem du vertrauen kannst, dann bin ich das.«

»Wissen Sie, Miss Jerre, ich möchte Ihnen so gerne glauben.«

»Wie lange hast du die Schule besucht?«

»Nicht so lange«, sagte sie verbittert. »Da, wo wir gelebt haben, wurden die Schulen erst wieder aufgemacht, als ich zehn war. Ich glaube, ich bin bis zur sechsten Klasse gekommen. So wie die meisten in meinem Alter.«

»Ben Raines wird schon bald alle Schulen wieder aufmachen.«

»Wenn ich Sie was frage, Jerre, werden Sie mir dann die Wahrheit sagen?«

»Natürlich.«

»Ist Ben Raines so was wie ein Gott?«

»Nein, Lisa, Ben ist kein Gott.«

»Wie kommt es dann, dass er alle diese Sachen in so kurzer Zeit schaffen kann?«

Jerre war perplex. Für einen Mann, der erst seit drei Wochen im Amt war, hatte Ben erstaunlich viel erreicht. Dazu gehörte, dass er rund fünfzig Menschen wegen verschiedener Verbrechen zum Tode an dem Galgen verurteilt hatte.

»Manche Leute sagen, dass er ein Gott ist«, fuhr Lisa fort. »Sie sagen, wenn auf jemanden so geschossen wird wie auf ihn, und es passiert ihm nichts, dann muss er ein Gott sein.«

Das Gerücht verbreitete sich also nicht nur unter Bens eigenen Leuten, wie Jerre feststellen musste. Vielleicht gab es doch noch einen Ausweg.

»Also gut, Lisa«, sagte Jerre und hatte einen bitteren Geschmack auf der Zunge, als sie zu ihrer Lüge ansetzte. »Ja, ich will ehrlich mit dir sein. Ben ist anders als andere Menschen. Ich habe gesehen, was mit Leuten passiert, die ihn wütend machen. Es ist nicht sehr erfreulich. Du würdest dir nicht wünschen, ihn auf dich wütend zu machen.«

Das Mädchen machte einen Schritt nach hinten. »Er hat keinen Grund, um auf mich wütend zu sein.«

»Noch nicht.«

»Wie meinen Sie das, Miss Jerre?«

Sie sah Lisa eindringlich an. »Du weißt genau, wie ich das meine, Lisa. Und du solltest besser niemandem von unserem Gespräch erzählen.«

»Das verspreche ich, Jerre«, flüsterte Lisa. »Aber was kann ich machen, um zu helfen?«

»Um wem zu helfen?«

Lisa schluckte. »Na, Ihnen, meine ich.«

»Das ist etwas, das du ganz alleine entscheiden musst, Lisa.«

»Ich denke darüber nach, Miss Jerre. Aber ... etwas macht mit Sorgen. Wenn Ben Raines so mächtig ist, warum sind Sie dann noch hier gefangen?«

»Hast du noch nie das Sprichwort gehört, dass die Wege des Herrn unergründlich sind?«

»Meine Eltern haben immer gesagt, dass es keinen Gott und keinen Jesus Christus gibt. Aber den Satz habe ich schon mal gehört.«

»Denk darüber nach, Lisa.«

»Muss ich?«

»Was glaubst du denn?«

»Ich glaube, dass Sie mir viel auflasten, Jerre«, sagte sie, erntete aber nur einen eisigen Blick.

»Gibt es einen Schrein für Ben Raines, Jerre?«

Sie dachte an die Tri-Staaten und an die Zwillinge. »Ja, in gewisser Weise gibt es den, Lisa. Und er sieht sehr schön aus.«

»Den würde ich gern mal sehen.«

Jerre machte einen weiteren Schritt in Richtung Freiheit. »Wenn du mir hilfst, Lisa, verspreche ich dir, dass du ihn zu sehen bekommst.«

»Ich hätte Todesangst.«

»Das ist nicht nötig.«

»Ich denke darüber nach, Miss Jerre. Und ich werde es niemandem erzählen. Versprochen.«

Jerre wollte dem Mädchen die Ignoranz austreiben, aber stattdessen legte sie eine Hand auf Lisas Arm. »Ich kann darauf zählen, dass du genau das Richtige machen wirst, Lisa.« Sie lächelte sie an. »Wir werden uns wieder unterhalten. Du kannst jederzeit zu mir kommen.«

»Das werde ich machen, Miss Jerre.«

Jerre sah zu, wie die Mädchen das Haus verließen. Sie winkten den Wachen zu, die rund um das Haus postiert waren.

Jerre wandte dem Fenster den Rücken zu und starrte in den lodernden Kamin, der eine starke Hitze verbreitete.

»Ich weiß nicht, was ich hier angefangen habe, Ben«, murmelte sie. »Das kann völlig aus dem Ruder laufen. Aber verzeih mir, falls das passiert. Ich möchte nur weg von hier und zurück nach Hause. Ich will zu meinen Kindern!«

Matt fuhr westlich des Mississippi River. Er war um Dubuque herumgefahren, hatte den Highway 67 genommen und würde über die Brücke bei Savannah nach Illinois einfahren. Er hatte eine grobe Vorstellung davon, wo Hartline sein Hauptquartier aufgeschlagen haben könnte. Er hielt an und sah auf die Landkarte, auf der er einen roten Kreis eingezeichnet hatte.

In der Mitte des Kreises lag Peoria, der Kreis selbst ging von Galesburg über Macomb und Springfield nach Decatur, dann in nordöstlicher Richtung nach Farmer City. Der Kreis führte weiter nach Gibson City und Chatworth, von dort aus bis Streator und in südlicher Richtung nach Kewanee. Von dort kehrte die Linie nach Galesburg zurück.

Auf einer Karte mit einem größeren Maßstab hatte Matt die Region geviertelt und jede Straße in einer anderen Farbe markiert. Er würde sich das Gebiet Stück für Stück vornehmen, so wie eine Torte. Er würde Jerre finden.

Und er würde Hartline umbringen.

Rund vierzig Kilometer nördlich von Terre Haute, Indiana, verabschiedeten sich Ike und sein Team, das aus Ehemaligen der SEALs, Green Berets, Marine Force Recon und Rangers bestand.

»Ihr wisst alle, was ihr zu tun habt, ohne dass ich alles noch mal durchgehe«, sagte Ike zu den Männern. »In den nächsten Monaten hält sich Hartline in einem Radius von rund hundertfünfzig Kilometern um Peoria auf. Es heißt, dass er sich im Frühjahr Richtung Iowa bewegen und dort sein Hauptquartier aufschlagen will. Wir müssen ihn vorher gefunden haben, und genau das ist eure Aufgabe.«

Sie machten sich in Dreierteams auf den Weg. Sie würden

das Gebiet einkreisen und sich am dritten Tag simultan vorwärts bewegen. Die Männer fuhren in äußerlich heruntergekommenen Pick-ups, deren Motoren aber im Bestzustand waren – genauso wie die Reifen. Nach außen hin wirkten sie wie Herumtreiber, die ziellos durch die Gegend fuhren. Doch das Gegenteil war der Fall.

Captain Dan Gray stoppte sein Team bei Quincy.

»Hartline umzubringen wäre das Tüpfelchen auf dem I«, sagte er seinen Leuten. »Aber denkt daran, dass es uns in erster Linie darum geht, Jerre rauszuholen. Ich hatte keinen Kontakt zu General Raines, aber meine innere Stimme sagt mir, dass er bereits vor uns Leute reingeschickt hat. Seid also vorsichtig. Wir wollen weder sie mit Hartlines Leuten verwechseln, noch wollen wir für Hartlines Leute gehalten werden. Also auf geht's, viel Glück und Gottes Segen.«

Und Jerre stand am Fenster und betrachtete die Schneeflocken, die langsam auf den Boden einer Kleinstadt sanken, die sich fünfzehn Kilometer von Pekin, Illinois, befand.

Sie wartete.

VIER

Roanna Hickman und Jane Moore saßen im NBC-Büro in Richmond und unterhielten sich. Andere Reporter und Kommentatoren hörten ihnen aufmerksam zu. Sie alle hatten eine schwere Entscheidung zu treffen, die so oder so unangenehm werden würde.

»Bist du bei Sabra gewesen?«, fragte Roanna.

»Ich kann da nicht reingehen, ich kann sie nicht ansehen«, erwiderte Jane. »Es ... ich möchte nur heulen.«

»Die Ärzte sagen, dass sie irgendwann wieder auf die Beine kommen wird.«

»Aber sie wird nie wieder herkommen«, sagte Roanna verbittert. »Niemals wieder. Das ist uns allen klar. Aber wir reden um das herum, weshalb wir eigentlich zusammengekommen sind. Es geht nicht um Sabras geistige Verfassung, sondern um unseren ... Präsidenten.« Das letzte Wort sprach sie mit besonderer Betonung aus.

»Der Hurensohn ist nicht mein Präsident«, sagte ein Mann. »Der Bastard ist ein Diktator.«

»Tatsächlich?«, gab Jane Moore zurück. »Mir kommt es so vor, als hätte er in der kurzen Zeit mehr erreicht als jeder andere in den zehn Jahren seit den Bombardements.«

»Das Einzige, was er erreicht hat, ist, die Verfassung mit Füßen zu treten.«

»Ach, scheiß auf die Verfassung«, platzte Roanna heraus, was keinen überraschte. Sie war seit ihrer Rückkehr aus den Smokies eine überzeugte Verfechterin von Ben Raines' Politik.

Einige ihrer Kollegen spekulierten, dass Raines vielleicht mit ihr geschlafen hatte, während manche Kollegin es für möglich hielt, dass sie sich in den Rebellengeneral verliebt habe. Diejenigen, die es etwas objektiver angingen, fragten sich, ob sie in Raines etwas sah, das ihnen entgangen war.

»Verdammt, Jim«, redete Roanna weiter. »Er bringt die Dinge wieder ans Laufen. Er kümmert sich um die ganz Jungen und die ganz Alten, er macht Fabriken auf und schafft Arbeitsplätze. Er ...«

»Das bestreitet niemand, Roanna«, fiel ihr ein farbiger Reporter ins Wort. Er hatte die Bombardements von'88 überlebt und seither unbeirrt fair und objektiv seine Berichterstattung betrieben. »Es gibt keine Mitte, wenn es um Ben Raines geht. Entweder die Leute lieben ihn oder sie hassen ihn. Aber die Frage ist doch die: Werden wir Reporter und Kommentatoren das gutheißen, was er macht? Mit anderen Worten: Werden wir die schweren Verstöße gegen die Verfassung ignorieren, oder berichten wir darüber, ohne auch den guten Seiten des Mannes den gleichen Platz einzuräumen? Ich bin ganz sicher nicht von allem begeistert, was er macht, aber er hat weiß Gott auch einiges erreicht, und ich finde, das muss erwähnt werden.«

»Len«, sagte eine Frau. »Könnte deine Entscheidung etwas damit zu tun haben, dass er einen Farbigen zum Vizepräsident gemacht hat?«

Sie zuckte zusammen, als der durchdringende Blick des Mannes sie traf. »Ich will diese Frage gar nicht erst mit einer Antwort würdigen, Camile. Wenn du mal einen Moment über Folgendes nachdenkst: Sechzig Prozent der Männer und Frauen, die er gehängt hat oder in Kürze hängen will, sind Schwarze.«

Sie setzte sich hin, aber eine andere Frau nutzte die kurze Pause. »Len, das ist noch so ein Punkt, den man nicht ignorieren kann. Er ...«

»Ms. Daumier«, unterbrach Len sie mitten im Satz. »Diese Leute sind Mörder, Vergewaltiger, Terroristen – Abschaum! Ich möchte nicht einen Rückfall in die sechziger und siebziger Jahre, als diese Leute mit Strafen belegt wurden, die so gering ausfielen, dass sie nichts weiter als ein Witz waren. So, ich habe gesagt, was ich sagen wollte. Ich werde über die guten *und* die schlechten Taten des Präsidenten berichten. Das ist das, wofür ich bezahlt werde. Ich wünsche einen guten Tag.«

Er verließ den Raum.

»Ich wollte meinen Ohren nicht glauben, als der Präsident vorgestern erklärte, dass man ruhigen Gewissens jemanden erschießen kann, der versucht, in ein Haus einzubrechen. Und das mit dem Argument, dass Verbrechen in diesem Land nicht toleriert wird.« Der Reporter war völlig außer sich. »Jesus Christus! Dieser Hurensohn ist doch selbst nichts weiter als ein Wilder.«

»O ja, und du bist ja so zivilisiert!«, rief Roanna ihm zu.

»Was soll denn das heißen?«

Roanna stand auf. »Ich habe gesagt ...«

»Wir haben alle gehört, was Sie gesagt haben«, mischte sich eine Männerstimme in den Streit ein, bevor der eskalieren konnte.

Der Präsident des Networks war unbemerkt in den Raum gekommen. Robert Brighton war ebenfalls ein Überlebender von '88 – ein Mann Anfang sechzig. Er hatte einmal öffentlich erklärt, dass jeder, der sein Wissen ausschließlich aus Nachrichtensendungen nährt, aller Wahrscheinlichkeit nach ein halber Idiot wird.

»Wir wussten nicht, dass Sie von Chicago eingeflogen sind, Mr. Brighton«, sagte ein Reporter.

»Ich bin nicht geflogen«, gab Brighton zurück. »Ich bin gefahren. Ich wollte mit eigenen Augen sehen, welche Gräueltaten unser Präsident verbrochen hat – jedenfalls nach dem zu urteilen, was einige meiner Reporter berichten.«

Einige der Anwesenden ließen ihren Blick abschweifen und interessierten sich auffallend für die Decke oder für ihre Schuhe, solange sie nur nicht Robert Brighton ansahen.

»Aber stellt euch mal vor, Leute, was ich gesehen habe?«

Niemand erwiderte etwas.

»Ich habe Fabrikschlote rauchen gesehen, die seit zwölf Jahren nutzlos dagestanden hatten. Ich habe Männer und Frauen gesehen, die zum ersten Mal seit Jahren wieder zur Arbeit gegangen sind. Ich habe Raines' Rebellen gesehen, die Essen, warme Kleidung und Decken an die Alten und diejenigen mit Kleinkindern verteilt haben. Ich habe keine staatliche Polizei gesehen, aber einige von diesen neuen Friedensoffizieren. Ich habe mich mit einigen von ihnen unterhalten. Auf mich machten sie einen netten Eindruck, durchaus in der Lage, sich zu behaupten, aber eindeutig von einer gehörigen Portion gesunden Menschenverstandes beseelt. Etwas, das unserer staatlichen Polizei seit den Bombardements abgegangen ist.«

»Mr. Brighton«, sagte ein Mann und stand auf.

»Ersparen Sie sich den Ärger, Harrelson«, gab Brighton mit eisigem Tonfall zurück. »Und halten Sie Ihre gottverdammte Klappe.«

»Ich muss mich so nicht behandeln lassen«, protestierte der Mann.

»Dann bewegen Sie Ihren Hintern zu ABC, CBS oder CNN – wenn die Sie haben wollen, was ich bezweifeln möchte. Und jetzt hören Sie mir alle mal zu«, sagte Brighton. »Und zwar gut.«

Alle Blicke richteten sich auf ihn. »Mit Raines steht und fällt unsere Nation, verstehen Sie das? Sie steht und fällt! Zugegeben, Präsident Raines hat ein paar Dinge gemacht, die Ihre liberale Einstellung erschüttern kann. Das ist eine schwierige Zeit. Die Welt rappelt sich immer noch auf, viele Nationen sind nach wie vor am Boden zerstört. Bei einigen von ihnen ist nicht davon auszugehen, dass sie je wieder hochkommen. Und Sie sitzen hier und kritisieren Dinge, an denen sich nur ein paar Leute stören, während die Mehrheit der Bürger froh ist, dass sie wieder Arbeit haben, dass die Kriminalitätsstatistiken nach unten gehen, dass sie wieder einen Lohn bekommen. Die Leute sind froh, dass sie leben. Und ihr habt nichts Besseres zu tun, als dazusitzen und zu lamentieren und zu kritisieren. Ihr verhaltet euch, als wärt ihr das Gewissen der Nation, die Hüter und Wahrer der Freiheit. Lasst Raines in Ruhe. Der Mann soll die Nation wieder ans Laufen bekommen. Wenn das geschehen ist, tritt er von seinem Amt zurück und überlässt diesen undankbaren Job dem nächsten armen Schwein.«

Jane Moore stand auf. »Soll ich das so verstehen, dass wir über Ben Raines' Verfehlungen *nicht* berichten dürfen?«

»Das habe ich so nicht gesagt. Ich habe nur gesagt, ihr sollt den Mann in Ruhe lassen. Ich bin gerade von einer Network-Besprechung zurückgekommen, und wir haben uns darauf geeinigt, ihm eine Chance zu geben.« Er sah zu Roanna. »Sie leiten diesen Sender.«

»Wenn Sabra wiederkommt, gebe ich meinen Posten an sie ab, Mr. Brighton«, erwiderte Roanna, die noch nicht fassen konnte, dass sie zur Chefin des Networks in der Hauptstadt der Nation befördert worden war.

Brighton schüttelte den Kopf. »Sabra ist vor einer Stunde gestorben.«

»Ich will, dass dies die härtesten Steuergesetze werden, denen beide Häuser zustimmen«, sagte Ben. »Ich bin davon überzeugt, dass sie rückgängig gemacht werden, sobald ich von meinem Amt zurücktrete. Aber während meiner Amtszeit sollen diese Gesetze Gültigkeit haben.«

»Senator Henson hat mir gestern gesagt, dass sie daran zweifelt, dass Sie die Komiteerunde überstehen werden«, sagte einer der Berater.

Ben drehte sich mit seinem Stuhl zu dem Mann um und warf ihm einen so eisigen Blick zu, dass in der Mojave-Wüste mitten im Juli ein Glas Wasser hätte gefrieren können. »Sie werden Senator Henson persönlich davon in Kenntnis setzen, dass dieses Gesetz nächste Woche verabschiedet zu sein hat. Wenn nicht, wende ich mich an die Öffentlichkeit und werde den Bürgern mit niedrigem und mittlerem Einkommen erklären, sie sollen nur so viel an Steuern zahlen, wie die Regierung ihnen wert ist. Wenn das dem Kongress nicht gefällt, dann werde ich in jedem Finanzamt des Landes bewaffnete Truppen aufstellen, deren Befehl lautet, jeden Mitarbeiter zu erschießen, der versucht, einem der Bürger zur Last zu fallen, die keine Steuern bezahlen. Ist das klar?«

Der Berater wurde blass und machte einen empörten Eindruck. »Mr. President, das kann doch nicht Ihr Ernst sein.«

»Lassen Sie es doch drauf ankommen«, forderte Ben ihn auf.

»Ja, Sir«, sagte der Berater bedrückt. »Ich werde Senator Henson informieren.«

»Sehr gut.« Ben wandte sich Steve Mailer zu, dem neuen Chef des Bildungsministeriums.

»Überbringen Sie auch nur schlechte Nachrichten?«

»Nein«, sagte der ehemalige Collegeprofessor lachend. »Aber ich stoße mit Ihren Bildungsplänen für die High Schools auf breiten Widerstand.«

»Das habe ich erwartet, Steve. Ich hoffe, ich muss Sie nicht davon überzeugen, dass Bildung der Schlüssel zum Überleben dieser Nation ist.«

»Das müssen Sie nicht, wie Sie wissen, Mr. President. Aber Sie sollten wissen, dass eine Reihe von ... na ja, wie soll ich es sagen ...?«

»... eine Reihe von Trotteln nicht will, dass ihre Kinder zu viel lernen könnten. Ich weiß nur zu gut, dass viele Fehler in den Haushalten ihren Anfang nehmen, Steve. Darum müssen die Lehrer, die in unseren Schulen arbeiten sollen, aus einem ganz besonderen Holz geschnitzt sein. Sie sollen diesmal nicht einfach nur Wissen auf die Schüler abladen, sondern Gerechtigkeit, Ethik, Ehrlichkeit und alle anderen Tugenden vermitteln, die erforderlich sind, um die Todsünden aus der Welt zu schaffen, die dieses Land so viele Jahre lang fest im Griff gehabt haben. Ich weiß, dass mich diese Einstellung nicht beliebt macht. Und ob man es mir glaubt oder nicht, ich fühle mit den Lehrern mit. Wie klingt die Post, die wir von den Eltern bekommen?«

»Dafür ist es eigentlich noch zu früh, aber insgesamt ist ein Trend zu erkennen, der uns von vornherein klar war: Je höher der Bildungsstand, umso mehr finden Ihre Ziele Zustimmung. Je geringer die Bildung, umso mehr Widerstand.«

»Warum sind die Lehrerverbände wirklich gegen meinen Plan, Steve?«

Steve rutschte auf seinem Platz hin und her. Als ehemaliger Lehrer wusste er um die Empfindungen seiner Ex-Kollegen. Doch als gut ausgebildeter Mensch wusste er auch, dass Personen, die eine höhere Bildung besaßen, weiter davon entfernt waren, ihre Kinder zu schlagen, als ungebildetere. In Haushalten mit höherer Bildung war auch die Gefahr geringer, Verbrechen zu begehen. Doch so wie Ben, wusste auch Steve, dass Ausbildung ohne eine solide ethische Grundlage, ohne

Anstand, Gerechtigkeit und Ehrlichkeit wenig brachte. Aber durfte und sollte es alleine auf den Schultern der Lehrer lasten, den jungen Menschen diese Eigenschaften zu vermitteln?

Steve war davon abgestoßen worden, als er gehört hatte, dass in den Tri-Staaten Kinder von ihren Eltern getrennt wurden, wenn die ihnen zu Hause Hass oder andere Werte vermittelten, die gegen die Grundlage der Tri-Staaten verstießen.

Doch der Schock hatte sich wieder gelegt, als er sich eingehender mit Ben Raines' Plan befasst hatte. Wie sollte eine Nation sich jemals von den Todsünden befreien können, wenn die Eltern sie ihren Kindern zu Hause nach wie vor eintrichterten?

Wie der Vater, so der Sohn. Wie die Mutter, so die Tochter.

Steve merkte, dass Ben ihn aufmerksam beobachtete und auf eine Antwort wartete.

»Weil viele Lehrer Angst haben, dass sie ihren Job verlieren, Ben. Sie haben Angst, dass sie deinen Erwartungen nicht gerecht werden könnten.«

Ben lächelte. »Aber Steve, wir haben uns doch noch nicht mal über die Rahmenbedingungen unterhalten. Verfallen die nicht etwas verfrüht in Panik?«

Der Lehrer sah dem Rebellenführer in die Augen. »Also gut, Ben. Sie wollen direkt auf den Punkt kommen. Viele von ihnen *wissen,* dass sie ihren Job verlieren werden. Sie wissen ganz genau, dass sie keine Standards erfüllen können, die über den momentanen liegen. Das ist es.«

»Das ist ihr Problem. Sie können lernen, sich anzupassen.«

»Und was ist, wenn es gute Lehrer sind, die aber außerhalb des Klassenzimmers ein wenig unmoralisch sind?«

»Dann müssen sie weg.«

»Ben.«

»Nein, ich will nicht, dass Säufer, Heuchler oder Playboys den Geist der Jugend dieser Nation formen. Verdammt, Steve! Die Kinder brauchen jemanden, zu dem sie aufblicken können. Die Lehrer, die in den öffentlichen Schulen dieses Landes unterrichten, sollen vom Feinsten sein, und sie werden sehr gut bezahlt werden. Ihr Privatleben wird mustergültig sein.

Religion hat damit nichts zu tun. Mich interessiert nicht, ob sie Christen oder Atheisten sind. In öffentlichen Schulen wird kein Religionsunterricht erteilt werden. Es gibt einen großen Unterschied zwischen Religion und Ethik. Machen Sie es einfach nur, Steve. Sie haben gesagt, Sie können das, und ich habe Ihnen geglaubt. Steve, wir können keine Regierung auf der Grundlage des gesunden Menschenverstands aufbauen, wenn die Bürger in diesem Land sich nicht offen zu Ethik, Ehrlichkeit und Vertrauen bekennen. Können diese Dinge nicht zu Hause vermittelt werden, dann muss es eben in den Schulen sein.«

Steve seufzte laut. »Sie stechen damit in ein Wespennest, Ben.«

»Steve, ich sorge schon seit vierzig Jahren für Unruhe. Mein Dad hat immer gesagt, dass ich mich schon bei meiner Geburt mit dem Arzt angelegt habe.«

Steve musste lachen. »Das würde ich nicht mal bezweifeln, Ben.« Er stand auf. »Also gut, Ben. Es klingt alles so einfach, wenn Sie das erzählen.«

»Es wird alles andere als leicht sein, Steve. Wenn es so leicht wäre, dann wäre es nichts wert.«

Die Männer reichten sich die Hand, dann ging Steve. Die Sprechanlage auf Bens Tisch summte.

»Ein General Altamont möchte Sie sprechen, Sir.«

»Wer?«

»Der Bruder des Repräsentanten Altamont, Sir.«

Ben dachte einen Moment lang nach. Ein ungutes Gefühl machte sich in ihm breit. »Susie? Das wird mitgeschnitten.«

»Jawohl, Sir.«

FÜNF

»In der Nähe von Pekin«, stieß der sterbende Mann mit letztem Atem gequält hervor, dann setzte Captain Dan Gray seinem Leiden ein Ende.

»Ihr habt es gehört«, sagte er seinem Team. »Informiert sofort alle anderen.«

»Das engt es allerdings sehr ein«, sagte einer der Männer.

»Allerdings, Leute«, erwiderte Gray grinsend. »Auf geht's.«

Sie waren gut achtzig Kilometer südlich von Pekin.

Matt ließ den geschundenen Körper des Söldners zu Boden sacken, dann wanderte sein Blick zu dem anderen Mann, der die Augen weit aufgerissen hatte.

»Willst du auch so qualvoll sterben?«, fragte Matt.

»Mann, ich möchte überhaupt nicht sterben.«

»Wo sind sie?«

»Etwa fünfzehn Kilometer von Pekin entfernt.«

»Welche Richtung?«

»Östlich.«

Mit einer raschen Bewegung schlitzte Matt ihm die Kehle auf.

Der ehemalige Green Beret lächelte den Söldner an. »Mein Großvater hat mir immer Geschichten von seinem Großvater erzählt. Er war bei den Comancheros in Texas. Schon mal einen Mann gesehen, der an den Füßen aufgehängt worden ist und über einem Feuer schmort?«

Ike und ein früherer Marine Force Recon hockten sich in dem kalten leeren Haus hin und warteten.

»Ihr würdet das nicht machen«, flüsterte der Söldner.

Ikes Teammitglieder grinsten. Der Söldner hielt es für das grausamste Lächeln, das er je gesehen hatte.

»Vermutlich doch«, sagte er schließlich. »Wenn ich euch sage, wo sie ist, sterbe ich nicht qualvoll, richtig?«

»Du hast es erfasst.«

»Tremont. Bei Pekin.« Der Söldner sah Ike gefasst an, während der seinen Colt zog und ihn mit einem gezielten Schuss auf der Stelle tötete.

»Wir sollten mit diesem Herumscharwenzeln aufhören, General«, sagte Ben. »Setzen Sie sich und legen Sie die Karten auf den Tisch.«

Der Luftwaffen-General lächelte und zog eine kleine Schachtel aus seinem Aktenkoffer und begann, an einem kleinen Rädchen zu drehen, bis Ben ihn unterbrach. »Wir schneiden mit, General.« Er drückte eine Taste an der Sprechanlage. »Susie, schalten Sie die Aufzeichnung ab.«

»Ja, Sir«, erwiderte sie.

»Kann ich Sie beim Wort nehmen, Mr. President?«

»Ich lüge nicht, General.«

Der General betrachtete Bens Gesicht einige Sekunden lang. »Also gut, Sir, ich glaube Ihnen.«

»Warum wollen Sie nicht, dass unsere Unterhaltung aufgezeichnet wird?«

»Es gibt eine ganze Menge Leute, die Sie nicht ausstehen können.«

»Das ist nichts Neues für mich.«

»Sie wissen, dass mein Bruder zu Lowry, Cody und Hartline stand?«

»Ja.«

»Er ist Ihnen gegenüber nicht loyal, Sir.«

»Sind Sie es?«

Altamont lächelte. »Ja, Sir, ob Sie es glauben wollen oder nicht. Ich war derjenige, der meinen Bruder und seine ... Kollegen ... mit falschen Informationen versorgt hat.«

Regen begann gegen das Fenster zu prasseln; Eis und Graupel mischte sich zwischen die Regentropfen. Der Winterhimmel verdunkelte sich und warf einen Schatten auf das Oval Office und die Menschen darin. Ben wartete.

»Ich möchte, dass Sie wissen, dass ich kein Landesverräter bin, Sir. Ich gehöre zu denjenigen, die sich vor den Bombardements in der Hütte in Missouri trafen.«

»Ja, das weiß ich.«

Eine gewaltige Anspannung beherrschte den Raum, in den Männer in Zweier- und Dreiergruppen eintraten. Zwar waren keine Namensschilder aufgestellt worden, dennoch entstand keine Verwirrung. Jeder der Männer schien genau zu wissen, wo sein Platz war. Es wurde nur das Nötigste gesprochen, ein paar Höflichkeiten wurden ausgetauscht. Die Männer sahen sich kurz an, nickten, dann nahmen sie Platz.

Alle der Anwesenden waren Soldaten, Line Officers und kampferfahrene Sergeants und Chiefs, allesamt Männer, die im Militär Karriere gemacht hatten. Wären die Generäle und Colonels in ihrer Uniform eingetreten, hätte man an ihren Schulterklappen erkennen können, welchem Zweig des Militärs sie angehörten.

Wachen waren über ein Gelände von gut 80 Hektar verteilt. Sie trugen Zivilkleidung und hielten ihre Waffen verborgen.

»Wer hat diese Alarmbereitschaft angeordnet, von der in den Medien die Rede ist?«, fragte jemand in die Runde.

»Der kam von den Joint Chiefs. Hat eine ganze Menge Einheiten in Verwirrung gestürzt. Außerdem wurden einige hunderttausend Männer von ihren üblichen Standorten weg verlegt. Herrgott, das dauert Tage, ehe da wieder Normalität einkehrt. Wir wissen weder, wer den Befehl ausgegeben hat, noch warum es dazu gekommen ist!«

»Vielleicht will man uns für den großen Schlag aus dem Weg haben?«

»Ich dachte, wir hätten noch Monate Zeit.«

»Irgendetwas ist passiert, dass sie sich auf einmal so beeilen«, sagte Army-General Vern Saunders. »Das bedeutet, dass wir uns sehr beeilen müssen.«

»Teufel auch, Vern«, erwiderte General Tom Driskill vom Marine Corps. »Was können wir denn wirklich machen? Wir *glauben* alle zu wissen, wo ›es‹ ist, aber sicher sind wir nicht.

Wagen wir es, einzuschreiten? Und wenn ja, welche Konsequenzen erwarten uns dann?«

Admiral Mullens von der Navy blickte sich um und sah jedem von ihnen in die Augen. »Ich glaube nicht, dass wir es wagen können einzuschreiten.«

»Wenn Ihnen etwas auf der Seele brennt, Sergeant Major«, sagte der Admiral, »dann sprechen Sie es aus. Wir sind hier alle gleichberechtigt.«

»Himmel, bloß nicht!«, rief ein Sergeant Major der Marine.

Gelächter machte sich breit.

»Ich glaube nicht«, sagte Parley, »dass wir uns ein Einschreiten leisten können. Aber was machen wir, wenn wir nicht einschreiten? Warten wir Däumchen drehend auf den Krieg?«

»Ich glaube, die Entscheidung liegt nicht in unseren Händen«, meinte Coast Guard Admiral Newcomb. »Wir sind so oder so angeschmiert. Wenn wir den Standort des U-Boots bekannt geben – jedenfalls den Standort, von dem wir *glauben*, dass er stimmt – dann spricht vieles für einen Krieg. Sehr stark sogar. Ich schätze, wir stecken in der Klemme. Wenn wir die Verräter bloßstellen, werden sie sie trotzdem abfeuern. Wir dürften gar nicht über diesen Raketentyp verfügen.«

»Was ein schlechter Scherz ist«, gab Sergeant Major Rogers vom Marine Corps angewidert dazu. »Russland verfügt noch immer über doppelt so viele konventionelle Kernwaffen wie wir. Ich möchte nicht wissen, wie viele bakteriologische Sprengköpfe sie besitzen.« Er grinste gequält. »Natürlich haben wir von denen auch ein paar.« Er schüttelte den Kopf. »Jesus! Dreißig verdammte Kerle entscheiden über das Schicksal der gesamten Welt. Und wenn unsere Geheimdienstinformationen stimmen, dann ist es noch schlimmer. Dann ist es ein doppeltes falsches Spiel.«

Franklin, Master Chief Petty Officer der Navy, sah empört zu ihm. »Admiral, wissen Sie oder sonst jemand hier zuverlässig, wem wir vertrauen können?«

»Nein, nicht wirklich«, entgegnete der kopfschüttelnd. »Wir wissen nicht, wie viele von unseren eigenen Leuten sich an dieser ... dieser Kapriole beteiligen.«

»Wollen Sie sagen, Sir«, warf ein Colonel ein, »einer von *uns* könnte eingeweiht sein?«

»Ich würde sagen, die Chancen dafür stehen ziemlich gut.«

»General«, fragte ein Special Forces Colonel, »glauben Sie, einige meiner Leute sind in die Sache verwickelt?«

»Nein«, antwortete General Saunders. »Unsere Geheimdienstleute« – er machte eine ausholende Geste – »aus allen Zweigen scheinen sich in einem Punkt einig zu sein. Es sind keine Spezialtruppen daran beteiligt.« Er hob warnend einen Finger. »Aber das betrifft alle Zweige des Militärs, nicht nur in unserem Land, sondern in allen Ländern, Russland eingeschlossen.« Er lächelte grimmig. »Das ist für mich eine gewisse Genugtuung. Die Männer in diesem U-Boot haben überall auf der Welt Freunde, darum haben sie sich so lange vor uns verstecken können.«

»Bull und Adams leben wirklich noch?«

»Ja, ich habe mit Bull gesprochen. War ein ziemlicher Schock für mich.«

»Ich verstehe einfach nicht, was sie mit dieser ... Operation zu tun haben«, sagte ein Master Chief mehr zu sich selbst.

»Wir auch nicht«, erwiderte ein Admiral. »Aber wir kennen die Tatsachen, von denen eine offensichtlich ist: Bull und Adams haben vor Jahren ihren Tod vorgetäuscht. Wir wissen, dass sie beide fanatische Patrioten sind, Adams sogar noch mehr als Bull, wenn es um den Hass auf Liberale geht. Nun gut. Wir haben diese Hypothese aufgestellt: Adams und Bull hatten einen Plan, die Regierung notfalls zu stürzen und dabei Zivilisten einzusetzen ... na ja, besser gesagt: Rebellen. Zusammen mit ausgesuchten Einheiten des Militärs. Es hat Jahre gedauert, das aufzubauen. Aber ... der Einsatz von zivilen Rebellen war ein Fehlschlag, weil nicht genügend von ihnen rechtzeitig mobilisiert werden konnten. Wir wissen sicher, dass viele ehemalige Mitglieder der *Hell Hounds* sie haben abblitzen lassen.«

»Wie viele Männer haben sie?«

»Höchstens fünf- bis sechstausend.«

»Das ist nicht gerade wenig. Und so wie man Bull und Adams

kennt, sind das ausgebildete Guerillakämpfer. Wie haben sie es geschafft, so viele Leute über so lange Zeit geheim zu halten?«

Der Admiral ließ sich zu einem knappen Lächeln verleiten. »Sie haben Bull nie kennen gelernt, oder?«

»Nein, Sir.«

»Sonst hätten Sie diese Frage auch nicht gestellt.«

»Ich kannte beide«, sagte ein Ranger Colonel. »Wenn sie ein Mitglied in einer ihrer Einheiten für einen Verräter hielten, haben sie ihn sofort getötet – im Krieg genauso wie in Friedenszeiten.«

»Verstehe«, sagte der Mann leise. »Dann hat sich Bull den Plan mit dem U-Boot ausgedacht?«

General Saunders schüttelte den Kopf. »Nein, wir glauben, dass Adams die Idee dazu hatte. Aber darüber konnte ich mit Bull nicht sprechen, weil ich nur zwei Minuten Zeit hatte. Außerdem waren er und Adams seit fünfundzwanzig Jahren Freunde. Aber es ist mir gelungen, Misstrauen in seinem Kopf keimen zu lassen. Wir glauben, dass Adams die Kontrolle verloren hat, er ist geistig weggetreten. Mr. Kelly vom CIA teilt unsere Ansicht.«

»Es gibt da etwas, das ich nicht verstehe«, warf ein Coast Guard Officer ein. »Dieser Plan, die Regierung zu stürzen, der existiert doch schon seit langem. Warum haben sie so lange gewartet?«

»Das ist genau das, was wir nicht wissen. Im Moment arbeiten Dutzende von Computern an diesem Problem.« Der General rieb sich mit beiden Händen das Gesicht. »Ich hatte keine Gelegenheit, Bull zu fragen. Es gab so viele Fragen, die ich ihm stellen wollte. Leute, ich glaube, wir können nicht mal beten, um diese Männer auf dem U-Boot zu stoppen. Ich glaube, dass wir kurz vor einem nuklearen und biologischen Krieg stehen und nichts dagegen tun können.«

»Ich darf annehmen«, sagte ein Marine Officer, »dass die Joint Chiefs davon wissen?«

»Das ist uns nicht bekannt«, erwiderte Admiral Mullens. »Aber wir können sie nicht darauf ansprechen, weil wir nicht wissen, ob einer von ihnen beteiligt ist.«

»Einer oder sogar mehrere. Und wenn ja, welche?«

»Dieser Punkt darf auch nicht außer Acht gelassen werden.«

»Und wir können mit ihnen nicht das machen, was wir gleich an uns vornehmen werden«, sagte General Driskill, während ein Berater wie auf ein geheimes Zeichen hin einen Wagen mit einer Maschine darauf in den Raum fuhr.

Niemand musste fragen, um was es sich handelte. Alle Anwesenden besaßen die höchste Sicherheitsstufe der Vereinigten Staaten. Jeder von ihnen kannte diese Art Test. Das Gerät war der höchstentwickelte Psychologische Stress-Evaluator, PSE. Die gleiche Art, die Bull und Adams einsetzten, um Informanten zu entlarven.

»Jeder von uns wird sich einem PSE-Test unterziehen.« General Driskill legte lächelnd seine Waffe vor sich auf den Tisch. »Das dauert nicht lange.«

Ein paar Sekunden verstrichen, ohne dass etwas geschah. Ein Colonel der Luftwaffe versuchte, eine Zigarette anzuzünden, musste es aber aufgeben, da seine Hände zu sehr zitterten. Er begegnete dem unerbittlichen Blick des Marine Generals. »Sparen Sie sich die Mühe, General. Ich weiß nicht, wo das U-Boot ist. Ich weiß auch nicht, wer von den Joint Chiefs an dieser Operation beteiligt ist, wenn überhaupt. Und ich kenne niemand, der es wissen könnte.«

»Sie verdammter Narr!«, herrschte General Driskill ihn an. »Verstehen Sie nicht, dass Sie die Welt an den Rand eines Holocaust bringen? Oder interessiert es Sie nicht?«

»Ach, zur Hölle damit!«, gab der Colonel zurück. »Sollen sich Russland und China doch gegenseitig die Köpfe einschlagen. Wir sammeln die Überreste ein und stehen dann wieder ganz oben.«

»Darum geht es also«, murmelte jemand.

Der Colonel der Luftwaffe lächelte.

»Ich glaube nicht, dass es darum geht«, sagte General Crowe von der Air Force. Er zog eine Pistole aus dem Hosenbund und richtete sie auf den Colonel. »Sie hinterhältiger Hurensohn. Welcher von den Joint Chiefs ist es?«

Mit einem Mal wurde der Colonel ruhig, da er erkannt hatte,

dass er den Raum nicht lebend verlassen würde. Er würde den anderen nicht das Vergnügen machen, um sein Leben zu betteln. Der Reihe nach blickte er jedem der Männer in die Augen, dann zündete er mit ruhiger Hand eine Zigarette an. »Ich weiß es nicht. Und das ist die Wahrheit. Ich glaube, es ist ein Berater, aber ich bin nicht sicher. Sie können mich testen, ich werde mich der Maschine nicht widersetzen.«

Er wurde getestet. Er kannte nicht den Namen des Mannes bei den Joint Chiefs, und seine Vermutung, es könne ein Berater sein, wurde durch den Test bestätigt. Er wusste nicht, wo sich das U-Boot befand, und er konnte auch weiter nichts dazu sagen.

»Sagen Sie alles, was Sie wissen!«, fuhr General Crowe ihn an. »Es ist nicht das erste Mal, dass ich zusehe, wie ein Mann gefoltert wird, Söhnchen.« In seiner Rechten hielt er noch immer die 38er.

»General, ich weiß nicht viel über die Operation. Das war von dem oder den obersten Personen so beabsichtigt. Nicht mal die Leute im U-Boot wissen, wer dahintersteckt. Jedenfalls glaube ich das.«

Niemand ihm Raum nahm ihm diese Worte ab.

»Mein Befehl lautet, das zu berichten, was ich hier erfahren habe, weiter nichts.«

»Er lügt!«, rief ein Master Chief.

»Colonel, machen Sie es sich nicht unnötig schwer«, sagte General Crowe. »Wir können verschiedene Wege gehen. Wir sind keine Barbaren, aber es könnte sein, dass das Schicksal der Erde in diesem Raum entschieden wird.«

Der Colonel der Luftwaffe sah auf seine Armbanduhr. Seinen Mundwinkel umspielte ein Lächeln, als er dem General eine Telefonnummer in Washington, D.C. gab.

»Machen Sie ausfindig, um was für eine Nummer es sich handelt«, wies Driskill Sergeant Major Rogers an.

Der Blick des Colonels wurde härter.

»Wollen wir doch mal all die offenen Fragen in Angriff nehmen, Colonel. Da ist nämlich noch zu vieles ungeklärt.«

Er sah wieder auf seine Uhr, lächelte flüchtig und atmete so tief durch, dass es sich nach einem erleichternden Seufzer anhörte. Dann sagte er: »Wir – also diejenigen, die an der Operation beteiligt sind – wussten, dass Brady früher oder später zwei und zwei zusammenzählen und zu Fayers gehen würde.«

»Harold Brady vom CIA?«

»Ja. Wir hatten gehofft, dass das erst nach den Wahlen der Fall sein würde.« Wieder ein Blick auf seine Uhr.

»Warum sehen Sie immer auf Ihre gottverdammte Uhr?«, fragte einer vom Air Force Commando. »Müssen Sie irgendwelche Tabletten schlucken?«

»Er will Zeit gewinnen!«, sagte ein SEAL.

Der Army Ranger verpasste dem Colonel einen schnellen, harten Schlag gegen den Kiefer, der ihn von seinem Stuhl rutschen ließ. General Driskill riss den Mann hoch und wuchtete ihn zurück auf den Stuhl.

»Reden Sie endlich!«, brüllte der General.

Der Colonel schüttelte den Kopf, um sich von der Benommenheit zu befreien, dann wischte er das Blut von seinem Mundwinkel. Er lächelte.

»Was amüsiert Sie an dem Ganzen so sehr?«, fragte Admiral Mullens.

Das Lächeln wurde noch breiter.

»Weil ...«, sagte Admiral Newcomb leise, »... weil es keine Wahlen geben wird, nicht wahr, Colonel?«

Er hörte auf zu lächeln. »Das stimmt, Admiral.«

»Warum?«

»Weil es 12:07 Uhr ist. Darum.«

»Was?«, rief Driskill. »Was hat die Uhrzeit damit zu tun?«

»Brady ist viel schneller dahintergekommen, als wir es erwartet hatten. Ich hätte vor 11:45 Uhr einen Anruf erhalten müssen, aber das ist nicht geschehen. Das bedeutet, dass unsere Computer zu dem Schluss gekommen sind, dass niemand Hilton Logan bei den Wahlen im Herbst schlagen kann. Sie waren zu der Ansicht gekommen, wenn es zu knapp ausfällt, also ohne eine deutliche Mehrheit, dann wird das Parlament eingeschaltet. Logan wird siegen, und dieser liberale Hurensohn kommt dahinter, dass wir neue Kernwaffen gebaut haben. Er wird befehlen, dass sie zerstört werden.«

»Mein Sohn« – General Saunders lehnte sich vor – »machen Sie das nicht. Tun Sie das Ihrem Land nicht an. Logan ist nur ein Mann, auch wenn er nichts von einem Mann hat.« Er zog eine Grimasse. »Trotz allem ist er ein Mensch. Er wird die Nation nicht zerstören, dafür werden wir sorgen.«

»Nein, General, das werden wir nicht. Dieses Land hat es satt.« Er sprach mit gedämpfter Stimme, seine Augen blickten traurig drein. »Wir hatten acht Jahre Konservatismus, aber allem, was Fayers durchgesetzt hat, war ein Kampf vorausgegangen. Die Leute interessieren sich nicht für langfristige Resultate. Sie interessieren sich nur für das *Jetzt*. Das hat die Rechtsprechung zu den Waffen gezeigt. Wir bewegen uns wieder nach links, und das können wir nicht zulassen. Nur auf diesem Weg kommen wir wieder ganz nach oben. China wird auf Russland jede verfügbare Rakete abfeuern, die die Regierung irgendwo versteckt hat, und dann marschieren fünfhundert Millionen Soldaten über die Grenze. Die beiden Länder werden sich gegenseitig von der Landkarte radieren, sobald wir den Tanz eröffnen. Afrika wird wie ein Pulverfass hochgehen, und der Nahe Osten gleich mit.« Seine weit aufgerissenen Augen ließen seinen Fanatismus erkennen.

»Und Amerika? Was ist mit Amerika, Colonel?«, fragte General Crowe.

»Oh, wir werden natürlich auch Verluste hinnehmen müssen«, räumte er ein. »Irgendwo zwischen fünfundsiebzig und neunzig Millionen. Sie kennen ja die Berechnungen. Aber wir werden viel besser dastehen als jede andere Supermacht. Und wenn wir diesmal an die Spitze zurückkehren, dann werden wir bei Gott auch dort bleiben.«

»Sie sind verrückt!«, platzte Sergeant Major Parley heraus. »Mein Gott, denken Sie doch mal an all die unschuldigen Menschen, die Sie umbringen. Sie und Ihresgleichen haben doch völlig den Verstand verloren!«

Rogers kam wieder ins Zimmer. »Ich habe das Autotelefon benutzt, General, für den Fall, dass das Telefon hier abgehört wird. Die Telefongesellschaft in D.C. hat den Auftrag erhalten, die Nummer abzumelden, die er uns gegeben hat. Das war vor knapp zwei Stunden.« Er sah sich um. »Was ist hier los?«

»Ein Holocaust«, ließ ihn ein Kamerad wissen.

Driskill sah den Colonel an. »Ich vermute, der Colonel ist jetzt bereit, uns in alle Einzelheiten einzuweihen, nicht wahr, Sie Superpatriot?«

Der Luftwaffen-Mann lachte ihm ins Gesicht. »Klar, warum auch nicht? Es gibt ja sowieso nichts, was Sie dagegen unternehmen könnten.«

Außer, dir deinen elenden Kopf wegzupusten, wenn du gesungen hast, dachte General Crowe, dessen Hand den Griff der 38er fester umschloss.

»Es wird keine Wahlen geben«, sagte der Colonel. »Es wird sogar sehr lange Zeit keine Wahlen geben. Das Militär wird gezwungen werden, die Kontrolle über das Land zu übernehmen. Die Verfassung wird außer Kraft gesetzt, das Kriegsrecht wird verhängt. Das ist genau das, was wir schon immer machen wollten. Als wir erfuhren, dass Brady uns auf der Spur war, mussten wir Zeit schinden. Wir mussten alles vorbereiten. Wir sind fünf Tage vom Abschuss entfernt.«

Alle bis auf einen der Anwesenden hielten die Luft an.

Hundertzwanzig Stunden bis zur Hölle.

»Sie hätten uns nicht aufhalten können, da Sie bis heute nicht wussten, was sich wirklich abspielte. Sie hätten den Chinesen nicht sagen können, dass die Russen Raketen auf sie abschießen werden. Es gab keine Beweise. Sie hätten nur international für viel Wirbel gesorgt. Bei den Russen wäre es nicht anders verlaufen. Es läuft alles darauf hinaus: Ein amerikanisches U-Boot wird die Fernlenkwaffen abfeuern – *amerikanische* Fernlenkwaffen. Beide Länder hätten sich gegen Sie gewendet. Außerdem glaube ich, dass die meisten von Ihnen wissen, welche Art Raketen wir abfeuern werden. Raketen, die so geheim sind, dass nicht mal der Präsident von ihrer Existenz wusste. Ihr cleveren Jungs seid einfach ein bisschen zu clever geworden, das ist alles. Wir haben eure eigene Raffinesse gegen euch eingesetzt.«

»Welche Art von Fernlenkwaffen setzen Sie ein?«, fragte ein Master Chief.

»Supersnoops«, antwortete Admiral Mullens. »Thunderstrikes. Keine Seite kann ihnen etwas entgegensetzen. Wir sollten sie eigentlich gar nicht besitzen. Wir haben begonnen, sie zu bauen, als uns klar wurde, das SALT 5 Wirklichkeit werden würde. Die Russen wussten, dass wir sie bauen wollten, bevor SALT 5 unterzeichnet wurde. Das ist auch der Hauptgrund, warum sie sich überhaupt mit SALT 5 einverstanden erklärten. Weder der Präsident noch der Kongress hatten eine Ahnung.«

»Der Deckel wird langsam auf unseren Sarg genagelt«, sagte ein Navy Officer. Er sah zum Colonel der Luftwaffe. »Was geschieht mit ihm?«

Der General nahm seine 38er und schoss dem Colonel ohne Vorwarnung zwischen die Augen. Dieser wurde von der Wucht des Treffers nach hinten geschleudert und von seinem Stuhl gerissen.

»Guter Schuss, Turner«, bemerkte General Driskill beiläufig.

Fünf Tage später brach über die Welt ein nuklearer und bakteriologischer Krieg herein.

»Ich habe mich oft gefragt, was in dieser Hütte geschehen ist«, sagte Ben. »Ich bin froh, dass ich das jetzt von Ihnen erfahren habe.«

»Ich möchte nicht, dass irgendetwas in der Art dieser Bombardements noch einmal geschieht.«

»Sie werden wieder ausschweifend … Kommen Sie, General, rücken Sie schon raus damit.«

»Wissen Sie, was SST bedeutet, Mr. President?«

»War das nicht ein Flugzeug?«

Altamont lächelte. »Wenn es bloß so wäre. Es steht für Safe Secure Trailers. 1988 hatte dieses Land vierzig Stück davon. Sie wurden benutzt, um inaktive Atom- oder Wasserstoffbomben, Sprengköpfe, Uran oder Plutonium zu transportieren – alles Dinge dieser Art.«

Ben fühlte, dass sich eine Gänsehaut bemerkbar machte. »Reden Sie weiter«, sagte er leise.

»Als damals die Bombardements begannen, waren einige dieser SSTs unterwegs. Trotz des SALT-Vertrags. Die Fahrer suchten Schutz. Zwei der SSTs suchten Zuflucht in einem geheimen Lager in New Mexico. Letztes Jahr fand man sie wieder.«

»Ich glaube nicht, dass mir das Ende dieser Geschichte gefallen wird«, sagte Ben.

»Nein, Sir«, meinte General Altamont. »Das glaube ich auch nicht.«

SECHS

Jerre war überrascht, als es an der Tür klingelte und Jake Devine und Lisa auf der Veranda standen. Sie bedeutete ihnen, ins Haus zu kommen.

Lisa kam sofort auf den Punkt, die Worte sprudelten nur so aus ihr heraus. »Ich und Jake haben gestern Abend darüber gesprochen, Miss Jerre. Wir helfen Ihnen hier raus, wenn wir mit Ihnen mitkommen dürfen.«

Jerre sah den Söldner an, der ihr zunickte. »Ich habe genug von Hartline, Jerre. Er war schon übel, als ich ihm zum ersten Mal begegnet bin. Ich bin selbst kein Engel, aber Hartline ist völlig verrückt. Ich habe Lisa alles erzählt, was ich gemacht habe. Ich habe nichts ausgelassen, auch nicht den Befehl zur Hinrichtung mehrerer Zivilisten in Indiana. Sie sagt, dass ihr das egal ist. Sie sagt, sie liebt mich. Und ich weiß, dass ich sie liebe.«

Jerre glaubte ihm, da Lisa ihr mehr als einmal gestanden hatte, was sie für Jake empfand und was er ihr gesagt hatte.

»Wann?«, fragte sie.

»Es muss am hellichten Tag geschehen«, antwortete Jake. »Wie wäre es mit morgen Mittag?«

»Ich werde da sein. Und was ist mit den Wachen?«

»Die sagen nichts, wenn Sie bei mir sind«, versicherte Jake ihr. »Aber es wird keine Stunde dauern, dann sind sie uns auf den Fersen. Da können Sie drauf wetten.«

»Wie stehen unsere Chancen?«

Der Söldner zuckte mit den Achseln. »Fünfzig zu fünfzig.«

»Einverstanden.«

Lisa umarmte sie. »Wir werden morgen Mittag hier sein.«

Jerre sah ihnen nach, als sie wieder gingen. Es schneite unablässig.

»Hey, General McGowen!« Matt musste sich davon abhalten, zu schreien. »Ich bin's, Matt.«

»Verdammt, Junge«, knurrte Ike und ließ das Messer sinken. »Was zum Teufel machen Sie denn hier?«

»Das Gleiche wie Sie. Ich will Jerre rausholen.«

Ike und sein Team hatten den jungen Mann in einem leer stehenden Haus in unmittelbarer Nähe von Tremont entdeckt.

»Ist ja wie ein Veteranentreffen, Jungs«, kam eine Stimme aus der Dunkelheit.

Die Männer wirbelten herum, die Waffen schussbereit.

Ike musste grinsen, als er im Dämmerlicht Dan Gray erkannte. »Na gut«, sagte Ike und ließ seine Waffe sinken. »Ich schätze, hier werden bald noch mehr alte Kameraden eintreffen, damit es reicht, um Hartline aus dem Verkehr zu ziehen.«

»Wie viele Leute hat Ihr Team?«

»Insgesamt einundzwanzig. Der Rest stößt morgen vor Sonnenaufgang dazu.«

»Damit wären wir etwas mehr als fünfzig Leute«, sagte Dan grinsend. »Mehr als genug für die Aufgabe, die vor uns liegt. Unsere Teams sollten ihr Nachtlager aufschlagen, und dann sollten wir planen.«

General Altamont nahm ein Blatt Papier aus seiner Aktentasche, das in einer übergroßen Plastikhülle steckte. »Das hier wurde mir heute in mein Büro im Pentagon geliefert. Der Überbringer war ein Kurierdienst. Ich habe versucht, den Kurierdienst im Telefonbuch zu finden, aber er existiert überhaupt nicht.«

Er legte das Blatt in der Hülle auf den Schreibtisch. Ben las den Text.

WIR HABEN DIE ABSOLUTE WAFFE.
ÜBERPRÜFEN SIE DEN LAGERBEREICH VON KIRTLAND,
WENN SIE UNS NICHT GLAUBEN.
BEN RAINES SOLL SICH HÜTEN.

Ben sah auf. »Kirtland Air Force Base?«

»Ja, Sir. Ich habe sofort meine Leute überprüfen lassen, ob es noch Aufzeichnungen über die Bewegungen der alten SSTs gibt. Wir fanden etwas heraus, und dann wurde ein Team aus New Mexico in das Lager geschickt. Keine Spur von den Fahrern, aber die Transportdokumente, die zurückgelassen worden waren, sagten uns, was wir befürchtet hatten. Die SSTs transportierten genug Material für einige sehr große Nuklearwaffen – beziehungsweise ein gutes Dutzend kleinerer.«

»Wer hat die Nachricht geschickt?«

»Wir haben keine Ahnung, Sir.«

»Sie leiten die Air Force Intelligence, richtig, General?«

»Ja, Sir.«

»Entschuldigen Sie, aber ich kann noch nicht jedem Posten das richtige Gesicht zuordnen.«

»Das ist durchaus verständlich, Sir.«

»Also offensichtlich mag mich da jemand nicht. Aber auf welche Drohung wird hier angespielt?«

»Ich will nicht zu flapsig erscheinen, Sir, aber da sind wir genauso schlau wie Sie.«

»Von innen oder von außen? Was meinen Sie?«

General Altamont überlegte einen Moment lang. »Sir, Sie haben überall Feinde. Ich glaube nicht, dass der Secret Service darin verwickelt ist. Aber das ist nur ein Gefühl. Seit Codys Tod haben Sie beim FBI aufgeräumt.« Ein flüchtiges Lächeln umspielte seine Lippen. »Demoralisiert wäre vielleicht das treffendere Wort. Und jetzt bauen Sie das FBI wieder zu dem auf, was es einmal war. Ich glaube, von dort droht keine Gefahr. Sie haben Feinde bei den Streitkräften, aber soweit ich weiß, niemand, der einen hohen oder wichtigen Posten innehat. Im Haus und im Senat dürfte Ihnen bekannt sein, wer gegen Sie ist.«

»Senator Carson«, sagte Ben.

Altamont sah ihn eindringlich ein. Ein Ausdruck der Bewunderung huschte über sein Gesicht. »Ihnen entgeht offenbar kaum etwas, nicht wahr, Mr. President?«

»Nicht viel. Dem alten Bastard würde ich nicht weiter trauen, als ich spucken kann.«

»Ich habe keine konkreten Beweise, was ihn angeht. Aber ich kann Ihnen sagen, dass er auf beiden Seiten seine Finger im Spiel hat.«

»Hätte ich nicht gedacht.«

»Mein Bruder hat mich nie allzu sehr in diesen innersten Kreis gelassen. Darum kann ich nicht viel dazu sagen, abgesehen von den Namen. Aber die kennen Sie ja sicher schon.«

»Allerdings.«

»Aber bevor ich zu hart über die urteile, die von unserer Warte aus zu weit nach links tendieren, möchte ich Ihnen sagen, dass in beiden Häusern von den Männern und Frauen, die sich als konservativ bezeichnen, einige nicht wirklich auf Ihrer Seite stehen.«

»Ja, und das macht mir Sorgen, General.« Ben seufzte. »Bleiben Sie dran.« Er tippte mit dem Finger auf den Brief. »Halten Sie mich auf dem Laufenden.«

»Ja, Sir.« Altamont stand auf, nahm den Brief an sich und verließ das Oval Office.

Als er sicher sein konnte, dass der General gegangen war, rief er in die Sprechanlage: »Susie, sorgen Sie dafür, dass Mitchell General Altamont verfolgt.«

»Ja, Sir. Soll er sich sofort bei Ihnen melden, Sir?«

»Ja.«

»Gut, Sir.«

»Hat er es gefressen?«, fragte Senator Carson.

»Jedes einzelne Wort, Bill«, antwortete General Altamont lachend.

»Wann lassen wir die Erste hochgehen?«

»Nächste Woche. Ich habe eine verlassene Stadt ausgesucht, damit niemand verletzt wird.«

»Wunderbar«, sagte der alte Senator und klopfte Altamont anerkennend auf die Schulter. Alle drei Männer lachten laut.

Altamont wandte sich dem Agenten des Secret Service zu. »Wenn Sie Raines Bericht erstatten, sagen Sie ihm, ich wäre sofort nach Hause gefahren.«

»Ja, Sir«, erwiderte der Agent.

»Ahnt Bob Mitchell irgendwas?«

»Absolut nichts, General. Er ist fett, dumm und glücklich.«

»Gut, so soll es auch bleiben.«

Die drei Männer trennten sich und verließen den kleinen Park, der nur ein paar Kilometer vom Weißen Haus entfernt war. Jeder stieg in seinen Wagen und fuhr davon.

»Ganz reizend«, sagte Rosita und trat aus dem Schatten. »Gentlemen, Sie werden schon in Kürze erleben, wie das Volk meiner Mutter mit Verrätern umgeht.«

Sie ging zurück zu ihrem Wagen und fuhr los. Nicht einmal der Präsident der USA wusste, dass die spanisch-irische Frau von Captain Dan Grays Scouts zu Colonel Hector Ramos' Kommando gewechselt hatte. Sie war in der Kunst der Gegenspionage so gut ausgebildet, wie es nur möglich war. Und sie war so gefährlich wie eine lebende Zeitbombe.

Ben saß allein in seinem Büro. Er hatte Susie nach Hause geschickt. Im Weißen Haus herrschte Ruhe, und er fand Zeit, seinen Gedanken nachzugehen.

Die Zwillinge befanden sich in der Obhut des Kindermädchens, aber Ben stand nicht der Sinn danach, zu ihnen zu gehen und mit ihnen zu spielen. Sie erinnerten ihn zu sehr an Jerre. Er wünschte, er könnte mit irgendjemandem reden.

Er rief bei Cecil an, doch dessen Sekretärin erklärte ihm, der Vizepräsident habe ein Treffen mit den Leitern einiger Ressorts.

Dass Dawn nicht in der Stadt war, wusste Ben. Ike suchte nach Jerre, Lamar war zurück in Idaho. So viele von der alten Truppe waren tot.

Was zum Teufel machte er hier im Weißen Haus? Er hatte diesen verdammten Job nicht gewollt! Es war der einsamste Job der Welt.

Und was war mit diesen SSTs? Mit der Nachricht?

Ben Raines soll sich hüten?

Was zum Teufel sollte das heißen? Verdammt! Er war dieses doppelte, dreifache und vierfache Spiel leid.

Er fragte sich, ob sein Haus in Louisiana noch stand. Und dann musste er an Salina denken.

Ben fuhr um fünf Uhr nachmittags in die Einfahrt zu seinem Haus. Fast ein Jahr lang war er seit den Bombardements unterwegs gewesen. Nichts hatte sich verändert, außer dass auf dem Rasen Blumen wuchsen, wo vorher keine gestanden hatten. Und in der Einfahrt parkte ein fremder Kombi.

Seitdem er durch die Randbezirke von Shreveport gefahren war, hatte er Hunderte von Farbige gesehen. Niemand hatte ihn belästigt, alle waren freundlich gewesen, hatten sich mit ihm unterhalten, wenn er angehalten hatte.

Ben stieg aus seinem Truck aus und dachte, dass viel Land verfügbar sei. Er würde kein Blutvergießen wegen eines Grundstücks in Louisiana veranstalten.

Es kam ihm albern vor, an seiner eigenen Tür anzuklopfen. Als er seine Hand hob und klopfen wollte, ging die Tür auf.

»Komm schon rein, Ben Raines«, sagte Salina. »Ich warte nur auf dich.«

»Hallo, Salina«, erwiderte er und korrigierte seine frühere Einschätzung. Sie sah nicht einfach nur gut aus, sondern war wunderhübsch.

»Ich wollte dich eigentlich willkommen heißen, Ben, aber das wäre doch ziemlich dumm, nicht wahr? Immerhin ist das ja dein Haus.« Sie sah zu Juno. »Ein hübscher Hund. Wie heißt er?«

»Juno.«

Sie streckte die Arme aus und trat einen Schritt zurück, Juno und Ben kamen ins Haus. Es hatte sich nicht viel verändert, seit er zum letzten Mal hier gewesen war, außer, dass es jetzt viel sauberer und aufgeräumter war. Er sagte es ihr.

Saline lächelte bezaubernd. »Die meisten Junggesellen haben nicht viel für die Hausarbeit übrig. Un'«, ein spitzbübisches Funkeln tauchte in ihren Augen auf, »wir Neger sin' seit Jahrhunderten drauf dressiert, uns um das Haus unseres Herrn und Meisters zu kümmern, wenn er weg is', um wichtige Dinge zu erledigen.«

»Hör mit dem Unsinn auf, Salina«, sagte er und erkannte erst da, dass sie ihn aufgezogen hatte. »Außerdem bist du nur eine Halbnegerin. Also sollte das Haus auch nur halb sauber sein.«

Sie lachte auf. »Okay – Unentschieden. Das Abendessen ist um sieben fertig. Es kommen Gäste, weil wir wussten, dass du auftauchen würdest.«

»Woher?«

»Buschtrommeln.«

Ben verzog das Gesicht. »Bis um sieben habe ich garantiert Hunger.«

»Nun, s' gibt Maisbrot, Rückenspeck und grünes Gemüse«, sagte sie, während ihre Augen funkelten.

»Salina ...«

Sie lachte. »Denkst du, ich nehme dich auf den Arm?«

Das tat sie nicht.

Cecil, Lila, Paul und Valerie kamen zum Essen. Nach dem Abendessen saßen sie bei Kerzenschein im Wohnzimmer.

»Und wirst du bleiben, Ben?«, fragte Cecil.

»Nein, ich werde am Morgen Richtung Norden nach Mississippi fahren und dann in nordwestliche Richtung weiter.« Er erzählte ihnen von Präsident Logans Plänen, Menschen umzusiedeln, was bei den meisten auf Zustimmung stieß. Und er erzählte davon, dass Logan den Menschen ihre Waffen abnahm.

Es überraschte Ben nicht, dass die anderen mehr darüber wussten als er.

»Wir werden Logan so lange nicht in die Quere kommen, solange er uns in Ruhe lässt«, sagte Paul. »Wir leben und lassen leben.«

Ikes Worte, dachte Ben.

»Du kannst gern bei uns übernachten, Ben«, schlug Lila vor.

»Das hier ist mein Haus«, sagte er.

Lila sah zu Salina. »Dann solltest du vielleicht besser mit zu uns kommen.«

»Mir gefällt's hier«, erwiderte Salina. Ben spürte, dass sie ihn ansah.

»Es wird nur böses Blut geben, Mädchen. Du bist halb schwarz, halb weiß«, sagte Lila leicht verärgert. Die beiden Frauen stritten sich ein paar Minuten lang, dann sprang Salina auf und lief heulend aus dem Zimmer.

Einen Moment später erhob sich Juno und folgte ihr nach nebenan.

»Wenn ein Mann und sein Tier eine Frau akzeptieren«, meinte Cecil daraufhin, »dann sagt das wohl alles.« Er zündete seine Pfeife an. »Sei vorsichtig, Ben. Oft kommt der Druck bei einer solchen Beziehung nicht so sehr von außen, sondern vielmehr von innen.«

»Dessen bin ich mir bewusst.«

Sie unterhielten sich noch gut eine halbe Stunde, und Ben stellte fest, dass er den größten Teil der Ideen und Träume teilte, die Cecil äußerte. »Ben, du wirst deine eigene kleine Nation gründen, so wie wir das hier auch versuchen. Ich wünsche dir viel Glück. Du wirst es brauchen. Es könnte sein, dass ich ... dass wir uns dir dort draußen vielleicht anschließen.«

»Ihr wärt willkommen, Cecil. Es gibt zu wenige, die so sind wie du, Lila, Paul und Valerie.«

»Und Salina«, sagte Lila mit einem Funkeln in den Augen.

Ben reagierte mit einem Lächeln.

Nachdem sie alle gegangen waren, begab Ben sich ins Schlafzimmer. »Du hast alles mitbekommen, was sie gesagt haben?«

»Klar. Ich bin doch nicht taub.«

»Und? Willst du morgen früh mit mir aufbrechen?«

»Vielleicht gefällt es mir hier ja.«

»Na klar, und du lässt dich von Kenny Parrs Söldnern töten. Also noch Mal: Willst du morgen früh mit mir aufbrechen?«

»Warum sollte ich?«

»Du könntest Dinge sehen, die du noch nie gesehen hast.«

»Ben, für einen Autor ist das eine dämliche Aussage. Wenn ich nicht schon alles gesehen hätte, dann würde ich das natürlich alles zum ersten Mal sehen.«

»Was?«

»Der Grund reicht mir nicht, Ben.«

»Nun ... verdammt noch mal! Ich mag dich und du magst mich.«

»Das ist schon besser. Aber bist du sicher, dass du mit einem Zebra reisen möchtest?«

Ben musste auf einmal an Ikes Frau Megan denken. »Ich

werde jedem sagen, dass du einfach zu lange in der Sonne warst.«

Sie kicherte. »Fuck you, Ben Raines.«

»Sowas habe ich auch im Sinn.«

Sie zog das Laken zur Seite, Ben konnte sehen, dass sie nackt war. Und wunderschön. »Komm schon her. Ich versichere dir, Weißling, ich färbe garantiert nicht ab.«

Ben riss sich zusammen, um sich auf die Gegenwart und alle mit ihr verbundenen Schwierigkeiten zu konzentrieren.

Bedrohungen und Atombomben; Gewerkschaften, die ihn beschimpften, weil er den Leuten wieder einen Job gegeben hatte – was er überhaupt nicht verstehen konnte; der Kongress kämpfte gegen sein Gesundheitsprogramm an, während die Menschen starben; die Lehrer waren außer sich, weil Ben wollte, dass sie Moral und Ethik lehrten, und er ihnen nebenbei noch das Gehalt verdoppelte. Es war egal, ob etwas für die Nation insgesamt gut war, es gab anscheinend immer eine Gruppe oder Organisation, die etwas dagegen einzuwenden hatte.

›Es kümmert die Leute nicht‹, hatte Lamar gesagt. ›Es kümmert sie nicht, und es hat sie noch nie interessiert, was für die gesamte Bevölkerung gut ist. Sie interessieren sich nur für ihre eigene kleine Gruppe. Kaum zeigt eine Frau im Fernsehen ihre Titten, wird von einer Sünde gesprochen. Aber es wird praktischerweise vergessen, dass mindestens die Hälfte der Babys in den USA gestillt werden und die Brust ihre früheste Erinnerung ist. Einen Sinn ergibt das nicht. Einige religiöse Gruppen wollen, dass jedes Buch verboten und verbrannt wird, in dem das Wort ›ficken‹ vorkommt, während andere wollen, dass Sex mit Kindern legalisiert wird. Es ist völlig außer Kontrolle geraten, Ben, schon seit den Sechzigern. Du musst einfach das Beste aus der Zeit herausholen, die du im Amt verbringst, und dann sieh zu, dass du diesen Posten verlässt, der jeden auf lange Sicht einlullt.‹

Ben stand auf, streckte sich und ging in sein Privatzimmer. Er bestellte sich in der Küche etwas zu essen und schaltete den Fernseher ein.

Nachrichten, jedenfalls dem Namen nach. Gewerkschafter in Florida beschimpften Raines als Kommunisten, weil er Niedriglöhne zuließ. Religiöse Gruppen attackierten ihn, weil er den Frauen das Recht zusprechen wollte, selbst über ihren Körper zu bestimmen. Bürgerrechtsbewegungen griffen ihn wegen der Todesstrafe an, und die Reichen jammerten, dass Ben das Steuersystem anpassen wollte. Jeder beklagte sich in den höchsten Tönen.

Ben schaltete ab.

Dann wurde ihm plötzlich etwas bewusst. Die Medien bezogen nicht Stellung. Keine Kommentare, keine Anspielungen in ihren Texten, keine Miene, die eine gegenteilige anstelle der geäußerten Ansicht erkennen ließ. Was war los?

Mochten sie ihn auf einmal?

Ben beschloss, die Feststellung als dummen Zufall abzutun. Er sah zum Teller, auf dem noch die Hälfte seines Essens lag, und schob ihn weg.

Er ging ins Schlafzimmer, duschte noch rasch, legte sich aufs Bett und nahm ein Buch – und war nach zwei Minuten eingeschlafen.

SIEBEN

»Die C-4 ist plaziert und auf zwanzig Minuten eingestellt«, sagte einer der Männer zu Ike. »Damit allein dürften wir fünfzig von Hartlines Männern töten oder wenigstens außer Gefecht setzen.«

»Rauchbomben?«, fragte Dan Gray.

»Sind auch an Ort und Stelle. Wir waren die ganze Zeit über mit Ikes Gruppe in Funkverbindung. Die Rauchbomben gehen gleichzeitig mit der C-4 hoch.«

»Okay.« Ike schaute Matt an. »Wir beide marschieren geradewegs auf Hartlines Haus zu. Ich gehe vorne rein, Sie nehmen die Hintertür.«

Er warf zwei der Scouts von Gray einen Blick zu. »Ihr beide nehmt euch das Maschinengewehr auf dem Jeep und verzieht euch hinter diese Mauer seitlich von Hartlines Haus. Norden.«

Er wandte sich zwei weiteren Rebellen zu. »Ihr zwei übernehmt die Südseite, alle anderen wissen, was sie zu tun haben.«

Er sah auf seine Armbanduhr. »Fangen wir an, Jungs.«

»Vergiss uns nicht, Macho-Schwein!«, rief eine Frau aus dem Hintergrund und kicherte.

»Tut mir Leid, Süße.« Ike grinste breit, während er die drei Frauen aus Grays Team ansah. »Ich vergesse das immer wieder.«

»Letzte Nacht hast du's aber nicht vergessen«, gab sie zurück und grinste so breit, dass ihre Zähne in der Dunkelheit aufblitzten.

»Darling«, sagte Ike, »das war die unvergesslichste Nacht meines Lebens.«

»Verlogener Mississippi-Bastard«, murmelte die Frau ohne einen Hauch von Ernsthaftigkeit in ihrer Stimme.

Die Männer und Frauen mussten lachen, was die Anspannung des Augenblicks lockerte.

»Also, auf geht's, Jungs und Mädels«, sagte Dan.

Es war fünf Uhr am Morgen, als sie aufbrachen.

Sam Hartline zog den Gürtel zu, während sein Blick auf Jerre ruhte, die ihn von dem großen Bett ansah. Nur eine kleine Notlampe spendete etwas Licht.

»Du bist klasse, Jerre-Baby«, sagte er. »Ich werde dich für mich behalten. Verstehst du?«

»Ich habe dich gehört.«

Er lachte amüsiert. »Kein anderer Mann soll dich haben, Baby. Das verspreche ich dir. Du gehörst mir, du bist mein Eigentum. Mein Eigentum, mit dem ich machen kann, was ich will. Mal ehrlich: Ist das ein schlechtes Leben?«

Sie musste zugeben, dass es nicht so war. Er war nie brutal geworden. Sie hatte feinste Kleidung, das beste Essen, und sie wurde besser behandelt als jeder Gefangene.

Aber sie war trotz allem eine Gefangene.

Schlimmer war aber noch, dass sie sich zwingen musste, nicht auf ihn zu reagieren, wenn er mit ihr schlief. Er hatte etwas – und er war besser gebaut als jeder andere Mann, den sie kannte.

Die Erinnerung an die letzte Nacht kehrte zurück, als ihr Widerstand gebrochen worden war und sie sich an ihn geklammert hatte, während er sie von einem Höhepunkt zum nächsten gebracht hatte. Das war ihr so peinlich.

Und außerdem hasste sie ihn immer noch.

»So, mein Schatz«, sagte er. »Du legst dich jetzt wieder schlafen und träumst von meinem Schwanz.« Er lachte laut.

Im gleichen Moment zerriss eine Detonation die Dunkelheit des frühen Morgens. Flammen schossen in den noch düsteren Himmel, als ein Tanklager in die Luft flog.

Er hatte Jerre den Rücken zugewandt, die sofort das Radio vom Nachttisch nahm und es dem Söldneranführer auf den Hinterkopf schlug. Er ging auf die Knie, Blut floss aus einer großen Platzwunde.

Das Geräusch von Maschinengewehrfeuer zerfetzte die morgendliche Ruhe. Die vordere und die hintere Tür des

Hauses wurden zeitgleich eingetreten. Hartline rappelte sich auf und zog seine 45er aus dem Holster an seinem Gürtel.

Er richtete die Waffe auf Jerre und drückte ab.

Ben wurde aus dem Schlaf gerissen. Er glaubte, er hätte Schüsse gehört. Doch das einzige Geräusch, das er hören konnte, war das Pochen seines Herzens. Dann hörte er es: der Regen. Er musste Donner gehört haben, keine Schüsse.

Aber er konnte nicht wieder einschlafen.

Er drehte sich gut eine halbe Stunde im Bett hin und her, während die roten Digitalziffern seines Radioweckers ihn fast vorwurfsvoll anstarrten.

Er starrte zurück. »Zum Teufel …«, murmelte er.

Er warf das Laken zur Seite und suchte nach seiner Jeans. Er trug nie einen Schlafanzug, und Morgenmäntel verabscheute er.

Er schüttete einen Kaffee auf, schmierte sich zwei Scheiben Brot und begab sich ins Wohnzimmer. Er setzte sich im dunklen Raum ans Fenster und sah dem Regen zu, der sich allmählich in Graupel verwandelte.

Auf der anderen Seite der Stadt warf sich Dawn in ihrem Bett hin und her. Sie hatte Rosita nicht kommen hören, und solange Dawn noch aufgewesen war, hatte sie von ihr nichts gesehen. Sie fragte sich, wo ihre Freundin war, und hatte eine dumpfe Vorahnung, dass mit Rosita irgendetwas nicht stimmte. Aber Dawn wusste nicht, was es war. Diese Frau schien ihr zu selbstsicher zu sein. Vielleicht war es genau das.

Aber etwas sagte ihr, dass da noch mehr war.

Tina lag in ihrem Bett und fragte sich, wie lange es noch dauern würde, ehe ihr Vater explodieren und einigen seiner Kritiker erzählte, was er von ihnen hielt. Wenn es so weit war, dann würde er bei ihnen einen Eindruck hinterlassen, der sich nicht wieder auslöschen ließ. Vorausgesetzt, dass es bei einem verbalen Ausbruch blieb. Es konnte genauso gut sein, dass er ausholte und jemandem den Kiefer brach.

Es tat ihr Leid, dass sie ihn gedrängt hatte, Präsident zu werden. Sehr Leid sogar.

Sie wünschte, sie alle könnten einfach ihre Sachen packen und sich auf den Weg Richtung Westen machen.

Roanna Hickman saß am Fenster und betrachtete den Graupelschauer. In der Hand hielt sie eine Tasse mit heißem Kaffee. Ihr Reporterinstinkt sagte ihr, dass irgendetwas in der Luft lag. Jane hatte vor ein paar Stunden ein ähnliches Gefühl geäußert.

Aber was es war, wusste auch sie nicht.

Sie nahm den Hörer ab und rief im Sender an, ob sich in der Nacht irgendetwas Wichtiges ereignet hatte.

»Hungersnöte in Afrika, Seuchen in Teilen von Asien, Gefechte in Südamerika, Europa versucht, sich aufzurappeln. Und irgendein Verrückter hat auf der oberen Halbinsel von Michigan eine halbes Dutzend Mutanten gesehen ...«

»Was war das? Sagen Sie das noch mal.«

»Mutanten. Keine richtigen Menschen, aber auch keine richtigen Tiere. Verdammt groß.«

»Kommt das aus Chicago?«

»Nein, das haben wir von AP. Ach ja, da ist noch was. Ratten. Mutierte Ratten, so groß wie kräftige Katzen.«

Roanna fühlte einen Schauder, der ihr über den Rücken lief. Wo hatte sie das schon mal gehört? Sabra! Sabra hatte gesagt, Vizepräsident Lowry habe davon gehört. Und woher wusste er davon? Von Hartline und Cody natürlich!«

Sie kämpfte gegen ihre Furcht und Aufregung an. »Okay, George, danke.«

Was für eine Story. Vorausgesetzt, sie stimmte. Wen sollte sie hinschicken? Sie sollte in Chicago anrufen, damit man sich um diese Sache in Michigan kümmerte, aber vermutlich würde man sie auslachen. Nein, sie musste einen von ihren eigenen Leuten nehmen.

Wen? Im Geist ging sie die Liste durch. Jane hatte ihr im Nacken gesessen, weil sie raus wollte. Ja, sie sollte nach Michigan reisen. Und Bert LaPoint sollte sich nach Memphis begeben. Sie würden beide besonders gut auf sich aufpassen müssen.

Sie duschte, zog sich an und machte sich auf den Weg ins Büro.

Rosita kochte vor Wut. Sie verfluchte Captain Gray, dass er sich abgesetzt hatte. Er hatte sie unter einem Vorwand hierher geschickt, um sich dann aus dem Staub zu machen. Sie wusste nicht, was sie machen sollte. Dan hatte ihr gesagt, dass sie notfalls ihre Deckung aufgeben und zu Ben Raines gehen sollte. War diese Zeit jetzt gekommen?

Sie wusste es nicht und beschloss, noch einen Tag zu warten.

Sie bemerkte nicht den Schatten des Mannes hinter ihr, als sie um die Ecke ging. Sie bewegte sich schnell auf ihren Wagen zu, der vor einem Apartmentgebäude geparkt war, in dem sie noch immer eine Wohnung hatte. Dort lagerten ihre leistungsstarken Sende-Empfangseinheiten und ihre Waffen – ihr Handwerkszeug. Sie hoffte, dass niemand versuchen würde, in ihr Apartment einzudringen. Denn wenn das geschehen würde, müsste man denjenigen Fetzen für Fetzen von den Wänden kratzen. Der Auslöser für die Falle gegen Eindringlinge befand sich unter dem Teppich, und er reagierte auf einen Druck von gerade einmal 15 Pfund. Selbst wenn es dem Einbrecher gelang, diese Falle zu umgehen, wartete die nächste schon auf ihn, um sicherzustellen, dass er nicht lebend das Apartment verließ.

Die Heckleuchten von Rositas Wagen verloren sich im Schneeregen des Morgens.

Der Mann ging zu einer Telefonzelle und wählte eine Nummer.

»Sie ist nicht das, was sie vorgibt«, sagte er.

Carl Harrelson, der noch immer nicht den Anschiss verarbeitet hatte, den er von Robert Brighton vor versammelter Mannschaft abbekommen hatte, fragte: »Welchen Namen benutzt sie?«

»Susan Spencer«, antwortete Jim Honing, ein Reporter der *Richmond Post,* der gelegentlich mit Harrelson zusammenarbeitete.

»Warte auf mich«, sagte Harrelson. »Wir machen das gemeinsam. Ich bin in einer halben Stunde da.«

Jerre rollte sich in dem Moment vom Bett, als Hartline den Abzug betätigte. Die Geschosse fraßen sich durch die Bettdecke in die Matratze.

»Kind, halt dich da raus!«, hörte sie Ike rufen.

»Miss Jerre!«, schrie Lisa.

»Eine Falle«, zischte Hartline

»Lisa«, brüllte Jake Devine. »Nicht!«

Lisa tauchte in dem Moment in der Tür auf, als Hartline einen Satz auf das seitliche Fenster zu machte. Er blieb stehen, sah das Mädchen und betätigte wiederholt den Abzug, bis Lisa tot zusammenbrach.

Hartline fühlte, wie eine Kugel in seine linke Schulter einschlug und ihn so herumwirbelte, dass er auf ein Knie niederging. Er sah aus dem Fenster und erkannte das wütende Gesicht von Jake Devine. In der Hand hielt er eine Waffe.

Hartline schoss ihm in die Brust und sprang durch das zertrümmerte Fenster. Er ließ sich zu Boden fallen und rollte sich vorwärts, während die Kugeln ihm um die Ohren flogen.

Er schaffte es, sich aufzurappeln, durch den Rauch zu laufen, der das Haus einhüllte, und bis zu einem Wagen zu gelangen. Er startete den Motor und raste in Richtung Landebahn davon.

»Zum Teufel mit ihm!«, rief Ike. »Sucht Jerre.« Fast wäre er über den sterbenden Jake gestürzt.

»Das Schlafzimmer«, krächzte er und streckte einen Finger aus. »Ich und Lisa wollten sie heute Nachmittag holen ... und abhauen. Die Kleine ist tot, oder?«

»Das Mädchen, das ich davon abhalten wollte, ins Haus zu rennen?«, fragte Ike, während er neben dem Söldner kniete.

»Ja.«

»Ja, Hartline hat ihr den Kopf weggeschossen.«

»Wenigstens ging es schnell.«

Die Schüsse fielen in immer größeren Abständen, da die Rebellen mittlerweile nur noch damit befasst waren, die Söldner von Hartline zu erledigen, die bislang entkommen waren.

»Ich wollte einmal in meinem Leben was Gutes tun«, sagte Jake. »Aber ich hab's verbockt. So wie immer.«

»Nein«, erwiderte Ike leise. »Das ist nicht wahr. Sie haben es versucht, und das allein zählt.«

Jake streckte seine Hand aus. »Ich würde gerne Ihre Hand schütteln, Mister, wenn es Ihnen nichts ausmacht.«

»Das macht mir nichts aus«, sagte Ike mit erstickter Stimme. Er sah zu Jerre, die zu ihnen gekommen war. Tränen liefen ihr übers Gesicht.

»Sie hat dich geliebt, Jake«, sagte sie.

Jake umklammerte Ikes Hand. »Ich habe sie auch geliebt, Jerre.«

Die Hand wurde schlaff. Der Söldner war tot.

Captain Dan Gray räusperte sich. »Ich glaube, ihn sollten wir anständig beerdigen.«

»Ja, das würde ihm gefallen«, sagte Jerre. »Ich glaube, zum Schluss ist doch noch ein guter Mensch aus ihm geworden.«

Jake und Lisa wurden gemeinsam und Arm in Arm beerdigt. Captain Dan Gray las aus der Bibel, dann war die Bestattung vollzogen.

Jerre sah Matt an. Er war jung und groß und stark. Und sein Bart gab ihm einen neuen, entschlossenen Ausdruck. Sie lächelte ihn an.

»Bring mich nach Hause, Matt.«

»Aber Ben ...«

Sie brachte ihn mit einem zärtlichen Kuss zum Schweigen, während Ike, Dan und die anderen erst grinsten und dann wegsahen.

»Nach Hause, Matt. Du und ich, wir beide. Ich möchte, dass wir nach Hause fahren.«

Matt errötete und trat verlegen von einem Fuß auf den anderen.

»Ist die Liebe nicht was Schönes?«, meinte Ike.

Jerre und Matt lösten sich von der Gruppe und gingen zu seinem Pick-up. Sie gingen Hand in Hand und lächelten sich an.

Eine der Frauen aus der Gruppe meinte, dass die Luft um die beiden herum förmlich zu flimmern schien.

ACHT

»Bist du sicher, dass du dieses Schloss aufkriegst?«, fragte Harrelson.

Honung lächelte geduldig. »Ich habe für verschiedene Klatschblätter gearbeitet, bevor ich nach Richmond kam«, sagte er. »Ich habe noch kein Schloss gesehen, das ich nicht knacken kann.« Das Schloss gab einige klickende Geräusche von sich, dann ging die Tür auf, und das dunkle Apartment lag vor den beiden Männern.

»Ich verstehe noch immer nicht, was dich an diesem Halbblut so interessiert«, sagte Honung und blieb einen Moment lang stehen, bevor sie eintraten.

»Angeblich lebt sie mit Dawn Bellever zusammen, der festen Freundin unseres Präsidenten. Ich hab sie mindestens ein Dutzend Mal im Weißen Haus gesehen, als ich von dort berichtet habe. Eines Abends ging ich nach Hause und kam hier vorbei, da sah ich, wie sie in dieses Apartment ging. Ich fand das merkwürdig und wartete schließlich ein paar Stunden auf sie, aber sie kam nicht wieder raus. Erst dachte ich, ich könnte sie zur Zusammenarbeit erpressen, aber ich habe sie nie mit irgendeinem Mann gesehen, was meinen Verdacht bestätigt hätte. Darum wollte ich, dass du sie beschattest und so viel wie möglich über sie herausfindest. Ich bin zu allem bereit, um diesen Hurensohn aus dem Weißen Haus zu vertreiben. Vielleicht hilft uns das hier weiter.«

»Na, dann wollen wir mal«, sagte Honung.

Gemeinsam betraten sie das dunkle Apartment.

Es war sieben Uhr, als Ben von Jerres Rettung erfuhr. Eine Zeit lang hatte er sich den Luxus gegönnt, einfach nur ruhig im Wohnzimmer zu sitzen und die Freude zu genießen, die er spürte.

Ike hatte ihm gesagt, dass sie mit Matt weggefahren war, was ihn nur ein wenig schmerzte. Er wusste, dass sie seit Monaten zusammen waren, und es wurde Zeit, dass sie mit einem Mann häuslich wurde, der sie liebte und der sich um die Zwillinge kümmern würde.

Die Zwillinge. Er würde veranlassen, dass die Zwillinge zu ihnen gebracht wurden, sobald er wusste, wo sie sich aufhielten und dass sie in Sicherheit waren.

Ike war auf dem Weg zurück in die Tri-Staaten, nachdem er Ben gesagt hatte, Richmond sei für ihn das Schlimmste, was er sich vorstellen konnte. Er war Farmer und Kämpfer, aber kein Politiker.

Ben wünschte, dass es für ihn auch so einfach sein könnte. Gott! Er wollte so gerne diese Regierungsarbeit hinschmeißen und in die Tri-Staaten zurückkehren.

Aber er wusste, dass das nicht ging. Er durfte nicht gehen. Er hatte erst die halbe Arbeit erledigt.

Er sah auf die Uhr. Acht Uhr. Er drückte auf den Knopf der Sprechanlage.

»Wie viele warten, Susie?«

»Ich habe hier ein volles Haus, Boss. Und vier Anrufer sind auch in der Leitung.«

»Irgendwas Wichtiges?«

»Nein.«

»Sagen Sie ihnen, ich rufe zurück. Wer ist der Erste?«

»Der Surgeon General.« Sie machte eine kurze Pause. »Er ist etwas kribbelig, Boss. Und ziemlich blass.« Das Letzte hatte sie nur geflüstert.

»Soll reinkommen, Susie.«

»Haben Sie noch Kaffee, Boss?«

»Ich könnte noch eine Tasse gebrauchen.«

»Ich bringe sofort zwei rein.«

Dr. Harrison Lane sah mitgenommen aus, als habe er die ganze Woche kaum geschlafen. Sie sprachen über Nebensächlichkeiten, bis Susie den Kaffee gebracht und das Zimmer wieder verlassen hatte.

»Was haben Sie auf dem Herzen, Harrison?«

»Ratten.«

»Was?« Ben hielt mitten in der Bewegung inne, die Tasse ein Stück angehoben in der Hand.

»Ich sagte: Ratten. Die großen braunen Ratten, die in der Kanalisation und auf Müllkippen leben. Von Kopf bis Schwanzspitze gut sechzig bis siebzig Zentimeter groß. Nur haben wir es jetzt mit viel größeren Ratten zu tun, Mr. President. Bisher habe ich nur Berichte gehört, gesehen habe ich sie noch nicht. Ich bete zu Gott, dass die Berichte nur erfunden sind. Ich möchte mir keine Ratte vorstellen müssen, die so groß ist wie ein kleiner Pudel.«

»Ist das Ihr Ernst?«, fragte Ben.

»In einer Meldung war von einer Ratte die Rede, fünfzehn bis zwanzig Zentimeter Schulterhöhe. Geschätztes Gewicht zwischen fünf und acht Pfund.«

»Jesus Christus!«

»Die Ratten sind aber noch das kleinere Übel. Schlimmer ist, was sie mit sich herumtragen.«

»Flöhe.«

»Ja, Sir. Ich habe mich erkundigt: Sie übertragen die Pest.«

»Welche Art?« Ben spürte eine Gänsehaut. Das Land hatte in dieser Hinsicht bislang Glück gehabt. Trotz Millionen toter Menschen und Tiere, die im Sommer 1988 unmittelbar nach den Bombardements verwest waren, hatte es keine ernsthaften Krankheitsausbrüche gegeben. Kein Milzbrand oder andere tödliche Viren, die über die Luft verbreitet wurden.

Bis jetzt.

»Das wissen wir nicht.«

»Wie soll ich das verstehen?«

»Nun, Sir, es ist ... der Beulenpest ähnlich, aber es steckt mehr dahinter. Ich wünschte, wir hätten noch mehr Impfstoff. Als Logan die Leute umsiedelte, hat der Trottel Atlanta verlassen und die ganze Ausrüstung zurückgelassen, wo sie verrottet und verrostet ist.«

Ben lächelte. »Wir haben sie.«

»Sir?«

»Ich hatte meinen Leuten befohlen, die Ausrüstung herauszuholen. Sie befindet sich in den Tri-Staaten. Das meiste ist in Vorratsbunkern tief unter der Erde eingelagert.«

Harrison musste ebenfalls lächeln. »Sehr gut. Die Mikrobiologen und Epidemiologen in meiner Abteilung arbeiten daran. Aber wie gesagt ... es hängt mehr damit zusammen.«

»Diese Form wird durch Tröpfchen übertragen, nehme ich an«, sagte Ben.

»Ja, genau.«

»Und das Blut und den Schleim, den man aushustet ... beides ist verseucht.«

»Ja, woher wissen Sie das?«

»Ich habe mal vor Jahren ein Buch darüber geschrieben«, sagte Ben. »In meinem Buch hat der Held Tetracyclin, Streptomycin und ... da war noch was, womit er die Krankheit bekämpft hat.«

»Chloramphenicol«, steuerte der Arzt bei.

»Ja, das war es, genau.«

»Die ersten Tests deuten darauf hin, dass diese Medikamente anschlagen. Aber wer erst einmal infiziert ist, bei dem sinkt die Erfolgsquote drastisch.«

»Ich verstehe«, sagte Ben und schüttelte den Kopf. »Angenommen, wir würden zum Beispiel morgen früh ein groß angelegtes Impfprogramm starten, wie lange würde es dauern?«

»Wochen, wenn wir Glück haben und es genug von dem Medikament gibt. Aber diese Seuche breitet sich viel zu schnell aus, um natürlichen Ursprungs zu sein. Auf jeden Fall nehmen wir Streptomycin und Chloramphenicol zusammen als Antibiotikum. Das stoppt die Pest aber nicht, wenn der Betroffene bereits angesteckt worden ist.«

»Sie sagen das, als hätte Jesus auf einmal die Kraft zum Heilen verloren. Was ist mit Tetracyclin?«

»Nichts. Es ist ein gutes Antibiotikum. Es ist nur so, dass wir die Seuche sofort ausrotten wollten, also haben wir diese beiden Mittel genommen. Das hätte sofort wirken müssen, hat es aber nicht. Bislang sind hundert Fälle gemeldet. Unglaublich.«

»Bitte einmal in allgemein verständlicher Form, Harrison.«

Der Surgeon General erhob sich von seinem Platz und lief

im Zimmer auf und ab, dann blieb er stehen und sah Ben an. »Wenn wir genügend Medikamente hätten, um jeden in Amerika zu impfen, und könnten das innerhalb eines Monats schaffen, was unmöglich ist, würden wir immer noch die halbe Bevölkerung verlieren – wenn wir großes Glück haben. Eine infizierte Person kann fünfhundert oder tausend andere anstecken. Eine Person in einem Bus oder einem Flugzeug kann drei Viertel der Passagiere infizieren. Die infizieren im Gegenzug wieder jeden, mit dem sie in Kontakt kommen. Diese Seuche verbreitet sich schneller als alles, was ich kenne. Und vom Erstkontakt bis zum Tod vergehen nur drei Tage.«

Ben sprang auf. »Drei Tage?«

»Ja, Sir, drei Tage. In den ersten zwölf Stunden Fieber und Husten. In den nächsten zwölf eine Lungenentzündung mit blutigem Auswurf, der jeden infiziert. Dann riesige Geschwüre in den Armbeugen und im Unterleib. Höheres Fieber, Bewusstlosigkeit und dann der Tod.«

»Sie hätten Autor werden sollen, Doktor«, sagte Ben. »Ich kann mich an nichts erinnern, das so massiv vorgeht.«

»Und so tödlich«, ergänzt Harrison.

Ben rief seine Sekretärin. »Sagen Sie alle Termine für heute ab. Sagen Sie den Leuten, ich fühle mich nicht wohl. Cecil soll einspringen.«

Nachdem sich Lane für einen Moment ins Badezimmer zurückgezogen hatte, nahm Ben den Hörer ab und wählte den Notruf für die Tri-Staaten. Der Apparat war permanent besetzt, seit Ben den Posten als Präsident angenommen hatte.

»Ja, Sir?«, meldete sich eine Stimme, die gut dreitausend Kilometer entfernt war.

»Hier spricht General Raines. Hören Sie gut zu, sagen Sie nichts. Schließen Sie sofort die Grenzen und starten Sie auf der Stelle ein Programm zur Ratttenbekämpfung. Seien Sie vorsichtig und fassen keines von den Viechern an. Ich weiß nicht, wie weit ein Floh springen kann, aber auf einen halben bis einen Meter würde ich schon tippen. Ich will keine Panik auslösen. Teilen Sie Dr. Chase mit, dass uns das Mittelalter mit all seinen Schrecken bevorsteht. Sie haben genügend Impfstoffe auf Vorrat. Er weiß, was zu tun ist. Sagen Sie ihm, ich rufe ihn um achtzehn Uhr an. Haben Sie das alles verstanden?«

»Mitgeschnitten, Sir.«

Ben legte auf, als Dr. Lane gerade wieder ins Zimmer trat. Er hatte sich gerade wieder hingesetzt, da kam Cecil ins Zimmer.

»Sagen Sie Cecil, was Sie mir gerade erzählt haben«, wies Ben ihn an. »Ich muss vom Nebenzimmer aus ein paar Telefonate erledigen.«

Die Joint Chiefs saßen zusammen, als Ben sie anrief. General Rimel nahm sofort den Hörer ab. »Ja, Sir, Mr. President?«

Ben erklärte, was er von Lane erfahren hatte. Er wusste, dass über Lautsprecher alle mithören konnten. »Ich möchte, dass sofort alle Flüge storniert werden. Von Militärflügen und dringenden medizinischen Flügen abgesehen, sollen alle Maschinen am Boden bleiben. Lassen Sie Ihre Leute impfen, und dann sollen sie die Städte dichtmachen. Niemand darf durch – absolut niemand! Die Polizei soll in jedem Staat Straßensperren errichten. Ich will, dass die Bürger da bleiben, wo sie sind. Ich möchte, dass darüber kein Wort verlautet wird, bis Ihre Truppen Stellung bezogen haben. Wenn wir alle zusammenarbeiten, können wir vielleicht die halbe Bevölkerung retten. Mit etwas Glück auch ein wenig mehr. Ich will, dass ab heute Mittag auf den Interstates alles zum Erliegen kommt. Keine Lastwagen, keine Busse, keine Autos, gar nichts. Wenn es sein muss, verhänge ich das Kriegsrecht, damit die Leute zu Hause bleiben. Wenn Ihre Leute geimpft sind, sollen alle verfügbaren Sanitäter ab sechs Uhr morgen früh den privaten Ärzten helfen.«

Dann berichtete er ihm von der Bombendrohung.

»Gottverdammt!«, fluchte General Franklin. »Was wollen diese Leute damit erreichen?«

»Ich weiß nicht, was sie wollen, und ich weiß auch nicht, wer dahintersteckt«, antwortete Ben. »Und mir fehlt auch die Zeit, um mir darüber Gedanken zu machen. Bringen Sie Ihre Leute in Gang und bleiben Sie mit mir in Kontakt.«

Er legte auf und ging in sein Büro zurück. Cecil machte einen erschütterten Eindruck.

Harrison sah Ben an: »Ich bin eben angerufen worden, Mr.

President. In der letzten Stunde wurden sechs weitere Fälle bestätigt. Bislang beschränken sie sich auf das Gebiet östlich des Mississippi River.«

»Gehen Sie nicht davon aus, dass das so bleibt.«

»Ich weiß, Sir.«

Ben sagte den beiden, was er eben angeordnet hatte.

»Aber ich dachte«, wunderte sich Harrison, »dass in solchen Fällen erst der Kongress informiert werden muss.«

»Ich habe nicht die Zeit dafür, dass der Kongress erst zwei Wochen lang darüber debattiert. Diese Leute würden nur kostbare Zeit verschwenden, ehe sie sich entschließen, was sie tun wollen.«

Ein Arzt des angeschlossenen Militärkrankenhauses trat ein.

»Ich habe ihn gerufen«, sagte Harrison als Antwort auf Bens unausgesprochene Frage.

»Ärmel hochkrempeln«, meinte der Arzt. »Das wird Ihnen mehr wehtun als mir, das verspreche ich Ihnen.«

Ben grinste. »Sie sind nicht zufällig mit Lamar Chase verwandt?«

VIERTER TEIL

EINS

»Ich verlange eine Erklärung dafür!«, brüllte Senator Carlise, als er in das überfüllte Oval Office kam. Er hielt eine Kopie des Textes von AP hoch. »Das ist die dreisteste Verletzung der ...«

»Setzen Sie sich hin und halten Sie die Klappe«, wies Ben ihn an. »Wenn Sie heute Morgen in Ihrem Büro gewesen wären, wüssten Sie, dass ich für heute Abend eine Krisensitzung des Kongresses einberufen habe, um dieser Krise zu begegnen.«

»Was für eine Krise?«, rief der Senator aus Colorado.

»Das werden Sie heute Abend erfahren«, sagte Cecil und versuchte, den Mann zu beruhigen. Er wusste so gut wie Ben, dass sich die Nachricht von der Pest wie ein Lauffeuer verbreiten würde, sobald der Kongress erst einmal davon erfahren hatte.

Im Moment versuchten sie einfach nur, ein wenig Zeit zu schinden. Zeit, um die Truppen an Ort und Stelle zu bringen, um Straßensperren aufzubauen, um das Medikament per Flugzeug im ganzen Land zu verteilen, um die Pharmafabriken rund um die Uhr arbeiten zu lassen, damit die lebensrettenden Medikamente in großen Massen hergestellt wurden.

Sie alle wussten, dass ihnen die Zeit davonlief.

Weitere Fälle von Pest waren gemeldet worden. Die Medien wollten Informationen bekommen und begannen, Spekulationen zu verbreiten, die die Leute nur noch nervöser machten.

Die Fluglinien beklagten sich über die Verluste, die das Flugverbot ihnen bescherte. Nicht anders verhielt es sich mit den Buslinien. Einige Trucker beschlossen, die Anweisung des Präsidenten zu ignorieren und trotzdem zu fahren. Nachdem zwei von ihnen bei dem Versuch umgekommen waren, eine Straßensperre der Marines zu durchbrechen, und weitere ins Gefängnis gesteckt worden waren, kamen die Trucker zu der Einsicht, dass es wohl besser war, sich nicht mit Ben Raines anzulegen. Der Mann meinte exakt das, was er auch sagte.

Ben sah zu Cecil. »Übernimm mal für ein paar Minuten, Cec. Ich muss telefonieren.«

Cecil nickte. Er wusste, wen Ben anrufen wollte.

»Wie sieht es aus, Lamar?«, sprach Ben in den Hörer.

»Wir sind sauber, Ben«, erwiderte Dr. Chase. »Hier werden alle geimpft, dass ihnen Hören und Sehen vergeht. Ein paar Leute können im Moment kaum etwas hören, aber ich bin sicher, das ist nur eine vorübergehende Nebenwirkung. Sind Sie auch schon geimpft?«

»In beide Arme und in den Hintern«, erwiderte Ben und erklärte ihm, was er alles unternahm, um der Situation zu begegnen.

»Das wird ein paar Leute retten, Ben. Aber mir macht Angst, was ich über diese Seuche gehört habe. Das ist keine gewöhnliche Seuche. Sie verbreitet sich dafür viel zu schnell. Ich glaube, es ist ein ... ich will es so ausdrücken, dass Sie es verstehen: ein wilder Mutant. Wahrscheinlich hat er durch die Bombardements eine genetische Veränderung durchgemacht und hat so lange benötigt, um sich zu manifestieren. Er ist unglaublich schnell. Ich glaube, dass er sich im Körper bereits verbreitet hat, ehe das Immunsystem merkt, dass er da ist. Es wird noch viel, viel schlimmer werden, bevor es wieder aufwärts geht. *Wenn* es überhaupt wieder aufwärts geht.«

»So etwas hatte ich befürchtet.«

»Ich will einfach nur ehrlich zu Ihnen sein, Ben. Es bringt nichts, uns irgendetwas vorzumachen.«

»Sind Jim Slater und Paul Green da?«

»Ja.«

»Gut. Sie erinnern sich an diese großen Mengen Chlordan, die wir gelagert hatten?«

»Noch sehr gut.«

»Sie sollen so viele Piloten losschicken wie möglich und das Zeug entlang unserer Grenzen sprühen, und zwar richtig dick. Notfalls sollen sie alles aufbrauchen, was noch da ist. Ein Streifen von einem halben Kilometer Breite, einmal rings um die Tri-Staaten. Das dürfte es den Flöhen schwer machen, dort durchzukommen.«

»So wie alles andere, das sich in dieses Gebiet begibt.«

»Daran kann man nichts ändern, Lamar. Sie wissen so gut wie ich, dass unsere Leute ihre Befehle ausführen werden. Was den Rest von Amerika angeht, kann ich dazu nichts sagen.«

»Ich schon«, sagte der alte Arzt mit fester Stimme. »Blinde Panik, wenn die Nachricht durchkommt. Sie werden nicht genug Truppen haben, um die Flutwelle verängstigter Menschen aufzuhalten. Wissen Sie, Ben, das wird Ihr Ende im Weißen Haus bedeuten. Man wird nicht erwähnen, wie viele Leben Sie gerettet haben, sondern man wird nur auf die Zahl der Toten blicken. Sie werden das Kriegsrecht ausrufen müssen, und das wird man Ihnen auch anlasten. Sie werden Ihre Truppe notfalls anweisen müssen, das Feuer auf Zivilisten zu eröffnen, und daran tragen Sie dann auch die Schuld.«

»Ich weiß, Lamar. Ich habe bereits den Entschluss gefasst, das hier durchzuziehen und dann meinen Rücktritt zu erklären. Ich möchte nach Hause kommen.«

»Gut. Es war ein Fehler, Sie zu diesem Posten zu drängen.«

»Ich weiß nicht. Ich hätte gerne mehr Zeit gehabt.«

Der Arzt gab einen zustimmenden Laut von sich. »Jerre und Matt haben sich gemeldet. Sie haben sich in die höhere Bergregionen zurückgezogen. Matt hat Tabletten besorgt, und die beiden sind so gut gewappnet, wie es nur geht. Ich schätze, sie werden es schaffen.«

»Ich habe das Gefühl, das wir uns bald wieder sehen werden, Lamar.«

»Gut. Ich freue mich schon. Passen Sie auf sich auf.«

Im Oval Office gab es keine erfreulicheren Neuigkeiten.

»Es ist publik geworden«, sagte Cecil. »Einige aufgeweckte Reporter haben eins und eins zusammengezählt und haben das über ihre Sender verbreitet.«

»Verdammt!«, brüllte Ben und schlug mit der Hand auf die Tischplatte.

»Und dann wäre da noch was«, sagte Cecil. »Zwei Reporter sind heute Morgen hier in Richmond in ein Apartment eingedrungen. Es war mit einer Falle versehen, die ihnen beiden den Kopf weggeblasen hat.«

»Und was habe ich damit zu tun?«

»Es war mein Apartment«, sagte Rosita.

Ben hatte gar nicht die zierliche Frau bemerkt, die im Sessel saß.

»Würden Sie mir das erklären? Ich dachte, Sie teilen sich eine Wohnung mit Dawn.«

Rosita stand auf und stellte sich vor Ben. »Ich werde es so kurz wie möglich machen, General. Ich gehöre zu Grays Scouts. Ich wurde Colonel Ramos' Kommando unterstellt, als herauskam, dass er zu Ihnen stoßen würde. Dan ... ich meine, Captain Gray vermutete ein Machtspiel hier in Richmond. Er hatte Recht. General Altamont arbeitet mit Senator Carson zusammen, um Sie zu stürzen. Sie haben eine Gefolgschaft, die sich sehr bedeckt hält, darunter auch einige Leute vom Secret Service. Sie sind diejenigen, die die Atomwaffen haben und sie haben auch die Nachricht geschickt, die General Altamont Ihnen gezeigt hat. Warum diese Leute in mein Apartment eingebrochen sind, kann ich nicht sagen, aber ich vermute, sie waren auf der Suche nach etwas, das Sie in Schwierigkeiten bringen würde. Aber das ist ja jetzt alles hinfällig, nicht wahr, Sir?«

»Ja«, sagte Ben nur.

»Verdammt«, fluchte Admiral Calland. »Das ist ja wieder so wie 1988!«

General Rimel stand auf. Sein Gesicht war angespannt, er hatte seinen Zorn gerade noch unter Kontrolle. »Ich werde mich persönlich um General Altamont kümmern.« Er nahm den Telefonhörer ab und tippte eine Nummer ein. Er unterhielt sich kurz, dann sah er zu Ben. »Meine Leute werden ihn einkassieren, zusammen mit Senator Carson.« Er sah zu Rosita. »Was ist mit dem Agenten aus dem Weißen Haus?«

»Der ist tot«, erwiderte sie leise. »Ebenso Altamonts Bruder. Ich habe mich persönlich darum gekümmert.«

»Wissen Sie, wo die Atombombe sich befindet, Miss?«, wollte Rimel wissen.

»Nein, Sir.«

»Ich werde sie finden«, sagte der General und ging aus dem Raum.

»Bleiben Sie noch hier«, sagte Ben zu Rosita.

»Genau das hatte ich auch vor.«

Ben lächelte sie an. »Also gut, Leute. Dann mal zurück zu unserem vorrangigen Problem.«

»Die Pest, Roanna?«, fragte Brighton von seinem Büro in Chicago aus.

»Ja, Sir. Es ist eindeutig bestätigt worden. Und es sieht sehr ernst aus.«

»Raines weiß das und sagt nichts? Er verschweigt es der Öffentlichkeit?«

»Zum Schutz der Öffentlichkeit, Bob, das wissen Sie.«

»Hat er Truppen aufmarschieren lassen?«

»Ja, Sir.«

»Hängen Sie sich an ihn ran und bringen Sie uns die Story.«

»Ja, Sir.«

Senator William Carson floh aus der Stadt, so schnell er zu fahren wagte. Die Nachricht vom Tod des Repräsentanten Altamont hatte ihn erst gelähmt, dann aber dazu angetrieben, zur Tat zu schreiten. Die verrückte Frau aus Ben Raines' Truppen hatte kaltblütig zwei Agenten und Altamont erschossen. Es hieß, sie habe dabei nicht mal mit der Wimper gezuckt, und daran zweifelte der alte Mann keine Sekunde.

Niemand wusste von seiner kleinen Hütte am James River. Sein kleines Versteck, wo alle Pläne ausgearbeitet worden waren.

Aber die Pläne hatten nicht funktioniert. Er war vom Pech verfolgt gewesen, und jetzt kam auch noch diese verdammte Pest dazwischen.

Carson umfuhr auf einer Nebenstraße eine der Straßensperren, bog dann auf einen Kiesweg ein, auf dem er bis zur Hütte gelangte. Der alte Mann stieg aus und stand einen Moment lang in der kalten Luft da und lauschte dem Rauschen des Flusswassers. Es war ein beruhigendes Geräusch.

Schließlich ging er in die Hütte, legte Holz in den Kamin und trat noch einmal hinaus in die kalte Luft des einsetzenden Abends, um sein Gepäck aus dem Wagen zu holen.

Etwas biss ihn ins rechte Fußgelenk, er schlug danach, verfehlte aber den Störenfried, bei dem es sich vermutlich um irgendeinen Käfer handelte.

Zum Abendessen machte er sich eine Dose Suppe warm und setzte sich dann in den weich gepolsterten Sessel. Er aß die Suppe und wenige Minuten später überkam ihn die Müdigkeit so rasch, dass er fast sofort einschlief. Sein letzter Gedanke kreiste um den merkwürdigen Geruch, der in der Hütte hing.

Hätte er etwas genauer hingesehen, wäre ihm die tote Ratte aufgefallen. Deren Flöhe hatten in Senator William Carson aus dem Staat Vermont wieder einen lebenden Wirt gefunden, auch wenn diese Eigenschaft nur eine Frage der Zeit war.

Bert LaPoint und sein Kameramann saßen im NBC-Van und betrachteten die ausgestorbene Stadt Memphis. Keiner von beiden dachte daran, die sichere Umgebung ihres Wagens zu verlassen. Sie hatten die großen Ratten gesehen, die über den Kadaver einer Kuh hergefallen waren und keine Anstalten gemacht hatten, sich in Sicherheit zu bringen, als der Van näherkam. Sie hatten den ganzen Tag über kein Radio gehört und wussten nichts von der neuen Situation, die sich für das Land ergeben hatte.

Sie wussten nur, dass keiner von ihnen aus dem Wagen aussteigen würde, solange sie von den großen Ratten umgeben waren, die durch die Stadt liefen.

Tim Lewisson filmte durch das geschlossene Seitenfenster. Die Türen waren verriegelt. Er sah zu Bert. »Ich habe genug gefilmt, lass uns von hier verschwinden.«

Aber der Motor sprang nicht an.

»Scheiße!«, rief Bert aus und schlug nach etwas, das ihn in den Unterschenkel zwickte. Er sah, dass Bert das Gleiche machte. Sie waren beide schon seit Stunden damit beschäftigt, sich ihre Beine zu kratzen. Seit sie die Randbezirke von Memphis erreicht hatten.

»Na ja, wir haben Essen und Wasser im Wagen«, meinte Tim. »Wir warten einfach eine Weile.«

Sie sollten warten. Bis in alle Ewigkeit.

Jane Moore saß in ihrem Zimmer in dem nun verlassenen Motelkomplex und überlegte, was sie als nächstes unternehmen sollte. Ihr indianischer Führer war am Nachmittag nicht erschienen, also hatte sie ein kurzes Nickerchen gemacht. Als sie Stunden später wieder aufgewacht war, war das Motel menschenleer gewesen.

Sie fand das unheimlich.

Sie machte den Fernseher an und erstarrte, als sie die Bilder sah und den Sprecher hörte.

Die Pest.

Der schwarze Tod.

Und sie war hier in Michigan, um irgendwelchen Phantomen nachzujagen.

Sie setzte sich hin und hörte dem finster dreinblickenden Kommentator zu. Als sie genug mitbekommen hatte, um zu wissen, dass es stimmte, griff sie zum Telefon, um in Richmond anzurufen.

Die Leitung war tot.

»Na, wunderbar«, murmelte sie.

Sie war hier vermutlich sicherer als in der Stadt, außerdem konnte sie nirgendwohin gelangen, wenn es diese Straßensperren wirklich gab. Sie saß hier fest.

Jane ging hinunter in die Cafeteria, machte sich etwas zu essen fertig und kehrte damit auf ihr Zimmer zurück. Sie aß, ließ den Fernseher noch eine Weile laufen, dann legte sie sich hin.

In der Nacht bot sie den Flöhen ein Festmahl.

»Das Weiße Haus ist sicher, Sir«, wurde Ben von Bob Mitchell informiert. »Wir haben noch zwei abtrünnige Agenten aufgespürt. Ihre Leute haben sie mitgenommen – keine Ahnung, was sie mit ihnen anfangen werden.«

»Das haben sie bereits erledigt«, erwiderte Ben.

Mitchell wollte nicht wirklich wissen, was genau sie getan hatten.

Er sah zu Rosita, die ihn anlächelte. Aber er hielt es nicht für ein besonders freundliches Lächeln.

Er wandte sich wieder dem Präsidenten zu. Der Mann sah

übermüdet aus. Er hatte auch allen Grund dafür, schließlich war er seit fünf Uhr am Morgen auf den Beinen.

Ben blickte auf seine Armbanduhr. Neun Uhr. Es schneite dicke, fette Flocken. Er war müde – todmüde. Das Hin- und Herwälzen in der letzten Nacht zehrte an ihm. Dawn saß neben Rosita. Ben wusste nicht mehr, wann sie angekommen war. Nachdem die Menschenmenge, die den Tag über ständig in sein Büro gekommen war, endlich verschwunden war, konnte Ben sich nur schwer daran gewöhnen, dass jetzt um ihn herum relative Ruhe herrschte.

Mitchell zog sich aus dem Oval Office zurück, nachdem Ben ihm dankbar zugelächelt und zugenickt hatten.

»Hast du Hunger, Ben?«, fragte Dawn.

Er schüttelte den Kopf. »Ich habe nichts mehr gegessen seit ...« Er konnte sich nicht daran erinnern. »Aber ich bin auch nicht hungrig.«

»Du musst was essen«, sagte sie und stand auf. »Ich lasse ein paar Sandwiches raufkommen.«

Er nickte beiläufig. Allen Berichten nach zu urteilen, die ihm auf den Schreibtisch gelegt worden waren, entwickelte sich das Land zum Tollhaus, da die Bürger sich in eine Panik hineinsteigerten. Stündlich gab es neue Meldungen über die Pest, und die Großstädte waren am ärgsten betroffen.

Ein Berater steckte den Kopf ins Zimmer. »Mr. President? Die Menschen in den Städten revoltieren. Es gibt viele Meldungen über Plünderungen und Brandstiftungen. Viele Bürger versuchen, die Barrikaden zu überrennen. Die Truppen halten sie mit Tränengas in Schach, aber sie wissen nicht, wie lange sie das durchhalten können. Und Dr. Lane sagt, die Leute dürften nicht aus den Städten hinaus aufs Land.«

»Was genau wollen Sie mir eigentlich mitteilen, Sam?« Ben sah den jungen Mann an.

Der schwieg einen Moment lang, holte tief Luft und sagte dann: »Die Joint Chiefs meinen, dass Sie über den Einsatz von scharfer Munition entscheiden müssen, Sir. Und Dr. Lane sagt, dass wir wenigstens einen Teil der Bevölkerung retten können, wenn die Leute da bleiben, wo sie sind.«

»Sagen Sie den Truppen, sie sollen vorläufig noch Gas gegen die Menschen einsetzen. Morgen früh kann ich sagen, ob wir scharfe Munition nehmen oder nicht.«

»Jawohl, Sir.«

Dawn stellte Ben ein Tablett mit Sandwiches auf den Tisch. Er nahm eines und kaute lustlos darauf herum. Dann begann er schneller und mit mehr Appetit zu essen, als sein Hunger sich endlich bemerkbar machte. Insgesamt aß er drei Sandwiches, dazu trank er zwei Gläser Milch, bis sein Hunger wenigstens fürs Erste gestillt war.

Ein weiterer Berater kam ins Büro und legte schweigend verschiedene Notizen auf Bens Schreibtisch. Er ging, ohne ein Wort zu sagen.

Ben überflog die Meldungen. Weitere Fälle von Pest waren aufgetreten. Die Zivilisten hatten eine Straßensperre in Wichita durchbrochen und strömten zu Tausenden hinaus aufs Land. Das Gleiche hatte sich in Sarasota zugetragen.

Er lehnte sich in seinem Sessel zurück. Er wusste, dass er den Kampf verloren hatte. Es war von vornherein kaum mehr als eine Geste gewesen, da er nicht genug Truppen hatte, um alle Städte zu sichern. Er konnte den Menschen keinen Vorwurf machen. Die wollten nur überleben.

Sein Telefon klingelte, es war Dr. Lamar.

»Chicago ist vollkommen außer Kontrolle«, teilte der Arzt mit. »Die Zivilisten rennen unsere Posten in Grund und Boden. Wir haben nicht mal fünf Prozent der Stadt impfen können. In der Innenstand wird nur noch geplündert und geraubt und alles in Flammen gesetzt. Gott weiß, was sich sonst noch da abspielt.«

»Sagen Sie Ihren Leuten, dass sie dort bleiben sollen«, wies Ben ihn an. »Und impfen Sie jeden, der noch schlau genug ist, bei Ihnen reinzuschauen. Wir ...«

»Ich habe in Chicago keine Leute mehr«, sagte der Arzt mit heiserer Stimme. »Die Standorte, die wir aufgebaut haben, wurden zerstört. Die Krankenschwestern und Ärzte, die dort gearbeitet haben, hat man einfach umgebracht. Und in einem Dutzend anderer Städte sieht es nicht anders aus.«

Ben glaubte, dass das Ende gekommen war. »Ihre Leute sollen sich aus allen Positionen zurückziehen«, befahl Ben. »Sie sollen ihre gesamte Ausrüstung mitnehmen, sich aufs Land begeben und dort bleiben. Sie sollen vom Militär Handfeuerwaffen und automatische Waffen bekommen. Ich gebe den Befehl weiter. Ich will keine Heldentaten zu sehen bekommen. Die Leute sollen sich selbst schützen, und wenn sie schießen, sollen sie töten. Haben Sie das verstanden, Harrison?«

»Ja, Sir. Aber ich weiß nicht, ob meine Leute das können oder wollen.«

»Sie müssen es machen, sonst werden sie sterben. So einfach ist das, Dr. Lane. Am Ende ist es nur eine Frage des Überlebens.«

»Ja, Sir«, sagte der Mann verbittert und legte auf.

Ben rief die Joint Chiefs an. »Holen Sie Ihre Truppen aus den Städten«, befahl er ihnen. »Sie sollen sich zur nächsten Basis zurückziehen und die Basis sichern. Niemand darf dort hinein, wenn er nicht nachweisen kann, dass er geimpft ist. Schießen Sie, um zu töten.«

»So weit ist es schon gekommen?«

»Ja, Admiral, so schlimm ist die Lage.«

»Das Ende?«

»Wir nähern uns dem letzten Kapitel, Admiral. Ob es eine Fortsetzung geben wird, bleibt im Augenblick abzuwarten.«

»Ihre Bücher habe ich immer gerne gelesen, Mr. President. Ich hab sie alle noch immer und manchmal lese ich den einen oder anderen Band noch einmal.«

»Ich wünschte, ich würde sie noch immer schreiben, Admiral.«

»Ja, Sir. Viel Glück, Sir.«

»Ihnen und Ihren Männern auch, Admiral.«

Ben beendete das Gespräch.

Sam warf einen Blick ins Büro. »Sir, wir haben Berichte darüber, dass es in Iowa soeben eine kleine Nuklearexplosion gegeben hat. General Rimel ist tot. Er ist mit der Bombe hochgegangen.«

Ben sah Dawn und Rosita an. »Tod, Pest, Seuchen. Ich frage mich, wann die Heuschrecken kommen.«

ZWEI

Richmond stand in Flammen.

Ben blickte aus dem Fenster seines Schlafzimmers und sah mit an, wie die ersten Flammen in den Himmel züngelten. Er trug Tarnkleidung und Springerstiefel, am Gürtel hing seine 45er. Seine alte Thompson lag auf einem Tisch, der Patronengurt war komplett bestückt.

Er drehte sich um, als James Riverson den Raum betrat. Steve Mailer war bei ihm, außerdem einige andere Rebellen. Alle trugen Kampfanzüge und waren mit einer M-16 bewaffnet.

Ben hatte einige Stunden lang geschlafen, während seine Berater die immer unerfreulicher werdenden Nachrichten entgegennahmen. Die Situation hatte sich stündlich verschlechtert. Die Nation war in Panik, Menschen flohen wild drauflos und walzten jeden und alles nieder, was sich ihnen in den Weg stellte.

Niemand von ihnen erkannte, dass sie mitten in ihr Verderben liefen, denn sie rannten vor den Impfstoffen und den Medikamenten fort, die ihr Leben hätten retten können. Es war eine finstere Neuinszenierung der Ereignisse von 1988, Stunden vor der ersten Angriffswelle.

»Narren«, murmelte Ben. »Blinde Narren.«

Er drehte sich zu den Frauen und Männern um, die er kannte und denen er vertraute.

»Hat irgendjemand Hector ausfindig machen können?«

»Er ist auf dem Weg in die Tri-Staaten«, sagte Rosita. »Wir holen alle unsere Leute zurück. Sie lassen ihre Fahrzeuge an der Grenze stehen und gehen über den besprühten Grenzstreifen hinüber in die Tri-Staaten.«

»Weiß irgendjemand, wie viele Leute wir verloren haben?«

»Bobby Hamilton und Jimmy Brady haben es geschafft«, sagte Cecil, der eben in Bens Quartier gekommen war. »Carla

Allen ebenfalls. Sie ist beim ersten Kontingent, das unser Basislager verlässt. Ike und Dan und ihre Leute sind bereits über die Grenze. Lynne Hoffman, Tina und Judy Fowler sind mit dem zweiten Konvoi aufgebrochen. Der dritte sollte innerhalb der nächsten Stunde abfahren.«

Im Osten war jetzt der erste Brandherd zu erkennen.

Bob Mitchell kam ins Zimmer. »Wir sollten uns besser auf den Weg machen, Mr. President«, sagte er. »Die Randalierer und Plünderer kommen allmählich näher.«

»Ihre Familie ist sicher, Bob?«, fragte Ben.

»Ja, Sir. Aber ich komme mir vor wie ein Verräter, wenn so viele andere nicht mehr weg können.«

»Denken Sie nicht so, Bob. Ich habe schon Dr. Lane gesagt, dass es jetzt nur noch aufs Überleben ankommt. Was ist mit den anderen Leuten?«

»Einige von ihnen kommen mit, aber die meisten wollen ihr Glück in den Wäldern versuchen. Ich habe ihnen viel Glück gewünscht.«

»Das werden sie auch brauchen«, sagte Ben ernst. Er betrachtete die kleine Gruppe. »Jeder ist geimpft und mit Medikamenten versorgt?«

Alle nickten.

Sam kam ins Zimmer gelaufen. Er blieb einen Moment stehen, um zu Atem zu kommen. »Sir! Der Mob ist auf den Flugplatz vorgedrungen. Die meisten Maschinen sind zerstört oder schwer beschädigt. Wir können nicht ausfliegen.«

Wenn Ben von der Nachricht getroffen war, ließ er es sich nicht anmerken. Er nahm seine Thompson, sicherte sie und legte sie an.

»Es gibt keinen Grund anzunehmen, dass sich das Glück ausgerechnet jetzt zu unseren Gunsten wenden sollte«, sagte er. »Am besten nehmen wir Trucks und Busse. Außerdem nehmen wir Tankwagen mit, damit wir nicht irgendwo anhalten müssen. Am Stadtrand gibt es einen Busbahnhof, da stehen einige Trucks.« Er sah zu Riverson. »James, Sie begeben sich mit Ihren Leuten dorthin und suchen sich die besten Wagen aus. Achten Sie darauf, dass Böden und Seiten in gutem Zustand sind. Wenn nicht, werden wir sie mit Metallplatten verstärken.«

Der Trucker aus Missouri nickte bestätigend, dann ging er.

Ben sah zu Cecil. »Wie viele von unseren Leuten sind noch hier und machen sich mit uns auf den Weg?«

»Eine Kompanie, Ben. Sie warten unten.«

»Dann wollen wir mal.«

An dem Morgen, an dem die Vereinigten Staaten zu sterben begannen, wurden einhundert der reichsten Männer und Frauen des Landes mit Bussen zu verschiedenen Flughäfen gebracht. Sie hatten alle ein Ziel: einen seit langem aufgegebene Luftwaffenstützpunkt im westlichen Texas. Dort standen vier 747 startbereit.

Nur die besten Speisen und Getränke wurden in die riesigen Jets geladen, dazu die besten Filme der letzten fünfzig Jahre, die besten Bücher. Alles wurde sorgfältig verpackt und verstaut.

Hinter den großen Maschinen flogen zwei Dutzend Transportmaschinen, in denen sich alles fand, was für ein Leben im Luxus unverzichtbar war: tragbare Generatoren, Klimaanlagen, Pelzmäntel, Kisten mit Mineralwasser, Wein, Likör und Whisky. Die Männer verluden Flügel, feinstes Porzellan und Kristall, Gold- und Silberschmuck, Kisten mit Edelsteinen und wertvollen Gemälden.

Dann kamen die Kinder der Reichen, die besten Freunde der Reichen, ihre Diener, ihre Leibwächter, und ganz zum Schluss die Reichen selbst.

Sie waren bester Laune. Sie hatten es geschafft. Diese reichen Männer und Frauen würden überleben!

Sie waren auf dem Weg in die kaum besiedelten Regionen der Welt, die von Nuklear- und bakteriologischen Waffen unberührt geblieben waren. Dort würden sie bis ans Ende ihrer Tage im Luxus leben können.

Die herausgeputzten Frauen brachten ihre herausgeputzten Pudel mit.

Und ein Pudel brachte die Flöhe mit.

Wären die Reichen etwas aufmerksamer gewesen, dann

hätten sie vielleicht das Scharren der hungrigen Kreaturen bemerkt, die sich unter den Flugzeugen hin- und herbewegt hatten und durch offene Frachtluken gesprungen waren. Aber sie bemerkten sie nicht.

Die Türen wurden geschlossen, die Maschinen stiegen auf in den kalten blauen Himmel. Die Männer, die sie schwitzend beladen hatten, blieben zurück. Wer brauchte sie schon?

Und so brachten sie in die Regionen, die sonst von der Pest verschont geblieben wären, achtundfünfzig riesige mutierte Ratten und mit ihnen rund zehntausend Flöhe.

Und die Pest, die auch als der Schwarze Tod bekannt war, breitete sich weltweit aus.

Während dicke Rußwolken in den winterlichen Himmel über Richmond aufstiegen, standen Ben und seine Leute auf dem verlassenen Busbahnhof und suchten sich die geeigneten Fahrzeuge aus.

Die Kolonne wurde angeführt von einem Pick-up mit abgedeckter Ladefläche und zwei M-60-Maschinengewehren. Die gleiche Art von Fahrzeug bildete auch den Abschluss der Fahrzeuggruppe. In der Mitte befanden sich zwei neue Greyhound-Busse, die bestellt, aber nie abgeholt worden waren. Ben befand sich in einem Pick-up gleich hinter dem Führungsfahrzeug, während Cecil weiter hinten untergebracht war. Auf diese Weise sollte vermieden werden, dass sie beide bei einem Angriff auf den Konvoi ums Leben kommen würden.

Zwei Tankwagen waren auf den vorderen und den hinteren Abschnitt verteilt, ebenso die Lastwagen mit Lebensmitteln und Wasserflaschen. Techniker arbeiteten fieberhaft daran, alle Fahrzeuge mit Funk auszurüsten.

Plötzliches Gewehrfeuer ließ die Rebellen mit den Waffen im Anschlag herumwirbeln. Eine Menschenmenge versuchte, über den Zaun zu klettern, der das Gelände umgab. Die ersten zehn oder zwölf, die den Versuch unternommen hatten, lagen bereits tot auf dem schneebedeckten Asphalt.

Ben sah zu den beiden Frauen, die sich bereit erklärt hatten, auf die Zwillinge aufzupassen: die Frau von Bob Mitchell und die Frau eines anderen Agenten. Er lächelte die beiden an und versuchte, sie so ein wenig zu beruhigen.

»Alle, die hier draußen nichts zu tun haben, steigen sofort in die Busse«, rief Ben. »Macht euch bereit zur Abfahrt.«

Eine Kugel prallte von der Ziegelsteinwand eines kleinen Gebäudes ab, direkt gefolgt von einer zweiten.

»Sie Feigling!«, schrie eine Frau Ben an. »Sie lassen uns im Stich, wenn wir Sie am nötigsten haben. Sie elender Feigling!«

Ben hatte weder Zeit noch Lust, der hysterischen Frau zu erklären, dass er niemanden im Stich ließ. Vielmehr würde er versuchen, von den Tri-Staaten aus weiter zu regieren. Wenn sie es bis dahin schafften. Und wenn es dann überhaupt noch ein Land gab, das es zu regieren galt.«

Als Ben etwas sagte, war sein Tonfall so frostig wie die Luft auf dem freien Gelände. »Captain Seymour? Wenn noch mal jemand auf uns schießt, sollen Ihre Leute sofort das Feuer auf die Menge eröffnen und so lange schießen, bis sich niemand mehr regt. Verstanden?«

»Ja, Sir.« Er bellte einen Befehl, und prompt gingen seine Männer in Angriffshaltung, die Waffen im Anschlag und auf die Randalierer gerichtet, von denen einige bewaffnet waren.

Die Menge wollte sich nicht mit den Rebellen anlegen. Sie alle wussten, mit welchem Typ Kämpfer sie es hier zu tun hatten, und sie wussten, dass sie nicht zögern würden, den Abzug zu betätigen.

Langsam löste sich die Menge auf und ging in verschiedene Richtungen davon. Die Morgenluft war getrübt von den Rauchsäulen über der brennenden Stadt.

Ben sah zu Cecil. »Wo ist Dr. Lane? Er sollte doch herkommen.«

»Er hat sich auf die Straße begeben«, erwiderte Cecil. »Er meinte, wir würden uns in den Tri-Staaten wieder sehen, wenn er Glück hat.«

»Dieser Narr«, fluchte Ben. »Ich glaube, dass er in seinem ganzen Leben noch nie eine Waffe abgefeuert hat. Na gut, wenn er es so will. Wir fahren los, Cec.«

Er drehte sich um, als ein Stück von ihm entfernt ein Wagen

anhielt und eine Frau ausstieg. Sie trug Jeans und Stiefel, dazu eine Lederjacke, die bis zu den Hüften reichte. In der Hand hielt sie einen kleinen Lederkoffer.

Roanna Hickman.

»Haben Sie noch Platz für eine arbeitslose Reporterin, Mr. President?«, rief sie.

»Kommen Sie her«, rief er zurück und fügte an: »Wieso sind Sie arbeitslos?«

»Das Hauptgebäude in Chicago ist gestern Nacht niedergebrannt. Brighton und die anderen sind alle tot. Ich weiß nicht, wo meine Leute abgeblieben sind, aber ich nehme an, sie versuchen alle, irgendwie zu überleben. Ich dachte mir, wenn ein Mann es schafft, unversehrt rauszukommen, dann sind Sie das.«

Ben nickte. »Sind Sie geimpft, Roanna?«

»Ja.«

»Ihre Karte.«

Ihr Blick war hart, als sie ihm das Stück Papier zeigte, das ein Mann von der Navy unterschrieben hatte und das besagte, dass sie die notwendigen Medikamente bekommen hatte. Ben gab ihr das Papier zurück.

»Und wenn ich nicht geimpft gewesen wäre, Ben Raines?«, fragte sie.

»Dann hätte ich Sie nicht mitgenommen.«

»Und wenn ich versucht hätte, mit Gewalt in den Bus einzusteigen?«

»Dann hätten wir Sie erschossen«, sagte er ohne zu zögern.

Sie gab ihren Koffer einem der Rebellen, der ihn im Gepäckfach verstaute.

»Wie gesagt«, meinte Roanna lächelnd. »Wenn es einer schafft, dann Sie und Ihre Leute. Sie sind ein zäher Brocken, General-Präsident Raines.«

»Ich will nur überleben, Ms. Hickman. Steigen Sie ein.«

Gegen Mittag des ersten Tages nach Ausbruch der Panik bei den Bürgern der Vereinigten Staaten gab es keine Stadt mehr, die von den Unruhen verschont geblieben war. Überall wüteten Brände, um die sich die noch verbliebenen Feuerwehrleute kaum noch kümmern konnten. Die Gebiete rund um die Städte lagen unter einer dicken Dunstglocke.

Unvorstellbare Grausamkeiten wurden von Menschen an ihren Mitmenschen verübt, da alle nur noch um jeden Preis überleben wollten. Schon bald verbreitete sich die Meinung, es gebe keinen Gott. Er hätte etwas so Schreckliches niemals zugelassen, und schon gar nicht zweimal innerhalb von gerade mal zehn Jahren. Das war einfach unvorstellbar. War Gott nicht ein mitfühlender Gott? Immerhin hatte man das den Menschen gelehrt.

Die Arbeiten von Gesellschaftsanthropologen wurden mit einem Mal Wirklichkeit. Sie hatten geschrieben, dass die Zivilisation sich Mythen und Kulten zuwenden würde, wenn ihre Nation von Katastrophen heimgesucht wurden, dass die Überlebenden ein Leben lang davon gezeichnet sein würden.

Mit anderen Worten: Sie würden wieder zu Höhlenmenschen werden.

Als die Nacht des ersten Tages anbrach, scharten pseudoreligiöse Männer und Frauen Menschenmengen um sich und predigten ihnen, dass nur sie ihnen helfen und ihnen den Weg zur Erlösung zeigen konnten. Sie forderten sie auf, Gott abzuschwören, der ein solches Unglück zugelassen hatte.

Die von Panik erfüllten Menschen griffen nach jedem Strohhalm, der sich ihnen bot. Sie waren bereit, an alles und jeden zu glauben, der auch nur mit einem Hauch von Autorität sprach. Viele sprachen und noch viel mehr hörten ihnen zu. Die Anführer und ihre Gefolgschaft konnten sich in den meisten Fällen nur zwei bis drei Tage halten, ehe sie von der Pest dahingerafft wurden.

Einige wenige überlebten.

Am Mittag des zweiten Tages waren die Vorräte an Medikamenten aufgebracht, und die Zeit wurde knapp für die Nation, den Kontinent – und schließlich für die gesamte Erde.

DREI

Ben hatte beschlossen, auf der nördlichen Route in Richtung Tri-Staaten zu fahren. Sie bewegten sich in einem kleinen Konvoi durch das südliche Ohio. Die großen Highways und Interstates hatten sie gemieden und waren nach Möglichkeit auf kleinere Straßen ausgewichen.

»Wir müssen die Städte umfahren«, sagte Ben zum Fahrer im ersten Truck und zeigte voraus. »Sehen Sie sich die Rauchwolken da am Himmel an.«

Obwohl sie sich rund hundert Kilometer südlich von Dayton und etwa genauso weit östlich von Cincinnati befanden, war der Himmel schwarz von den Bränden, die die Plünderer gelegt hatten.

Ben entdeckte Captain Seymour. »Geben Sie die Gasmasken aus«, sagte er ihm. »Die Leute sollen sie bereithalten. Ich habe das Gefühl, dass wir einiges von dem Gestank abbekommen werden.«

»Der dritte Tag?«, fragte der Captain.

»Ja. Die Leute fallen jetzt um wie die Fliegen. Oder wie die Flöhe«, fügte er zynisch an.

Sie hatten auf einem weitläufigen verlassenen Parkplatz vor einer Shopping Mall angehalten. Sie waren dreckig, und da sie nicht baden konnten, machte sich ein penetranter Schweißgeruch breit.

»Ich sage das nur ungern, General«, sagte Rosita, die mit ihrem Kopf nicht einmal bis an Bens Schulter heranreichte. »Aber wir werden uns waschen müssen. Den Geruch kann man ja noch aushalten, aber es gibt da auch noch gesundheitliche Aspekte.«

»Ja, ich weiß«, sagte Ben und grinste die zierliche Frau an, dann blickte er zu Captain Seymour. »Captain, schicken Sie ein paar von Ihren Leuten in den Baumarkt da in der Mall. Sie sollen alle Insektenvernichtungsmittel herbringen, die sie finden können.«

»Ja, Sir.«

Nach einer halben Stunde waren die Männer zurück, bepackt mit Spraydosen und allen möglichen Behältnissen.

»Ich werde diesen Befehl niemandem von Ihnen erteilen Das ist eine absolut freiwillige Sache ...«, erklärte Ben. »Ich möchte, dass sechs Leute den Weg vor uns mit einem Tag Vorsprung erkunden. Suchen Sie ein Motel, das nicht zu nah an irgendeiner Stadt liegt, und sprühen Sie alles ein. Brennen Sie die Vegetation im näheren Umkreis kontrolliert ab, und wenn das erledigt ist, funken Sie uns an.«

Hundert Männer und Frauen traten gleichzeitig vor, woraufhin Ben lachen musste. »Wählen Sie Ihre Leute aus, Captain.«

»Funknachricht, Sir«, sagte ein Bote und übergab Ben ein Stück Papier. Dann blieb er stehen, um erforderlichenfalls einen Befehl entgegenzunehmen.

»Die Seuche ist auf die Militärstützpunkte übergegriffen«, ließ Ben seine Leute wissen. »Dies hier ist von General Preston. Seine Ärzte glauben, dass die letzten Dosen des Impfstoffs verseucht oder einfach nur wirkungslos waren. Er ist der einzige von den Joint Chiefs, der noch lebt. Es heißt hier, dass er sehr krank ist. Die Pest breitet sich inzwischen auch auf andere Kontinente aus. Als letzten Akt löst er hiermit die Regierung der Vereinigten Staaten auf und spricht mich von jeglicher Schuld an diesem Elend frei.« Ben sah sich um. »Wir haben jetzt keine Regierung mehr.«

Der Konvoi bewegte sich langsam weiter in Richtung Westen. Wie Ben vorausgeahnt hatte, war der Gestank immer schlimmer geworden.

Die Späher hatten ein Motel im Osten von Richmond, Indiana, entdeckt, das kurz vor dem Anschluss des Highway 35 an die Interstate 70 gelegen war. Die Zimmer waren ausgesprüht worden, und rings um das Motel hatten sie die Vegetation abgebrannt. Handtücher und Bettlaken waren gewaschen und bei großer Hitze getrocknet worden, die Küche hatten sie desinfiziert und alle Küchengeräte ausgekocht. Die Wasserboiler wurden so hoch gedreht, wie es nur möglich war, und die Rohre wurden sauber gemacht, ehe jemand sich waschen durfte. Trinken durfte man vom Wasser erst, wenn es gefiltert und untersucht worden war.

Am Nachmittag des vierten Tages sagte Ben zu seinen Leuten: »Nun, wir werden die nächsten Tage damit verbringen, in richtigen Betten zu schlafen und uns waschen zu können.«

Der Jubel, der daraufhin ausbrach, war enorm.

Ben nahm ein kleines Zimmer im Erdgeschoss und gönnte sich den Luxus, einige Minuten länger unter dem heißen Wasserstrahl zu bleiben, als es nötig gewesen wäre. Er seifte sich wiederholt ein und ließ das Wasser über sein kurzes, graumeliertes Haar laufen.

Er zog einen Tarnanzug in Tigermuster und Springerstiefel an, dann ging er zum Restaurant und setzte sich an einen Tisch, der etwas abgelegener stand.

Dort saß er eine Weile und genoss den heißen, frisch aufgebrühten Kaffee.

»Möchten Sie etwas essen, General?«

»Nein, im Moment nicht, danke. Ich esse, wenn die anderen auch essen.«

Die Augen des jungen Mannes huschten kurz über die alte Thompson SMG, die neben Bens Tisch an der Wand gelehnt stand. Der junge Rebell wusste, dass über diese alte Waffe viel geredet wurde, aber nicht so viel wie über den Mann, der sie trug.

Die meisten der jüngeren Rebellen sahen in Ben etwas, das zwischen einem Menschen und einem Gott rangierte. Er begeisterte sie, machte sie aber zugleich auch ein wenig ängstlich. Dieser junge Mann hatte mehr als einmal gehört, wie sein kleiner Bruder beim Abendgebet Gott und General Raines einschloss. Er fand das nicht verkehrt.

Er fragte sich nur, ob der General selbst wusste, wie die meisten seiner Leute über ihn dachten. Er vermutete, dass es nicht der Fall war, und er fragte sich, wie Ben Raines wohl reagieren würde, wenn er davon erfuhr.

Nachdem er wieder hinter die Küchentheke zurückgekehrt war, sah der junge Mann seine Freundin an. »Das ist merkwürdig, weißt du das, Becky? Es ist ... wenn ich mich in der Nähe des Generals aufhalte, ist mir immer seltsam zumute. Verstehst du, wie ich das meine?«

»Er macht mir Angst«, räumte Becky ein, schwieg aber über das andere Gefühl, das sie empfand, wenn sie an den General dachte. Sie wollte nichts sagen, weil sie befürchtete, dass ihr Freund nie wieder ein Wort mit ihr reden würde.

»Er macht dir Angst? Wieso?«

»Na ja, du weißt doch, was über ihn erzählt wird«, flüsterte sie, als hätte sie Angst, Raines könnte etwas mitbekommen und sie bestrafen. »Du weißt ja, dass schon fünfzig Mal auf ihn geschossen worden ist. Dass er drei oder vier Bombenattentate überlebt hat und dass man schon bestimmt ein Dutzend Mal auf ihn eingestochen hat. Er stirbt einfach nicht.«

»Ist nicht wahr!«

»Doch, das ist wahr«, mischte sich ein anderer junger Mann ein. »Mein Bruder hat unter seinem Kommando gedient – in der Nacht, in der der Bruder von General Raines versucht hat, ihn in den Tri-Staaten umzubringen. Er hat gesagt, dass Carl Raines das ganze Magazin einer M-16 auf den General abgefeuert hat. Er hat das überlebt, als wäre gar nichts passiert.«

»Mein Gott!«, meinte ein anderer junger Mann.

»So was denke ich ja«, sagte Becky in einem Tonfall, der Legenden entstehen ließ. »Ich glaube, er ist ein Gott.«

Rosita fürchtete sich nicht vor dem Mann. Sie wusste, dass er ein beeindruckender Mann war, aber mehr auch nicht. Sie ging zu seinem Tisch und setzte sich zu ihm, nachdem sie sich eine Tasse Kaffee eingeschenkt hatte.

Ben lächelte sie an. Etwas an dieser hart auftretenden und sehr hübschen jungen Frau sprach ihn an. Ihre grünen irischen Augen betrachteten ihn aufmerksam.

»Haben Sie was auf dem Herzen, Rosita?«

»Ach, vergessen Sie's. Es geht mich nichts an.«

»Jetzt erzählen Sie schon.«

Ihre Augen blitzten auf und verrieten ihm, dass ihn nichts Erfreuliches erwartete. »Dynamit kommt immer in kleinen Mengen, General.«

»Dessen bin ich sicher. Aber ich glaube nicht, dass Sie wegen eines Sprichworts zu mir gekommen sind.«

»Die Zwillinge.«

»Was ist mit ihnen?«

»Wir sind jetzt seit vier Tagen unterwegs. Sie haben nicht ein einziges Mal nach ihnen gesehen.«

»Sie haben Recht, es geht Sie nichts an. Aber ... ich will ihnen nicht zu nahe kommen. Sie werden zu ihrer Mutter zurückkehren, sobald wir zu Hause angekommen sind. Jerre hat einen netten jungen Mann getroffen, und so sollte es auch sein. Ich wollte mich nicht binden, und darum musste ich sie aufgeben.«

»*Esta bien.* Das ist eine Antwort. Ich muss nicht diese Meinung teilen, aber Sie haben Recht, es geht mich nichts an.«

Sie wollte ihm sagen, wie viele seiner Männer und Frauen über ihn dachten – dass sie es für gefährlich hielt, einen Mann in ein solches Licht zu rücken. Aber sie hielt ihre Zunge im Zaum.

»Dawn bedeuten Sie etwas«, platzte sie heraus.

»Wir haben unsere Zeit gehabt. Ich glaube, sie weiß das.«

Ben gab ein Zeichen, dass er noch etwas Kaffee haben wollte.

Sie schwiegen, bis die Tassen wieder gefüllt waren.

Rosita senkte den Blick und betrachtete ihre Tasse, während sie sagte: »Die Spanierin in mir sagt, dass kein Mann ohne Frau sein sollte.«

Ben erwiderte nichts, aber sie spürte, dass sein Blicke auf ihr ruhte. »Keine große Sache, General. Keine Verpflichtungen, kein Gerede von der Ewigkeit – *enamorado.* Und glauben Sie ja nicht, ich würde mich jedem Mann an den Hals werfen, der des Weges kommt.«

»Das glaube ich ganz und gar nicht.«

»Ich ... strebe nach Höherem. Stolzierende Pfauen und Papiertiger können mich nicht beeindrucken. Aber die Nächte sind einsam.«

»Dem kann ich nur zustimmen. Aber Rosita ... ich bin alt genug, um Ihr Großvater zu sein.«

Jetzt funkelte in ihren Augen etwas Schelmisches auf. »Haben Sie etwa Angst vor mir, General? Glauben Sie, ich könnte zu viel für Sie sein?«

Ben wollte etwas sagen, wurde aber von einem Ruf aus der Lobby jäh gestoppt.

»Wir bekommen Besuch, General. Sieht aus wie Gesindel. Ein halbes Dutzend Vans, vielleicht zehn Pick-ups und noch einmal ein halbes Dutzend Pkws. Sehen alle voll besetzt aus.«

»Bringen Sie unsere Truppen in Stellung. Dach und zweite Etage«, sagte Ben ruhig. Er rührte sich nicht von seinem Stuhl. »Riegeln Sie das Gebiet ab, Sie kennen ja die Prozedur.«

Rosita betrachtete ihn eindringlich. »Bringt Sie eigentlich nichts aus der Ruhe, General?«

Ben nahm seine Thompson und stand auf. »Fragen Sie mich das heute Abend um neun noch mal.«

Sie warf den Kopf in den Nacken. »Könnte sein, dass ich das mache.«

Ben lachte laut und verließ das Restaurant. »Haltet sie außerhalb des Bereichs, den wir abgebrannt haben«, rief er seinen Leuten zu. »Wer zu nahe kommt, wird erschossen.«

»Ja, Sir«, erwiderte Captain Seymour.

»Das ist Ben Raines!« Diese Worte drangen bis zu Ben vor, der mitten auf dem Parkplatz stand und die Gruppe von gut dreißig Männern und Frauen betrachtete. Er bemerkte, dass sich einige von ihnen an Armen und Beinen kratzten. Ben hoffte, dass es keinem Floh gelingen würde, den abgebrannten und dann besprühten Ring rings um das Motel zu überwinden.

»Ja, und?«, rief ein anderer, der der Anführer der Gruppe zu sein schien.

Der erste Mann zuckte mit den Schultern. »Ich dachte, ich sag's dir.«

»Hast du gemacht. Und jetzt halt die Klappe.« Er sah Ben an, der auf der anderen Seite des verkohlten Streifens stand. »Unser Präsident ohne Land. Wie wär's, wenn wir rüberkommen und uns euren Leuten beim Essen anschließen?«

»Keine Chance«, sagte Ben.

»Könnte sein, dass wir trotzdem rüberkommen.«

»In dem Fall kann ich euch versprechen, dass ihr eine schöne Beerdigung bekommen werdet.«

»Wir tun aber nichts Feindseliges, Raines.«

»Wir auch nicht. Ihr zieht weiter und sucht euch ein anderes Motel. Ihr lasst uns in Ruhe, wir lassen euch in Ruhe. Das ist das Beste, das ich euch vorschlagen kann.«

Der Mann betrachtete die Rebellen, die mit den Waffen im Anschlag bereitstanden, dann sah er wieder zu Ben. »Wenn ich mich nicht verzählt habe, dann habt ihr etwa genauso viele Muschis in Uniform wie Schwänze. Ich hab noch 'nie ne Braut gesehen, die von Waffen Ahnung hat. Also würd' ich sagen, dass wir euch überlegen sind.«

»Dann bist du ein verdammter Dummkopf.«

»Niemand sagt so was zu mir!«

Er griff nach seiner Pistole und besiegelte damit das Ende für seine Gruppe. Innerhalb von Minuten hatten Bens Leute die aufdringliche Truppe niedergestreckt. Er befahl ihnen, die Leichen fortzuschaffen und das Gebiet neu einzusprühen, um den Flöhen keine Chance zu geben.

Zwei Zehnjährige standen ein wenig abseits und tuschelten, als der Vater des einen Jungen – einer von Raines Rebellen – dazukam. »Was habt ihr da zu flüstern?«

»Der General, Sir«, erwiderte sein Sohn. »Sir? Hattest du keine Angst, als geschossen wurde?«

»Doch natürlich. Du denn nicht, mein Junge?«

»Doch, Sir. Aber General Raines hat überhaupt nicht so ausgesehen, als ob er Angst hätte.«

»Ich glaube auch nicht, dass er Angst hatte.«

Andere Kinder und Jugendliche in der Nähe verfolgten die Unterhaltung mit. »Dann macht das doch den General zu etwas Besonderem, oder, Dad?«

Der Vater sah seinen Sohn lange an, dann nickte er langsam. »Ja, Sohn, das würde ich so sagen.«

»Siehst du«, meinte der Junge zu seinem Freund. »Ich hab's dir doch gesagt.«

VIER

Ben lag im Bett und hielt Rosita an sich gedrückt. Ihre Haut fühlte sich auf seinem Körper zart und weich an. Sein Atem war wieder gleichmäßig und sein Herz hatte sich ebenfalls wieder beruhigt. Plötzlich musste er an einen alten Countrysong denken und schaffte es nicht, ein kurzes Lachen zu unterdrücken.

»Worüber lachst du, General?«, fragte sie und hauchte warm gegen seine Schulter. »In deinem eigenen Interesse besser nicht über mich.«

Er lachte auf. »Hast du jemals von einem Sänger namens Hank Snow gehört?«

»Ich ... ja, ich glaube schon.«

»Einer seiner frühen Songs hieß *Spanish Fireball.*«

»Sehr witzig, wirklich sehr witzig.«

»Du wolltest es ja wissen.«

Sie sagte sehr rasch etwas auf Spanisch. Ben verstand kein Wort, konnte sich jedoch vorstellen, was sie von sich gab.

»Ben Raines?«

»Ja.«

»Was werden wir tun?«

»Wie meinst du das?«

Sie drehte sich zur Seite und stützte sich auf den Ellbogen auf. »Die Regierung der Vereinigten Staaten gibt es nicht mehr, die ist inzwischen Geschichte.«

»Das ist richtig.«

»Und es wird nicht mehr viele Menschen geben, wenn die Krankheit gewütet hat, richtig?«

»Nur noch sehr wenige, fürchte ich.«

»Weltweit?«

»Ja.«

»Also noch mal: Was werden wir tun?«

»Wir werden überleben, Rosita. Wir schaffen es zurück in die Tri-Staaten und beginnen, alles neu aufzubauen.«

»Wofür?«

Ihre Frage war für Ben keine Überraschung. Er war vielmehr überrascht gewesen, dass nicht viel mehr seiner Leute das hatten wissen wollen. Die Rebellen hatten etwas von ihrem Geist verloren, nicht viel, aber ein wenig von dem gewissen Etwas.

Wie sollten sie es zurückgewinnen?

Er seufzte und betrachtete ihr hübsches Gesicht, das von schwarzen Haaren eingerahmt war. »Für kommende Generationen, Rosita. Wir können nicht einfach aufgeben und uns irgendwo verkriechen. Wir müssen wieder aufstehen, um uns schlagen, schnappen und beißen – und kämpfen. Wir müssen beweisen, dass inmitten all dieser Zerstörung immer noch Glut unter der Asche glimmt. Daraus werden wir wieder alles erbauen. Das müssen wir einfach.«

»Und du führst uns an.« Es war keine Frage gewesen.

»Rosita, mach aus mir nicht etwas, das ich gar nicht bin. Ich bin ein Mann aus Fleisch und Blut. Ich weiß nicht, wie viele Jahre ich noch habe ...«

»Du hast noch viele Jahre, Ben Raines. Mindestens noch einmal fünfzig.«

Er musste lachen. »Das kannst du doch gar nicht wissen.«

»Ich weiß es, Ben Raines«, sagte sie todernst. »Ich wurde mit einem Schleier über dem Gesicht geboren, und ich weiß Dinge, von denen andere nichts wissen. Ich spüre, dass du in diesem Leben geboren wurdest, um eines zu tun: um zu führen. Doch du musst Acht geben, dass du nicht die Kontrolle verlierst. Deine Anhänger ... sie sehen dich in einem Licht, das normalerweise Heiligen vorbehalten ist.«

Ben schwieg lange Zeit. Sie dachte schon, er sei eingeschlafen, als er plötzlich sagte: »Dann stimmt es also, was ich gespürt habe?«

»Ja.«

»Ich dachte ... nein, ich hoffte, ich hätte mir das nur eingebildet.«

»Nein.«

»Vielleicht würde es ja helfen, wenn ich mir einen Zeh abschieße und dann schreiend und blutend umherspringe, aber ich glaube, so weit will ich nun auch wieder nicht gehen.«

Rosita musste daraufhin so heftig lachen, dass Ben nichts mehr sagen konnte, bis sie sich wieder gefasst hatte. Mit einer Ecke des Lakens wischte sie die Tränen fort.

»Eso es una locura«, kicherte sie und tippte sich an den Kopf. *»Loco!«*

»Genau, es ist verrückt! Rosita, in solchen Zeiten blüht der Aberglaube auf. Wenn die Leute nicht aufpassen, kann es sie erwischen. Ich muss gegen diese Meinung ankämpfen, ich sei irgendeine Art von Übermensch. Ich weiß bloß nicht, wie.«

Sie war ungewöhnlich ruhig.

»Ich glaube, du weißt etwas, das die anderen nicht wissen«, drängte Ben.

Sie schwieg noch immer. Die Träume der letzten Zeit waren beunruhigend. Vor allem ein Traum, der ständig wiederkehrte. Ein alter, bärtiger Mann, der ein Gewand und Sandalen trägt und der einen Stab in der Hand hält. Er steht Ben Raines gegenüber und zeigt mit dem Stab auf ihn, er schreit ihn an. Aber sie kann den Mann nicht verstehen, weil er in einer Sprache redet, die ihr fremd ist.

Sie wusste auf unerklärliche Weise, dass der Traum eine Warnung war.

»Rosita?«

»Ich ... ich glaube, ich habe kein Recht, dir zu sagen, was ich denke, was ich empfinde. Ich glaube, es ist etwas, worauf wir Menschen keinen Einfluss haben.«

Ben schauderte. »Du schaffst es, mir richtig Angst einzujagen, Kleine.«

»Dann reden wir nicht mehr darüber.« Sie sah auf ihre Armbanduhr, die auf dem Nachttisch lag. »Sieh doch, Ben.«

»Was denn?«

»Mitternacht ist durch.«

»Und?«

»Du Dummkopf! Wir haben Neujahr. 2000. Frohes neues Jahr, Ben Raines.«

»Na, da hol mich doch der Teufel!«

Nein, dachte sie, *der Teufel wird dich nicht holen. Aber in den kommenden Jahren wirst du schwere Enttäuschungen einstecken müssen. Ich wünschte nur, dass ich das nicht mit solcher Sicherheit wüsste.*

Es war der 4. Januar 2000, als sie den Motelkomplex verließen und sich Dawn zu Ben begab.

»Ben, ich möchte nicht, dass du das falsch auffasst, weil es eine schöne Zeit war, aber ...«

»Du musst gar nichts sagen, Dawn. Ich werde es nicht falsch auffassen.«

»Nein, Ben, lass mich etwas sagen. Ich weiß nicht, was du bei einer Frau zu finden erhoffst, aber ich weiß, dass du es bei mir nicht findest. Ich habe es nicht, und wenn ich ganz ehrlich sein soll, dann bin ich sogar froh darüber. Du bist anders als jeder andere Mann, den ich je kennen gelernt habe. Du bist so ... so entschlossen. Du bist davon besessen, etwas aus der Asche auferstehen zu lassen. Du bist ein Träumer, Ben, ein Krieger und ein Priester. Das ist für mich zu viel, und allmählich kann ich sehen, worüber die anderen nur tuscheln: diese Aura, von der du umgeben bist.«

Er sah sie ernst an.

»Manchmal bist du ein einsamer Mann, das fühle ich. Aber es ist nicht so, als würdest du wirklich jemanden nötig haben. Ich bin eine starke Frau, aber ich bin trotz allem nicht die richtige für dich. Ich hoffe, du findest die Frau, die für dich die richtige ist, Ben, allen Ernstes.« Sie hielt ihm die Hand hin. »Freunde?«

Er grinste und nahm ihre Hand, dann beugte er sich vor und flüsterte ihr ins Ohr: »Wieso hat man beim Penthouse eigentlich dieses Muttermal unter deinem Bauchnabel wegretuschiert? Ich finde, das sieht niedlich aus.«

Sie lachte und erwiderte nur: »Ben Raines, du bist unmöglich!«

Der Konvoi zog weiter Richtung Westen wie ein futuristischer Wagentreck.

Die Frauen und Männer bemühten sich, den Blick von den Abscheulichkeiten abzuwenden, von denen sie überall umgeben waren. Sie kamen nur langsam voran, da nicht nur Großstädte, sondern auch kleinere Städte in Flammen standen. Warum das der Fall war, konnten sie nur erahnen. Vielleicht hatten sich ölgetränkte Lappen entzündet, oder Ratten und Mäuse hatten Kabel angefressen und damit Kurzschlüsse ausgelöst.

Ratten.

Viele der riesigen mutierten Ratten bekamen sie nicht zu sehen, doch die wenigen, die sie entdeckten, waren für manche im Konvoi schon mehr, als sie ertragen konnten.

Weitaus häufiger sahen sie allerdings die gewöhnlichen Ratten, an deren Größe sich nichts verändert hatte. Die machten sich überall über die Leichen her, die die Straßen säumten, und ernährten sich vom Fleisch toter Menschen.

Auch wenn es besser gewesen wäre, nicht dorthin zu sehen, wo sie ihr grausiges Werk verrichteten, zogen sie die Blicke der Rebellen immer wieder an. Nach einer Weile drehte sich niemandem mehr der Magen um, wenngleich sich auch niemand an den Anblick wirklich gewöhnen konnte.

Ben schien sich weder an den Ratten noch an den Toten zu stören. Natürlich machte es ihm sehr wohl etwas aus, doch es war einfach seine Art, keinerlei Beunruhigung erkennen zu lassen und den Ekel für sich zu behalten.

Sein Ruf, mehr als nur ein gewöhnlicher Mensch zu sein, wurde durch seine wie gemeißelt wirkenden Züge noch unterstrichen.

Der Konvoi hatte auf dem Weg aus Richmond heraus eine nördliche Marschrichtung eingeschlagen und sich auf den Indiana Highway 35 begeben, der bei Wabash mit dem Indiana Highway 24 zusammentraf. Auf dieser Route begaben sie sich nach Illinois. Ben dachte jetzt zurück an seine Schwester in Normal, Illinois, die vor langer Zeit gestorben war. Es kam ihm wie eine Ewigkeit vor, seit er sie im Garten ihres Hauses beerdigt hatte, obwohl es erst zwölf Jahre her war.

Der Konvoi näherte sich der einstigen College-Stadt bis auf

gut 30 Kilometer, doch Ben hielt seine Gefühle unter Verschluss. Es würde nichts bringen, ihr Grab zu besuchen. Doch während er fuhr, dachte er zurück an den Tag, an dem er seinen Wagen in die Einfahrt des Hauses seiner Eltern gelenkt hatte. Ein Ansturm unerwarteter Emotionen rannte gegen ihn an wie ein von Sturm angetriebener Brecher, der gegen eine Felsenküste schlug.

Ben fuhr in die Auffahrt zu einem Farmhaus im Süden von Marion, Illinois, und betrachtete lange Zeit sein Geburtshaus und das Haus, in dem er aufgewachsen war – er dachte an die guten Jahre, und an die gelegentliche Prügel, die er zu Recht erhalten hatte. Ben wollte sich nicht wirklich in das alte zweistöckige Haus begeben. Aber er spürte, dass er dies tun musste; er war es seinen Eltern schuldig. Und vielleicht wussten sie es sogar, dachte er.

Widerwillig hielt er den Pick-up an und stieg aus.

Eine Weile stand er einfach nur da und sah sich um, während die Erinnerungen von allen Seiten auf ihn einstürmten. Er betrachtete das Land, das er mit seinem Vater zusammen bestellt hatte. Tränen wollten ihm in die Augen schießen, als er die Veranda betrat und die Haustür öffnete.

Seine Eltern saßen auf der Couch, auf dem Tisch vor ihnen eine aufgeschlagene Bibel. Bens Vater hatte den Arm um seine Frau gelegt, wie er es so oft gemacht hatte, um ihr auch jetzt im Tod noch Trost zu spenden.

Sie waren bereits vor einiger Zeit gestorben – kein angenehmer Anblick, besonders für ihren Sohn.

Er ging durch das Haus, strich mit den Fingern über ein Foto der Familie, das vor vielen Jahren aufgenommen worden war, als das Leben noch einfacher gewesen war. Plötzlich machte er auf der Stelle kehrt und ging aus dem Haus. Seine Eltern ließ er so zurück, wie er sie angetroffen hatte. Wenn man durch das staubige Fenster ins Haus schaute, sah es so aus, als würden seine Eltern auf der Couch sitzen und über einen Punkt in der Bibel diskutieren.

Ben zog dieses Bild vor.

Er verließ die Veranda, stieg in den Wagen ein und fuhr weg, ohne sich noch einmal umzusehen.

»Und es bringt auch jetzt nichts, sich umzusehen«, murmelte er, wieder zurückgekehrt in die Gegenwart. »Überhaupt nichts.«

Rosita warf ihm einen Blick zu, sagte aber nichts. Sie hatte nicht lange gebraucht, um zu erkennen, wann Ben in einem Stimmungstief war. Jetzt war ein solcher Moment.

»Wir dürfen die Vergangenheit nicht vergessen«, sagte Ben laut. »Niemals. Doch wir müssen aus ihr lernen. Und jetzt müssen wir vorausschauen, so weit, wie wir es wagen. Wir müssen Visionäre sein, wir *müssen* einen Neuanfang machen.«

»Aus dem Nichts?«, fragte Rosita.

»Ja, ein weiteres Mal«, sagte Ben und sah sie kurz an. »Aber diesmal wird es richtig hart werden.«

Sie schwieg.

»Du glaubst nicht, dass das funktioniert, oder, Kleine?«

»Wenn es jemand schaffen kann, dann du, Ben«, wich sie einer Antwort aus.

»Schön gesagt, aber meine Frage hast du nicht beantwortet.«

»Das ist die einzige Antwort, die du von mir bekommen kannst.«

Ben wusste, dass die zierliche Frau verschlossener sein konnte als ein Muschel, wenn es darauf ankam. Und offensichtlich war dies jetzt der Fall.

»Wir fahren jetzt nach Iowa«, kam aus dem Spähfahrzeug die Meldung.

»Nein, das können wir vergessen«, fuhr die Stimme einen Moment später fort. »Die Brücke ist komplett von Fahrzeugen blockiert.«

»Haben Sie gehört, General?«, funkte der Fahrer des Pick-ups vor Ben ihn an.

»Ja, ich habe es gehört.«

Sie befanden sich auf dem Highway 116, einige Kilometer westlich von Roseville.

»Begeben Sie sich südlich nach Keokuk«, sagte er zu den

Spähern. »Sehen Sie, wie es um die Brücke dort bestellt ist. Wir halten den Konvoi an und warten, bis wir wieder von Ihnen hören.«

»10-4, General.«

In hüfthohen, kombinierten Gummistiefeln und -hosen begannen Freiwillige damit, den Highway mit Pestiziden zu besprühen und dann ein kontrolliertes Feuer zu entfachen, auf das sie in der unmittelbaren Nähe der Tanker ganz besonders gut achten mussten. Die Tankerfahrer waren davon nicht allzu begeistert, aber das war ihnen immer noch lieber, als wenn sie von einem Floh gebissen und dann in Quarantäne gesteckt wurden.

Ben stiegt aus und ging ein paar Meter entlang des Highways, über den ein kalter Wind zog. Ihm fiel auf, dass nur wenig Schnee lag, und er fragte sich, inwieweit die Bombardements von vor zwölf Jahren sich auf das Wetter ausgewirkt haben mochten. Er ging davon aus, dass es zu klimatischen Veränderungen gekommen sein musste, und er überlegte, ob es wirklich so klug war, eine Zukunft im kalten Klima der Tri-Staaten zu planen, die von eisigen Wintern heimgesucht wurden.

»Nur mal am Rande, Cec«, sagte er. »Ich befürchte, dass wir wahrscheinlich in eine Region umziehen müssen, wo die Ernte doppelt so ertragreich ausfällt, ohne dass wir doppelt so viel dafür arbeiten müssen.«

»Louisiana, Mississippi, Alabama?«, überlegte Cecil.

»Ja, und den südlichen Teil von Arkansas vielleicht auch noch. Wir besprechen das mit den Leuten, wenn wir die Tri-Staaten erreicht haben. Ich glaube, dass wir trotz allem ein paar Monate werden bleiben müssen. Die Pest muss sich erst mal ausgetobt haben.«

»Die Leute werden dir dahin folgen, wohin du gehen willst, Ben«, sagte Cecil ruhig.

»Ich bin nicht ihr König, Cec. Und ich habe auch nicht die Absicht, das zu werden. Wir werden abstimmen.«

Das Funkgerät in Cecils Wagen erwachte zum Leben. »Die Brücke bei Fort Madison ist ebenfalls völlig blockiert, General.

Wir versuchen es über einen Schleichweg nach Hamilton. Mindestens 30 bis 40 Minuten.«

»10-4«, bestätigte Cecil die Mitteilung. »Wir warten.«

Aus 45 Minuten wurde eine Stunde. Der Himmel zog sich zu und es begann zu schneien. Ben versuchte, die Späher zu erreichen. Nichts.

Er wartete noch eine halbe Stunde, dann wandte er sich an Cecil: »Ich fahre mit einer Patrouille vor. Ich melde mich alle fünfzehn Minuten. Wenn mir was zustößt, bis du an der Reihe.«

»Ben ...«

»Nein, das ist meine Sache. Vielleicht ist der Funk ausgefallen. Es könnte alles mögliche sein. Wir bleiben in Verbindung.«

Nachdem er in seinen Pick-up eingestiegen war, sah Ben Rosita an. »Aussteigen.«

Sie schob das Kinn vor und weigerte sich, den Wagen zu verlassen.

»Muss ich dich persönlich aus dem Wagen schmeißen?«

»Sähe bestimmt witzig aus.«

Ben zog die Tür zu und legte einen Gang ein. Er würde die kleine Patrouille anführen. »Wie du willst«, sagte er schließlich.

Sie lächelte und sagte etwas auf Spanisch, das vulgär klang. Er verkniff sich ein Lächeln und verließ die Kolonne.

»Uhrenvergleich«, sagte er zu Rosita.

»10:45.«

»Gib alle fünfzehn Minuten einen Bericht durch. Wir werden auf diesen Straßen bis zu einer Stunde brauchen, ehe wir Fort Madison erreichen. Von dort haben sie sich zum letzten Mal gemeldet. Was immer geschehen sein mag, es hat sich zwischen dort und Hamilton ereignet. Du hast die Karten. Welchen Highway nehmen wir?«

»Nimm die 96 von Niota kommend.«

Bei Nauvoo entdeckten sie den Pick-up, der mitten auf dem Highway stand. Eine Tür war aus den Scharnieren gerissen worden und lag am Straßenrand.

»Was zum Teufel ...?«, murmelte Ben.

Rosita war blass geworden, sagte aber nichts.

Ben hielt in sicherer Entfernung zu dem anderen Wagen, dann stieg er aus und ging langsam zum Wagen, die Thompson schussbereit in der Hand.

Auf dem Highway war eine große Blutlache zu sehen.

»Jesus Christus!«, flüsterte einer der Männer und warf einen Blick in den Graben. »General!«

Ben kam zu dem Mann und sah, dass der zerfetzte Körper des Fahrers im Graben lag. Die Eingeweide waren ihm aus dem Bauch gerissen worden.

»Hier drüben!«, rief ein anderer Rebell und deutete auf ein freies Feld.

Der zweite Späher lag dort, sein Kopf war ihm vom Rumpf gerissen worden und nirgends zu sehen.

»Wo ist sein Kopf?«, fragte einer der Männer.

»Keine Ahnung«, erwiderte Ben. »Aber wir sollten verdammt gut auf unsere Köpfe aufpassen. Wachsam sein und in Kampfstellung gehen. Waffen auf volle Automatik. Nur in Zweiergruppen zurück zu den Wagen. In der Mitte der Straße, und immer alles im Blick halten. Los, los!«

Als er wieder im gut geheizten Pick-up saß, bemerkte Ben, wie blass Rosita geworden war. Er nahm ihre Hand. »Lass es nicht zu sehr auf dich wirken«, sagte er. »Wir schaffen das schon.«

Er funkte Cecil an. »Cec? Fahrt nach Roseville zurück und nehmt die 67 nach Macomb. Dann nach Westen auf die 136. Wir treffen uns irgendwo zwischen Carthage und Hamilton. Haltet auf keinen Fall und nehmt euch vor allem Möglichen in Acht.«

»Wovor, Ben?«

Er zögerte einen Moment lang. »Cec ... ich weiß es nicht.«

»10-4.«

Ben hupte und fuhr los, die anderen Wagen folgten dicht hinter ihm.

Als sie auf der 96 weiterfuhren, fiel ihnen nichts Ungewöhnliches auf. Doch Hamilton sah so aus, als seien die Barbaren durchgezogen, denen dann Horden tasmanischer Teufel gefolgt waren.

»Verdammt«, fluchte Ben, als er die Ruinen der Stadt betrachtete. Der Wind trieb Stofffetzen und Papier aller Art vor sich her durch die Straßen. Nicht ein Schaufenster war noch heil geblieben, und es sah so aus, als hätten Heerscharen wütender Kinder sie eingeschlagen, weil ihre Zerstörung ansonsten keinen Sinn ergeben hätte.

Ben sagte nichts.

»Vielleicht«, überlegte Rosita laut, »besitzen diejenigen, die das gemacht haben, nicht unseren Verstand.«

»Was willst du damit sagen?«

»Ich ... ich weiß es wirklich nicht, Ben. Und bitte – bohr nicht nach.«

»Einverstanden.«

Ben fuhr auf die Brücke zu und sah, dass sie frei war, wenn man von ein paar stümperhaften Barrikaden absah. Sie wirkten so, als seien sie von Leuten aufgestellt worden, die nicht im Vollbesitz ihrer geistigen Kräfte waren.

Wieder sagte er nichts, und auch Rosita schwieg.

Ben funkte die Hauptkolonne an. »Cec, ihr könnt durchfahren bis zur Brücke bei Keokuk. Aber seid vorsichtig.«

»Verstanden, Ben. Übrigens – wir sind gerade durch eine kleine Stadt namens Good Hope gefahren. Es sieht hier aus, als hätte irgendwer einfach alles zerschlagen, das noch heil war.«

»Ich weiß. In Hamilton sind es nicht anders aus. Völlig sinnlos.«

»Wir sind so schnell da, wie es geht, Ben.«

»10-4.«

Während auf der Ost- und der Westseite Wachen Ausschau nach Gefahren hielten, räumten Ben und die anderen die Brücke. Unter ihnen wälzte sich der Mississippi River nach Süden. Sein Wasser sah finster und wütend aus.

»Der Fluss wirkt, als hüte er ein Geheimnis«, bemerkte Rosita und blickte in die reißende Strömung.

»Davon bin ich überzeugt.« Ben legte einen Arm um ihre Schultern und zog sie dicht an sich.

Einen Moment lang standen sie nur da und schwiegen, einfach froh darüber, sich so nah zu sein und in den Fluss zu blicken.

»General?«, rief einer der Männer. »Ich glaube, das sollten Sie sich ansehen, Sir.«

Ben und Rosita gingen zu dem Mann, der in der Nähe des Geländers stand und auf etwas deutete, das mit weißer Farbe auf den Straßenbelag geschrieben worden war.

> GOTT, STEH UNS BEI. WELCHES MONSTRUM HABEN WIR ERSCHAFFEN? SIE KAMEN IN DER NACHT. ICH KANN SO NICHT LEBEN.

Ein Name war nicht zu lesen.

»Er schreibt über die mutierten Ratten«, sagte Ben und erntete von Rosita einen zweifelnden Blick.

»Ich möchte nur wissen, was mit demjenigen passiert ist, der das da hingeschrieben hat«, meinte der Mann, der den Text entdeckt hatte.

»Er ist auf die andere Seite übergewechselt«, erwiderte Rosita.

»Das ist anzunehmen«, stimmte Ben ihr zu.

Sie sprachen kein Wort mehr, bis sie die Brücke vollständig geräumt hatten und die Kolonne eingetroffen war. Ben berichtete seinen Leuten, was mit den Spähern geschehen war.

Roanna trat vor. »General? Präsident? Wie zum Teufel soll ich Sie bloß anreden?«

Ben lachte über die direkte Art der Journalistin. »Wie wäre es mit Ben?«

»Ich bleibe lieber bei General«, entschied sie und berichtete ihm von den AP-Meldungen und davon, dass sie Jane nach Michigan geschickt hatte.

Ben machte keinen Hehl aus seinen Zweifeln. »Mutantenwesen, Roanna? Ist das Ihr Ernst?«

»Ja, das ist es. Der Bericht, der auch die mutierten Ratten erwähnte. Kam in der gleichen Nacht von AP rein.«

Ben schüttelte ungläubig den Kopf.

»Es ist durchaus möglich, Ben«, sagte Cecil, während der kalte Wind an ihm zerrte. »Ich glaube, ich kann mich daran erinnern, dass irgendein Arzt nach der ersten Bombenwelle erklärte, Gott allein wisse, welche Mutationen die Strahlung bei Mensch und Tier hervorbringen würde.«

Als Ben endlich wieder etwas sagte, sprach er mit fester, entschlossener Stimme. »Ich will nicht, dass hieraus große Panik entsteht. Keiner von uns weiß, was mit unseren Spähern geschehen ist. Sie wurden umgebracht. Von wem oder was, das weiß ich nicht. Was ich weiß, ist dieses: Wir schaffen es zurück in die Tri-Staaten, also nach Hause. Jedenfalls ist es für den Moment unser Zuhause.

Vor uns liegt noch eine gefährliche Strecke, und bislang haben wir Glück gehabt. Ich gehe davon aus, dass uns unterwegs noch die eine oder andere Schießerei erwartet, also müssen wir alle äußerst wachsam sein. Wir werden uns durch Regionen bewegen, in denen seit über zehn Jahren kein Mensch mehr gelebt hat. Wir werden möglicherweise Dinge zu sehen bekommen, die uns völlig fremd sind. Ich hoffe, dass es dazu nicht kommt. Aber wir müssen auf alles vorbereitet sein. Wenn wir an einem Motel Rast machen, verdoppeln wir die Wachen und bleiben in Alarmbereitschaft. Ich will aber weder eine Panik haben, noch will ich, dass über irgendwelche Monster geredet wird. Und jetzt los. Wir bleiben auf der 196, solange wir uns im Norden von Missouri befinden. Auf geht's«

Die Kolonne der Überlebenden begab sich nach Missouri und reiste weiter in Richtung Westen.

Auf die Tri-Staaten zu.

Nach Hause.

FÜNF

Die Kolonne fuhr den Rest des Tages und die Nacht durch und hielt nur an, wenn die Wagen aufgetankt werden mussten. Sie fuhren bei Bethany Richtung Süden und überquerten zwischen St. Joseph und Kansas City die Grenze nach Kansas. Kansas City selbst hatte einen kleinen atomaren Sprengkopf abbekommen und würde für Jahrhunderte unbewohnbar sein.

Nebraska wollten sie so weit wie möglich umfahren, da der Staat bei den Bombardements 1988 erheblich in Mitleidenschaft gezogen worden war.

Je weiter sie nach Westen kamen, umso heftiger wurden die Schneefälle. Sie erreichten den Highway 36 und blieben dort, bis Ben mitten in Kansas einen Stopp befahl. Sie hatten rund 800 Kilometer zurückgelegt und dabei nicht einen einzigen Menschen zu Gesicht bekommen.

Es war ein unheimliche Atmosphäre.

Die Männer und Frauen waren völlig erschöpft, da sie unterwegs immer wieder hatten anhalten müssen, um stehen gelassene Fahrzeuge aus dem Weg zu schieben, Brücken zu räumen und oftmals auch ein Stück zurückfahren mussten, wenn vor ihnen ein Weiterkommen unmöglich war.

Sie stießen auf einen kleinen Motelkomplex, dessen Kapazität gerade eben für sie ausreichte, wenn sie sich zu zwei bis drei Leuten ein Zimmer teilten. Der Desinfektionstrupp wurde vorgeschickt und sorgte dafür, dass das Gelände frei von Ungeziefer jeglicher Art war. Dann legten sich die Rebellen schlafen, zu müde, um zuvor noch etwas zu essen.

Als sie am nächsten Morgen nach zwölf Stunden Schlaf erwachten, waren sie eingeschneit.

Ben erwachte wie üblich als Erster und stand auf. Er fror und sah hinaus ins Morgenlicht – der Schnee hatte sie über Nacht lautlos eingeschlossen. Er wusste, dass trotz des Schneegestöbers ein kleiner Trupp in die Stadt fahren musste, um nach Kerosin für die Heizöfen zu suchen, da sie ansonsten erfrieren würden.

Bevor er die Tür des Motels öffnete, um sich dem kalten, kräftigen Wind zu stellen, sah Ben noch einmal zur schlafenden Schönheit namens Rosita.

Eigentlich war sie fast noch ein Kind, aber ein todbringendes Kind. Sonst hätte Dan Gray sie niemals allein losgeschickt.

Mit Verbitterung hielt er sich sein eigenes Alter vor Augen, schüttelte diesen Gedanken aber von sich. Mit der Thompson in der Hand verließ er das Zimmer und zog die Tür hinter sich leise ins Schloss.

Ein Wachmann drehte sich um, als er hinter sich leise Schritte hörte. »Sir?«

»Lassen Sie Ketten auf meinen Wagen aufziehen, ich fahre in die Stadt.«

»Allein, Sir?«

Ben sah den jungen Mann einen Moment lang an, dann sagte er: »Ja.« Mit einem Mal war er es leid, auf Schritt und Tritt behütet und beobachtet zu werden. Er war '88 und '89 Tausende von Meilen weit allein durch dieses Land gefahren, da brauchte er jetzt kein Kindermädchen.

Eine Viertelstunde später war er auf dem Weg nach Phillipsburg.

Er entdeckte eine Tankstelle und hielt an. Nach kurzer Suche stieß er auf sechs Kanister mit je 55 Gallonen Kerosin. Er öffnete einen der Kanister, um festzustellen, wie alt dieser Bestand war. Nachdem er einen Lappen hineingetaucht hatte, ging er auf sichere Distanz zu den Kanistern und zündete den getränkten Stoff an. Der Flammen tanzten im Schneegestöber hin und her.

Er funkte das Motel an und erklärte, wo er Kerosin gefunden hatte, damit seine Leute mit einem Trupp herkamen und die Kanister abholten, während er sich weiter in Ruhe umsehen konnte.

Er wusste, dass er sich unvernünftig verhielt, aber Ben

brauchte auf einmal Zeit für sich allein. Er fuhr langsam in die Stadt, stellte den Wagen auf der Hauptstraße ab und stieg aus.

Die Stadt war tot, wie ausgestorben. So wie alle anderen Städte, durch die der Konvoi gefahren war. Tote Punkte auf einer einst belebten Landkarte.

Er wusste, dass dies nicht immer so gewesen war. Das hier war eine Region, die für Ackerbau und Viehzucht bekannt gewesen war. Er erinnerte sich daran, wie er 1989 durch Kansas gereist war und den Leuten von den Umsiedlungsplänen des Präsidenten Hilton Logan berichtet hatte.

Die Menschen in dieser Gegend hatten sich so wie die meisten anderen Farmer geweigert, ihren Geburtsort zu verlassen.

Jetzt hatten sie ihn verlassen.

Zumindest galt das für ihre Seele.

Er stieß die Tür zu einem Drugstore auf und ging hinein. Er musste lächeln, als er den altmodischen Wasserspender und die Theke sah. Er setzte sich auf einen Hocker und betrachtete sein Spiegelbild. Erinnerungen, die vierzig und mehr Jahre alt waren, stürmten auf ihn ein. Cherry Coke, Elvis Presley, Lippenstift mit Pfefferminzgeschmack, frisch verliebte Küsse voller Leidenschaft und von dem Wunsch geprägt, ES zu tun, aber doch viel zu ängstlich, um es auch durchzuziehen. Autokinos und Narvel Feits und Joe Keene und Dale Hawkins ...

... und ...

... dieses eine Mädchen ...

Wie hieß es doch gleich noch? Mein Gott, was für eine Ungerechtigkeit. Ich kann mich nicht mal an den Namen erinnern!

Ben betrachtete sein gebräuntes und faltiges Gesicht, das Grau in seinen Haaren. Die Erinnerungen überwältigten ihn fast.

›Let the Good Times Roll‹, hatten Shirley & Lee gesungen.

So wird es nie wieder sein, dachte Ben. *Nicht für mich. Ich werde alt. Rosita meint, ich hätte noch fünfzig Jahre.*

Er schüttelte den Kopf.

Ich hoffe nicht.

Wieso nicht?, wollte eine stumme Stimme wissen. *Warum sagst du so etwas? Möchtest du nicht, das diese Nation wieder hochkommt?*

»Das wird sie nicht«, murmelte Ben. »Ganz egal, was ich mache, es wird nicht passieren.«

»Was wird nicht passieren?« Eine unbekannte Stimme riss ihn aus seinen Gedanken.

Den Bruchteil einer Sekunde später war Ben bereits herumgewirbelt, hatte die Thompson hochgerissen und hielt den Finger auf dem Abzug.

»Langsam!«, rief der Mann. »Ich tue Ihnen nichts.«

Der Mann schien Mitte bis Ende sechzig zu sein und sah freundlich aus.

»Wer zum Teufel sind Sie?«, wollte Ben wissen, dessen Herz wild pochte.

»Mein Gott!«, flüsterte der Mann. »Sie sind Präsident Raines!«

»Jetzt nicht mehr.« Ben lehnte sich ein wenig zurück, hielt die Thompson immer noch fest umschlossen, hatte die Mündung aber jetzt auf den Boden gerichtet. »Die Regierung wurde aufgelöst.«

»Ich habe so etwas gehört«, gab der Mann zurück und lächelte. »Entspannen Sie sich, Mr. Raines. Mir gehört dieses Geschäft hier, ich bin Apotheker. Ich bin nicht von der Pest befallen, das kann ich Ihnen versichern. Welche Medikamente haben Sie genommen?«

Ben erklärte ihm, welche Injektionen verabreicht worden waren.

»Gut, aber übertreiben Sie's nicht. Zu viel davon kann Sie auch umbringen. Die Seuche ist auf dem Rückzug, aber sie wird im Frühjahr oder Sommer wieder ausbrechen. Bewahren Sie Ihre Medikamente gut auf.«

»Ich hatte gehofft, die Seuche wäre vorüber, wenn sie einmal gewütet hat.«

»Ich habe noch nie eine Krankheit erlebt«, sagte der alte Mann, »die sich so rasch ausbreitet und die so schlecht mit Medikamenten zu bekämpfen ist.«

»Sie sind die erste lebende Menschenseele, die ich seit bestimmt tausend Kilometern gesehen habe.«

Der Mann lächelte. »Es gibt noch mehr Überlebende, Sir. Sie sollten das als Warnung verstehen. Die Gauner und Ganoven treiben ihr Unwesen, während sich anständige Menschen verstecken und nur in der Nacht heimlich zusammenkommen. Wieso sind Sie allein unterwegs?«

»Ich bin nicht allein«, erwiderte Ben. »Im Motel vor der Stadt steht eine komplette Kompanie bereit. Sind Sie hier in der Stadt der einzige Überlebende?«

»Nein, es leben noch vierzehn oder fünfzehn andere.«

»Haben Sie irgendwelche Pläne?«

Wieder lächelte er. »Natürlich. Ich möchte in Frieden und Harmonie leben und im hohen Alter friedlich einschlafen.«

»Weiter nichts?«

Er schüttelte den Kopf. »Nur wenig mehr. Ich möchte im Frühjahr Gärten anlegen, Nahrungsmittel in Gläsern einlagern, mich bedeckt halten und niemanden auf mich aufmerksam machen.«

»Davon hatte ich gesprochen, als Sie hereingekommen sind. Diese Nation wird nicht aus der Asche auferstehen, jedenfalls nicht völlig.«

»Ich fürchte, dass Sie damit Recht haben, Sir. Aber Sie haben es schon einmal geschafft, warum sollte es Ihnen nicht noch einmal gelingen?«

»Ich weiß nicht. Ich will es versuchen.«

»Viel Glück.«

»Möchten Sie mit uns mitkommen?«, fragte Ben.

Der alte Mann schüttelte bedächtig den Kopf. »Nein, aber ich danke Ihnen für das freundliche Angebot.«

»Sie geben also einfach auf, wie?«, stichelte Ben.

»Nein, Sir, das ist es nicht. Ich glaube, ich möchte einfach nur frei leben. Ich muss Ihnen ja nichts über die Fehler erzählen, die die großen Regierungen üblicherweise machen.«

»Aber eine große Regierung muss nicht zwangsläufig schlecht und an den Bedürfnissen der Bürger desinteressiert sein.«

»Das ist wohl wahr, aber irgendwann passiert das bei fast jeder Regierung, nicht wahr?«

»Ja, da haben Sie wohl Recht. Aber wie soll aus dieser Nation jemals wieder das werden, was sie mal wahr, wenn es in der Gesellschaft keine Ordnung gibt? Wenn eine Regierung fehlt?«

»Das geht nicht, Sir. Aber vielleicht ist es Zeit, dass es so sein muss. Haben Sie schon mal darüber nachgedacht?«

»Sehr oft.«

»Und zu welchem Schluss sind Sie gekommen?«

»Ich muss es zumindest versuchen.« Ben stand auf und ging zur Tür, als mehrere Pick-ups mit aufgezogenen Schneeketten vor dem Geschäft anhielten.

Der Eigentümer musste lächeln.

»Warum lächeln Sie?«, fragte Ben.

»Ihre Leute haben Angst, Sie könnten sie im Stich lassen, Mister Raines.«

Ben verließ das Geschäft, ohne sich umzudrehen. Ein halbes Dutzend seiner Männer baute sich vor ihm auf.

»Kann ich nicht ab und zu einfach mal allein sein?«, fragte Ben mit harschem Tonfall.

»Bei allem Respekt, Sir«, erwiderte Captain Seymour. »Es wäre uns lieber, wenn Sie das nicht verlangen würden.«

»Ich brauche keinen Babysitter, Captain.«

»Natürlich nicht, Sir«, stimmte der Captain ihm zu, aber weder er noch seine Leute machten Anstalten, ihn wieder allein zu lassen.

»Verstehe«, sagte Ben leise.

Er drehte sich zu dem Geschäftseigentümer um, der in der Tür stand. »Wie haben Sie eigentlich die Ratten bekämpft?«

»Gar nicht. Sie sind einfach weitergezogen.«

»Wohin?«

Er zuckte nur mit den Schultern.

»Ist Ihnen sonst irgendetwas ... Ungewöhnliches aufgefallen?«

»Was meinen Sie, Sir?«

»Na ja, irgendwelche Kreaturen«, sagte Ben.

Ein Kopfschütteln war seine Antwort. »Nur diese riesigen Ratten. Das sind Kreaturen, die mir schon reichen, finden Sie nicht auch?«

»Ja«, meinte Ben. »Ich wünsche Ihnen viel Glück.«

»Ich Ihnen auch, danke.«

Die Rebellen verbrachten drei Tage im Motel und warteten auf eine Wetterbesserung. Am Morgen des vierten Tages kämpfte sich die Sonne durch die Wolkendecke. Die Temperaturen stiegen und ließen bis zum Vormittag einen Großteil des Schnees schmelzen.

»Wir brechen auf«, sagte Ben. Dreieinhalb Stunden später erreichte der Konvoi Colorado, und Ben wies einen weiteren Stopp an.

»Ich setze darauf, dass die 385 bis zur Interstate 80 im Südwesten von Nebraska frei ist. Wir fahren dort lang und durchqueren Wyoming bis zum Highway 30, der uns nach Idaho bringt. Ich gehe davon aus, dass wir mit unseren Leuten erst westlich von Pocatello zusammentreffen. Bis Rock Springs sind es gut 800 Kilometer, und dort werden wir unsere nächste Rast machen, vorausgesetzt, die Straßen sind frei. Jeder fährt vier Stunden und wird dann von seinem Beifahrer abgelöst. Los geht's, Leute. Wir sind fast zu Hause, die Patrouillen sind auf dem Weg.«

Einundzwanzig lange, ermüdende Stunden später erreichte die Kolonne einen Motelkomplex in Rock Springs.

Ike erwartete sie bereits mit breitem Grinsen.

SECHS

Nach sechs Stunden Schlaf, die für Ben normaler Durchschnitt waren, duschte er, rasierte sich und ging für das Frühstück ins Restaurant.

Ikes Leute hatten das Motel Stunden vor dem Eintreffen von Bens Konvoi vorbereitet. Die meisten der müden Überlebenden ließen das Essen aus und legten sich sofort schlafen.

Bei Bacon, Ei und Pfannkuchen fragte Ben: »Wie sieht es aus, Ike?«

»Fünftausendachthundert, Ben.«

Ben sah seinem Freund erstaunt in die Augen. »Was ist mit dem Rest geschehen? Vor sechs Monaten hatten wir noch über zehntausend.«

»Die haben es einfach nicht geschafft, Partner. Die Meldungen kommen noch immer spärlich rein, aber wir haben ein ganzes Bataillon verloren, das aus Georgia kam. Einen Tag hatten wir noch Verbindung, am nächsten Tag nichts mehr. Einige Kompanien wurden in Michigan angegriffen, wir haben eine komplette Truppe in Wisconsin verloren, und wir wissen nicht, was sie umgebracht hat.«

»Wie soll ich das verstehen, Ike?«

»So, wie ich es sage, Ben. Wir wissen nicht, was passiert ist. Die beiden einzigen Überlebenden sind auf dem Weg hierher gestorben, ohne das Bewusstsein wieder zu erlangen. Sie sahen entsetzlich aus. Wenn dein Magen das aushält, kann ich dir Fotos zeigen.«

Ben dachte, dass er wusste, was diese Bilder zeigen würden. Er wusste, dass er etwas ganz Ähnliches auf einem einsamen, windigen Highway in Illinois gesehen hatte.

Er sagte es ihm.

»Und?«, fragte Ike, der mit seiner Kaffeetasse spielte.

Ben schüttelte langsam den Kopf. »Wir befassen uns damit,

wenn wir es sehen ... wenn wir mit unseren eigenen Augen sehen, was diese Leute getötet hat.«

Ike gab ein leises Brummen von sich. »Wahrscheinlich die beste Lösung. Auf die Weise reduzieren wir die Horrorgeschichten auf ein Minimum.«

Im großen Speisesaal herrschte Ruhe. Nur ein paar der Rebellen waren auf.

»Wird ein schöner Tag werden«, meinte Ike. »Der Wind hat nachgelassen. Jerre hat mich gebeten, ihr die Babys so bald wie möglich zu bringen. Ich könnte innerhalb einer Stunde einen Hubschrauber hier haben und sie nach Twin Falls bringen lassen.«

»Gute Idee, Ike. Mach das doch so.«

»Dann hättest du noch etwas Zeit, um mit den Kleinen zu spielen.«

»Das ist nicht meine Absicht«, sagte Ben ohne eine Spur von Emotion.

»Verstehe«, erwiderte sein Freund nach ein paar Sekunden. »Du bist ein harter Kerl, Ben. Das wusste ich schon, als ich dich in Florida zum ersten Mal sah. Aber bist du sicher, dass du *so* hart sein musst?«

»Ganz sicher.«

»Na gut.« Ike bedeutete einer jungen uniformierten Frau, zu ihnen an den Tisch zu kommen. Sie stand von ihrem Platz auf und ging zu Ike und Ben.

»Das ist Lieutenant Mary Macklin, Ben.«

Ben sah ihr in die Augen und grüßte mit einem kurzen Nicken.

»Mary«, sagte Ike. »Hängen Sie sich ans Telefon und sorgen Sie dafür, dass Jerre hergebracht wird, damit sie die Babys in Empfang nehmen kann.«

»Ja, Sir«, gab die Frau knapp zurück, salutierte und ging.

Ben lächelte. »Du neigst zu Disziplin, was, Ike?«

»Das war nicht meine Idee«, meinte der Ex-SEAL. »Sondern ihre. Sie war bis vor sechs Monaten in der normalen Army. Ich kann ihr das verdammte Salutieren nicht abgewöhnen. Das macht mich wahnsinnig.«

»Sag mir, wie du deine Leute verteilt hast, Ike.«

»Anfangs hatte ich sie ziemlich dicht beieinander gehalten, Ben. Aber selbst auf die Weise konnten wir ein großes Gebiet besprühen und sogar eine noch größere Fläche abbrennen. Es war ein kontrolliertes Feuer. Von Twin Falls bis zur Linie Nevada, dann oberhalb von Nevada und Utah zur Interstate 15 und weiter Richtung Norden nach Pocatello. Die 15 und die 80 bilden die nördliche Linie.« Er grinste Ben an. »Ich habe die Leute beschäftigt, oder, Ben?«

»Und das hast du alles erledigt, seit ich Lamar angerufen habe?«

Ike lächelte beherrscht. »Nein. Dr. Chase vermutete, dass etwas mit dem Wind weitergetragen wurde. Zu viele tote Nagetiere. Die halbe Arbeit war bereits erledigt, ehe ich eintraf. Aber nach deinem Anruf haben wir uns richtig ins Zeug gelegt.«

Ben erzählte ihm von seiner Überlegung, alle Leute in den Südosten zu verlegen.

»Guter Plan. Ich wollte dich darauf ansprechen. Ich habe mich mit ein paar Leuten unterhalten, und sie sind alle der Meinung, dass eine Verlegung das Beste wäre.«

»Ich möchte hier nur so lange bleiben, wie es unbedingt nötig ist.«

»Ich weiß«, erwiderte Ike leise. »Mir kommen auch unschöne Erinnerungen in den Sinn, mein Freund.«

Ike schaute auf seine Armbanduhr. »Noch ein paar Stunden, und dann brechen wir auf. Je eher wir zu Hause sind, umso früher können wir uns auf den Winter vorbereiten. Und dann können wir eine konkrete Planung in Angriff nehmen.«

Der Winter hielt das Land in einem unbarmherzigen Griff: Stürme, Schneestürme, eisige Kälte. Die meisten blieben dort, wo sie waren, und reisten nur dann, wenn es absolut notwendig war.

Die ersten beiden Februarwochen brachten keine Besserung, was das Wetter anging.

Ben Raines und seinen Leuten begann allmählich die Decke auf den Kopf zu fallen. Ben organisierte Tanzveranstaltungen,

Bingorunden und alles, was man noch machen konnte, um die Zeit totzuschlagen.

In der dritten Woche des Monats Februar setzten die ersten Chinooks ein und bereiteten der bitteren Kälte ein Ende. Es war zwar noch nicht Frühling, aber Ike formulierte es treffend, als er sagte: »Das ist verdammt viel besser als die letzten sechs Wochen.«

Die strapazierten Nerven erfuhren schon bald Ablenkung, als die Pläne für den großen Umzug bekannt gegeben wurden und die Frauen und Männer genug damit zu tun hatten, Hunderte von Fahrzeugen für den Weg nach Süden vorzubereiten.

Als Ben darum bat, dass sich Freiwillige meldeten, die in das auserkorene neue Zuhause vorfuhren, um es auszukundschaften, schossen gut fünftausend Arme in die Höhe.

»Der südliche Teil von Arkansas, der Norden von Louisiana und die Mitte von Mississippi«, erklärte Ben und tippte mit dem Finger auf die Landkarte. »Das wird unser neues Zuhause.«

April 2000

Ben wandte sich an Dr. Chase. »Was glauben Sie, ist die Seuche vorüber?«

Der Mann schüttelte den Kopf mit der weißen Mähne. »Woher zum Teufel soll ich das wissen? Ich würde sagen, nein. Flöhe haben Nagetiere lieber, aber sie haben auch nichts gegen Menschen. Ich würde Teams in das Gebiet vorschicken, die erst mal den geplanten Grenzverlauf mit Insektiziden besprühen, und dann würde ich von Flugzeugen aus Rattengift verteilen, und zwar über der *gesamten* Region. Das würde *ich* machen. Aber Sie können machen, was Sie für das Beste halten.«

»Hat Ihnen schon mal jemand gesagt, dass Sie ein griesgrämiger alter Bastard sind?«

»Meinen Sie, das wüsste ich nicht?«, gab Dr. Chase zurück. »Wenn es Ihnen nicht passt, gehen Sie doch zu einem anderen Arzt.« Er lächelte sarkastisch, setzte seinen Hut auf und ging nach draußen.

»Navy-Ärzte«, sagte Ike grinsend. »Ein komisches Völkchen. Vor allem die Captains.« Er sah Ben an. »Bei Generälen kommt so was auch schon mal vor, General.«

Jim Slater, Paul Green und ein Dutzend anderer Schädlingsbekämpfer waren auf dem Weg in die neuen Tri-Staaten. Transportmaschinen hatten bereits die Chemikalien zu Flughäfen gebracht, die von Freiwilligen besprüht und abgebrannt worden waren. Sowohl im Nordwesten als auch im Südwesten der erschütterten Nation waren die Arbeiten im vollen Gang.

»Sind Leute in dem Gebiet?«, fragte Ben die Späher.

»Verdammt wenig«, kam die Antwort verzerrt und von Rauschen begleitet aus dem Lautsprecher. »Aber Sie sollten wissen, Sir, dass einige komische Vögel hierher kommen.«

»Vögel?«

»Hier entstehen überall Kulte. Sie wissen schon, die Sorte, die sich selbst als Religionen bezeichnen, aber meiner Meinung nach alles andere als eine Religion sind. Hier in den Ouachita Mountains wird ein solcher Kult von einem Verrückten namens Emil Hite angeführt. Das ist bislang der größte, auf den wir gestoßen sind. Ein Typ wie Jim Jones und mit der passenden Manson-Mentalität.«

»Irgendwelche Probleme?«

»Meine Leute haben die Jungs tatkräftig in die Schranken verwiesen, und Hite hat daraufhin beschlossen, uns fern zu bleiben und sich in die Berge zurückzuziehen.«

»Und Ratten?«

»Ein paar schon, aber ich glaube, sie hat das Gift erwischt. Als wir hier ankamen, haben wir etliche tote Ratten gefunden. Uns hat sich ein Mann in Texas angeschlossen, der für die CDC gearbeitet hat. Er meint, die Ratten sterben an einer Art innerer Infektion. Er hat so was wie ein Labor eingerichtet und befasst sich damit.«

»Wir werden eine Weile brauchen, bis wir eintreffen. Die Logistik bereitet uns erhebliche Probleme.«

»Wir werden hier in zwei Wochen fertig sein, General.«

»So lange wird der erste Konvoi brauchen, bis er eintrifft. Wir sehen uns in zwei Wochen.«

»Roger, Sir. Ende.«

»Alles im Aufbruch begriffen, Ben?«, fragte Ike.

Bens Blick nahm etwas Gedankenverlorenes an und einen Moment lang fühlte er sich ins Jahr 1988 zurückversetzt, in die Zeit nach den Bombardements. »Ja«, sagte er schließlich und kehrte in die Gegenwart zurück. »Alles im Aufbruch begriffen.«

»Bedauerst du's, Partner?«

»Ich glaube, solche Empfindungen können wir uns nicht leisten. Ich glaube, wir müssen nach vorne blicken. Wir werden lange Zeit nicht zurückblicken können.«

»Na gut«, sagte Ike, stand auf und legte sich seine CAR-15 über die Schulter. »Dann wollen wir mal los. Wir haben ja ein gutes Stück vor uns.«

SIEBEN

Mit einem großen Vorsprung war ein Voraustrupp unterwegs, um die Straßen von Blockaden und verlassenen Fahrzeugen zu räumen. Dann folgte der Konvoi selbst, der sich über mehrere Kilometer erstreckte.

Er verließ die Interstate 80 und wechselte auf die Interstate 15, um bis in den südlichen Teil von Utah zu fahren, wo der Konvoi auf der Interstate 70 Richtung Osten weiterfuhr und auf die Straßen abbog, die weiter nach Süden führten.

Sie kamen nur langsam voran und konnten froh sein, wenn sie eine Durchschnittsgeschwindigkeit von sechzig Stundenkilometern erreichten. Ben reiste fast die ganze Zeit über allein und war der Kolonne meist etliche Kilometer voraus. Oft gelang es ihm, seine Wachen zu überlisten, damit er wirklich allein sein konnte.

Als Captain Seymour Ike und Cecil Bericht erstattete, konnten beide nur den Kopf schütteln.

»Rosita ist nicht mehr bei ihm?«, fragte Captain Gray.

»Nein«, erwiderte Ike. »Ben sagt, sie sei zu jung. Um ehrlich zu sein, mache ich mir Sorgen um ihn. Er kommt mir immer verschlossener vor.«

»Ben war schon immer ein Einzelgänger«, sagte Cecil. »Aber es stört ihn, wie seine Leute über ihn denken. Er hat es mir gesagt.«

»Lasst ihn in Ruhe«, setzte Jerre der Diskussion ein Ende. »Ben macht das, was er will. Ihm geht vieles durch den Kopf, und nur so kann er damit klarkommen. Lasst ihn einfach nur in Ruhe.«

Damit war das Thema erledigt.

Nachdem er einen Gebirgszug überquert hatte, verließ Ben die Interstate und schaltete den Allradantrieb für das unwegsame

Gelände zu. Als er die Anhöhe erreicht hatte, stellte er den Motor ab und sah zu, wie die Kolonne im Schneckentempo vorüberzog.

Wenn es nach ihm gegangen wäre, dann hätte er die Kolonne passieren lassen und wäre anschließend alleine in Richtung Westen fahren. Aber er hätte sich wie ein Verräter gefühlt, wenn er das gemacht hätte.

Er musste an die jungen Leute denken, deren Unterhaltung er an einem Abend mitangehört hatte, ohne dass es ihnen bewusst gewesen war. Sie hielten ihn für einen Gott. Dabei war er nur ein Mann, dessen mittleres Alter bereits zehn Jahre hinter ihm lag. Er fühlte sich nicht so alt, und er sah auch nicht so alt aus, aber das war für ihn kein Grund, vor der Wahrheit die Augen zu verschließen.

Er fragte sich, wann es angefangen haben mochte, dass sie in ihm einen Übermenschen sahen. Und er fragte sich, was er dagegen unternehmen sollte. Diese alberne Ansicht war unter seinen Leuten offenbar sehr weit verbreitet, und er sah keinen Weg, wie er ihnen diesen Irrglauben austreiben konnte.

Nein, er würde sie jetzt nicht im Stich lassen. Er würde dafür sorgen, dass der Konvoi sein Ziel erreichte, dass eine Gesellschaft geschaffen wurde, die gerecht und produktiv war, und dann würde er seine Zelte abbrechen und sich aus dem Staub machen, ehe ihn jemand aufhalten konnte.

Er hoffte nur, dass er auch den Mut dazu fand, wenn der Zeitpunkt gekommen war.

Ben kapselte sich ab, blieb immer öfter für sich. Er wusste, dass sein Verhalten die Leute zu Spekulationen veranlassen würde, und genau das geschah auch. Aber er konnte es nicht ändern. Diese Leute mussten nach und nach lernen, sich auf sich selbst zu verlassen, und das war der erste Schritt in diese Richtung.

Siebzehn Tage nach dem Aufbruch in Idaho erreichten die ersten Fahrzeuge des Konvois Arkansas.

Die Legenden, die sich um Ben Raines rankten, verloren trotz seines Verhaltens nichts von ihrer Bedeutung für die Menschen. Vielmehr erreichte er das genaue Gegenteil. Immer mehr seiner Anhänger sahen in ihm einen Mann, der mehr war als nur ein Mensch aus Fleisch und Blut. Viele betrachteten ihn als jemanden, dessen Kraft etwas Übermenschliches an sich hatte.

Ein paar Tage nach der Ankunft in Arkansas wandte sich nahezu jeder Ben zu und wartete darauf, dass er sagte, wo es langgehen sollte.

Er wollte diesen Job nicht haben.

»General«, sagte ein junger Funker.

Ben, Ike und Cecil drehten sich um, als sie die Stimme hörten. »Ich bin so wie üblich die Radioskala durchgegangen, um zu hören, ob wir irgendetwas empfangen.« Er machte eine kurze Pause. »Na ja, wir haben eine Bandansage empfangen. Es wäre vielleicht besser, Sir, wenn Sie sich das selbst anhören.«

»Reden Sie weiter, Junge«, sagte Ben lächelnd.

Der junge Mann erwiderte das Lächeln. Er war gerne in der Nähe des Generals. Ben Raines war immer so selbstsicher, so unerschütterlich. Er schien sich nie aufzuregen oder zu ärgern. Vielleicht stimmte es, was viele über ihn sagten. Sicher war sich der junge Mann dessen nicht, aber ...

Das Radio war eingeschaltet, als Ben und die anderen die provisorische Funkstation erreichten.

Die Stimme, die aus dem Lautsprecher kam, war schwach. »... nehme das auf einem Endlosband auf. Bin krank. Ich weiß nicht, wie lange ich noch durchhalte. Die Medikamente sind aufgebraucht. Ich dachte, bis zum Frühjahr wäre die Seuche vorüber. Hab mich geirrt. Die Ratten sind zurückgekommen. Flöhe ... mein Gott, überall nur Flöhe. Hier ist das Armed Forces Radio in Fort Tonopah, Nevada ... ich glaube, ich bin der Einzige auf der Basis, der noch lebt. Vor ein paar Tagen ... kam eine Horde Ratten. Sie haben uns innerhalb von 72 Stunden ausgelöscht. Glaube nicht, dass es für mich noch Rettung gibt. Ich versuche, noch etwas zu senden. Die Sonne ... liefert die Energie. Das dürfte noch lange laufen, wenn ich ... wenn ich schon tot bin. Hab noch nie so große Ratten gesehen. Ich ...«

Das Band lief einige Minuten lang weiter, dann begann die Nachricht wieder von vorn.

Der Funker sagte: »Wir haben noch ein Band.«

Dann schaltete er auf eine andere Frequenz um.

»Achtung, diese Auszeichnung kommt aus Calgary. Ich habe sie auf Endlosband aufgenommen. Der Generator ist an einen großen Tank angeschlossen, so dass die Nachricht noch Wochen zu hören sein wird. Vielleicht sogar noch Monate. Zweimal am Tag. Automatisch ein- und ausgeschaltet. Ich werde in ein paar Stunden tot sein, aber die Leute müssen erfahren, was passiert ist. Ein Wissenschaftler aus Montreal war für einige Tage hier und hat mir erklärt, was sich seiner Ansicht nach abgespielt hat. Letzte Nacht hat er sich das Leben genommen ... das war am ... verdammt, ich weiß schon gar nicht mehr, welchen Monat wir eigentlich haben.

Die Ratten sind Mutanten. Er hat gesagt, dass man das hätte erwarten sollen, nach all der Strahlung und den Bakterien, die seit 1988 die Umwelt verpestet haben. Er sagt, dass die Ratten jahrelang ruhig waren, weil sie in den verwüsteten Städten genug zu essen hatten. Aber Ratten sind sehr fruchtbar. Ein Paar kann Tausende von Nachfahren in die Welt setzen, aus denen dann Millionen und Milliarden werden. Aber schließlich mussten sie die Städte verlassen, weil es nicht mehr genug zu essen gab. Sie trugen Krankheiten mit sich.

Wir konnten mit den Mutanten fertig werden, uns taten diese grotesken Gestalten sogar Leid. Aber Millionen von Ratten konnten wir nicht besiegen. Als uns klar wurde, dass sie uns überrennen würden, arbeiteten wir fieberhaft daran, diese Station zu errichten. Die Mutanten sind entsetzlich anzusehen, aber wie sollen wir irgendjemandem daran die Schuld geben? Wir sind es doch selbst Schuld. Gerard, der Wissenschaftler, glaubt, dass die Ratten bald aussterben werden, weil sie irgendeine Infektion in sich tragen. Das sagt er jedenfalls. Für mich kommt das zu spät. Sie haben einen Weg in die Station gefunden. Ich jage mir jetzt eine Kugel durch den Kopf. Das ist immer noch besser, als bei lebendigem Leib angefressen zu werden. Lebt wohl.«

Nach ein paar Sekunden begann die Durchsage von vorn.

»Nehmen Sie beide Durchsagen auf«, sagte Ben zum Funker.

»Machen Sie Kopien und verwahren Sie sie sicher. In ein paar hundert Jahren werden die Menschen wissen wollen, was sich hier zugetragen hat.« *Hoffentlich,* fügte er in Gedanken an.

»Mutanten, General?«, fragte jemand aus der Menge heraus.

»Das hat der Mann gesagt«, erwiderte Ben. »Und wie er gesagt hat, sollte es niemanden überraschen. Die meisten von euch, die vierzig und älter sind, sind mit Horrorfilmen groß geworden. Die meisten von uns kennen die Ansichten der Wissenschaftler darüber, was sich nach einem globalen Atomkrieg abspielen wird. Dazu kommen die Bakterien, die in aller Welt mit den Sprengköpfen verteilt worden sind. Wir müssen uns dem jetzt stellen, damit wir eine moderne Gesellschaft errichten können. Wir sind nicht allein, das haben viele von uns eingesehen. In den nächsten Wochen und Monaten wird die Seuche vorüber sein, und dann werden an vielen Stellen Überlebende auftauchen, die sich verkrochen hatten. Wir werden unsere Gesellschaft wieder aufbauen, darauf könnt ihr wetten.«

Er verließ das Gebäude und stellte sich der Menge.

»An die Arbeit«, befahl er. »Wir haben keine Zeit, um hier zu trödeln. Es müssen Gärten angelegt werden, wir müssen Felder pflügen und säen, die Stromversorgung muss wieder hergestellt werden. Es gibt viel zu tun, und wir sollten jetzt anfangen. Mit dem bösen schwarzen Mann können wir uns immer noch befassen, wenn er vor der Tür steht. Ich hoffe, ich habe mich klar ausgedrückt.«

Der Mai ging in den Juni über, und die 5800 Männer, Frauen und Kinder, die diesen Teil des Landes nun als ihre Heimat betrachteten, begannen auszuschwärmen.

Viele Regionen waren seit zwölf Jahren nicht mehr von Menschen bewohnt worden, und die Natur wartet nicht lange, sich anzueignen, was ihr entrissen worden ist. Die übrige Vegetation überzog viele Straßen, und um zahlreiche Häuser hatten sich dicke Ranken gelegt.

Nun aber begann das Leben allmählich wieder ein gewisses Maß an Normalität zu erlangen.

Wie zuvor wachte Ben über alle Operationen. Er wies Steve Mailer und Judith Sparkman an, die Schulen zu öffnen und die Kinder in den Unterricht zu holen. Er wollte, dass sie bis zum September so weit waren, und sie sollten ihm keinen Vorwand liefern, warum das nicht möglich sein sollte. Mit dem Schuljahr 2000/2001 sollte die Ausbildung an einer High School das Minimum sein. Und sie sollte den Kinder Spaß machen. Die Klassen würden nicht überfüllt sein, und jedem Kind sollte die notwendige Aufmerksamkeit zuteil werden.

Seine Leute befolgten jeden von Bens Befehlen mit größter Präzision. Dennoch hatte er das Gefühl, dass es den Überlebenden an etwas fehlte. Nicht bei allen, aber doch bei genügend von ihnen, um ihm Sorgen zu bereiten. Es war nicht so, dass sich irgendjemand von ihnen gegen das gestellt hätte, was er sagte.

Es war etwas viel Unterschwelligeres. Es war etwas Schleppendes, vor allem in Fragen der Ausbildung und der Religion. Das Erste machte ihm Sorge, Letzteres störte ihn.

Er kam zu der Ansicht, dass er sie vielleicht alle zu hart rannahm, und beschloss, es etwas gelassener anzugehen. Die Leute sollten ihr eigenes Tempo finden.

Aber er wusste schon jetzt instinktiv, worauf das alles hinauslaufen würde. Daher beschloss er, sofort wegzugehen, wenn es offensichtlich wurde. Er würde nicht den Niedergang einer Zivilisation mit ansehen.

Nach und nach verstummten die Radiofrequenzen, auf denen die Rebellen etwas empfangen hatten. Auch wenn sie es besser wussten, kam es ihnen so vor, als seien sie die letzten Menschen auf der Erde.

Ben war in die Funkzentrale gegangen und hatte wahllos die Frequenzskala durchforstet, als auf einmal eine Stimme aus den Lautsprechern zu hören gewesen war.

»Scheint vorbei zu sein«, ertönte eine etwas gedämpfte männliche Stimme. »Wenigstens hier. Gott sei Dank. So weit ich weiß, sind wir die Einzigen, die auf dieser Basis noch leben. Wir sind zu fünft. Wir haben uns in dem Betonblock verschanzt, in dem früher irgendwelche radioaktiven Stoffe gelagert wurden. Die Ratten und die anderen Dinger konnten nicht an uns herankommen. Aber wir mussten Gasmasken aufsetzen, als wir nach draußen gegangen sind. Der Gestank war einfach unerträglich. Da müssen Millionen von ihnen in der Sonne liegen und verwesen. Ich weiß nicht, was sie umgebracht hat. Ich hatte Angst, dass die Flöhe auf uns überspringen würden, darum habe ich meine Leute in Strahlenschutzanzüge gesteckt. Aber die Flöhe sind auch tot. Die kleinen Bastarde knirschen, wenn man auf sie tritt. Bei den Ratten fühlte ich mich an Lemminge erinnert. Ich habe das Gefühl, dass jede gottverdammte Ratte aus ganz Texas vor unserer Tür gewartet hat. Aber jetzt sind sie zum Glück alle tot. Ich habe versucht, mit anderen Stützpunkten Kontakt aufzunehmen, aber bislang ohne Erfolg. Ist bei euch noch jemand?«

Ben und seine Leute warteten. Eine schwache Stimme, die so klang, als käme sie aus Tausenden von Kilometern Entfernung, war zu hören, aber nicht zu verstehen.

»Wiederhol das, Kumpel«, sagte der Mann in Texas. »Ich kann dich nicht verstehen.«

Keine Antwort.

»Schalten Sie mich drauf«, sagte Ben zum Funker.

»Präsident Raines?«, fragte der Mann ungläubig, als er die Stimme hörte.

»Ex-Präsident«, korrigierte ihn Ben. »Was wissen Sie über die weltweite Lage?«

»Sir? Also, falls das wirklich General Raines von den Rebellen ist, dann sollen Sie wissen, dass ich auf Ihrer Seite bin. Das war ich schon immer. Ich habe dreißig Tage im Bau verbracht, weil ich mich letztes Jahr geweigert hatte, die Position Ihrer Frequenz zu verraten, nachdem ich durch Zufall darauf gestoßen war. Das war ... die 38,7, aus Montana, wenn ich mich nicht irre.«

Ben lachte. »Schon gut, Soldat, ich glaube Ihnen. Wie heißen Sie?«

»Sergeant Buck Osgood, Sir. Luftwaffe.«

»Wie sieht es mit Ihren Verlusten aus, Buck?«

»Sir, bis vor etwa einem Monat hatte sich nichts und niemand dieser Station genähert. Als die Seuche Ende letzten Jahres ausbrach, hatten wir alle notwendigen Medikamente da. Ich weiß nicht, was passiert ist, aber auf einmal wirkten die Medikamente nicht mehr. Vielleicht waren sie abgelaufen – keine Ahnung. Ich weiß nur, dass niemand sonst mehr da ist. Niemand reagiert auf unsere Rufe. Wir sind jetzt seit einer Woche in diesem Betonblock und gehen die Frequenzen eine nach der anderen durch. Nichts, Sir. Und meine Leute werden allmählich unruhig.«

»Also gut, Buck. Hören Sie zu, ich sage Ihnen jetzt, was Sie und Ihre Leute machen sollen ...«

Nachdem er Buck und dessen Männer hatte wissen lassen, wo die Rebellen positioniert waren, verließ Ben den Funkraum und begab sich zu einer dichten Baumgruppe, weil er nachdenken und weil er allein sein wollte.

Der Schrei einer jungen Frau riss ihn aus seinen Gedanken. Ben rannte los, in die Richtung, aus der der Schrei gekommen war.

Als er die Stelle erreichte, blieb er so abrupt stehen, dass er noch ein Stück rutschte.

Da stand ein Mann, aber kein Mann, wie Ben ihn jemals gesehen hatte.

Es war ein Riese, seine Haut war fleckig und er hatte gigantische Klauenhände. Die Schultern und Arme machten einen enorm kräftigen Eindruck. Augen und Nase waren die eines Menschen, aber das Maul war das eines Tiers. Die Ohren waren exakt so geformt wie bei einem Menschen, aber die Zähne waren Reißzähne. Die Augen waren blau.

Ben stand hinter der hysterisch kreischenden Frau, die eigentlich noch ein Kind von ungefähr vierzehn Jahren war. Ihre Eltern waren beide Rebellen. Das Kind stand zwischen Ben und ... und dem Ding.

Die Kreatur überragte das Mädchen um einige Köpfe, und Ben schätzte die Größe auf gut 2,10 Meter.

Ben zog seine 45er aus dem Lederholster, als die Kreatur einen Satz auf das Mädchen zu machte. Es war sehr schnell, und die Angst und Panik ließen es noch etwas schneller reagieren.

Ben konnte einmal feuern und traf den Mutanten in die Schulter. Der schrie vor Schmerzen auf und wirbelte herum. Ben schätzte das Wesen auf gut 300 Pfund – und es schien schwachsinnig zu sein.

Er feuerte sein ganzes Magazin auf die Kreatur ab, brachte sie aber nicht zu Fall.

Das Mädchen rannte völlig panisch in die Schusslinie, woraufhin Ben einen Stein nahm und auf die Kreatur schleuderte, damit die abgelenkt wurde und wieder vergaß, dem Mädchen nachzustellen. Die Brust des Monsters war rot vor Blut, und Blut strömte aus der Schusswunde an der Schulter.

Ben machte einen Schritt zur Seite, als die Kreatur ungelenk auf ihn losstürmte. Er zog sein Bowie-Messer, sprang auf einen Baumstumpf und ließ die Klinge mit aller Gewalt auf den Kopf des Dings niederfahren. Im nächsten Moment war das Geschöpf tot.

Ben wischte die Klinge sauber, dann steckte er das Messer wieder weg.

Er ging zu dem Mädchen und nahm es in die Arme.

»Es ist vorbei, Kleine«, sagte er tröstend. »Es ist alles gut. Und jetzt geh zu deiner Mutter.«

In einiger Entfernung stand ein Junge, der seine Schwester an der Hand hielt. Beide hatten vor Erstaunen den Mund weit aufgerissen. »Wow!«, sagte er Junge. »Er ist ein Gott. Nichts kann ihn töten.«

»Er hat einen Riesen besiegt«, sagte seine Schwester. »Warte nur, bis ich das Cindy erzählt habe.«

Weitere Rebellen waren zum Schauplatz gekommen und standen schweigend da, während sie mit verängstigtem Blick das Monstrum betrachteten. Ben sahen sie mit einer Mischung aus Angst, Respekt und Verehrung an.

Ben betrachtete die stumme Menge. »Seht ihr«, rief er. »Euer böser schwarzer Mann ist nicht unbesiegbar. Passt einfach nur auf, geht in Zweiergruppen, und tragt eine Waffe bei euch. Und jetzt zurück an die Arbeit.«

Die Menge löste sich nur langsam auf, und die Männer, Frauen und Kinder tuschelten unentwegt weiter – über Ben.

»... vielleicht stimmt es ja.«

»... habe meine Kinder neulich davon reden hören. Jetzt glaube ich ihnen fast schon.«

»... kein Sterblicher könnte so etwas schaffen ...«

»... Götter haben keine Angst.«

Ben hörte keine dieser Bemerkungen.

Ike kam zu Ben. Er hätte die Kommentare der Menschen gehört und sah Ben mit einem merkwürdigen Ausdruck in den Augen an.

»Alles in Ordnung, Partner?«

»Mir geht's gut, Ike.«

Ike betrachtete ihn. Sein Atem war gleichmäßig, seine Hände waren ruhig. Ike sah zu der getöteten Bestie. »Mit dem Kaliber wäre ich nicht gegen dieses Monstrum angetreten. Das wäre mir viel zu klein.«

»Ich musste das machen. Jetzt blas' die Sache nicht unnötig auf.«

Ikes Blick war eine Mischung aus Humor und Trauer. Er wollte Ben so sehr erzählen, dass die Gefühle der Menschen ihm gegenüber allmählich völlig außer Kontrolle gerieten. Irgendetwas musste dagegen unternommen werden.

Aber er hatte Angst, dass Ben daraufhin aufbrechen und sie verlassen würde. Er hatte Angst, weil er nicht wusste, wer Ben ersetzen sollte oder überhaupt konnte. Vermutlich gab es niemanden, der ihm nachfolgen konnte.

»Niemand berührt dieses Ding!«, rief Dr. Chase, während er sich einen Weg durch die Menge bahnte. Für einen Siebzigjährigen war Chase noch immer in guter Verfassung. »Haben Sie das Messer gegen das Vieh da benutzt?«, fragte er Ben.

»Ja. Aber erst, nachdem ich sieben Schüsse abgefeuert hatte«, fügte er sarkastisch an.

Ike grinste und deutete auf Ben. »Ich dachte, Sie hätten ihn mit *dieses Vieh* gemeint.«

Ben lachte und verspürte eine gewisse Erleichterung. In der letzten Zeit hatte er nur selten Grund zum Lachen gehabt.

Chase schüttelte den Kopf. »Kochen Sie die Klinge aus, Ben. Es könnte etwas höchst Ansteckendes daran kleben.«

»Ja, Sir«, sagte Ben grinsend und sah zu, wie das Team des Arztes damit begann, sich mit dem Mutanten zu befassen.

»Ich will mir auch das Gehirn ansehen«, sagte Chase. »Gehen Sie verdammt noch mal vorsichtig damit um!«

Am nächsten Tag überbrachte er Ben seine Erkenntnisse. »Dieser Mensch – er war mehr Mensch als Tier – war etwa sechs Jahre alt.«

Ben verschüttete den Inhalt seines Kaffeebechers auf dem Tisch und stand auf. »Sie machen doch Scherze, oder?«

Ike riss die Augen auf, sagte aber nichts, während sich Chase hinsetzte und den Kopf schüttelte.

»Allerhöchstens acht«, sagte er. »Und das ist sicher.«

»Aber wie ...«, begann Ben.

»Ich weiß es nicht sicher«, fiel Chase ihm ins Wort, da er wusste, wie die Frage lauten würde. »Aber ich habe es die ganze Nacht mit meinen Leuten diskutiert, und wir sind zu folgenden Erkenntnissen gekommen. Sie besitzen Intelligenz, aber wie viel, das wissen wir nicht. Sie sind mehr Mensch als Tier. Vermutlich ist es Ihnen beim Kampf nicht aufgefallen, aber die Kreatur hat einen Lendenschurz getragen. Das ist ein deutliches Signal für ein gewisses Maß an Intelligenz. Zellgewebe, Hirn, Blut – alles ist mehr Mensch als Tier. Es ist ein Mutant, kein Monster. Es ist nicht der Schrecken vom Amazonas oder etwas in dieser Art. Es ist ein Produkt der Strahlung. Und es war schwanger.«

Ben, Ike und Cecil waren wie vor den Kopf gestoßen. »Was zur Hölle hätte es zur Welt gebracht?«, brachte Ike heraus.

»Dem ersten Anschein nach ein völlig normales menschliches Baby.« Er machte eine kurze Pause. »Bis ich gesehen habe, dass es Klauenhände und eindeutig tierische Füße hatte.

So viel zum ›Was‹, jetzt zum ›Warum‹. Nachdem wir die ganze Nacht diskutiert haben, sind wir uns einig geworden: Die Mutantenwesen – und darum handelt es sich hier – besitzen eine gewisse Intelligenz. Ich möchte sogar so weit gehen und sagen, dass sie unterschiedlich intelligent sein dürften. Und sie befinden sich in unterschiedlichen Stadien der Mutation. Wir Ärzte haben schon immer gesagt, dass es dazu kommen würde. Wir sind die erste Generation, die das tatsächlich zu sehen bekommt. In einigen Fällen haben Strahlung und Bakterien nur minimale, in anderen dagegen sogar sehr radikale bis groteske Veränderungen bewirkt. Einige Teile des Körpers sind in ihrem Wachstum gehemmt worden, während andere drastisch beschleunigt wurden. Ich gehe davon aus, dass wir mit jedem weiteren Mutanten, den wir sehen, immer wieder andere Veränderungen entdecken werden.«

Wieder machte er eine kurze Pause. »Wahrscheinlich sind die ersten dieser Mutanten ein Jahr nach den Bombardements von '88 zur Welt gekommen. Babys, deren Wachstum fünf- bis zehnmal schneller ablief als gewöhnlich. Mit zwei Jahren können solche Kinder schon 1,80 Meter groß gewesen sein und 200 Pfund gewogen haben. Wäre jedes dieser Kinder ein Zwilling gewesen, dann hätte das andere Kind wahrscheinlich keinerlei Veränderungen aufgewiesen. Das ist natürlich alles rein hypothetisch. Bei manchen Kindern, die in dünn besiedelten Gegenden geboren wurden, nehmen wir an, dass sie vom Arzt oder der Hebamme sofort getötet wurden. Andere kamen rasch in die Pubertät und sind in die Wälder geflohen. Andere hat man möglicherweise in die Wälder gebracht, um sie dort sterben zu lassen. Einige starben, andere überlebten und existierten wie Tiere. Manche sind vielleicht von Tieren wie Tiere erzogen wurden. So etwas ist früher schon öfter vorgekommen. Da es nach den Bombardements nur noch wenige Menschen gab, wurden die Mutanten nur selten von Menschen gesehen. Dazu kommt, dass die Mutanten offenbar eine angeborene tiergleiche Scheu gegenüber Menschen besitzen.«

Er sah die Männer der Reihe nach an. »Dann sind sie auf ihresgleichen gestoßen und haben angefangen, sich zu vermehren. Ich glaube, wir werden noch viele von dieser Art sehen.«

»Ich hoffe, Sie irren sich«, sagte Ike.

»Ich irre mich nicht«, gab Chase zurück. »Sie werden es schon sehen.«

»Ich kann es kaum erwarten«, meinte Cecil zynisch.

ACHT

»Wir sind führungslos«, sagte die Stimme. »Die Welt fällt ins Chaos. Die Menschen sterben so rasch, dass sie nur noch nach Tausenden gezählt werden. Gott hat gesprochen. Geht auf die Knie nieder und sucht im Gebet nach Gott dem Herrn. Er ...«

Ein Schuss beendete jäh die improvisierte Predigt.

Eine harschere Stimme übernahm das Mikrofon, aber der Sender wurde nicht identifiziert.

»Steht auf, Brüder!«, befahl die Stimme. »Es ist Zeit, dass ihr euch erhebt und die weißen Teufel tötet!«

»O mein Gott«, stöhnte Cecil, der mit einer Gruppe von Rebellen vor dem Funkhaus im Süden von Arkansas stand. Sie hörten zu, wie verschiedene Sender sich wieder meldeten, meist unter der Regie von Amateuren. Einige predigten Liebe, andere Vernunft, und wieder andere Hass. »Nicht schon wieder.«

Ein stärkeres Signal überlagerte das erste. »Ihr Narren bleibt am besten alle zu Hause, wenn ihr wisst, was für euch das Beste ist. Lobt alle das unsichtbare Imperium!«

»Ich hatte gehofft, dieser Wahnsinn wäre mit ausgerottet worden«, sagte jemand.

»Nicht, solange noch zwei Menschen auf der Erde leben«, gab Ben zurück, »die beide noch einen Funken Ignoranz besitzen.«

»Lobet den Herrn!«, forderte eine Frauenstimme.

»Es gibt keinen Gott!«, widersprach ihr ein Mann.

»Das beweist zumindest eines«, sagte Jane Dolbeau aus der Gruppe. Alle sahen sie erwartungsvoll an. »Wir sind nicht allein«, meinte sie schließlich und hielt allen Blicken stand.

Die Rebellen waren absolut nicht allein. Im nördlichen Teil des Mittleren Westens hatte Sam Hartline Männer und Frauen um sich versammelt und beanspruchte ganz Wisconsin für sich.

Kulte entstanden überall im Land. Männer und Frauen, die genug hatten von Krankheit und Tod, von Tragödien und Unruhen, von Sorgen und Herzschmerz, schlossen sich diesen Gruppen an, die Frieden und Glück versprachen.

Die großen Religionen der Welt mussten einen Tiefschlag einstecken, da sich Menschen überall auf der Erde von ihnen abwandten und nichts mehr von Jesus oder von den zehn Geboten hören wollten.

Nichts, was Gott versprochen hatte, war Wirklichkeit geworden. Wenn er wirklich so mitfühlend gewesen wäre, hätte er nicht zugelassen, dass irgendjemandem so etwas widerfuhr.

Also konnte es ihn nicht geben, und die Menschen, die Antworten haben wollten, mussten sich anderweitig orientieren.

»General«, begann Rosita und lehnte sich gegen Bens Schreibtisch, »warum wurden bei den Rebellen keine Mutanten geboren? Oder ist es geschehen, und niemand spricht darüber?«

»Nein«, versicherte Ben ihr. »Solche Geburten hat es hier nicht gegeben. Dr. Chase und ich haben gerade erst darüber gesprochen. Dr. Chase hat eine Theorie aufgestellt, aber eigentlich hat er zu allem irgendwelche Theorien.« Ben lächelte sie an. »Ob du sie hören willst oder nicht.«

»Ich muss dem widersprechen«, warf Chase ein. »Aber machen Sie nur weiter, Ben. Ich werde mich gegen jede falsche Aussage wehren, die Sie mir unterschieben wollen.«

»Richtige Ernährung«, sagte Ben. »Gute medizinische Einrichtungen und rasche Behandlung. Harte Arbeit, angemessene Pausen und Freizeit, sehr wenig Stress, viel Zufriedenheit und Gelassenheit. Das hatten wir in den Tri-Staaten. Ich glaube, es hat etwas damit zu tun, vielleicht aber auch nicht.«

Rosita sah zu Chase, der sie aufmunternd anlächelte. »Er hat ein Wort vergessen: Glück.«

Nachdem Rosita gegangen war, starrte Ben zur Decke und murmelte: »Ich verstehe das einfach nicht.«

»Wenn Sie mit sich selbst reden, Ben, dann passen Sie auf. Sobald Sie sich selbst antworten, sagen Sie es mir. Dann werde ich Ihnen was verschreiben.«

»Ich habe nur laut gedacht, Lamar. Zwei weltweite schreckliche Ereignisse in so kurzer Zeit.« Er schüttelte den Kopf. »Ich verstehe es einfach nicht.«

»Wollen Sie meine Meinung hören?«

Ben lächelte ihn an. »Sie werden sie mir ohnehin erzählen, ob ich will oder nicht.«

Nichts brachte Chase aus der Ruhe. »Ich glaube nicht, dass wir allzu viel damit zu tun hatten. Vielleicht«, der Doktor zeigte nach oben, »vielleicht ist er nur leid gewesen, was die Menschen aus der Erde gemacht haben. Er gibt der Menschheit noch eine letzte Chance, um sich zu bessern. Er macht aus den Bewohnern seiner Erde wieder Höhlenmenschen, damit es einen Neuanfang für eine bessere Welt geben kann.«

Ben sah den Mann eine Weile einfach nur an. »Glauben Sie das wirklich, Lamar?«

»Ja, mein Sohn, das tue ich.« Er legte den Kopf ein wenig schräg, um seine Worte zu unterstreichen.

»Kommen Sie schon, Lamar, Ihnen geht doch noch etwas völlig anderes durch den Kopf. Spucken Sie's schon aus.«

»Es wird Ihnen nicht gefallen, Ben.«

»Mir hat es auch nicht gefallen, dass ich Penizillinspritzen bekommen habe, als ich vierzehn war. Aber ändern konnte ich daran auch nichts.«

Chase verzog den Mund, dann lachte er. »Sie haben immer eine passende Antwort auf Lager, Junge. Also gut. Sie haben rund sechstausend Leute in diesem Gebiet. Wir bauen alles neu auf. Aber was genau werden wir aufbauen, Ben? Ben ... Ihre Leute lieben Sie nicht nur, sie *beten* Sie an. Für viele von ihnen sind Sie so was wie ein Gott.«

Ben hörte sich selbst sagen: »Das ist ein wenig übertrieben, Lamar.« Aber er wusste, dass das längst nicht mehr stimmte.

»Ben, ich habe ein paar Kinder reden gehört. Sie haben davon gesprochen, dass Sie nicht getötet werden können. Von ihren Eltern haben sie gehört, wie oft Sie bereits verwundet worden sind und trotzdem immer noch leben.« Er zeigte auf Bens alte Thompson SMG. »Und sie nennen Sie und diese Waffe da immer in einem Atemzug. Kommen Sie, Ben. Trennen

Sie sich von dem alten Ding. Nehmen Sie sich eine AK oder ein M-10, Hauptsache, irgendwas anderes. Ich meine das ernst, Ben.«

Diesmal konnte Ben nicht glauben, was er hörte, und er lachte von Herzen. »Lamar, das ist doch nur eine Waffe.«

Chase fand daran nichts amüsant. »Wenn ich mich nicht irre«, sagte er zu Ben, »traf das auf Baal auch zu.«

Der Sieg über den Mutanten war für Ben nach einer Weile eine verblassende Erinnerung. Es war etwas, das er hatte machen müssen, aber nichts, worüber es sich weiter nachzudenken lohnte. Jedenfalls nicht für ihn.

Doch für seine Anhänger war es eine bleibende Erinnerung, die vor allem dadurch im Bewusstsein blieb, dass immer wieder darüber gesprochen wurde.

Als ein Teil des Sommers verstrichen und ein Großteil der schwersten Arbeiten erledigt war, wurde Ben rastlos. Immer wieder tauchten Bilder vor seinem geistigen Auge auf, die ihn an seine einsamen, aber befriedigenden Reisen in den Jahren 1988 und 1989 erinnerten. Sie erfüllten ihn mit Sehnsucht.

Diejenigen, die ihm nahe standen, spürten seine Unruhe, wussten aber nicht, was sie dagegen machen sollten.

Nur Rosita hatte den Mut, Ben zur Rede zu stellen: »Du läufst hier rum, als wärst du irgendein Maya-Gott, der sein steinernes Gesicht nicht verziehen kann. Was ist los mit dir?«

Er gab sich Mühe, ihr einen wütenden Blick zuzuwerfen, doch sie reagierte, indem sie die Zunge herausstreckte und eine Grimasse schnitt.

»So siehst du aus, Ben. Du könntest deinen Lebensunterhalt damit verdienen, kleine Kinder zu erschrecken.«

Sie kitzelte ihn, woraufhin Ben zu lachen begann und spielerisch nach ihrer Hand schlug. Er sah sich um, weil er wissen wollte, ob irgendjemand sein völlig untypisches Verhalten beobachtet haben könnte.

»Lass uns eine Reise machen, Rosita. Lass uns für ein paar Tage aus Dodge verschwinden.«

»Und wohin soll's gehen, General?«

»Mal sehen, wie es in Little Rock aussieht.«

Wenn Ben geglaubt hatte, er und Rosita könnten sich unbemerkt davonstehlen, dann befand er sich auf dem Holzweg. Das wurde ihm klar, als sich am nächsten Morgen eine Karawane mit ihm auf den Weg machte.

Ein kompletter Zug seiner Rebellen begleitete sie. Wachen hinter ihnen, Wachen vor ihnen.

»Keine Band?«, fragte Ben Ike mit sarkastischem Tonfall.

»Ich wollte schon immer mal nach Little Rock«, wich Ike der Frage aus.

»Ja, sicher, Kumpel«, meinte Ben. »Da würde ich sogar drauf wetten.«

Little Rock war eine tote Stadt. Zwölf Jahre Vernachlässigung und Brandschatzen hatten ein verkohltes Etwas zurückgelassen, das einen krassen Kontrast zum blauen Himmel darstellte. Überall auf den Straßen lagen tote Ratten.

Ben fuhr an einer High School vorbei, die ihm irgendwie bekannt vorkam. Dann fiel ihm ein, dass in den fünfziger Jahren Truppen zu dieser Schule geschickt worden waren, um die Integration umzusetzen.

Er erzählte es Rosita, die das aber nicht zu interessieren schien.

»Machst du dir nichts aus der Geschichte?«, fragte er.

Sie zuckte mit den Schultern. »Die bringt uns jetzt nichts zu essen auf den Tisch, Ben.«

»Was?«

Sie lächelte ihn traurig an. »Ben, ich kann so gut wie nicht lesen.«

»Mein Gott«, murmelte er. »Du musst doch so etwa acht gewesen sein, als die Bomben kamen, stimmt's?«

»Neun.«

»Wie viel hast du bis dahin gelernt?«

»Nicht viel, Ben. Ich lese sehr langsam und überspringe alle langen Wörter.«

»Weißt du irgendwas über Substantive, Adjektive, Adverbien – über den Satzbau?«

»Nein«, erwiderte sie leise.

»Dann werde ich dafür sorgen, dass du lesen lernst, Rosita«, sagte Ben entschlossen. »Es ist wichtig, dass jeder lesen kann.«

»Ich habe mich auch so durchgeschlagen«, erwiderte sie abwehrend.

»Und was ist mit deinen Kindern?«, fragte Ben. »Verdammt, Kleine, genau das versuche ich den Leuten einzuhämmern. Von euch Leuten hängt es ab, ob es eine Zivilisation geben wird oder nicht. Ich weiß nicht, warum du das nicht einsehen kannst.«

»Damit ich und meine *Ninos* lernen können, wie man eine Atombombe baut und die Welt wieder in die Luft jagen, Ben? Damit wir Formeln lesen können, die uns sagen, wie wir tödliche Bakterien entwickeln können?«

Ben hielt den Truck in einem Stadtteil an, der relativ frei von toten Nagern zu sein schien. Sie stiegen aus und sahen sich um.

»Achtung, General!«, rief ein Rebell. »Links von Ihnen.«

Ben und Rosita sahen in die angegebene Richtung. Ben atmete heftig ein.

»Dios mio!«, zischte sie.

Der Mann, der sich ihnen auf der müllübersäten Straße näherte, war der Mann aus ihren Träumen. Bärtig, in eine Robe gekleidet, einen langen Stab in der Hand.

Er blieb mitten auf der Straße stehen und sah sie mit den wildesten Augen an, in die Ben jemals geblickt hatte.

Und die ältesten Augen, schoss es ihm durch den Kopf.

»Mein Gott«, sagte jemand. »Das ist Moses.«

Ein kleine Gruppe näherte sich dem Mann, der warnend eine Hand hob. »Bleibt mir fern, ihr Söldner eines falschen Gottes.«

»Das ist Moses«, murmelte eine Frau.

Ben starrte den Mann weiter an und wurde von ihm weiter angestarrt. »Ich hoffe nicht«, sagte Ben nur halb im Scherz. Etwas an dem Mann beunruhigte ihn.

»Ist alles in Ordnung mit Ihnen?«, rief er ihm zu. »Wir können Ihnen etwas zu essen geben.«

»Ich will nichts von euch.« Der Mann stieß mit dem Stab auf den aufgerissenen Asphalt der Straße. Mit seinen düsteren Augen sah er die Rebellen um Ben an. »Eure Verehrung eines falschen Gottes ist lästerlich«, sagte er, dann drehte er sich um und ging.

Rosita hatte einen leichten Schock erlitten.

»Soll ich euch was sagen«, meinte einer der Rebellen. »Dieser Ort macht mir allmählich Angst. Wir sollten so schnell wie möglich von hier verschwinden.«

Plötzlich ließ Maschinengewehrfeuer sie herumwirbeln.

Das Funkgerät in einem der Jeeps krachte leise, dann ertönte eine Stimme. »Echo One an Recon.«

»Hier Recon«, sagte der Fahrer. »Sprechen Sie.«

Explosionen ließen Staubwolken aufsteigen. Die Schüsse galten einem Gebäude, das mehrere Blocks entfernt war.

»... Mutanten ...«, hörten sie über das Funkgerät. »Wir haben sie. Ihr solltet besser den General holen, er wird sich das ansehen wollen.«

»Eine Familie?«, fragte Ben.

»Da drin, Sir.« Der Rebell zeigte auf den Keller, aus dem immer noch Rauch aufstieg. »Wir haben nicht angefangen, Sir. Wir haben einen von ihnen gesehen und beobachtet, wohin er gelaufen ist. Dann haben wir unsere Wagen auf der Straße verteilt und sie aufgefordert, nach draußen zu kommen.«

Er hielt einen grobschlächtigen Speer hoch, an dessen Ende ein Messer festgebunden worden war. Er zeigte Ben einen Pfeil, dessen Spitze aus dem Bruchstück eines Steins bestand. »Nachdem wir damit empfangen worden sind, haben wir das Feuer eröffnet.«

Ben nickte, doch seine Gedanken überschlugen sich. War das etwa die nächste Stufe der Entwicklung? Nachdem die Menschen den Mond betreten hatten, nachdem technische Fortschritte von unglaublichen Dimensionen gelungen waren, nachdem die Medizin in die Lage versetzt worden war, unzählige Menschenleben zu retten? Sollte es das wirklich sein? War die Menschheit tatsächlich auf dem Weg zurück in die Höhlen oder war der Funke des Fortschritts noch kräftig genug, um ein neues Feuer zu entfachen?

Er seufzte. »Also gut, wir werden uns das mal ansehen.«

James Riverson stellte sich vor Ben. »Ich gehe als Erster«, sagte er.

Ben sah Rosita an, die blass war und zitterte.

Er fragte sich, warum sie einen so entsetzten Eindruck machte.

Sie drangen langsam vor, doch ihre Vorsicht war unnötig. Die Schüsse und Granaten hatten bis auf einen alle Mutanten getötet.

»Das ist ein Baby«, sagte eine Frau und beugte sich vor. »Wenigstens glaube ich das.«

Das riesige, missgestaltete Kind zischte und schnappte nach der Frau.

»Vorsicht mit den Zähnen«, warnte Ben. »Der kann es mühelos mit einem Piranha aufnehmen.«

Als ein Rebell nach dem Kind greifen wollte, schnappte es so plötzlich nach der Hand, dass der Mann sie nur im allerletzten Augenblick zurückziehen konnte.

»Was machen wir damit?«, fragte jemand.

Niemand gab eine Antwort, und niemand wollte das aussprechen, was sie alle dachten. Niemand außer Ben.

»Nein«, sagte er. Alle sahen zu ihm. »Es ist nur ein Baby, glaube ich. Es ist egal, welche Art von Baby es ist. Solange es keine Gefahr für uns darstellt, bleibt es am Leben.«

Das Ding, über dessen Alter niemand spekulieren wollte, war abscheulich missgestaltet. Ein riesiger Kopf mit einem Maul wie ein Tier, Reißzähne, ein behaarter Körper, menschliche Hände und Füße, blonde Haare und blaue Augen.

»Eigentlich sieht es sogar ganz süß aus«, sagte Jane Dolbeau. Die Kanadierin, die auch eine Überlebende des Angriffs auf die Tri-Staaten war, liebte Ben leidenschaftlich, und das schon seit Jahren. Sie hatte es nie gesagt, aber jeder wusste es. Jeder außer Ben.

»Das kann man auch über einen tasmanischen Teufel sagen«, gab Ben zurück. »Aber ich möchte trotzdem keinen als Schoßtier haben. Holt einen Sanitäter, der es betäuben soll. Wir bringen es zu Chase.«

»Da kommt der Idiot«, sagte ein Rebell.

»Wer?« Ben sah auf.

»Moses«, sagte James. »Der Kerl in der Robe und mit dem Stab.«

»Kein Weinkelch oder ein Laib Brot?«, meinte Ike grinsend, erntete aber nur lautes Aufstöhnen.

Der Mann tauchte in der eingetretenen Tür auf und zeigte mit dem Stab auf den Mutanten. »Seht es euch an«, flüsterte er leise. »Seht, was geschieht, wenn das Wort Gottes missbraucht wird.«

»Wer zum Teufel sind Sie?«, fragte Ben. »Und was zum Teufel wollen Sie?«

»Ich bin das, was ihr vor euch seht. Man nennt mich den Propheten.«

»Und ich bin Johnny Carson«, meinte einer der Rebellen.

Der bärtige Mann richtete den Stab auf Ben. »Dein Leben wird lang und von viel Kummer geprägt sein. Du wirst viele Kinder zeugen, doch am Ende wird sich keiner deiner Träume erfüllen. Ich habe zu Gott gesprochen, und er hat mich geschickt, damit ich dir diese Dinge sage. Du bist für deine Leute wie er, und schon bald – in deiner Zeitrechnung ausgedrückt – werden es noch viele mehr glauben. Doch erinnere dich an seine Worte: Du sollst keine falschen Götter neben mir haben.«

Die Augen des alten Mannes schienen sich in Bens Kopf zu brennen. »Es wird nicht dein Fehler sein, aber es wird auf dir lasten.«

Er wandte sich ab und trat auf die Straße.

Die Rebellen standen einen Moment lang schweigend da. Niemand wusste, was er sagen sollte.

Plötzlich schaute durch die Türöffnung ein weiterer Rebell in den Raum. »Mensch, ihr seid aber ruhig.«

»Wo ist der Idiot hin?«

»Wer?«

»Na, der alte Kerl mit dem langen Bart. Der in der Robe.«

»Ich habe niemanden gesehen.«

»Wo zum Teufel hast du denn gesteckt?«

»Ich habe die ganze Zeit draußen im Jeep gesessen, seit ihr hier reingegangen seid. Da ist niemand sonst rein- oder rausgekommen. Was macht ihr hier? Habt ihr irgendwelches Zeugs geraucht, das jemand hier vergessen hat?«

»Vergessen wir das«, sagte Ben. »Holt den Sanitäter und stellt das Kind da ruhig. Und dann nichts wie weg hier.«

Sergeant Buck Osgood und seine Männer trafen endlich ein. Ben fragte, warum sie so lange gebraucht hatten.

»Ich bin nach Arizona zu meinem Zuhause gefahren, General«, sagte er und deutete auf die anderen Männer. »Wir kommen alle aus dem gleichen Gebiet, wir haben nach unseren Verwandten gesucht.« Er zuckte mit den Achseln. »Wir haben sie beerdigt, und auf einmal kam ein alter Kerl vorbei und hat noch eine Grabrede gehalten.«

»Ein alter Kerl?« Ben fühlte, wie sich sein Magen verkrampfte.

»Ja«, meinte Buck und zündete sich eine Zigarette an. »Ein komischer alter Kauz. Ich glaube, er war ein wenig verrückt. Er meinte, er sei der Prophet. Er trug eine lange Robe und einen Stab. So wie ein Hirte aus der Bibel.«

Ben spielte mit einem Bleistift. »Wann haben Sie ihn gesehen, Buck?«

»Letzte Woche.«

»In Arizona?«

»Ja, Sir.«

»Wann genau?«

»Hmm, das muss am neunten gewesen sein.«

»Und die Uhrzeit?«

»Nachmittags.«

»Um genau die gleiche Zeit habe ich ihn auch gesehen.«

»Sie waren am neunten im Arizona, Sir?«

Ben sah dem Mann in die Augen. »Nein, Buck, ich war in Little Rock.«

NEUN

Die Nachricht von dem Mann, der sich als der Prophet ausgab und an zwei Orten gleichzeitig aufgetaucht war, wurde von Ben und einigen anderen letztlich als Einbildung abgetan.

Doch die meisten glaubten daran, auch wenn sie Ben davon nichts wissen ließen. Aber bei den meisten Überlebenden geriet es schließlich in Vergessenheit, da sie vollauf damit befasst waren, eine neue Regierung in dem Gebiet aufzubauen, das einst als Arkansas, Louisiana und Mississippi bekannt gewesen war.

Ben ließ sich im Süden von Arkansas nieder, da er wegen zu vieler guter und schlechter Erinnerungen nicht nach Louisiana zurückkehren wollte. Er entschied sich für eine kleine Farm, die gut 130 Kilometer südlich der Ruinen von Little Rock gelegen war, und begann mit der Feldarbeit. Er war spät dran, aber er hatte einige Bücher über Landwirtschaft gelesen und er war der Ansicht, dass es keinesfalls schaden könnte, wenn er das Land noch in diesem Jahr umpflügte und von den Bäumen und Büschen befreite, die sich in den letzten zwölf Jahren dort breit gemacht hatten.

Ende des Sommers gab es viele Hochzeiten bei den Rebellen.

Ike heiratete eine Frau namens Sally, die eine Tochter hatte, Brandy. Jerre und Matt heirateten. Cecil ging mit einer Frau die Ehe ein, die in Richmond im Staatsdienst gearbeitet hatte. Hector Ramos heiratete. Ebenso Steve Mailer und Judith Sparkman.

Rosita gab bekannt, dass sie schwanger sei. Ben wusste ohne jeden Zweifel, dass er der Vater war.

Die Worte des bärtigen Mannes kehrten in sein Gedächtnis zurück, aber er verbannte sie in die hinterste Ecke seines Verstandes.

Jeder Rebell wusste, welche Gesetze Ben befürwortete. Also

machte jeder, was er zu tun hatte, ohne dass er ausdrücklich dazu aufgefordert werden musste.

Ben wusste, dass er sich früher oder später mit Sam Hartline und dessen Söldner würde auseinandersetzen müssen. Doch solange Hartline im Norden blieb, würde Ben nicht den ersten Schritt unternehmen.

Emil Hite und sein Kult hielten sich weiter in den Bergen im westlichen Arkansas auf und sorgten für keinerlei Probleme.

Bislang jedenfalls.

Die Seuche schien vorüber zu sein.

Nur wenige Außenseiter versuchten, in die neuen Tri-Staaten zu gelangen.

Aber sie würden kommen, das war Ben klar. Er wusste, dass er für die Freiheit würde kämpfen müssen, die seinen Rebellen so viel bedeutete.

Doch Ben stellte fest, dass er das Landleben liebte, dass er den Geruch eines frisch gepflügten Feldes mochte, und dass er es kaum erwarten konnte, endlich die Saat auszubringen.

Dennoch wusste Ben, dass es ihm nie vergönnt sein würde, ein ruhiges, ereignisloses Leben zu führen.

»El Presidente«, sagte Ike eines Nachmittags, als er zu Ben gefahren kam. »Ich habe das Gefühl, dass du mit dem Gedanken spielst, Farmer zu werden. Du wirst Erbsen und Kohl und was weiß ich was anpflanzen und dich einen Teufel darum scheren, die Leute zu regieren, die dir hierher gefolgt sind. Sehe ich das richtig?«

»Ike, ich bin müde. Ich bin kein junger Mann mehr. Ich will raus aus dem Ganzen.«

Aber Ike schüttelte den Kopf. »Kommt gar nicht in Frage, General. Du scheinst zu vergessen, dass die Leute dich auf Lebenszeit gewählt haben. Sie folgen nur dir. Also solltest du dich in die Stadt begeben und dir ein schönes Büro einrichten. Das alles hier war deine Idee, Kumpel.«

Ben starrte ihn an.

»Ich habe mir die Freiheit genommen«, sprach Ike weiter, »für dich einen Wagen mit Fahrer anzufordern. Ein junger Kerl namens Buck Osgood. Er wäre gern dein Fahrer und

Leibwächter. Ich schätze, er verehrt dich so wie die meisten anderen.«

»Ich will von niemandem verehrt werden, Ike.«

»Ben, ich glaube, es geht nicht darum, was *du* willst. Es geht darum, was für die Leute gut ist, die dir gefolgt sind. Und ich glaube, das weißt du auch.«

Ben sah sich um und seufzte laut. Der Geruch der frischen Erde stieg ihm in die Nase. Sein Blick erfasste einen Falken, der hoch über ihnen am Himmel flog und nach Beute Ausschau hielt.

»Ich schätze, dass es irgendjemand machen muss«, sagte Ben schließlich und trat gegen einen Erdklumpen.

»Nein, Ben.« Ike packte ihn an den Schultern. »Wenn eine produktive Gesellschaft entstehen soll und wenn die Zivilisation überdauern soll, dann muss das nicht irgendjemand machen, sondern *du,* Ben.«